DUMONT

DI Collin Brown glaubt es an diesem heißen Sommertag lediglich mit einem außergewöhnlichen Unfall zu tun zu haben: Ein Laster ist in ein Nebengebäude des seit Jahren leer stehenden Gutshauses Woodland gekracht. Doch aus der Routineangelegenheit entwickelt sich schnell ein brisanter Mordfall – nach Bergung des Lasters wird das Skelett eines Säuglings in dem stark beschädigten Gebäude gefunden, mit zertrümmertem Schädel. Während Frau und Kinder ohne ihn in den Urlaub fahren, begibt sich Collin Brown auf die Spur der Familie Hattonfield, die auf Woodland Pferdezucht betrieben hat. Kann er dem Dorfklatsch Glauben schenken, demzufolge die Mutter das uneheliche Kind aus einer Affäre eigenhändig tötete? Der Fall erweist sich als noch dramatischer, als ein weiteres Säuglingsskelett geborgen wird. Collin Brown ist sicher, dass der Schlüssel zur Aufklärung der Morde in der Vergangenheit der Hattonfields liegt. Doch die Wahrheit ist weitaus schrecklicher – und gefährlicher –, als der Detective geahnt hat …

Iris Grädler wurde 1963 in Halle, Westfalen geboren. Sie veröffentlichte Gedichte und Kurzgeschichten und hat mehrere Anthologien herausgegeben. Bei DuMont erschien 2015 ›Meer des Schweigens‹. Iris Grädler lebt in Swakopmund, Namibia.

Iris Grädler

AM ENDE DES SCHMERZES

Roman

DUMONT

Von Iris Grädler ist außerdem im DuMont Buchverlag erschienen:
Meer des Schweigens

FSC
www.fsc.org
MIX
Papier aus verantwortungsvollen Quellen
FSC® C083411

Originalausgabe
März 2016
DuMont Buchverlag, Köln

Umschlaggestaltung: Lübbeke Naumann Thoben, Köln
Umschlagabbildung: © Getty Images – Simon Butterworth
Satz: Vanessa Weuffel
Gesetzt aus der Garamond
Druck und Verarbeitung: CPI books GmbH, Leck
Gedruckt auf säurefreiem und chlorfrei gebleichtem Papier
Printed in Germany
ISBN 978-3-8321-6336-5

www.dumont-buchverlag.de

In Erinnerung an Jacky, wo immer du jetzt sein magst,
und unsere unvergessliche Zeit im New Forest.

1

Menschliche Tragödien schienen die Vögel nicht zu bekümmern. Unbeeindruckt von Blaulicht und Metallschneidern zwitscherten sie in den Bäumen an der schmalen Landstraße und auf dem Grundstück hinter dem beschädigten Gebäude. Eine Armee aus wuchtigen Rotbuchen und dicht stehenden Kiefern schirmte das Sonnenlicht ab. Und alles andere, was dahinter verborgen sein mochte.

Detective Inspector Collin Brown stand nachdenklich vor dem schmiedeeisernen Tor. Zwischen zwei grob gearbeiteten Messingpferden, die einander auf den Hinterbeinen gegenüberstanden, war der Name des Anwesens angebracht. Rostige Lettern und Grünspan zeugten vom Verfall des einst wohl stolzen Gutshauses. »Woodland« entzifferte er. Ein untypischer, nicht kornischer Hausname. Ein Makler-Verkaufsschild darunter war verblasst und hatte unter Regen gelitten. Auf dem Immobilienmarkt wimmelte es vor Herrenhäusern im Tudor-Stil, uralten Cottages und ehemaligen Farmhäusern. Wer träumte nicht vom Leben auf dem Land? Romantische Bilder hatte man im Kopf: Kaminfeuer, Frühstück auf einer von Weinlaub umrankten Veranda, der Blick aus allen Fenstern auf grasende Schafe und die Küste nicht weit. Die Realität sah anders aus. Renovierung und Instandhaltung, wie Collin aus eigener Erfahrung wusste, war ein endloses und kostspieliges Unterfangen. Abgesehen von den astronomischen Immobilienpreisen, die in Cornwall inzwischen rund fünfzig Prozent höher lagen als anderswo in Großbritannien. Woodland, so vermutete er, war schon eine Weile als schwer verkäuflicher Brocken auf dem Markt. Herbstlaub lag auf der gekiesten Auffahrt und in einem großzügigen Teich, der Rasen zu beiden Seiten war vermoost und lange nicht gemäht worden.

An einem Baum neben dem Tor warnten drei verbeulte Schilder vor dem Zutritt: »Betreten verboten«. »Privatgrundstück«. »Achtung – bissige Hunde«. Über dem Zaun war Elektrodraht als zusätzliche Sicherheitsmaßnahme angebracht. Der Besitzer musste entweder ein besonders ängstlicher Mensch sein oder schlechte Erfahrungen gemacht haben, so wenig einladend wirkte die Einfahrt zu seinem Anwesen. Aber wer weiß, wenn man so einsam lebt, kann man auch einen Koller bekommen, dachte Collin.

Er speicherte die Telefonnummer des Maklers in seinem alten Handy. Das neue, mit Touchscreen und Kamerafunktion, Internetanschluss und anderem Schnickschnack, das seine Frau Kathryn ihm zu Weihnachten geschenkt hatte, lag noch immer unbenutzt in der Verpackung. Das TETRA gebrauchte er nur, wenn es sein musste. Seine Kladde war ihm lieber. Er schlug sie auf und notierte: *Besitzer von Woodland*?

Eine Schadensersatzklage würde kaum zu dem nötigen Kleingeld verhelfen, das zerstörte Gebäude neben dem Tor, zu früheren Zeiten vermutlich ein Pförtnerhaus, zu sanieren. Der Lastwagen hatte es gerammt und eine Wand zum Einsturz gebracht. Eine andere war schwer beschädigt. Die Führerkabine stand eingekeilt zwischen gebrochenem Mauerwerk. Die Frontscheibe war zersplittert, beide Türen verzogen, und der Fahrer, der bewusstlos mit einer Kopfwunde zwischen der Fahrertür und einem herabgestürzten Balken lag, war notdürftig von Sanitätern versorgt worden. Der Anhänger hing schief auf den rechten Rädern, und ein Teil der Ladung, graue Säcke, war heruntergerutscht. Was hatte zu dem Unfall geführt? Womöglich die ungewöhnliche Hitze, die seit einem Monat ganz Cornwall lahmlegte. Vielleicht war der Fahrer Stunden unterwegs gewesen, war unter Termindruck gewesen und hatte keine Pausen gemacht. Eine Klimaanlage gab es in dem Lastwagen, einem älteren Modell, nicht.

Collin ging ein Stück die andere Seite der Landstraße hoch, am hohen Zaun des Anwesens entlang, betrachtete noch einmal die Bremsspur des Lasters, die im Schatten lag. Die Sonne konnte sich wegen der hohen Bäume keinen Weg bahnen. Vor dem Zaun war ein zugewachsener Graben.

Etwas Rotes stach ihm ins Auge. Er schob das Gras zur Seite und sah einen Ball. Der lag schon lange dort, dachte er. Hatte wenig Luft und Farbe.

Er suchte sich einen Weg durch das nun baufällige Pförtnerhaus, wo Techniker dabei waren, den Verletzten zu befreien. Die Türen des Lasters waren inzwischen ausgeschnitten. Jemand reichte ihm Papiere aus dem Handschuhfach. Führerschein, Fahrzeugpapiere. Lieferscheine. »Immer noch nicht bei Bewusstsein?«, fragte er Doc Larton.

»Schläft wie ein Engel.« Larton saß im Arztkittel, Stethoskop um den massigen Hals, auf seinem Campingstuhl, den er bei Außeneinsätzen immer dabei hatte. Sein kahler Kopf glich einem glühenden Kürbis und der Kranz struppigen Haares darum einem Heiligenschein. Mit einer Zeitung fächelte er sich Luft zu. »Hat wohl ein paar Ziegel auf die Rübe gekriegt. War nicht angeschnallt und ist aufs Lenkrad geknallt. Tippe auf Gehirnerschütterung, schlimmstenfalls Schädeltrauma.«

»Ist er transportfähig?«

»Bleibt ihm ja nichts anderes übrig. Hoffe nur, wir kriegen ihn da bald raus. So kann ich kaum was machen. Bin ja kein Bergsteiger.« Larton wies auf das zweistufige Trittbrett und klopfte sich auf den Bauch. »Und bei Ihnen? Alles in Ordnung? Sie wirken etwas, nun ja … lädiert.« Er gab ein Pfeifen von sich und zwinkerte Collin zu.

»Meine Söhne. Haben heute Geburtstag und … Na, Sie wissen schon, wie das ist.«

»Ein Kreuz mit Kleinkindern. Meine sind zum Glück aus dem Gröbsten raus.«

Kleinkinder, dachte Collin. Das waren Shawn und Simon nun wirklich nicht mehr. Aber auch zum dreizehnten Geburtstag musste es noch immer ein Programm wie zu Kindergartenzeiten sein. Eine Runde Surfen, Fußball, danach Gehüpfe zu unerträglich lauter Musik, eine halbe Zirkusveranstaltung mit ihren besten Freunden. Und die besten Freunde waren alle aus ihrer Klasse. Ist doch wunderbar, wenn sie so beliebt sind, hatte Kathryn nur gemeint. »Dann warten wir besser draußen«, sagte Collin.

Larton nickte und kletterte schnaufend hinter ihm ins Freie, dann setzte er sich in seinen klimatisierten Zafira und spielte Solitär auf seinem iPad, bis der Verletzte zehn Minuten später endlich in den Krankenwagen gebracht und an den Tropf gelegt werden konnte.

Collin wünschte sich, auch nur annähernd eine Gemütsruhe zu haben wie der Arzt. Stattdessen ärgerte er sich. Seit einer dreiviertel Stunde wartete er. Auf seinen Kollegen Johnny, auf die Feuerwehr, den Statiker und das Bergungsfahrzeug. Im Sommer schien sich das Leben im südlichsten Zipfel des Inselreichs noch mehr zu verlangsamen, obwohl das eigentlich kaum möglich war. Zumindest herrschte eine beinahe mediterrane Gelassenheit, an die sich Collin in all den Jahren, die er hier schon lebte, zwar gewöhnt hatte und die er genoss, jedoch verfluchte, sobald es ihn zur Eile drängte, so wie jetzt. Immerhin war die Straße inzwischen beidseitig abgesperrt und bis auf einen Traktor hatte es keinen Verkehr gegeben. Wer sollte sich auch in diese Gegend verirren? Weiden, Äcker und wenige, weit verstreute Farmhäuser. Für Touristen und Sonntagsausflügler gab es keine attraktiven Ziele. Die Landstraße war zwar eng und voller Schlaglöcher, wies aber keine gefährlichen Stellen auf. Sie konnte nicht als

Abkürzung oder Schleichweg einer Hauptstraße genutzt werden und war kein einziges Mal in der Unfallstatistik aufgetaucht. Der Crash mit dem Lastwagen war der erste auf dieser Strecke. Warum hatte der Fahrer diesen Weg überhaupt gewählt?

Kathryn führte seit Jahren Heft über die ersten Male in ihrem Leben. Sie sammelte diese Ereignisse mit freudiger Erregung wie andere seltene Briefmarken. Trotzdem war sie nicht erbaut gewesen, als Collin wegen des Unfalls Nummer eins auf der namenlosen Allee alles stehen und liegen lassen musste. Jetzt war sie allein mit dem Grill und einer hungrigen Meute Halbwüchsiger. In einem Moment wie diesem verfluchte Collin seinen Beruf. Vielleicht sollte ich auch mit Solitär anfangen, überlegte er und beschloss den Makler anzurufen. Für den Besitzer von Woodland würde es eine böse Überraschung geben.

»... Ja, das haben Sie richtig verstanden, Mr Hemming, ein Unfall mit einem Laster ... Hattonfield?« Collin kritzelte den Namen in seine Kladde. »Und der Vorname?«

»Brian.« In Hemmings Stimme lag eine Spur Ungeduld. Offenbar telefonierte er aus einem Auto heraus. Collin hörte Verkehrslärm. »Lebt jetzt in Übersee. San Francisco. Werde ihn informieren lassen, sobald es mein Zeitfenster zulässt.«

Zeitfenster, dachte Collin, stellte sich geöffnete Fensterläden vor, aus denen Uhren wie Fliegen hinein- und hinausflogen, und von einem dynamischen, vielbeschäftigten Makler, wie es Hemming sein musste, mit der Fliegenklatsche gejagt wurden.

»Wie lange ist Woodland schon auf dem Markt?«

»Rund drei Jahre.«

»Und es tut sich nichts? Ist der Preis zu hoch?«

»Tja.« Hemming hüstelte. »Mag ein Grund sein. Ein Zwei-Millionen-Anwesen wird man heutzutage nicht so leicht los.«

Mit welchen anderen Erklärungen mochte der Makler hinterm

Berg halten? »Wenn Sie so freundlich wären, auch die Versicherung zu informieren. Der Unfallbericht wird voraussichtlich Mitte der Woche vorliegen.«

Collin beendete das Gespräch mit dem Gefühl, dass Hemming nicht alles gesagt hatte, was er sagen konnte. Makler waren von Beruf aus Lügner, zumindest Schönredner und rhetorische Taktiker. Ein antrainierter Zug, der wie ein Belag auf ihren Zungen haftete. Kalifornien, San Francisco, dachte er dann. Davon schwärmte Kathryn oft. Als Studentin hatte sie ein halbes Jahr dort gelebt. Sie erwähnte in ihren Erzählungen nie den Nebel, der die Golden Gate Bridge die meiste Zeit verhüllte. Stattdessen malte sie immer eine strahlende Sonne an einen kobaltblauen Himmel. Postkartenbilder beschrieb sie. Ihre Zuhörer wollten auch nichts anderes vernehmen als die Bestätigung ihrer eigenen Träume. Wer nach Kalifornien auswanderte, war ein sonnenverliebter Mensch, den man sich in Blumenhemden vorstellte. Ein Hippietyp. Zumindest unkonventionell.

War das auch Brian Hattonfield, der Besitzer eines Gutshauses mit, wie der Makler betont hatte, traditionsreichem Namen? Die Frage würde keine Relevanz haben, wusste Collin. Die genauen Umstände des Unfalls würden der Versicherung übergeben werden, der Fahrer bekäme ein Bußgeld aufgedonnert, weil er eine für Trucks gesperrte Straße benutzt hatte, und wenn man ihm ein fehlerhaftes Fahrverhalten nachweisen konnte. Damit würde der Fall in Null-Komma-Nix als abgeschlossen in den Akten landen.

Collin hob mit einem Anflug von Neid die Hand, als Larton hinter dem Krankenwagen die Unfallstelle verließ, und gab die Daten der Fahrzeugpapiere und des Führerscheins per Funk an seinen Mitarbeiter Bill weiter. Bill war der Einzige im Team, der ohne zu murren Wochenenddienst schob. Die Antwort kam umgehend. Dann kündigte ein knatternder Auspuff Johnnys Ankunft an.

»Wie siehst du denn aus? Hast du Kasperletheater gespielt? Oder einen Sonnenbrand auf der Nase?« Johnny schlug ihm lachend auf die Schulter.

Collin strich sich über den Nasenrücken, wischte die rote Farbe ab, mit der ihn seine Tochter Ayesha eben in einen Clown verwandelt hatte, und unterdrückte das aufsteigende Schamgefühl.

»Und du?«, konterte er. »Stinkst nach verrotteter Brasse. Kommst gerade vom Hochseefischen, stimmt's, oder wieso hat das so lange gedauert?«

»Perfekte See.« Johnny hob die Hände.

»Wenigstens hast du deine Schwimmflossen im Boot gelassen. Du bist auf Bereitschaft.«

»Und willst du nebenbei deine Käsebeine bräunen oder warum trägst du Shorts?«

»Du weißt doch. Heute ist …«

»Ja, ja. Kindergeburtstag. Sag mal ›Käse‹.« Johnny hielt sein nagelneues Smartphone hoch.

»Kannst du deine Späße bitte lassen?«

»Nur ein Schnappschuss für Sandra. Hat ja sonst nichts zu lachen.«

»Neuerdings muss alles immer gleich geknipst werden. Ich will hier nicht ewig Zeit vertrödeln.« Collin wandte sich ab. Heute hatte er für Johnnys Verliebtheit in Sandra kein Quäntchen Verständnis. Kaum hatte seine ehemalige Mitarbeiterin ihre Koffer gepackt, um nahe Southampton eine neue Stelle anzutreten, hatte Johnny technisch aufgerüstet, wie er es selbst nannte, damit er ihr wenigstens auf diese Weise nahe sein konnte.

»Okay, okay.« Johnny strich ungerührt auf dem Handy herum.

»Dann verrat mir, was dieser Trottel an einem heiligen Sonntag in dieser Kuhgegend herumzukurven hat. Besoffen, oder?«

»Möglich. Er ist noch nicht vernehmungsfähig.«

»Hat er wen beim Mittagsschlaf gestört? Mann, wenn mir ein Laster in die Hütte düsen würde …«

»Zum Glück nicht. Das Haus ist leer. Nicht mal Möbel drin.«

»Muss ja ein ganz schönes Tempo drauf gehabt haben. Oder war der alte Schuppen schon so wackelig?«

»Schnell kann man hier nicht fahren. Die Bremsspur muss noch vermessen werden. Sieht aber nach Vollbremsung aus.«

Die Straße führte in einer leichten Linkskurve an dem Pförtnerhaus vorbei. Der Laster aber war geradeaus gefahren. War der Fahrer vor etwas ausgewichen? Einem Reh, das die Straße überqueren wollte?

»Bremse mit Gas verwechselt?« Johnny kicherte. »Na, dann schauen wir uns mal um.« Johnny schlenderte zum Anhänger, der halb aus dem Pförtnerhaus herausragte. Collin schluckte seinen Ärger hinunter und folgte ihm. Heute konnte er beim besten Willen auch keinen Gefallen an Johnnys Witzen finden. In letzter Zeit, so fand er, überdrehte Johnny seinen Sinn für Humor auf fast zynische Weise. Aber womöglich war es seine Art, mit Unglücken aller Art umzugehen, die ihnen in ihrem Beruf unweigerlich begegneten. Eine Schutzschicht wie ein Taucheranzug gegen das Grauen, die Kälte, die Klippen und Abgründe, mit denen sie es zu tun hatten. In der löchrigen Dreiviertelhose, seinem schwarzen Thermoshirt, das ihm über dem Bauch spannte, und dem feuchten Haar erinnerte er an ein vollschlankes Nilpferd. Er gab ein so wenig ernst zu nehmendes Bild ab wie Collin in den karierten Shorts und dem Manchester-United-Trikot. Collin hatte sich nicht die Mühe gemacht, sich nach dem Anruf umzuziehen. Deine Persönlichkeit macht dich zur Autorität, wollte Kathryn ihm immer weismachen, nichts sonst. Er straffte die Schultern und ging zum Anhänger.

Mit einem nackten Fuß stieß Johnny gegen einen der Säcke, die von der Ladefläche gerutscht waren. Collin war froh, wenigstens Schuhe anzuhaben.

»Was ist da drin?«

»Vermutlich Futtermittel.«

»Warum sind welche aufgeschnitten?«

»Aufgeschnitten?«

»Mach die Augen auf. Da.« Johnny zeigte auf ein paar Säcke, die einen Schnitt wie von einem Messer aufwiesen. »Alles Längsschnitte. Ist doch seltsam, oder? Können ja beim Runterfallen kaum so aufgeplatzt sein. Als hätte jemand was darin gesucht.« Er holte aus einem der aufgeschlitzten Säcke eine Handvoll von etwas heraus, das an getrocknete Würmer erinnerte. »Die Viecher haben im Sommer doch genug zu fressen. Oder ist das so ein Hormonfutter?«

»Mag sein.«

»Möchte nicht wissen, woraus das Zeug gemacht wird. Stinkt jedenfalls wie Mottenpulver.«

»Fragt sich, warum der zu dieser Stunde damit unterwegs war«, sagte Collin. »Und wohin? Laster sind auf dieser Straße nicht zugelassen. Aber das ist jetzt nicht von Belang. Ich hoffe, die Feuerwehr kommt bald. Der Tank hat ein Leck abbekommen.«

»Die löschen gerade einen Heuschober. Hab Anne hingeschickt. Ist stinksauer, weil es ihr freies Wochenende ist. Heute ist wirklich die Hölle los. Wer ist der Fahrer?«

»Zaman Jatoi. Pakistanischer Abstammung.«

»Sauber?«

»Führerschein, Fahrzeugschein, ja. Kontroll- und Werkstattkarten und die Lieferpapiere müssen wir noch genauer ansehen. Nach Woodland sollte jedenfalls keine Lieferung gehen. Der Auftraggeber hat Sonntagsruhe.«

»Beneidenswert«, sagte Johnny. »Man sollte die Branche wechseln. Aber kann auch bis morgen warten, oder? Ist doch ’ne nette Aufgabe für unseren Billy-Boy. Was ist mit dem Fahrtenschreiber?«

»Hat noch einen analogen. Die Diagrammscheibe muss überprüft werden. Auf den ersten Blick alles nach Vorschrift.«

»Zeugen?«, fragte Johnny.

»Bislang nicht. Ein Mountainbiker hat den Unfall gemeldet.«

Johnny steckte sich ein Kaugummi zwischen die Zähne. Seine neueste Masche in dem ewigen Versuch, abzunehmen. »Und da drüben? Hat da jemand was gesehen?«

Johnny wies auf die gegenüberliegende Straßenseite, wo ein Feldweg zu einem kleinen Haus führte. Der angrenzende Acker war von hohem Unkraut bewachsen, die Wiese auf der anderen Seite war nicht eingezäunt und ohne Rinder. Eine landwirtschaftliche Gegend, rund sechzig Meilen von der Küste entfernt, die Collin wenig vertraut war und in der die dazugehörenden Tiere zu fehlen schienen. Collin fragte sich, ob all die brachliegenden Schollen zu Woodland gehörten. Johnny holte sein Fernglas und blickte eine Weile hindurch.

»Die Bude sieht ziemlich heruntergekommen aus. Da wohnt vielleicht keiner mehr. Oder doch? Bin mir nicht sicher, aber da steht doch einer hinter der Gardine?«

Er reichte Collin das Fernglas.

»Schwer zu sagen. Willst du da mal anklopfen?«

Johnny machte ein Ai-Ai-Zeichen, fuhr die kurze Strecke mit dem Wagen und kam wenige Minuten später unverrichteter Dinge zurück. »Keine Maus, kein Feuer. Trotzdem sieht es mehr bewohnt als unbewohnt aus. Ich glaube, da hockt ein alter Griesgram drin, der niemandem die Tür aufmacht.«

»Fahr da morgen noch Mal vorbei.«

Der Sonntagnachmittag malte schon scharfe Schatten, als Collin der Unfallstelle endlich den Rücken zukehren konnte. Er war dankbar, dass Johnny angeboten hatte, zusammen mit dem Statiker vor Ort zu bleiben, bis der Laster aus dem Gebäude gezogen worden war. Beim Farmerverein hatte Johnny kurz entschlossen einen Kran und einen Unimog organisiert, nachdem sie erfahren mussten, dass das Bergungsfahrzeug erst frühestens am morgigen Montag aus Penzance eintreffen würde.

Eine Routineangelegenheit, wenn auch aufwändig, dachte Collin, als er in den ungeteerten Weg zu seinem Cottage einbog. Der Fahrer würde genesen, das Leben ginge weiter und der Tag bliebe für Collin selbst nur als ein verdorbener Kindergeburtstag in Erinnerung, wo er seinen Vaterpflichten nicht hundertprozentig hatte nachgehen können.

Ein Unfall mit leichtem Personenschaden und ein Brand in einem Heuschober waren nicht das Allerschlimmste. Er konnte sogar seinen Kindern davon erzählen, ohne sie allzu sehr zu ängstigen. Das erleichterte ihn. Die Hitze reichte schon aus, um den Schlaf zu vertreiben.

Dennoch grübelte er, als er mit Kathryn die gröbsten Spuren des Geburtstagsfestes aufräumte, über den Unfall. Warum war Zaman Jatoi auf dieser Landstraße unterwegs gewesen? Warum waren ein Dutzend Futtersäcke aufgeschnitten? Vor allem ging Collin das trostlose und düster wirkende Anwesen von Woodland nicht aus dem Kopf. Es war wie eines dieser Bilder aus Märchen, in denen Ungeheuer in Höhlen wohnten, Spukschlösser auf nebelumwogten Anhöhen standen oder Hexen in einer unheimlichen Hütte tief im Wald auf ihre Opfer warteten. Bilder, die ihn als Kind erschreckt hatten, und doch hatte er den Blick nicht davon abwenden können. Er hatte das Geheimnis hinter den verschlossenen Toren und in all den dunklen Räumen erfahren wollen.

Die Neugierde hatte immer gesiegt.

2

»Gönnen wir uns ein Gläschen?« Kathryn hatte sich geduscht und umgezogen. Sie hatte ein Handtuch wie einen Turban um den Kopf gewickelt und trug einen pflaumenfarbenen Kimono. Mit ihrer Kleidung zeigte sie am deutlichsten ihre asiatischen Wurzeln. In den ersten Jahren, nachdem sie ins kornische St Magor gezogen waren, hatten Dorfbewohner ihr den Spitznamen »Geisha« gegeben, so sehr hatte sie Kathryns Kleiderstil offenbar irritiert. Sie hielt ihm ein Glas Cider hin und strahlte ihn an. Habe ich etwas verpasst?, fragte sich Collin. Es war nicht ihr Hochzeitstag, das wusste er genau. Aber irgendetwas führte seine Frau im Schilde. Sie trank sonst nur bei besonderen Anlässen Cider. Und er selbst mochte dieses Getränk nicht.

»Was gibt es denn zu feiern?«

»Dreizehn ist doch eine Glückszahl, finde ich. Auf unsere prächtigen Söhne, die nun keine Kinder mehr sind.«

Sie hob das Glas in Richtung der Zimmer, wo sich ihre drei Kinder nach der Geburtstagsparty in ihre eigenen Welten zurückgezogen hatten. Ja, dachte Collin, und stieß mit Kathryn an, es war ein großes Geschenk, dass Shawn und Simon gesund und fröhlich herangewachsen waren. Wie rasch die Zeit vergangen war. Aus den pausbäckigen Zwillingen waren schlaksige Teenager geworden. Dabei erschien es ihm wie gestern, als sie nebeneinander auf einer Decke in der beengten Wohnung lagen, die sie damals in Southampton hatten, und gleichzeitig nach ihrer Flasche verlangt hatten. Und immer war es der stillere Simon gewesen, der zurückstecken musste.

»Nächstes Jahr wollen sie nicht mehr zusammen feiern«, sagte Kathryn.

»Wird schwierig werden.«

Sie setzte sich auf seinen Schoß und legte ihre Hand auf seinen Nacken. »Du bist ganz heiß. Setzt dir das Wetter wieder zu?«

»Nicht nur das«, murmelte Collin, zog Kathryn an sich und schloss die Augen. Seit Wochen fand er keinen Schlaf, döste bis zum frühen Morgen auf einer Liege im Garten, die Haut mit Mückenstichen übersät. Kathryns Kräutertees, die er mit Widerwillen trank, vermochten die chronische Migräne nicht zu vertreiben. Das Schicksal der Karotten, sagte er sich. Helle Haut, Sommersprossen und rotes Haar gehörten ins Kühle, nicht in einen Sommer, in dem die Pollen wie Staubwolken herumflogen und seine Augen aufquellen und jucken ließen. Selbst jetzt, kurz vor Sonnenuntergang, war es für seinen Geschmack noch zu warm.

»Du musst ausspannen. Etwas anderes sehen.« Sie gab ihm einen Kuss auf die Stirn. »Wir sollten wegfahren.«

»Hab noch jede Menge vorzubereiten für die Ausstellung.«

»Die ist doch erst Anfang August. Und du hast doch alles schon fertig. Oder willst du noch etwas Neues anfangen?«

Kathryn klappte einen Fächer auf und wedelte sich Luft zu.

»Kann gut sein. Wenn ich mal Ruhe dafür habe …«

Kathryn wusste genau, dass Collin nach Ausreden suchte. Er war seit Wochen nicht mehr regelmäßig in seiner Werkstatt gewesen. Es war stickig in der Hütte, und abends hatte er mehr Lust, bei einem Bier im Garten zu sitzen oder einen Spaziergang am

Meer zu machen. In Wahrheit aber mied er die Werkstatt aus Angst, mit seiner Unzulänglichkeit konfrontiert zu werden. Es war schließlich seine erste Ausstellung. Er würde einer unter vierzig anderen Bildhauern sein, alle Laien wie er, die in einer ehemaligen Bahnhofshalle präsentiert werden würden. Die sechs ausgewählten Werke, kleine Figuren aus Sandstein, hatte er schon auf ein Regal gereiht. Ich kann immer noch absagen. Zwingen tut mich niemand, dachte Collin.

»Hat Johnny noch nicht mit dir gesprochen?«

»Worüber?«

»Über unseren Urlaub.« Kathryn setzte sich neben ihn und blickte ihn erwartungsvoll an.

»Was hat er damit zu tun?« Seit wann redeten seine Frau und Johnny über die Urlaubsplanung seiner Familie?, fragte sich Collin verärgert. Er hatte doch deutlich gemacht, dass er in diesem Jahr die Ferien für die Vorbereitung der Ausstellung brauchen würde.

»Er macht sich auch Sorgen.«

»Sorgen? Um mich?« Collin schüttete den Rest Cider aus seinem Glas ins Gras und öffnete eine Flasche Bier.

»Du schläfst schlecht, bist nervös und Johnny meint, sehr launisch …«

»Sagt Johnny? Heißt das, du …?« Collin knallte die Flasche auf den Tisch und suchte nach seiner Pfeife. Seine Frau und sein Freund, wenn Johnny überhaupt ein Freund war, redeten also über ihn wie über ein ungezogenes oder krankes Kind. Sprachlos stopfte er die Pfeife.

»Die Kinder würden gern mal woanders hinfahren.« Kathryn legte ihm die Hand auf den Arm. »Und ich auch«, fügte sie hinzu. Ihre Stimme war stets schmeichelnd wie ein milder Wind, der durch Blätter strich. Aber das sanfte Timbre täuschte: Kathryn wusste genau, was sie wollte. Ein Nein war ein Nein und ein Ja ein Ja. Sie hatten einige Jahre keinen Urlaub mehr außerhalb von Cornwall, ja nicht einmal fern ihres Cottages verbracht. Warum wegfahren, wenn wir mit dem Meer vor der Haustür leben und einem grünen Hinterland, wo es prächtige Gärten, wilde Flüsse und unberührte Moorlandschaften zu entdecken gibt? Darüber waren sie sich beide einig gewesen. Oder hatten sich in Wahrheit alle auf ihn eingestellt?

Das Klingeln seines Handys riss ihn aus den Gedanken. Johnny. Collin sprang auf und lief ein paar Schritte, bevor er den Anruf annahm. »Wenn man vom Teufel spricht. Was soll das, Johnny? Was hast du hinter meinem Rücken mit Kathryn …«

»Reg dich ab und …«

»Im Gegenteil. Ich rege mich auf, du verdammter …«

»Hör verdammt noch mal zu. Es geht um den Unfall.«

Collin blieb abrupt stehen und versuchte zu begreifen, was Johnny ihm erzählte. Er ließ ihn die Nachricht noch einmal wiederholen, sah, als er auflegte, die Abendsonne als zersplittertes Orange hinter der hochgewachsenen Esche, hörte wie gedämpft die Stimmen und das Lachen seiner Kinder aus den offenen Fenstern im Obergeschoss, und nur das Meer rauschte überlaut in seinen Ohren. Er ignorierte Kathryns besorgte Fragen, lief wie betäubt zu seinem Wagen, roch den fischigen Atlantik, der nur knapp drei Meilen entfernt war, durch die sommerliche Erwärmung voller Algen und Quallen, und wünschte sich einen kühlen Herbststurm, der das Schwindelgefühl vertreiben würde, das ihn übermannt hatte.

Das Skelett eines Kindes. Im zerstörten Gemäuer des Pförtnerhauses von Woodland. Das Skelett eines sehr kleinen Kindes.

***

Die Szenerie hatte etwas Gespenstisches. Das Pförtnerhaus war abgesperrt, Scheinwerfer warfen kantige Lichtstränge, Kollegen in weißen Schutzanzügen von der Spurensicherung aus Truro nahmen den Fundort in Augenschein und machten Aufnahmen, Streifenwagen mit Blaulicht blockierten die Landstraße, und der Mond hing wie ein angebissener Apfel am sternklaren Himmel.

Das winzige Skelett lag in einem Steinbett, so kam es Collin vor. Nichts deutete auf den ersten Blick darauf hin, dass das Kind in eine Decke gewickelt worden war oder auf einem Kissen gelegen hatte. Eine Holzente in verblasstem Grün. Das war alles, was ihm mit ins Grab gelegt worden war. Jemand wollte dieses Kind verstecken, seinen Tod verbergen. Das Spielzeug war wie der sentimentale Zug eines ansonsten kaltblütigen Mörders. Falls es Mord gewesen war.

»Der Laster ist direkt gegen die Mauer geknallt«, sagte Johnny. »Aber erst, als der Unimog ihn rausgezogen hat, ist sie richtig zusammengekracht. War wohl mal 'ne Theke für Dosenbiertrinker.« Johnny leuchtete auf die Platte, die das weitgehend zerstörte brusthohe und U-förmig vor eine Wand gebaute Mauerteil abgedeckt hatte. Sie lag in drei Teile zerbrochen auf dem Boden. »Hier, die typischen runden Schmutzränder.«

»Kann auch von Wassergläsern stammen.«

»Wie auch immer. Eine ziemlich gute Tarnung jedenfalls. Frage mich nur, wie ein Bier schmeckt, wenn man weiß, dass unter der Theke ein totes Kind liegt.« Johnny kratzte sich am Hinterkopf, was er nur tat, wenn er keine Worte fand.

Collin wandte sich von dem grausigen Steingrab ab. Gab es Schlimmeres als den Anblick eines vermutlich erschlagenen Kindes? Die Trümmerstelle am Schädel war nicht zu übersehen. Wer war dazu in der Lage gewesen?

»Da konnte jemand selbst mauern«, sagte Johnny. »Dafür heuert man keinen Maurer an.«

»Vielleicht war da schon eine Art Aussparung im Boden. Das Kind wurde reingelegt und das Ganze später zugemauert.«

»Spielt ja keine Rolle, wann. Was ich sagen will, ist, dass man dafür keinen Handwerker beauftragen kann.«

»Sehe ich auch so. Die Pläne von dem Gebäude müssten wohl aufzutreiben sein. Ich setze Bill drauf an.« Collin schüttelte den Kopf. »Ich frage mich, welch ein Mensch so etwas tun konnte.«

»Neugeborene werden aus Hochhäusern geschmissen oder in Mülltonnen. Liest man doch jede Woche. Eine Mutter, die das Kind nicht haben wollte, denke ich.«

»Wenn es wirklich eine Tötung war.«

»Eine uneheliche Schwangerschaft und der Herr vom ehrwürdigen Gutshof Woodland durfte nichts davon wissen. Oder der Pförtner. Muss ja einen gegeben haben. Hatte vielleicht auch Familie.«

»Und ist durchgedreht?« Collin konnte sich nicht vorstellen, wie man so außer Kontrolle geraten konnte, dass man ein wehrloses Kind tötete.

Shawn war von den Zwillingen das Schreikind gewesen. Sein Rekord war ein sechsstündiges Durchbrüllen ohne Pause und ohne Atem zu holen gewesen, wie es Collin in jener Nacht erschienen war, als er sich Ohrenschützer umgelegt und seinen Sohn herumgetragen hatte. Knapp drei Monate hatte die Schreiphase angedauert. Kathryn war in jener Zeit ein schlafloses Nervenbündel gewesen, und er selbst hatte mehr als ein Mal heimlich bereut, überhaupt Vater geworden zu sein.

Sie waren von Arzt zu Arzt gerannt, hatten ihm Kindertee eingeflößt, Qi-Gong-Klänge vorgedudelt, das Zimmer mit Lavendelaroma eingesprüht und Stofftiere ins Bett gelegt. Nichts hatte geholfen. Shawn schrie. Und nach zwei Monaten begann auch der sonst ruhige Simon zu jammern. Collin hatte die Geduld verloren, ja, er hatte Shawn angebrüllt, in jener langen Nacht sogar geschüttelt. Mehrmals. Bis er erschrocken und beschämt innegehalten hatte. Seine eigene laute, gereizte Stimme hatte ihn wachgerüttelt. Shawn litt. Er hatte Schmerzen. Wie sollte er sich anders ausdrücken als durch Geschrei? Als Kathryn endlich einen kompetenten Arzt fand, der eine Einstülpung des Darms diagnostiziert und schließlich erfolgreich behandelt hatte, war der Horror vorbei gewesen.

Collin betrachtete noch einmal den gespaltenen Schädel des toten Kindes und war dankbar, dass er gelernt hatte, seine Gefühle unter Kontrolle zu halten, und niemals die Hand gegenüber seinen Kindern erhoben hatte.

Sie zogen die Schutzkleidung aus und gingen zu den beiden Farmern, die den Laster geborgen hatten. Johnny war mit ihnen zu der Unfallstelle gefahren und hatte sie mit dem Statiker und zwei Technikern dort allein gelassen. Die Fische ausnehmen, hatte er kleinlaut erklärt. Nach dem aufgeregten Anruf des Statikers war er sofort zurückgeeilt.

»Wir haben den Laster rausgezogen, ging ohne Probleme, und dann ... Hab mich noch mal drinnen umgeschaut. Weiß nicht, warum.« Fergus, ein Mann mit dürrer, kurz gewachsener Statur, nahm den Hut ab und wischte sich über die Stirnglatze.

»Steckst doch überall immer deine Nase rein«, murrte der andere, der breitbeinig, die Daumen im fleckigen Overall verhakt, am Unimog lehnte. »Haste nun davon.«

»Fällst mir in den Rücken, George? Wollte nichts rausholen, zum Teufel. Ich weiß auch nicht ...«

»Ist dir ja immer ein Dorn im Auge gewesen. Jetzt haben wir den Salat.«

»Sie kennen das Anwesen hier?«, mischte sich Collin ein.

»Wer nicht? Ist ja nicht zu übersehen.« George kniff die fransigen Augenbrauen zusammen. Sein Gesicht mit der Warze auf der Höckernase erinnerte Collin an einen Geier. Wachsam, misstrauisch und verschlossen. Ein Wiesel und ein Geier. Ein Gespann mit offensichtlichem Groll gegenüber den Hattonfields.

»Wissen Sie, wann das Pförtnerhaus zuletzt bewohnt war?«

»Pförtnerhaus?« George stieß ein verächtlich klingendes Lachen aus. »Kann sein, dass die mal einen Pförtner hatten. Muss vor meiner Zeit gewesen sein.«

»Sie erinnern sich also nicht daran, dass jemand da gewohnt hat.«

»Nein, aber unsereins bekommt keine Dinnereinladung zu solchen Herrschaften, wenn Sie wissen, was ich meine.«

»Gut, Sie müssen sich für das Protokoll Montag im Lauf des Tages bei uns melden. Sind Sie in der Lage, den Lastwagen jetzt abzutransportieren?»

»Sollen wir vorher blasen oder wie?»

Collin und Johnny wechselten einen Blick.

»Dann dampfen Sie ab.« Johnny wedelte mit der Hand.

»Ich wollte wirklich nicht …« stammelte Fergus.

Collin klopfte ihm auf die Schulter. »Also, wir sehen uns morgen früh.«

Fergus setzte sich hinter das Lenkrad des Lastwagens, George kletterte in den Unimog und startete den Motor.

»Komisch ist, dass der Truck nicht mehr anspringen wollte«, sagte Johnny.

»Durch den Aufprall bestimmt.«

»So ein Monstrum? Vielleicht war vorher schon was kaputt gegangen, die Bremse oder so, und dann ist der Unfall passiert.«

»Wir werden sehen, was die Fachleute sagen.« Collin blickte

dem Laster hinterher, der sich im Schlepptau des Unimogs wie ein stählernes Ungeheuer die Allee entlang bewegte. Ihm fielen die Dominosteine ein, die er vor einigen Tagen mit seinen Kindern im Flur aufgestellt hatte. Simon hatte darauf bestanden, nachdem er das Wort »Dominoeffekt« irgendwo aufgeschnappt hatte. Sie bauten hundert Steine in einer langen Reihe hintereinander auf. Eine Stunde hatte es gedauert, bis sie mit ihrem Werk zufrieden gewesen waren. Sie losten aus, wer dem ersten Stein einen Stoß versetzen durfte. Es war zur Enttäuschung der anderen beiden Shawn. Sie diskutierten eine Weile, ob er wirklich der geeignete Kandidat für eine solche Aufgabe war, zeichnete er sich doch durch eine gewisse Tollpatschigkeit aus.

»Das Los hat entschieden«, hatte seine Adoptivtochter Ayesha, die mit einem ausgeprägten Gerechtigkeitssinn gesegnet war, schließlich mit Nachdruck gesagt. Dann waren die Steine einer nach dem anderen in einer raschen Welle gekippt, und das akribisch geplante Werk war in einer perfekten Kettenreaktion gefallen.

Welcher Stein des Anstoßes war es gewesen, der das Mauerwerk des Pförtnerhauses so genau zum Einsturz gebracht hatte, dass ein wahrscheinlich Jahrzehnte altes Grab aufgedeckt worden war? Einen Meter weiter rechts und der Lastwagen hätte die Theke nicht berührt.

Collin lief die schmale Landstraße hinauf, die vom Mondlicht beschienen war. Man konnte das Pförtnerhaus nicht übersehen. Ein gelb-schwarzes Warnschild war vor der Kurve angebracht. Was hatte den Truckfahrer dazu gebracht, das Lenkrad so weit nach rechts zu reißen, dass er mitten in das Gebäude gekracht war? Sie würden die Untersuchung des Lasters und die Befragung des Fahrers abwarten müssen.

Er sah Douglas Hampton, den Rechtsmediziner, mit zwei

Mitarbeitern aus dem Leichenwagen steigen und ging zurück. Hamptons knotige Beine staken unter dem nachlässig geknöpften Kittel hervor. Er trug Sandalen und einen Strohhut und roch nach Schweiß. Collin drückte ihm die Hand und trat einen Schritt zurück.

»Was haben wir denn da Schönes zum späten Sonntagabend? Ein Skelett, habe ich gehört?«

»Ja. Ein Kind. Noch keine drei Monate alt, vermute ich.«

»Tja, würd sagen, muss man nehmen, wie's kommt. Ist ja eine Affenhitze. Selbst nachts schwitzt man wie ein Schwein. Aber bald geht's nach Mallorca. Tschaka-Tschaka!« Douglas lachte und machte eine Hüftbewegung. »Ich sag euch, das ist eine andere Wärme da unten und immer ein Pool in der Nähe. Ich soll schwimmen wegen der Wirbelsäule, meint mein Arzt. Ich sag euch, bald sitz ich im Rollstuhl.« Douglas blickte sie erwartungsvoll an. Aber Johnny reagierte so wenig wie Collin. Beide kannten Douglas' Krankheitsgeschichten seit Jahren.

»Dann woll'n wir mal.« Hampton zog sich um und setzte sich eine Stirnlampe auf.

Bislang hatte Collin selten mit ihm zusammenarbeiten müssen. Kapitalverbrechen kamen in seinem Revier nicht häufig vor. Zum Glück. Jemanden wie Hampton mied er lieber. Nicht nur, weil dieser seine Nase zu tief in die Whiskeyflasche steckte. Es war dessen Berufsethos, das ihn abstieß, so man von Ethos sprechen konnte. Hampton begegnete dem Tod mit einer sarkastischen Nüchternheit und liebte es, während seiner Arbeit unflätige Witze zu reißen. Kaum am Fundort, wurde er gleich seinem Ruf gerecht. »Kennt ihr den schon?«, fragte er. »Warum kann eine Frau einem Vergewaltiger davonlaufen, ein Mann aber nicht?« Hampton schaute sie begierig über die Absperrung hinweg an und schlug sich aufs Knie. »Na, mit Rock kann die Frau doch rennen, oder? Aber dem Mann baumelt die Hose um die Knöchel.« Ein bellendes Lachen drang aus seiner Kehle.

»Dann sollte man für Frauen die allgemeine Rockpflicht einführen, damit dein Scheißwitz Sinn ergibt und kein Vergewaltiger mehr in der Kriminalstatistik auftaucht«, erwiderte Johnny.

»Verstehst keinen Spaß, was? Stammt ja nicht von mir.«

»Und warum gibst du ihn dann verdammt noch Mal zum Besten?«

»Glaubst du, ich hab was gegen Frauen, oder was willst du mir unterstellen?« Hampton blitzte Johnny aus Augen an, die hinter der Schutzbrille – unbeweglichen Kieselsteinen gleich – unter geröteten Lidern klebten.

»Mach deinen Job. Ich schau mich mal draußen um.«

»War nicht immer so ein humorloser Vogel.« Hampton streifte sich Handschuhe über.

»Der Spalt am Schädel könnte die Todesursache sein, oder?«, fragte Collin mit einer Mischung aus Ungeduld und Widerwillen. Auch er hoffte, dass Hampton so schnell wie möglich seine Arbeit erledigte. Alles an ihm war wie Aasgeruch, der sich in der Nase festsetzte.

»Hat was kräftig aufs Köpfchen bekommen, so sieht das aus.«

»Also Fremdeinwirkung.«

»Würd ich noch nicht unterschreiben.«

»Wie alt schätzt du es?«, fragte Collin.

»Von der Größe her ist das Küken zwischen drei Wochen und einem Monat alt gewesen. Muss ich im Labor prüfen. War wohl eingemauert, oder?»

»Ja.« Collin schluckte. Eingemauert. Hatte das Baby noch gelebt, bevor es in der Dunkelheit unter einer Mauer lag?

»Prachtexemplar.« Hampton gab einen Pfiff von sich. »Der Beton und die Ziegel haben es wunderbar konserviert. Von innen noch alles hübsch mit Mörtel zugekleistert. Fehlt nur noch die Tapete.«

»Wie lange liegt es da wohl schon?«

»Würd mal sagen, zwischen fünf und fünfzehn Jahren. Nur so ein Gefühl. Musst dich schon gedulden. Ich mach jetzt ein paar hübsche Schnappschüsse fürs Babyalbum.« Hampton zog einen Flachmann aus der Kitteltasche, genehmigte sich einen kräftigen Schluck, machte die Fotoaufnahmen und verpackte die Skelettstücke zum Transport in sein Labor vorsichtig in einen Leichensack. Er war als Freiwilliger in mehreren Kriegen gewesen, wo genau, hatte Collin vergessen. Aber es waren alles Orte, von denen grausame Bilder über den Fernsehschirm flimmerten. Hampton, so vermutete Collin, hatte Massengräber gesehen, Leichenberge, von Gewehrkugeln durchlöcherte, von Granaten und Minen zerfetzte Körper, durch Flammen verkohlte Leiber. Welchen Bezug zum Tod hatte solch ein Mensch? Selbst der Anblick eines toten Kindes schien ihn nicht mehr zu erschüttern. Eine derartige Haltung war für einen Rechtsmediziner wohl unvermeidlich, ja notwendig, um das alltägliche Grauen nicht zu nah an sich heranzulassen.

Soweit will ich niemals kommen, dachte Collin. Er wünschte, gläubig zu sein, um zu wissen, welches Gebet man zum Trost beim Anblick eines in einen sterilen Leichensack verpackten Kinderskelettes sprechen könnte. Aber er war nicht gläubig. Er hatte kein Verständnis für jemanden, der ihm erklärte, diese Tötung, und von einer Tötung war er persönlich fest überzeugt, wäre der Plan eines gütigen Gottes gewesen und hatte deshalb einen Sinn und wäre somit verzeihlich. Nein, wer immer dieses Kind erschlagen und eingemauert und seither ungescholten sein Leben weitergeführt hatte, sollte dafür büßen.

3

Jill tastete nach dem Haltegriff, den Ron ihr vor ein paar Tagen endlich an die Wand montiert hatte. Die Nachttischlampe war allerdings noch immer kaputt.

»Eins nach dem anderen«, hatte Ron geknurrt.

Ja, so sah es aus, dachte Jill, schob die Beine nacheinander über die Bettkante und blieb sitzen, bis der Schmerz etwas nachließ. Colt, ihr irischer Setter, war sofort an ihrer Seite, und sie kraulte ihn hinter den Ohren wie jeden Morgen. Wenn auch auf nichts sonst – auf ihn war Verlass. Betagt war er inzwischen, zehn nächsten Monat, fiel Jill ein, während sie seine Leine umfasste und sich von ihm hochziehen ließ. In Menschenjahren viel älter als ihr Vater, aber sein lahmer Hinterlauf kein Grund, nicht seine Pflicht zu tun. Ihr Vater dagegen hatte aufgeben. Auf ganzer Linie. Warum auch immer.

Jill biss die Zähne zusammen und humpelte zur Tür, knipste das Deckenlicht an, eine schief hängende, einst weiße Plastikschale, mit den Jahren gelb geworden und voller Mottenflügel. Sie horchte in den Bauch des Hauses hinein. Alles schien noch zu schlafen. Wie jeden Tag war sie die Erste. Sogar der Hahn, den Claire beim Umzug unbedingt hatte mitnehmen wollen, krähte erst Stunden später. Er war nicht mehr derselbe, seit er hierher vertrieben wurde. Wer von uns war das schon?, dachte Jill.

Sie öffnete die linke Schranktür. Dahinter war ihre Nasszelle. Eine Investition, die sich gelohnt hatte. So musste sie sich nicht den langen Flur hinunter bis zum einzigen Badezimmer im Erdgeschoss schleppen. Der Gedanke, dort die Behindertentoilette zu benutzen, die sie für ihren Vater eingebaut hatten, fand sie abstoßend. Dann lieber ein tellergroßes Waschbecken und die zersprungene Kloschüssel ohne Deckel, die Ron irgendwo aufgegabelt hatte.

Sie spritzte sich Wasser ins Gesicht, befeuchtete mit den Fingern die kurz geschnittenen schwarzen Locken, ignorierte die zahlreicher gewordenen Silberfäden darin und spülte zwei Valium runter. Ein verständnisvoller Apotheker hatte sie ihr unter dem Ladentisch gegeben. Es war die doppelte Menge als üblich, aber ein Tag wie heute machte das nötig. In letzter Zeit ertappte sie sich öfter bei dem Gedanken, einfach alle zu schlucken, die ganzen Seelentröster, Schmerzkiller und Schlafbeschleuniger, die ihr die Ärzte in den vergangenen Jahren zugesteckt hatten wie einem Kind Süßigkeiten, damit es bloß keine Querelen machte. Einfach runter, wie sie alles andere geschluckt hatte. Sie schloss die Schranktür mit dem Spiegel, der zu viele Fragen an sie stellte, und schüttelte die dunklen Gedanken ab.

Ihr Zimmer war spärlich eingerichtet. Der Einbauschrank aus Furnierholz, ein paar Haken für Parka und Hüte, Colts Hundekorb, ein Sessel mit ausgeblichenem, rotem Bezug, aus dem an einer Seite die Füllung herausquoll. Auf dem Tisch daneben stapelten sich die ungelesenen Fachzeitschriften, die ihr Lester Goldsmith, der Nachbarfarmer, jeden Monat wie eine Schachtel Pralinen überreichte. Dabei war er überhaupt kein Pferdezüchter. Die Ponys auf seinem Hof waren nur ein Nebengeschäft, wenn auch einträglich, wie er betonte. Jill vermutete, dass er sich einschleimen wollte. Warum, war ihr schleierhaft. Die Zeitschriften waren ein Grund für ihn, vorbeizukommen. Auf ein Glas. In den letzten Wochen kam das häufiger vor. »Witwer. Der ist auf der Suche«, hatte Ron mit einem Augenzwinkern nach Lesters letztem Besuch gesagt. Bestimmt nicht nach mir, hatte Jill gedacht.

Der ganze verstaubte Stapel Papier sollte ins Feuer und das

andere Zeug gleich mit. All die gelben, grauen, weißen und blauen Turnierschleifen mit Prägestempel und Goldlettern, die wie Ausrufezeichen an den rissigen Tapeten hingen. Die Pokale mit den stumpf gewordenen Silber- und Goldbeschichtungen waren nach dem Umzug in den Kartons geblieben. Der antike Glasschrank, in dem sie einst würdevoll präsentiert worden waren, war unter den Hammer gekommen wie alles andere. Aber das war Vergangenheit. Was nützte Groll und Bedauern? Zwei Valium und der Schmerz ließ nach. So war das.

Jill stieg in Arbeitshose und Wellingtons, streifte ein kariertes Baumwollhemd über und ging den schlecht beleuchteten Flur entlang. Sie horchte kurz an der Schlafzimmertür ihres Vaters und hörte ihn schnarchen. Früher war es umgekehrt gewesen. Er hatte nachts an ihren Türen gehorcht. Sie spürte einen Anflug der altbekannten Beklemmung im Hals. Der Tag war ihr immer lieber gewesen als die Nacht. Bis heute. Wenn auch die bedrohlichen Stimmen der Dunkelheit an Kraft verloren hatten. Wie alles andere. Wenigstens das, dachte sie, knipste das Licht in der fensterlosen Diele an und schloss die Haustür auf.

Man konnte das Alter des Hauses riechen, die Würmer in Balken und Holzdielen, den Schimmel in den Wänden, den Staub der alten Teppiche, in denen Generationen von Milben hausen mussten. Bevor sie hierher gekommen waren, hatte das kleine, heruntergekommene Farmhaus Jahre leer gestanden. Jill konnte sich nicht vorstellen, dass es einst im Besitz ihres Großvaters gewesen war, dem Vater ihres Vaters. Sie hatte ihre Familie immer auf der Sonnenseite des Lebens gesehen und sich nie gefragt, ob es einmal anders gewesen war. Die Großeltern mütterlicherseits hatte sie nie kennengelernt. Ihre Mutter war zu früh aus ihrem Leben verschwunden und Jill zu jung gewesen, um Fragen zu stellen. Jetzt hatte sie Tausende Fragen, die ihr auf der Zunge brannten wie ein Geschwür und die sie im Zaum hielt. Was nützte es auch, Fragen zu stellen? Die Vergangenheit war vergangen. Es galt sich in der Gegenwart zurechtzufinden. An Zukunft war schließlich auch nicht zu denken.

Dennoch seltsam, dass sie gerade hier gelandet waren. Erklärt hatte es ihr Vater nie, als er noch dazu in der Lage gewesen war. Aber was sollte es auch helfen, das alles zu wissen? Am besten war es, einen Tag zu überstehen und danach den nächsten.

In der Küche nahm Jill den Schlüsselbund vom Gürtel und schloss den Vorratsschrank und den zweiten Kühlschrank auf, den Dylan in seiner unverschämten Art auf den Namen »Bunker« getauft hatte. Kaffee, Zucker, Claires Pralinen, diverse Brandweine und Liköre, feiner Schinken, Käse und anderes waren darin eingeschlossen. Alles für die erste Klasse, würde Dylan sagen. Jill suchte ihre grüne Blechtasse, fand sie mit einem angetrockneten Milchrand im Abwaschbecken, wo sich das Geschirr von mindestens zwei Tagen stapelte. Marmeladenflecken und Krümel auf der Plastiktischdecke. Das Linoleum, von undefinierbarem Muster, klebte vor Dreck. Todd hatte wohl wieder die ganze Nacht mit Dylan Karten gespielt, statt sich um seine Pflichten zu kümmern. Warum sich Dylan überhaupt seit Neuestem mit diesem Flegel abgab?, fragte sich Jill kurz, wusch ärgerlich die Tasse aus und brühte sich einen Tee auf. Wenn die Nachlässigkeit erste sichtbare Spuren hinterließ, war nichts mehr zu retten. Man musste damit leben. So war das.

Man könne nur ein wenig an den Symptomen herumdoktern, hatte der Orthopäde gesagt, Linderung verschaffen, eine Chance auf Heilung gebe es nicht. Die Ursache des Rückenschadens sei irreparabel.

Der Kampf dagegen lohnte sich nicht. Auch nicht in dieser Küche, in diesem Haus, das kein Zuhause war. Jedenfalls nicht für Jill. Auch kein neuer Linoleumboden würde da helfen. Es war, wie es war. Ihr gesamtes Leben hatte tiefe Risse, die durch nichts mehr gekittet werden konnten. Man konnte den Blick abwenden, über die Bruchstellen hinweg balancieren oder in sie hineinstürzen.

Jill tunkte ein Biskuit in den Tee und schaute in den Hof. Es war erst halb vier. Ein erster fahler Streifen Morgendämmerung lag hinter der Koppel. Die letzten Tage trieb die Schlaflosigkeit sie früher aus dem Bett als sonst. Dank ihrer Schwester Claire. Die lag jetzt selig unter den Federn in ihrem Himmelbett und würde erst Stunden später aufwachen. Trug wahrscheinlich eines ihrer lächerlichen Nachthemden, ein Kitsch aus Rosa, Schleifen und Blümchen. Für sie würde es weitergehen. Nicht wie immer. Aber das schien Claire ja auch nicht zu wollen. Jill merkte, wie die Wut in ihrem Hals kratzte wie die Biskuitkrümel. Sie brühte sich einen zweiten Tee auf und versuchte sich auf die Chronologie des Tages zu konzentrieren. Das hatte sie immer gerettet. Sich der Arbeit zuzuwenden und alles andere auszublenden. Was heute vor ihr lag, löste in ihr allerdings nichts als Missstimmung aus.

Die ersten Vorbereitungen zum Farmerfest.

Ein alljährliches Großereignis, auf das die Leute in der Gegend hinfieberten wie auf das wichtigste Derby. Claire bestand darauf, dass sie wie in den letzten Jahren dabei waren. Wir zeigen, wer wir sind und was wir haben, hatte sie verkündet. Ihre Welt ging unter, doch Claire tat so, als lebten sie noch wie Großgrundbesitzer.

Die vier Shetlandponys, fünfjährige Schecken mit zotteliger Mähne, sollten von der oberen Weide geholt werden, wo sie halb verwildert lebten wie die meisten Pferde, die ihnen noch geblieben waren. An Sattel und Zaumzeug waren sie kaum gewöhnt.

Sie waren unverkäuflich. Doch Claire war anderer Meinung. Putzen und Zöpfe flechten, Schleifen in die Mähne und rote Bänder in die Schweifrübe. Als würden sie sich das brav wie Schafe gefallen lassen. Fehlten nur Prinzessinnenkronen und Rüschenröcke. Kleinmädchenträume sollten die Ponys sein. Und die, so war Claire überzeugt, waren immer verkäuflich. Der Hufschmied war für den frühen Nachmittag bestellt. Pediküre, Maniküre, dann noch Nagellack, dachte Jill, und die Show konnte beginnen, falls die Ponys überhaupt ihre Hufe hoben. Wahrscheinlicher war, dass sie bockten und ausschlugen. Womöglich würde sich der Hufschmied weigern, die Ponys zu behandeln. Jill wusste nicht, ob sie sich wünschte, dass Claires Rechnung aufging oder sie scheiterte. Zehn Hochlandrinder sollten auch auf den Hof zum Auffüttern, bis das Fell glänzte. Sie würden bei einem Verkauf nach der Auffassung von Max, der keine Ahnung von Rinderzucht hatte, bis zu 4000 Pfund pro Tier bringen. Bares auf die Kralle, hatte Claire am gestrigen Abend verkündet. Für wen wohl, dachte Jill. Sie selbst würde bestimmt nichts über ihren Lohn hinaus bekommen.

Einen Zirkus wollte Claire auf dem Farmerfest veranstalten, wo sie einige Farmtiere vorführen und zum Verkauf anbieten wollte. Lucky, der Eber, den Dylan nur »Killer-Bestie« nannte und den niemand außer Ron bändigen konnte. Das Lama war mit von der Partie, das jeden anspuckte. Selbst Claire blieb von ihm nicht verschont. Dabei wollte sie selbst es damals haben. Hatte ihrem Vater wochenlang in den Ohren gelegen, und natürlich hatte er nachgegeben. Seiner kleinen Prinzessin hatte er nie einen Wunsch verweigert.

Mir aber auch nicht, fiel Jill ein. Im Gegensatz zu Claire hatte sie allerdings auf ihre Tiere achtgegeben. Das Lama dagegen war seit Langem auf den Außenposten bei der oberen Weide neben die Schweine verbannt. Jetzt sollte es weg. Erst die Tiere, dann wir, dachte Jill. So würde es sein. Warum es dazu gekommen war und was sie selbst dann mit ihrem aus dem Lot geratenen Leben anfangen sollte, darüber wollte Jill jetzt nicht nachdenken.

Sie machte eine Thermoskanne mit Kaffee fertig, suchte eine saubere Tasse für Ron und lief mit der Taschenlampe durch die schon schwüle Morgenluft zum Stallgebäude. Ein loses Stück Wellblech klapperte im Wind, das Tor klemmte wie jeden Morgen, sie hörte Hufescharren und leises Schnauben. Laute, die etwas in ihr auslösten, was annähernd Glück war.

Von den zehn Boxen waren noch drei belegt. Jill atmete den Duft von Hafer und Mist, Fell und Lederfett ein, und Ruhe strömte tief in sie. In diesem Duft wollte sie sterben. Wenigstens das sollte ihr niemand nehmen. Bevor sie das Licht anmachte, schnalzte sie und rief die Pferde bei ihrem Namen mit einer Stimme, die sie für keinen Menschen hatte. Es war, als würde sich ein Schalter in ihr umlegen, den sie selbst nicht steuern konnte. Sie tätschelte die Zuchtstute und den halb blinden Wallach, das letzte Lieblingspferd ihres Vaters, bevor er das Reiten hatte aufgeben müssen. Rocky hatte ihn ihr Vater getauft. Eine lächerliche Nostalgie. So hatte auch das Pony geheißen, auf dem er als Vierjähriger das Reiten gelernt hatte. »Drauf gesetzt, Klaps auf die Flanken. Runtergefallen, Schläge auf den Allerwertesten und wieder drauf. So war dein Großvater. Gute Schule.« Nicht anders hatte es ihr Vater mit Jill gemacht.

Sie klopfte Rocky den Hals. Er war nicht unter den zwanzig Pferden, die auf die Auktion gingen. Er würde beim Abdecker landen. Ihr Mitleid mit dem Wallach hielt sich in Grenzen, auch wenn sie sich sagte, dass ein Tier immer unschuldig, ein Mensch immer schuldig war. Dann stand sie vor der Box ihres Hengstes. Diamond. Eigentlich ein zu weich klingender Name für ein Militarypferd, aber für Jill war er genau dies: wie der wertvollste und härteste aller Edelsteine. Sie hatte in ihrem Leben so viele Pferde aufgezogen, zugeritten, auf Turnieren über die schwierigsten Hindernisse gejagt, dass die Finger von zehn Händen nicht ausreichen würden, sie zu zählen. Doch mit Diamond war es von Anfang an anders gewesen. Sie hatte ihn gesehen, die Hand auf seine Nüstern gelegt, in seine temperamentvollen, ungebändigten Augen geblickt, und es hatte sie wie ein Blitzschlag getroffen. So musste die große Liebe sein, von der in Romanen und Filmen unermüdlich erzählt wurde. Ohne Zweifel hatten jene, die hinter Jills Rücken lästerten, recht: Diamond war ihre große Liebe.

Sie schlüpfte in seine Box und schmiegte sich mit ihrem langen, knochigen Körper an ihn. »Na, mein Junge, kannst du auch nicht schlafen?« Niemand würde ihn ihr wegnehmen. Dafür war sie bereit, bis zum Äußersten zu gehen, zumindest in ihrer Fantasie. Er war so schön mit seiner Blesse, die wie ein Schlüsselloch geformt war, und den vier weißen Beinen. In zwei Tagen würde die erste Anzeige erscheinen. Claire und Max hatten die besten Pferde ausgesucht und ablichten lassen. Für Diamond hatten sie den höchsten Preis angesetzt, ein Vielfaches des Preises, den ihr Vater damals bezahlt hatte. Da war Diamond noch ein Niemand gewesen, ein Zweijähriger von einem damals noch unbekannten Züchter, der sich dem ehrgeizigen Projekt verschrieben hatte, die Zuchtlinie von Godolphin Barb, dem legendären Vollbluthengst, vor dem Aussterben zu bewahren. Und Diamond war ein Rappe. Auch das war selten. Er war ein einzigartiger Vollbluthengst und Claires größter Trumpf in ihrer gierigen Hand. Wie viel Mal war er die Nummer eins gewesen, hatte sie am gestrigen Sonntagabend frohlockt. Zehn Mal, dreißig Mal?

Jill hatte geschwiegen, sich umgedreht und war aus dem Zimmer gegangen. Mit gelähmter Zunge und einem Rauschen im

Kopf, das immer lauter wurde, um so deutlicher das Bild vor ihr stand, wie Diamond aus ihrem Leben verschwinden würde.

Monitär hast du so wenig Recht auf den Gaul wie notariell, hatte Claire erklärt. Worte, die sie von irgendeinem Anwalt aufgeschnappt haben musste und die sie Jill wie Peitschenhiebe ins Gesicht geschleudert hatte. Nein, Claire hatte es ihrer älteren Schwester mit ihrer gefährlichen Stimme gesagt. Wie das Streicheln mit einer Feder, die Lippen von einem Lächeln umschmeichelt. Die drallen Finger mit den falschen Nägeln strichen dabei über das Papier, das ihr Handeln rechtfertigte. Claire war der Vormund ihres Vaters, nicht Jill. Sie hatte die Bankvollmacht und war zeichnungsberechtigt. Er selbst hatte die Verfügung unterzeichnet, als er noch schreiben konnte. Er selbst hatte das Testament aufgesetzt, das Claire zur Alleinerbin machte. Und Diamond hatte nie Jill gehört, sondern ihrem Vater. Und nun bestand Claire darauf, dass sie über Diamond verfügen konnte, wie sie wollte. Hätte ich nur das Geld, ihn abzukaufen, dachte Jill nicht zum ersten Mal, seit sie begriffen hatte, welchen Plan ihre Schwester verfolgte. Doch mit ihren achtundvierzig Jahren befand sich Jill in der Lage eines Schulkindes mit einem nie ausreichenden Taschengeld, das für jede größere Anschaffung auf Betteltour gehen musste. Warum hatte es ihr Vater nur so weit kommen lassen, und warum hatte sie nicht rechtzeitig gemerkt, wie ihm alles aus den Händen glitt, sein ganzer Besitz? Wann hatte es angefangen? Letztlich war sie ja selbst Schuld. Hatte sich nie aus dem gemachten Bett fortbewegt und ihre Preisgelder, die auf die Bank gehört hätten, allesamt verjubelt. Neue Sättel und Stiefel und der Einkauf eines Galoppers, der nichts als Verluste eingeritten hatte. Alles hatte sie für ihre Liebe ausgegeben, für Pferde, sonst für nichts. Jetzt stand sie mit leeren Händen da, Händen, die Schwielen und Knoten hatten und in denen sich erste Anzeichen einer chronischen Arthrose zeigten. Wo all das enden würde, war klar. Claire gehorchte Max, ihrem Liebhaber, diesem Habenichts und Nichtsnutz, wie ein Schoßhündchen. Nur weil er zehn Jahre jünger war. Das war Rons Erklärung. Frauen, so meinte er, die über die Blütezeit hinaus seien und einen jungen Spucht abbekamen, seien wie läufige Hündinnen. Man musste doch nur in Max' Augen blicken, die Augen einer Klapperschlange. Falschheit und Gier lagen darin. Nichts sonst. Niemand würde Jill davon überzeugen können, dass Max aus Liebe mit Claire zusammen war. Sie glaubte nicht daran, dass die beiden wie in einer Fernsehschnulze ihr ewiges Happy End in Kalifornien finden würden. Dorthin wollten sie. Das hatte Ron herausgefunden. Wie auch immer. Wenigstens hat Max ihr noch keinen Ring an den Finger gesteckt, dachte Jill. Und Claire hatte es in der Vergangenheit kein einziges Mal geschafft, sich von ihrem Vater zu lösen, so oft sie sich auch verliebt hatte. Sein Schatten hatte sie am Ende immer verschlungen wie eine tiefschwarze Nacht. Und noch lebte ihr Vater. Das war der Strohhalm, an den sich Jill in den letzten Wochen klammerte. Einen Ausweg hatte sie allerdings noch nicht gefunden.

4

Die tropische Luft legte sich schon um neun Uhr morgens wie ein zu eng geschnürter Schal um den Hals. Alle Fenster im Besprechungsraum waren geöffnet, und der Ventilator lief auf höchster Stufe. Collin hatte die Krawatte abgelegt und, seit er vor drei Stunden angekommen war, bereits die zweite Flasche Wasser angebrochen. Die Stimmung war gedrückt. Die Fassungslosigkeit über den Fund des Skeletts hatte allen Schatten unter die Augen geschminkt. Stumm sahen sie dabei zu, wie Collin die Fotos vom Tatort auf dem Tisch ausbreitete. Auch wenn die Aufnahmen von Mauersteinen und dem Skelett wie eine archäologische Studie wirkten, der gewaltsame Tod des Kindes durch das Kameraobjektiv etwas Abstraktes erhielt wie uralte Grabsteine mit verwitterten Namen – allein die Vorstellung, wie dieses Kind getötet wurde, bereitete ihm tiefstes Unbehagen. Anne schien ähnlich betroffen zu sein und hatte ihren Stuhl vom Tisch weggerückt. Nur Johnny tat unbeeindruckt und jovial wie immer. »Was liegt heute zuerst an?«, fragte er. Er hockte vor dem Kalender und malte mit rotem Marker zwei Zeichen um die Daten des vergangenen Wochenendes, die wie Pik-Asse aussahen.

Collin fiel erst jetzt auf, dass fast schon das gesamte Kalenderblatt vom Juni damit vollgekritzelt war. »Ich warte auf Ashbornes Rückruf. Nichtsdestotrotz sollten wir die bisherige Faktenlage prüfen.« Robert Ashborne, Distriktchef und sein Vorgesetzter, war an Montagen erfahrungsgemäß niemals vor zehn Uhr im Büro. Collin hatte am gestrigen Sonntag erfolglos versucht, ihn zu erreichen, und ihm eine Nachricht auf dem Anrufbeantworter hinterlassen. Wie Collin war er vor Jahren von Southampton aufs Land gezogen. Seither schob er eine ruhige Kugel, wie manche Kollegen hinter seinem Rücken lamentierten. Er hätte gewiss nicht wie Collin nach einer schlaflosen Nacht schon um sechs Uhr am Schreibtisch gesessen. Das weitere Vorgehen in diesem Fall musste Collin jedoch mit ihm absprechen. Kapitalverbrechen gehörten in Ashbornes Ressort. Collin stieß, wie um sich selbst anzutreiben, mit dem Stift an seine Kaffeetasse. »Die Spurensicherung und Laboranalysen werden heute fortgeführt. Es hängt von den Befunden der Kollegen ab, ob die These erhärtet wird, dass wir es mit einem Mord zu tun haben. Hampton geht bislang mit einer Wahrscheinlichkeit von über 90 Prozent von einer Tötung aus. Ich bin persönlich auch davon überzeugt, und davon, dass die Tat geplant wurde. Und zwar akribisch. Der Täter hat nicht irgendeinen x-beliebigen Ort gewählt, um die Leiche des Kindes zu verstecken. Er wollte es – um es einmal so auszudrücken – auf alle Ewigkeit vor den Augen der Welt verbergen. Die Staatsanwaltschaft ist informiert.« Er wies auf einige Fotos. »Man kann in den Vergrößerungen recht gut erkennen, dass die Ziegel, die unmittelbar um das Skelett gemauert sind …«

»… wie ein Bettrahmen …«, unterbrach Bill ihn.

»Ja, wenn man so will.« Collin beamte Vergrößerungen an die Wand. »Die Form dieser Ziegel, die Größe, vermutlich auch die Beschaffenheit erscheinen anders als im restlichen Gebäude.«

»Ist doch logisch, oder?« Johnny drehte sich zum Tisch um. »Diese Theke wurde nachträglich errichtet. Meinst du, wir stoßen auf den Killer, wenn wir rausfinden, aus welchem Baumarkt die Ziegel stammen?«

»Ist wohl kaum möglich, auch wenn Steine angeliefert werden müssen. Dürfte zu lange her sein. Jemand muss die Steine allerdings vermauert und verputzt haben. Wenn der Täter ein und dieselbe Person ist, die das Kind getötet und es eingemauert hat, dann muss diese Person über die nötigen Kenntnisse verfügen.«

»Meine Rede«, sagte Johnny. »Ein Maurer. Ein Handwerker. Ein Laie jedenfalls nicht. Oder könntest du mir nichts, dir nichts ein Mäuerchen hochziehen? Auch wenn du auf Steinen rumhaust, wohl kein Kinderspiel.«

»Ich habe einen Fachmann kontaktiert«, fuhr Collin fort. »Er wird sich das Ganze heute vor Ort anschauen.«

Anne hob die Hand wie eine Schülerin. »Das Spielzeug …« Sie griff nach der sterilen Tüte mit der Holzente. »Also ich finde, wobei das vielleicht falsch ist, aber … Es sieht so selbstgemacht aus.«

»Worauf willst du hinaus?«, fragte Collin und schaute seine junge Mitarbeiterin aufmunternd an.

»Die Proportionen sind irgendwie nicht richtig. Und die Räder sind unregelmäßig. Sie erscheint mir handbemalt. Dann das Brettchen, auf dem sie befestigt ist. Es wirkt grob gezimmert, und die Holzenten in Spielzeuggeschäften haben kein solches Brett. Die Kordel, mit der man sie wohl ziehen sollte, ist …, also ich glaube, die ist auch selbst geflochten. Ich denke jedenfalls, es ist kein gekauftes Spielzeug.« Sie hielt mit hochrotem Kopf inne und reichte die Tüte mit dem Spielzeug weiter.

»In der Tat. Ich muss Anne zustimmen. Die Ente sieht unprofessionell verarbeitet aus«, sagte Bill. »Und der Stil ist meines Erachtens nicht zeitgemäß.«

Collin betrachtete das Holzspielzeug zum ersten Mal genauer. Ja, es erinnerte ihn an die groben Schnitzarbeiten, die er als Kind an der Werkbank seines Vaters angefertigt hatte und die den Grundstein für seine lebenslange Begeisterung für die Bildhauerei gelegt hatten. Boote hatte er geschnitzt, einen Pinguin, und sein Lieblingsmotiv waren eine Weile Ritterfiguren gewesen. »Vielleicht ist es eine Antiquität. Schickt es ins Labor. Dann sehen wir weiter. Nun zum Pförtnerhaus: Nach den bisherigen Erkenntnissen war es zeitweise bewohnt, zumindest wurde es benutzt. An einer Wand findet sich der zugemauerte Anschluss an einen Außenschornstein. In dem Raum stand vermutlich ein mit Holz befeuerter Ofen. Gebrauchsspuren auf dem Boden und an den Wänden deuten ebenfalls darauf hin. Vielleicht war dort ein Mitarbeiter von Woodland untergebracht.« Warum sollte ein Brian Hattonfield oder, so er Anhang hatte, eines seiner Familienmitglieder in dem Pförtnerhaus gewohnt haben, wenn ein sehr viel komfortableres Landhaus zur Verfügung stand? Selbst Übernachtungsgästen, so Collins Überlegung, hätte man schwerlich eine Unterkunft mit Außentoilette und ohne Badezimmer angeboten. Das kleine Handwaschbecken war tatsächlich der einzige verbliebene Einrichtungsgegenstand. Die Armaturen waren verrostet, der Wasseranschluss gekappt. Wer sich mit solch einer schlichten Unterkunft zufrieden gab, war entweder anspruchslos oder hatte sich nicht permanent dort eingemietet.

»Du glaubst ein Angestellter der Hattonfields hat das Kind getötet?«, fragte Johnny.

»Verdächtig sind zunächst alle, die auf Woodland gelebt oder gearbeitet haben. Der in Frage kommende Zeitraum muss noch ermittelt werden. Hampton lässt die Liegezeit des Opfers prüfen. Dann sehen wir weiter.«

»Klingt nach Überstunden.« Johnny pfiff durch die Zähne.

»Ab heute könnt ihr alle damit rechnen. Also …« Collin rieb sich die Augen und schaute auf die Stichpunkte in seiner Kladde. »Bill, du fährst um elf Uhr zu dem Heuschober, der gestern abgebrannt ist. Ein Sachverständiger von der Versicherung kommt und …«

»Anne war gestern bei dem Brand.« Empörung stand in Bills blasses Gesicht geschrieben. »Der Todesfall erscheint mir wichtiger.«

Collin seufzte innerlich. Unzufriedene Mitarbeiter konnte er im Augenblick so wenig gebrauchen wie aufmüpfige.

Wochenlang passierte nichts und dann alles auf einmal. Der Besitzer des abgebrannten Heuschobers hatte vor einer halben Stunde angerufen und erwartete unverzügliche Aufklärung. Er ging von Brandstiftung aus. Die Werkstatt, in der der verunglückte Lastwagen untersucht wurde und vorläufig einen Stehplatz hatte, wollte wissen, wer die Kosten übernehmen würde. Kathryn, die noch nichts von dem Skelettfund ahnte, wartete darauf, dass er sich zum Thema Urlaub äußerte. Dabei war Collin nichts wichtiger, als den Todesfall rasch aufzuklären. Nach der Besprechung würden sie zum Tatort fahren. Kurz vor Mitternacht hatten sie beschlossen, die Sichtung des Pförtnerhauses abzubrechen und bei Tageslicht weiterzumachen.

»Wir wissen noch nicht, ob wir den Fall eigenständig übernehmen werden. Das sollte uns nicht daran hindern, die Ermittlungen unverzüglich weiterzuführen. Bill, versuch alles über Woodland herauszufinden. Klopf auch beim Bauamt an. Wann wurde das Nebengebäude errichtet, und hatte es überhaupt die Funktion eines Pförtnerhauses? Wer hat darin gelebt?«

Bill ruckte die Krawatte zurecht und machte sich in seinem Organizer Notizen. In Steno. Eine Fertigkeit, die kaum noch jemand beherrschte. »Chinesisch« nannte Johnny naserümpfend die Kurzschrift, die niemandem außer Bill nützte.

»Ich denke, wir sollten die Kollegen in San Fransisco kontaktieren.« Bill reckte das Kinn. »Wegen Brian Hattonfield.«

»Bespreche ich mit Ashborne. Versuch trotzdem etwas über ihn herauszufinden.« Collin ahnte, dass Bill sich am Ende nicht an seine Anweisung halten und eigenmächtig die Kollegen in San Francisco kontaktieren würde. Aber spielte es eine Rolle? Wenn sie dadurch schneller ans Ziel kämen, umso besser, dachte er und sagte: »In der Datenbank gibt es Dutzende Brian Hattonfields, allerdings keine Treffer, die auf unseren Mann schließen lassen.« Collin hatte die frühen Morgenstunden erfolglos für den Datenabgleich genutzt. Brian Hattonfield, der Besitzer von Woodland, war nicht einmal durch eine Geschwindigkeitsüberschreitung aufgefallen. Die PND, die seit einigen Jahren neu etablierte nationale Datenbank der britischen Polizei, beinhaltete Informationen von rund einem Viertel der Bevölkerung und galt als eines der umfassendsten polizeilichen Informationssysteme Europas. Selbst unbescholtene Bürger und Minderjährige wurden von dem Datenerfassungswahn nicht verschont. Auch wenn es die Ermittlungen erleichterte, stand Collin der Idee des gläsernen Menschen mit Skepsis gegenüber, seit seine Tochter Ayesha einmal beinahe wegen einer Lappalie, wie er fand, einen Eintrag erhalten hatte. Sie war in den Garten der Nachbarn seiner Schwiegereltern in Glastonbury geschlichen und hatte alle Kaninchen aus den Ställen befreit. Mit ihrem großen Herz für Tiere hatte sie es nicht ertragen können, dass die niedlichen Langohren im Sommer ohne Auslauf auf dem Rasen waren, was der erboste Kaninchenzüchter keinesfalls als kindliche Sichtweise abgetan hatte, sondern ihn nach den Ordnungshütern hatte rufen lassen.

»Knöpf dir die beiden Farmer vor, Fergus und George«, sagte er zu Bill. »Sie scheinen Woodland zu kennen, auch wenn sie es gestern nicht zugeben wollten. Aber zur Brandstelle fährst du trotzdem.«

»Und der Unfall? Die Lieferpapiere …?« Bill stach mit dem silbernen Kugelschreiber, den er immer in seiner Hemdtasche mit sich trug, in die Luft.

»Kümmere dich darum, sobald du Zeit dafür findest.«

»Hab schon angefangen.« Bill hielt ein Papier hoch. »Zaman Jatoi muss sich meines Erachtens verfahren haben. Die erste Lieferung von zweihundert Säcken ging an die Cotehele Farm nahe Twelveheads, weitere dreihundert Säcke an die Crowan Farm bei Gwinear. Die letzte Fuhre war für die Gordon Farm vorgesehen, die an die siebzig Meilen von Woodland entfernt liegt. Vielleicht ist das GPS ausgefallen und Jatoi hat den Weg so nicht gefunden. Dennoch seltsam, dass er ausgerechnet diese Landstraße genommen hat. Sie ist für Laster gesperrt und führt völlig in die falsche Richtung. Die Gordon Farm ist allerdings ein neuer Kunde für die FF-LTD.« Er strich über die säuberlich getippte Unterlage.

»FF-LTD?«, fragte Johnny. »Klärst du uns freundlicherweise mal auf?«

Bill hob die Brauen. »FF steht für *Farm Food*. Ein Unternehmen aus Suffolk. Sie liefern überwiegend Kraftfutter für die Kälberaufzucht. Kevin Horn, Geschäftsleiter für Transport & Logistik, ist seit Donnerstag in Urlaub. Auf Hawaii.«

»Praktisch«, unkte Johnny. »Wenn die Ziegel fliegen, sind die Krawatten in Urlaub.«

Dieser Unfall hat etwas von einer Migräne, dachte Collin. Er zog sich in die Länge. Irritiert biss er in den schrumpeligen Apfel, den er auf dem Schreibtisch gefunden hatte, und spürte sofort wieder den Schmerz auf der linken Seite, der ihn seit Wochen hartnäckig daran erinnerte, dass er dringend zum Zahnarzt musste. Kathryn hatte die Praxisnummer in überdimensionaler Größe an den Kühlschrank geklebt. Eine Strategie, die bislang nicht geholfen hatte. Er schob das Apfelstück auf die rechte Seite und kaute vorsichtig und lustlos. Der Fall war ihm schon jetzt auf den Magen geschlagen. Das Frühstück hatte er nicht angerührt. »Danke, Bill. Vermutlich hatte der Laster einen Schaden. Wir warten den Bericht der Werkstatt ab, und was Jatoi uns dazu erzählt, sobald er vernehmungsfähig ist.« Er ignorierte Bills verkniffene Lippen, stellte sich ans Fenster und warf das Apfelgehäuse in ein Blumenbeet. Eine Drossel hüpfte sofort mit lautstarkem Gezeter herum und versuchte, eine Taube zu vertreiben. Zwei Dicke, die sich ums Fressen zankten. Eine andere Drossel, ein schlankeres Exemplar, vermutlich das Weibchen, saß verschüchtert in der Nähe und gab keinen Pieps von sich. Von wegen Teilen zwischen Artgenossen. Der lauteste und mutigste gewann den Kampf um den Apfel. Von den Tieren können wir nichts lernen, entschied Collin und wandte sich an Anne.

»Wir fangen noch heute mit Klinkenputzen an. Anne, hast du die Karte vorbereitet?«

Klinkenputzen war ihr interner Ausdruck für Befragungen möglicher Zeugen. Sie würden wohl kaum direkte Augenzeugen dieses Verbrechens finden. Wer konnte – womöglich jahrelang – mit dem Wissen von der vermutlich vorsätzlichen Tötung eines Kindes leben? Anne beamte die digitale Karte an die Wand. In der Luftaufnahme, bunt wie ein Flickenteppich, konnte man die Topografie klar erkennen. Wenige Häuser in einer sonst grün und braun gefleckten Landschaft. Das Meer ein blasser Tintenklecks mit weiß-gelben, ausgefransten Rändern. Anne hatte den Tatort in dem vergrößerten Ausdruck mit einem roten Fähnchen markiert. Vielleicht würde die Technik eines Tages soweit sein, mit Satellitenkameras ein unter Mauern verborgenes Skelett wie ein Röntgenbild einzufangen. Collin hängte die Karten an die Pinnwand.

»Weit und breit der einzige Nachbar.« Johnny tippte auf das kleine Haus gegenüber von Woodland.

Collin nickte. »Da fangen wir an. Anne, verschaff uns einen Überblick über die Gegend. Etwas Handfestes, womit wir arbeiten können.«

»Handfestes«, wiederholte Anne, ihre Miene ein einziges Fragezeichen.

»Pubs, Mitglieder des Farmervereins. So etwas.« Ungeduld half bei Anne nicht weiter. Auf Druck reagierte sie wie eine Schnecke. Sie zog den Kopf ein, und nichts bewegte sich. »Und wenn du bitte mit den Berichten anfangen könntest.«

Anne setzte die neue Lesebrille auf, die sie seit einer Woche trug. Sie wechselte die Brillen wie andere Frauen ihre Schuhe.

Dieses rosafarbene Modell war für ihr spitzes Gesicht drei Nummern zu groß. Es war, als wollte sie sich dahinter verstecken. »Berichte?«, flüsterte sie. »Du meinst, über den Unfall? Aber ich war doch gar nicht …«

»Fang mit dem Brand an. Da warst du doch, oder?«, sagte Collin.

Johnny warf ihr eine Mappe zu. »Lies dir ein paar Berichte von Sandra durch. Fängt immer mit dem Datum an.«

»Bereite auch eine Pressemitteilung vor«, ergänzte Collin. »Kurz, knapp, sachlich. Nur lokal. Johnny, wir fahren in zehn Minuten los. Also, das war's erst einmal.«

Anne schlich mit einem rotfleckigen Hals hinter Bill her ins angrenzende Büro. Johnny hatte eine Wette abgeschlossen, die er mit jedem Monat, der verstrich, verlängerte. Er glaubte, Anne wolle nach ihrer Heirat im letzten Jahr nun so rasch wie möglich schwanger werden und einen mindestens drei Jahre langen Mutterschaftsurlaub antreten oder gleich ganz zu Hause bleiben.

»Warum hat sie sich nicht versetzen lassen statt Sandra«, murrte Johnny und schloss sein Smartphone an den Computer an. »Schau dir das mal an, Collin. Sandra in Uniform. Fünf Nummern zu groß, schreibt sie.«

Collin warf ungeduldig einen Blick auf den Bildschirm. Man konnte meinen, ein Erdbeben hätte sein Team erschüttert, seit Sandra nicht mehr da war. Anne war noch ängstlicher und traute sich keine neue Aufgabe zu, die sie aus deren ehemaligem Bereich übernehmen sollte. Bill musste jeden Tag vorführen, dass eigentlich er der bessere Kandidat für einen Karrieresprung gewesen wäre, wie ihn Sandra nun womöglich vor sich hatte. Und Johnny verwandelte sich mehr und mehr in einen unberechenbaren und unausstehlichen Trauerkloß.

»Also, das hält unsere Sandra nicht lange da aus. Ich schwöre dir, Collin, noch drei Wochen und sie schmeißt das Handtuch.«

»Sandra ist auch aus einem anderen Grund dahin gegangen.«

»Wegen diesem Lackaffen Adam, meinst du?« Johnny stöpselte das Handy aus und schmiss es auf die Tischplatte, von der es auf den Boden flog. Es zersprang in zwei Teile. »Shit aber auch. Passiert immer am Montag. Montage sollte man abschaffen. Wie krieg ich das jetzt wieder zusammen?«

»Reg dich ab und lass uns losfahren. Was nicht zu ändern ist …«

»… ist nicht zu ändern. Bla-bla. Sie kommt zurück. Meine Wette gilt. Wo soll's denn zuerst hingehen?«

»Wohin wohl? Wir haben einen Todesfall zu klären. Vergessen?« Collin knallte das Fenster zu. »Aber wenn's nach dir ginge, möchtest du offenbar lieber hier bleiben und Fotos verschicken.« Er band die Krawatte um, schluckte eine Schmerztablette und griff nach der Jacke.

»Steck deine Rübe in den Kühlschrank. Kaltes Steak auf die Stirn hilft auch. Die Hitze bekommt dir nicht.«

»Nein, tut sie nicht. Aber das ist wohl mein Problem.«

»Genau. Brauchst du aber nicht zum Problem von uns allen zu machen.« Johnny klaubte fluchend die Handyteile vom Boden und griff sich eine Tüte Erdnüsse, auf die er umgestiegen war, seit Sandra weg war. Er behauptete, Erdnüsse seien gesund.

Gesünder als Chips bestimmt, dachte Collin auf dem Weg zu Johnnys Wagen, und mühte sich dann entnervt mit der Konstruktion aus Draht und Wäscheklammer ab, die Johnny an Stelle der abgebrochenen Fensterkurbel in die Beifahrertür seines altersschwachen Asconas gebastelt hatte.

»Heavy Metal oder Chill Out?«, fragte Johnny und raste los. »Ich stelle mich gern auf deine Gemütslage ein.« Er wühlte mit einer Hand auf dem Rücksitz und schmiss sich ein paar Kassetten auf den Schoß. Collin kannte niemanden sonst, der dieser aus der Mode gekommenen Technik die Treue hielt. Johnny sammelte Schallplatten, Tonbänder, Grammophone und alte Radios. Der Wohnraum in seiner ehemaligen Fischerkate direkt am Meer war damit bis unter die niedrige Holzdecke voll gestellt. Meer und Musik, mehr brauche ich nicht, das war sein Motto. Sie fuhren nach den elektronischen Klängen von New Orders »Blue Monday« an ausgedörrten Wiesen vorbei, die von der Sonne wie ausgebleicht dalagen. Kühe standen ermattet unter Bäumen und schlugen nach Fliegen. Die Insekten schienen die einzigen Lebewesen zu sein, die hitzeunempfindlich waren und sich freudig vermehrten.

»Also was ist jetzt mit deinem Urlaub? Schon mit Kathryn gesprochen?« Johnny überholte hupend einen Traktor, der einen Anhänger voll Heuballen hinter sich herzog.

»Wir haben Juni. Mein Urlaub ist im Juli.«

»Ist um die Ecke. Genau genommen nächste Woche.« Johnny machte das Gebläse an und wieder aus. »Scheißhitze. Kann die Eselskarre nicht vertragen. Du musst langsam anfangen zu planen. Ende dieser Woche sind Schulferien und mindestens 60 Millionen wollen dann ein Hotelbett.«

Wie kann man überhaupt an Urlaub denken, wenn man gerade auf dem Weg zu einem grausigen Tatort ist?, dachte Collin. Ein Kind war getötet worden, doch die Erde drehte sich ungerührt weiter um die Sonne. Für Collin war seit dem gestrigen Abend alles zum Stillstand gekommen. Die Geräusche erschienen wie aus weiter Ferne an sein Ohr zu dringen. Vor seinen Pupillen lag ein Schleier, als würde er durch Nebel auf die Welt blicken. Sein Körper wirkte wie abgespalten von ihm selbst, und nur sein pochender Zahn ließ ihn etwas fühlen, während sein

Hirn raste, wach und klar. Der Druck, unverzüglich zu handeln und Antworten auf die wie Hagelkörner auf ihn einschlagenden Fragen finden zu müssen, lähmte ihn und zugleich spürte er die Wut eines Boxers, der es kaum abwarten konnte, in den Ring zu steigen und die Fäuste zu schwingen. Aber vielleicht half Johnnys Strategie, mit dem in Collins Augen irrelevanten Geschwätz Normalität aufrechtzuerhalten. »Hab dich schon gestern gefragt, was dich eigentlich mein Urlaub angeht.«

»Na, weil ich sozusagen an der Quelle bin.« Johnny beugte sich zur Beifahrerseite, haute auf das Handschuhfach, bis es aufsprang, und zog einen Prospekt heraus.

»Guck nach vorne. Im Krankenhaus möchte ich nicht übernachten.«

»Fängst du schon wieder an zu stänkern? Solltest echt mal eine Kur beantragen. Hier, für dich.«

Collin nahm den Prospekt und blickte flüchtig auf die bunten Fotos von fröhlichen Kindern auf dicken Ponys. »Was soll ich damit?«

»Mann, hast du 'ne lange Leitung. Erzählst du mir nicht dauernd, dass Ayesha unbedingt reiten lernen will? Ein Urlaub auf einem Ponyhof wäre doch perfekt. Sie galoppiert den ganzen Tag, und du kannst mit Kathryn im Heu rumtoben. Jeden Morgen einen Liter frisch gezapfte Milch und ein selbst gesuchtes Hühnerei.«

Es war in der Tat so, dass Ayesha seit Monaten die Reitgeschichte auftischte. Auch gestern Morgen hatte sie darüber gesprochen. Was sie tun könnte, damit ihr Wunsch in Erfüllung ginge? Wenigstens das, wenn schon nicht ihr ganz großer Traum, das eigene Pony, wahr werden würde.

»Der Hof ist in der Nähe von Sway«, sagte Johnny und bog in die Landstraße ein, die zu Woodland führte.

»Wo immer das ist.«

»Na, im New Forest.« Johnny boxte Collin in den Arm. »Das ist da ein Pferdeparadies. Die Gäule laufen frei herum. Haben Vorfahrt vor den Autos.«

»Wie? Wildpferde?«

»So ungefähr. Tausende. Besitzer haben sie, auch Brandzeichen, sagt Sandra.«

»Sagt Sandra?«

»Ja, sie hat mir die Prospekte geschickt.«

»Seit wann kennt sie sich mit Gäulen aus?«

»Seit sie im New Forest stationiert ist. Geographie ist auch nicht deine Stärke, oder? So, da wären wir.«

Collin stieg ohne ein Wort aus. In die Ecke gedrängt zu werden, mochte er nicht. Er fragte sich, was Johnny im Schilde führte. Es ging ihm doch nicht um Ayesha. Oder hatte Ayesha ihn dazu gebracht, sozusagen für ihre Sache zu kämpfen und ein gutes Wort für sie bei Collin einzulegen? Zuzutrauen wäre es ihr. Sie war clever und hatte bei Johnny mehr als ein Stein im Brett. Collin nahm sich vor, die Dinge auf sich zukommen zu lassen. Ohne diesen Fall aufgeklärt zu haben, so wusste er, würde er jedenfalls keine Minute eines Urlaubs genießen können.

5

Die sechsstufige Eingangstreppe und die graue Granitfassade des Gutshauses von Woodland machten einen einschüchternden Eindruck. Collin würde dieses wie eine Festung wirkende Gebäude keinen Moment mit seinem Cottage tauschen wollen, das im Vergleich ein Puppenhaus war. Aber es hatte dagegen den warmen Charme eines Zuhauses. Ob die Architektur der vier Wände, in denen man lebt und aufwächst, auf das Gemüt abfärbt?, überlegte er. Er konnte sich weder Kinderlachen im Inneren des Gutshauses vorstellen noch ausgelassenes Feiern. Alles machte einen düsteren, ernsten, abweisenden Eindruck. Die Sonne spiegelte sich in den Scheiben der wenigen Kastenfenster, Säulen mit Marmorsockel säumten den Aufgang zur Veranda, Hirschköpfe waren in die wuchtige Haustür geschnitzt, darüber bildeten zwei rostige Schwerter ein Kreuz.

»Das Haus ist zusammen mit den Nebengebäuden siebenhundert Quadratmeter groß und die Gesamtfläche der Liegenschaft umfasst achthundert Hektar. Besonders attraktiv ist, dass ein kleiner Teil des Waldes hinter dem Haus noch zum Grundstück gehört. Ein früheres Jagdrevier«, erzählte Harry Hemming, der Makler, mit ausladenden Gesten, geschäftiger Stimme und einem wie eingestanzten Lächeln, während er gleichzeitig Nachrichten auf seinem Smartphone las. Johnny hörte mit hochgezogenen Brauen zu und überließ Collin weitgehend das Gespräch.

»Hat Brian Hattonfield hier allein gelebt? Oder mit Familie?«

»Über sein Privatleben weiß ich nichts. Habe mein Büro in Bristol, und normalerweise kümmert sich eine Mitarbeiterin um mein Immobilienportfolio in Cornwall. Laut Grundbuch ist der Besitzer von Woodland alleinstehend. Zeitweise war das Haus vermietet. In seinem Besitz ist es seit rund zwanzig Jahren. Wie lange er hier selbst gewohnt hat, kann ich nicht sagen.«

»Sie haben die Familie als alteingesessen bezeichnet. Hat Brian Hattonfield das Anwesen geerbt?«

»Ja, von seinem Vater. Der hat hier wohl noch Landwirtschaft betrieben. Red Ruby Devons, hab ich gehört.«

Für diese Rindersorte war Cornwall berühmt, wie Collin wusste, er machte sich Notizen.

»Aus welchem Grund will Brian Hattonfield verkaufen?«, hakte Johnny nach.

»Nach Gründen zu fragen gehört nicht zu unserem Geschäft. Ein solches Anwesen zu unterhalten ist eine kostspielige Angelegenheit. Mag ein Grund sein.« Hemming drückte einen Anruf weg.

Vielleicht hatte dem Sohn die Landwirtschaft nicht gelegen. Nicht selten gab ein landwirtschaftlicher Familienbetrieb deshalb auf, weil sich kein Nachfolger der jüngeren Generation fand, der diesen weiterführen wollte.

»Sie sagten, Sie kennen ihn nicht persönlich?«, fragte Collin.

»Nein. Hat sich per Mail bei mir gemeldet. Wie gesagt, aus San Francisco. Nichts Ungewöhnliches. Die Schlüssel und alle Unterlagen hat er bei einem Notar hinterlegt. Kenneth Bold. Mit ihm habe ich direkt zu tun. Hier sind die Dokumente in Kopie, um die Sie gebeten haben. Sollten Sie sonst noch Fragen haben …« Hemming wies demonstrativ auf seine Uhr, reichte Collin einen Schnellhefter, schob die Sonnenbrille hoch und fixierte wieder sein Handy.

»… würden wir uns dann melden. Danke für Ihre Kooperation«, sagte Collin und spürte den eckigen Siegelring des Maklers bei dem festen Handschlag.

»Lackaffe.« Johnny strich wie Hemming mit dem Zeigefinger einen imaginären Seitenscheitel aus der Stirn und blickte dem teuren Kleinwagen hinterher, mit dem dieser zum nächsten Termin eilte. Er hatte keinen Hehl aus seinem Unmut gemacht, dass bis zum Abschluss der Ermittlungen nicht nur der unmittelbare Fundort, sondern das gesamte Anwesen abgesperrt und beschlagnahmt wurde.

»Dann lass uns mal reingehen.« Sie stiegen die Treppe mit den viel zu steilen Stufen hoch. Ein Aufstieg aus dem Nichts ist in der Rückschau immer weniger beschwerlich als ein Abstieg aus der Höhe von Reichtum und Erfolg, dachte Collin. Wer gab freiwillig ein solches Anwesen auf? Die Grundstückspreise waren exorbitant. Brian Hattonfield wollte sich durch den Verkauf sicher eine goldene Nase verdienen und das neue Leben in Kalifornien finanzieren. Warum aber war er ausgezogen, obwohl sich noch kein Käufer mit dem entsprechenden Kleingeld gefunden hatte? Es musste einen triftigen Grund dafür geben. Krankheit, irgendein Schicksalsschlag, berufliche Umorientierung, eine neue Liebe oder schlichtweg, wie Hemming vermutete, finanzielle Schwierigkeiten, die Brian Hattonfield gezwungen hatten, das Haus auf den Markt zu setzen und wegzuziehen. Oder war es eine Flucht gewesen?

»Wo soll man da anfangen?« Johnny blieb auf der ausladenden Veranda stehen. »Ist mir persönlich 'ne Nummer zu groß. Ein Garten wie drei Fußballplätze, die ganzen Nebengebäude, ein Dutzend Zimmer. Da brauchen wir ja mindestens einen Monat.«

Collin dachte genauso, schwieg aber. Hemmings Auskunft, das Haus sei leer geräumt, bestätigte sich, als sie von der Eingangshalle aus von Raum zu Raum liefen. Sämtliches Mobiliar war weg. Die ehemaligen Bewohner hatten nichts zurückgelassen. Der Makler hatte eine Reinigungstruppe beauftragt. Potentiellen Käufern, so seine Begründung, sollte man geleckte Böden vorführen. Bislang hatte die Strategie allerdings keinen Erfolg gezeigt. Und jetzt?, hatte Hemming mit unterdrückter Wut in der Stimme gefragt, als wüsste Collin eine Antwort auf die Frage, wie man eine sowieso schwer verkäufliche Immobilie loswird, in der ein Grab gefunden worden war. Aberglauben war noch weit verbreitet. Ein Mordfall belegt ein Haus mit einem Fluch, so denkt man hier, hatte Hemming ärgerlich gesagt.

Einem nackten Museum glich das Landhaus mit seinen zehn Zimmern, davon einige nicht geräumiger als eine Besenkammer. Nur das Knochengerüst eines bewohnten Heims war übrig geblieben: Textiltapeten im altenglischen Stil mit floralem Muster, Streifen oder in matten Erdfarben wiesen rechteckige Flecken auf, wo einmal Bilder gehangen hatten, Löcher mit Dübeln, einige Spuren von Umbaumaßnahmen. Die Menschen, die hier gelebt hatten, waren nicht einmal als Schatten erkennbar.

»Sollen wir Wände abklopfen? Kacheln und Parkett aufreißen?« Johnny trommelte auf einer hüfthohen Holzvertäfelung herum.

»Wenn es nötig sein sollte.«

Sie waren in einem Raum im Obergeschoss, vermutlich ein ehemaliges Schlafzimmer. Collin trat durch die Flügeltür auf einen rund gemauerten Balkon, von wo aus die Sicht über das Land scheinbar endlos war, eine Kulisse aus Wiesen, Waldstücken und Äckern bis zum hellblauen Horizont, der mit dem Meer verschmolz. Eine trügerische Idylle. Man hatte direkte Sicht auf das Pförtnerhaus, das Eingangstor mit der gekiesten Auffahrt und auch auf die Kate des unbekannten Nachbarn. War es denkbar, dass Brian Hattonfield, der bislang einzige vage Tatverdächtige, Jahre auf diesen Balkon hinausgetreten war und ohne Gewissensqualen die schöne Aussicht hatte genießen können? Ja, das war möglich, wusste Collin. Ein Mensch war zu fast allem fähig, auch zu einem Frühstück auf einem Balkon in unmittelbarer Nähe eines von ihm getöteten und verscharrten Kindes.

Er sah Dienstwagen der Spurensicherung in die Einfahrt einbiegen und verriegelte die Balkontüren von innen. »Das war bestimmt ein Kinderzimmer«, hörte er Johnny sagen und folgte ihm in das angrenzende Zimmer. Vom Flur aus war es nicht zu erreichen. Es war ganz in Altrosa gehalten. Bis auf eine weiße Wand. »Wie kommst du darauf?«

»Alle Gören kritzeln doch auf Wänden rum.« Johnny hob ein Stück der weißen Raufasertapete an, unter der die ursprüngliche rosa Stofftapete zu sehen war. Man hätte die obere Lage ohne Schwierigkeiten abziehen können. Darunter sah man eine Krakelei von Wachsmalstiften. Vielleicht hatte der Makler die verdorbene Tapete auf die Schnelle ersetzen lassen, nachlässig und, statt traditionell mit Leim, mit zu wenig oder billigem Kleister angebracht. Collin erkannte zwei Strichmännchen, die sich an den Händen hielten. So hatte Ayesha als Kleinkind gemalt. Auch sie hatte sich mit ihren Malkünsten am liebsten an Zimmerwänden ausgetobt.

»Jungs mögen kein Rosa«, sagte Johnny und machte Aufnahmen. »Also hat hier ein Mädchen gewohnt. Vielleicht hat Brian Hattonfield Kinder.«

»Müssen wir überprüfen.« Wäre ein Vater dazu fähig, eins der eigenen Kinder zu töten und ohne Gewissensbisse seine anderen heranwachsen zu sehen? Und welche Rolle hatte die Mutter des Kindes gespielt? Vielleicht war sie es, überlegte Collin, die Hand an ihr Neugeborenes gelegt hatte. Der Mensch, hatte Owen Peters, sein Lehrmeister in Southampton, gepredigt, ist zu mehr Grausamkeiten fähig, als wir uns in unserer Fantasie ausmalen können.

Nach einem Rundgang durch die beiden weiteren Zimmer im Obergeschoss und die Wirtschaftsräume im Erdgeschoss gingen sie nach draußen. Die Kollegen aus Truro würden das Haus gründlicher durchforsten. Eine vollgekritzelte Tapete brachte sie nicht weiter.

Sie besichtigten zwei leere Doppelgaragen und eine Scheune, in der lediglich ein Gartentraktor mit Anhänger stand. Collin registrierte die frisch wirkende Erde an den Rädern und machte sich eine Notiz. Alle anderen Gebäude waren leer. Nur im Stall fanden sich Zeugnisse eines arbeitsreichen Lebens.

»Hier haben keine Rinder gewohnt, sondern Gäule«, sagte Johnny und öffnete Boxentüren. Durch Staub reflektiertes Licht fiel in Streifen in den Stall. Es roch nach fauligem Mist und Tierfell. »Und nicht zu knapp. Hattonfield muss ein Züchter gewesen sein.« Die vierzig Boxen waren nummeriert und mit Namensschildern versehen.

»Dann dürfte es ein Leichtes sein, etwas über ihn herauszufinden«, überlegte Collin laut.

»Sehe ich genauso. Scheint jedenfalls nicht schlecht gelebt zu haben. Sieht hier alles wie geleckt aus.«

Reich geworden durch Pferdezucht? Und dann plötzlich pleite? Seltsam, dachte Collin. Und kaum vorstellbar, dass eine solche Familie keine Spuren hinterließ. Jäger trafen sich zur gemeinsamen Jagd. Pferdezüchter hatten Kontakt zu Käufern, Tierärzten, ja der ganzen Welt des Reitsports.

Das Gebäude war aus roten Ziegeln errichtet worden, der Betonboden lackiert, die Sattelkammer, der Futterraum wirkten gepflegt – alles machte einen Eindruck von moderner Funktionalität und Ordnung. Anders als im Haus hatte der Makler hier allerdings niemanden mit Besen und Hochdruckreiniger hineingeschickt. In den Boxen lag noch Streu, Spinnenweben hatten sich breit gemacht, Mäuse eingenistet.

»Wie war dieser Spruch?«, fragte Johnny und hielt eine Handvoll Streu hoch. »Die Nadel im Heuhaufen suchen, stimmt's?«

»So kommt es einem am Anfang immer vor.« Collin zog die Einmalhandschuhe aus, stopfte sich eine Pfeife und ging durch den Garten in Richtung Eingangstor. Ryol Argall war mit dem Kleinlaster seiner Baufirma eingetroffen. Er war ein Experte für die Sanierung von Baudenkmälern und hatte Collin bei der Renovierung seines verwitterten Cottage zur Seite gestanden. Ryol konnte in Mauern, Fundamenten und Dachbalken lesen wie in einem aufgeschlagenen Buch, und Collin hoffte, dass er am Fundort etwas erkennen konnte, wofür Laien blind waren.

Ryol klopfte Wände ab und musterte lange das Steingrab, und bestätigte dann die Vermutung, dass die Theke, unter der sie das Kind gefunden hatten, wesentlich später als das Pförtnerhaus errichtet worden war, nicht professionell verarbeitet, wie unregelmäßige Verfugungen zeigten.

»Das sind leichte, großformatige Steine aus Porenbeton«, sagte er. »Damit kann theoretisch jeder Selfmademan zurechtkommen.«

»Wie alt ist das Gebäude?«, fragte Collin.

»Frühes 20. Jahrhundert. In traditioneller Bauweise errichtet. Lehmwände, teilweise Lehmziegel, Fachwerk. Ich denke die Umbauten wurden zum gleichen Zeitpunkt gemacht als man die Theke über dem Fundort errichtet hat. Man müsste den Putz ganz abschlagen, um es genauer zu sehen.« Ryol wies mit dem Meißelhammer an eine Wand, wo er eine Handbreit Putz abgeschlagen hatte. »Siehst du? Die Eingangstür war früher hier. Man hat sie umgesetzt und verkleinert. Zwei Fenster wurden zugemauert. Ich komme gern noch mal wieder, wenn das Gebäude ganz freigegeben ist.«

»Kann 'ne Weile dauern.« Techniker der Spurensicherung waren dabei, die Schmutzschicht auf dem Beton der Fundstelle vorsichtig abzutragen, in der Hoffnung, Kleiderfasern und andere Asservate zu finden, die Aufschluss über Liegezeit und Identität des getöteten Kindes sowie über den Tathergang geben konnten.

»Furchtbare Sache. Hoffe, ihr findet raus, was hier vorgefallen ist.« Ryol zog sich den Schutzanzug aus und schüttelte die schulterlangen Locken, die er mit einem bunten Stirnband geschmückt hatte.

»Über kurz oder lang werden wir das«, sagte Collin und blickte auf die Uhr. In einer Stunde hatte er eine Teambesprechung anberaumt und vorher wollten sie noch bei dem kleinen Haus gegenüber von Woodland vorbeifahren. Er schaute sich nach Johnny um.

»Kann mich gern mal umhören, ob jemand sich erinnern kann, wer den Umbau hier gemacht hat«, bot Ryol an. »Mein alter Herr kennt Hinz und Kunz in dem Gewerbe.« Ryols Vater und Großvater hatten sich bereits als Denkmalpfleger einen Namen gemacht und Ryol war begeistert in ihre Fußstapfen getreten, nachdem er viele Jahre, wie er in der Rückschau mit Selbstironie bekannte, wie ein Stück Treibholz an allen möglichen Küsten der Welt gestrandet war, auf der Suche nach dem Paradies, das er letztlich nicht entdeckt hatte. Aber vielleicht hatte er es nun hier in Cornwall gefunden.

»Alle Hinweise sind hilfreich«, sagte Collin und wandte sich zum Gehen.

»Hab gehört, dass du auch bei der Ausstellung im alten Bahnhof mitmachst.«

»Höchstwahrscheinlich. Kann sein, dass ich jetzt keine Zeit finde.«

»Schade wär's. Ich mag deine Arbeiten, Collin. Sind was Besonderes.«

Collin verabschiedete sich mit einem Schulterschlag von Ryol und fragte sich, wie ernst er dessen Lob nehmen konnte. Ryol baute aus alten Hartbrandziegeln Skulpturen und Dekorationen für den Garten, die zugleich zweckmäßig waren wie Wasserspeier, Pflanztöpfe oder Säulen. Ruinenkunst nannte er seine Projekte, die ihm vor allem Londoner Ferienhausbesitzer aus den Händen rissen. Collin beschloss vorerst, an seiner Entscheidung festzuhalten und an der Ausstellung teilzunehmen.

Ein frischer Wind vom Meer war aufgekommen, der wie eine liebkosende Hand über seinen Kopf strich, und Collin spürte einen Hauch Zuversicht. Eine Familie wie die Hattonfields hinterließ eindeutige Abdrücke wie ein Pferd. Da musste er nicht einmal daran glauben, dass Hufeisen ein Symbol für Glück waren. Er drehte sich noch einmal zum Pförtnerhaus um, bevor er Johnny rief. Was immer vor Jahren in dessen Inneren geschehen war, vom Herrenhaus aus war der Blick darauf verstellt gewesen. Der perfekte Ort für ein Versteck, für ein Geheimnis, für ein grausiges Verbrechen.

6

Im Irgendwo hinter der dunkelgrauen Trübnis, die über der Ostsee lag, war Langeland, war Dänemark. Wind peitschte Regen an die Scheiben, jagte über Dünengras, wühlte im Meer. Kein Mensch war heute am Strand unterwegs. Der Frühsommer war fest im Griff eines skandinavischen Tiefs, das den Himmel verfinsterte. Über dem gedeckten Esszimmertisch brannte der edle Deckenlüster. Das Licht der Kristallanhänger wird Sie wie Sternenstaub verzaubern, hatte der Hersteller versprochen. Evelyn Wering war an diesem Mittag blind für den Lichtzauber. Sie konnte ihren Atem nicht beruhigen, fingerte nervös an der langen Kette wie an einem Rosenkranz. Akoyaperlen mit roséfarbenem Überzug, fünfzig an der Zahl. Ein Collier der AA+ und AAA-Qualität, so selten waren die unregelmäßig gewachsenen Salzwasser-Zuchtperlen aus Südjapan. Einst war es ihr Traum gewesen, eine solche Kette zu tragen. Jetzt bewahrte sie ein Dutzend in ihrer Schmuckschatulle auf. Geschenke zum Hochzeitstag. Noch einen Monat, und sie würde ihrer Sammlung gewiss eine weitere hinzufügen. Ihr Schatz. Die einzige Rückversicherung für schlechte Zeiten ist Schmuck, hatte Tante Margot ein Mal gesagt. Nein, nicht ein Mal: Wie ein Mantra hatte es ihre Tante zu allen möglichen Gelegenheiten wiederholt. Als Vertriebene aus Ostpreußen war ihr nur der Schmuck geblieben und hatte ihr in den ersten schweren Nachkriegsjahren geholfen. Evelyn hatte diese Auffassung als altmodisch abgetan und bis gestern nicht mehr daran gedacht, dass jederzeit schlechte Zeiten kommen konnten. Sie sah ihre noch immer knabenhaft schlanke Gestalt in der Wohnzimmerscheibe widergespiegelt. In ihrem Leben hatte sie an unzähligen Fenstern gestanden. An winzigen Kellerluken mit Milchglas, an Bullaugen, an Butzenscheiben mit Fensterläden oder wie seit einigen Jahren an bodenlangen Scheiben, durch die das Licht so aufdringlich fiel, wenn die Sonne schien, dass man die Vorhänge zuziehen musste. An allen Fenstern ihres Lebens hatte sie sich weit weg geträumt, in ein Woanders, halb Sehnsucht, halb Wehmut, wie eine Gefangene, die von der Flucht fantasiert. Aber was sollte sie in Dänemark? Es wäre nur ein weiteres Land am Meer. Was wäre dort anders als in Hasselberg? War die See nicht am Ende überall gleich? Die Luft von Salz getränkt, ein steter Hauch Feuchtigkeit, der alles klamm machte, überallhin trug man den Sand, es roch nach Fisch und in den Häfen nach Diesel, und nirgendwo konnte man dem Wind ausweichen. Am Meer war ihr nie warm geworden. Auch jetzt fröstelte ihr. Sie zog den Kashmirschal enger um den Hals.

Er hatte ein zweites Mal angerufen. Diese Dreistigkeit! Selbst der Tee mit Rum danach hatte seine Wirkung verfehlt. Ihre Hände waren wie Eis. Sie ertappte sich dabei, wie sie mit einem

Ohr zur Tür lauschte, als könnte er jeden Moment davorstehen. Alle Geräusche erschienen ihr überlaut. Hinter ihr klapperte Detlef mit dem Besteck, schmatzte und machte sich auch noch mit anderen Tönen bemerkbar. Sie konnte nicht ewig hier am Fenster stehen. Entschlossen zog sie die anderen Vorhänge auf, knipste eine Stehlampe an, überprüfte die Hochsteckfrisur im Spiegel über dem Kamin, zu der sie die kleinen Perlstecker trug, und ging mit fließenden Schritten, die ihrer Ansicht nach nur mit mindestens sechs Zentimeter hohen Absätzen jene Eleganz ausstrahlten, nach der sie seit ihrer Jugend gestrebt hatte, zu ihrem Platz. Sie hatte eine Damastdecke ausgewählt, auch wenn es ein gewöhnlicher Montag war. Ein kleines Bouquet mit weißen Lilien, Männertreu und blassrosa Fresien hatte sie darauf arrangiert. Es passte hervorragend zu dem Meißner Porzellan. Alles war perfekt für den Brunch, wie sie den Ersatz für das Mittagessen getauft hatte. Normalerweise gingen sie jeden Abend essen, wenn sie in Hasselberg waren. Die Restaurantbesuche waren für Evelyn der Höhepunkt eines jeden Ferientages, den sie lustlos an der Küste verbrachte. An diesem Abend hatte sich allerdings Besuch angekündigt, sehr zu ihrem Verdruss. Detlefs Tochter aus erster Ehe samt Familie, die mit ihnen Detlefs Geburtstag feiern wollten. Drei Kinder im Vorschulalter und zwei Hunde im Schlepptau. Sie würde sich bis Mittwoch gegen Lärm, Dreck und schwelende Streitereien wappnen müssen. Unter normalen Umständen schon eine Kraftprobe, die sie an ihre Grenzen brachte. Jetzt fühlte sie sich überhaupt nicht dazu in der Lage, die nötigen Vorbereitungen zu treffen.

»Kein Appetit, meine Liebe?« Detlef kaute mit offenem Mund. Ein Tropfen Salatsoße hing in seinem ordentlich gestutzten Bart. Sie schlug die dezent geschminkten Augen nieder, um diesem Anblick zu entgehen, rang sich ein Lächeln ab und nahm sich eine dünne Scheibe Roggenbrot. »Der Himmel ist ganz spektakulär«, gab sie zur Antwort. Sie war eine Meisterin in verbalen Ablenkmanövern. So wie es ihr rückblickend meisterhaft gelungen war, ihre Herkunft zu verbergen und Männer für sich zu gewinnen, die ihr jenen Lebensstil boten, von dem sie geträumt hatte. Sie hatte sich gar nicht anstrengen brauchen. Sie war von jedem Kapitän höchstselbst aus Flut und Ebbe herausgefischt worden, hatte sich wie eine Meerjungfrau in seinen Heimathafen bringen lassen und war von dort in dessen Fahrwasser mitgeschwommen, solange es ihr gefiel. Sie war fest davon überzeugt, dass sie nur dank ihrer Selbstdisziplin so weit gekommen war. Eine klassische Schönheit war sie nicht, aber vorzeigbar und immer aufs Sorgfältigste gepflegt. In den Kreisen, in denen sich die Kapitäne ihres Lebens bewegten, war ihrer Überzeugung nach eine Frau gefragt, die ein Höchstmaß an Unabhängigkeit hatte und zugleich ihrem Mann als Zierde diente, wenn es die Etikette oder Situation erforderte. Letzteres beherrschte Evelyn, solange nicht mehr von ihr verlangt wurde. Detlef, Erbe einer Werftdynastie, hatte sie vor zehn Jahren in den Hafen ihrer dritten und längsten Ehe geführt. Witwer, zwei Jahrzehnte älter als sie, pensioniert, aber noch immer mit seinem Unternehmen verheiratet, ein Energiebündel mit diversen Gebrechen, darunter dem kompletten Verlust seiner Manneskraft – alles Aspekte, die ihn für Evelyn zum idealen Partner in ihrem Bestreben nach größtmöglicher Distanz und nach einem selbstbestimmten Leben machten, ohne finanzielle Sorgen.

»Du bist blass«, sagte Detlef. »Ist dir nicht wohl?«

Sie spürte seinen forschenden Blick und wie die neue Antifaltencreme auf ihrer Gesichtshaut spannte. »Das Wetter. Meine Migräne …« Sie legte kurz die Hand auf seine und bat um die Diät-Margarine.

»Ich bin heute nur kurz in Rendsburg. Du könntest mitkommen und zum Arzt.«

Die Standuhr, eins der vielen Erbstücke aus Detlefs Familie, läutete mit dunklen Schlägen die volle Stunde ein. Detlef würde bald aufbrechen. Pünktlichkeit war eine seiner verlässlichen Eigenschaften.

»Nicht nötig. Ich werde mich hinlegen. Und danach das Abendessen vorbereiten.« Sie strich eine Gemüsepaste auf ihr Brot. Körniges, dunkles, festes Brot hatte sie in England am meisten vermisst. Sie biss ab und schmeckte die Erinnerungen, schluckte sie hinunter.

Detlef legte das Besteck hin und schob den Teller zurück. Sein Platzdeckchen war voller Krümel, auf dem Teller eine Spur Senf, die Serviette zerknüllt daneben. Er scherte sich keinen Deut um Stil. Mit seinen bärenhaften Händen und dem bulligen Kopf passte er besser in eine der Fischbuden am Hafen, in denen man Heringsbrötchen auf Plastiktellern servierte. Doch sie hatte gelernt, über derlei Kleinigkeiten hinwegzusehen. Was er ihr bot, war eine Bastion, eine Festung, in die nichts und niemand ohne Schwierigkeiten einzudringen vermochte. Die beiden Anrufe waren ein Affront gegen diese Sicherheit. Ja, eine Bedrohung. Sie hatte gleich aufgelegt. Hoffte, er würde glauben, sich verwählt zu haben. Welch ein naiver Gedanke, wusste sie einen Moment später.

»Vorhin kam ein Anruf für dich. Du hast noch geschlafen.« Eine leichte Gereiztheit schwang in Detlefs Stimme mit.

»Wer war es denn?« Sie fühlte Hitze in die Wangen steigen, tupfte sich die Mundwinkel und versuchte eine neutrale Miene aufzusetzen.

»Wollte mir den Namen nicht nennen.« Detlef durchbohrte sie mit seinen hervorquellenden Augen, die Evelyn an eine Schildkröte denken ließen. Exophthalmus, stoffwechselbedingte Glubschaugen, eine Fehlfunktion seiner Schilddrüse. Er hatte zwei Semester Medizin studiert, liebte es, mit lateinischen Begriffen um sich zu werfen und sie und alle anderen nicht nur mit seinem Fachwissen zu belehren. Evelyn hatte er anfangs wie alle, die ihn nicht gut genug kannten, damit eingeschüchtert und ihr vorgegaukelt, ein gebildeter Mann zu sein. Inzwischen langweilten sie seine Vorträge. Sein Wissen, so hatte sie im Laufe der Jahre herausgefunden, fußte auf tönernem Grund. Sie hatte sich angewöhnt, an passenden Stellen zu nicken.

»Aha«, brachte sie hervor und goss sich von dem frisch gepressten Orangensaft ein. Gleich würde er aufstehen. Er hatte schon den Stuhl zurückgeschoben. Solange hieß es, Contenance zu bewahren.

»Ein Mann. Er sprach mit Akzent.«

»Mit welchem Akzent?«

»Schwer zu sagen. Kein Deutscher jedenfalls.«

Es waren also schon drei Anrufe. Durch eine Rufumleitung benutzten sie hier in Hasselberg dieselbe Nummer wie in ihrem Hamburger Haus. Wie mochte er ihre Telefonnummer herausgefunden haben? Nach all den Jahren. Und wo sie doch alles getan hatte, um ins Vergessen zu tauchen. In ein anderes Land war sie gegangen, vielmehr dorthin zurück, wo sie hergekommen war, nach Deutschland. Ihren Mädchennamen hatte sie das dritte Mal abgelegt, als sie vor zehn Jahren Detlefs Frau wurde. Dennoch hatte er sie gefunden. Sie schob die Frage weit von sich, warum er sie nach so langer Zeit gesucht hatte.

»Vielleicht der Teppichhändler«, sagte sie so leichthin wie möglich. »Ich habe für dein Arbeitszimmer einen neuen Teppich ausgewählt. Zu deinem Geburtstag. Nun ist die Überraschung dahin.« Sie lauschte dem Nachhall ihrer Stimme in dem zu großen Raum des Ferienhauses, das sie in diesem Jahr neu einrichten wollte. Die Hälfte der alten Möbel war ausgemistet. Die Anlieferung der neuen hatte sich verzögert. Detlef, so war sie überzeugt, dürfte die Lüge schlucken wie seine Herztablette. Was blieb ihm anderes übrig?

»Ich bin trotzdem gespannt«, sagte Detlef, stand schließlich auf und verabschiedete sich nach einigen Minuten von ihr.

Endlich war sie allein. Sie räumte das Geschirr in die Spülmaschine, fuhr das Internet hoch, bestellte per Express einen handgeknüpften Perserteppich von einem Anbieter in Flensburg, googelte erfolglos nach dem Namen des Mannes, der sie seit dem gestrigen Sonntag in einen Abgrund schwarzer Erinnerungen gestürzt hatte, und erkundigte sich beim Telefondienst nach einer Verschlüsselung ihres Anschlusses. Am Ende entschied sie sich dagegen. Eine solche Maßnahme würde Detlefs Misstrauen schüren. Stattdessen folgte sie dem Rat des Telefonanbieters, ging die Rufliste des Festnetzapparates durch und richtete eine Sperre für die unbekannte Mobilfunknummer ein, die an diesem Tag wie eine Bombendrohung ihren Frieden gefährdete. Sie löschte sie aus der Rufliste, notierte sie in ihr kleines Adressbuch und widerstand der Versuchung, sie einfach zu wählen, um ganz sicher zu gehen, dass sie zu jener Zeit gehörte, die sie mit allen Mitteln zu begraben versuchte. Mit mechanischen Bewegungen schrubbte sie danach Frühkartoffeln, hackte Zwiebeln, Sellerie und Knoblauch, kochte Rote Grütze und Vanillepudding und würzte den Dorsch, während die Zeiger der Küchenuhr gnadenlos vorrückten und ihre Gedanken ohne Halt weit ins Gestern pendelten.

Es blieb ihr nichts anderes übrig, als abzuwarten. Entweder schlug die Falle zu, in der sie sich zu befinden glaubte, oder sie fand einen rettenden Ausweg aus dem Unvermeidlichen, das sie wie eine schwarze Woge auf sich zurollen sah. Als sie kurz entschlossen die Mittagsruhe sausen ließ, ihre Sporttasche packte und im Zweitwagen nach Flensburg fuhr, um sich mit Alexander zu treffen, ihrem neuesten Schwarm, begeisterter Florettfechter wie sie, wusste sie, was sie tun würde: eine Parade mit Ballestra und Fléche. Mit anderen Worten: Die Waffen schärfen und zum Gegenangriff übergehen.

7

Um die heruntergekommene Kate gegenüber des Woodland-Anwesens wucherten Brennnesseln. Verkümmerte Apfelbäume, ein Wildwuchs von Beerensträuchern und leeren Hochbeeten gaben Zeugnis von einem ehemaligen Bauerngarten, aus dem sich die einstigen Bewohner selbst versorgt haben mussten. Der Hof, in dem magere Hühner scharrten, gab ein trauriges Bild von Gleichgültigkeit ab. Ein ausgeweideter Pickup, rostige Geräte, ein Müllberg, aus dem ein noch nicht erloschenes Feuer stinkenden Rauch abließ, ein Tisch aus Paletten und zwei ausgesessene Gartenstühle. Die Vernachlässigung hatte überall Spuren hinterlassen. Hier hauste jemand, der aufgegeben oder nie die Fähigkeit besessen hatte, sich ein Mindestmaß an Ordnung oder gar Schönheit zu verschaffen. Vielleicht war er auch einfach zu bequem oder nicht mehr dazu in der Lage. In einem Drahtverschlag vor einem ehemaligen Stall stand die Hundehütte. Kot bedeckte den kahlen Betonboden.

»Liebt sein Auto wohl mehr als den Köter.« Johnny wies auf eine Doppelgarage mit neuwertigem elektrischen Tor und klopfte an die Haustür, die seit Jahren keinen Anstrich gesehen hatte. Die Fenster daneben waren mit schwarzer Folie zugeklebt. Ein Hund schlug an.

»Ist jemand da? Hier spricht DI Brown«, rief Collin. »Wir wollen Sie wegen des gestrigen Unfalls befragen.« Seine Worte kamen ihm wie aus einem schlechten Drehbuch vor.

»Verschwinden Sie von meinem Grundstück!«, ertönte die schroffe Stimme eines Mannes.

»Öffnen Sie!« Johnny pochte noch einmal gegen das abgeblätterte Holz. »Wenn Sie der Aufforderung nicht nachkommen …« Er sprang zurück, als die Tür jäh aufging. »Heiliger Strohsack!«

Der Lauf eines Gewehrs lugte heraus.

Johnny tauchte neben Collin hinter den Wagen ab. Ein nutzloses Unterfangen, wie beide wussten. Eine Kugel konnte ohne Weiteres das Blech durchstoßen und sie treffen. Collin nahm seinen beschleunigten Puls im Innenohr wahr und spürte seine Knie. Er fühlte sich schwerfällig wie ein Walross auf dem Land. Wann hatte er sich in seinem Beruf das letzte Mal auf seinen Körper verlassen müssen? Ich sollte auf Kathryn hören und mit Fitnesstraining beginnen, dachte er und rief mit wachsender Entrüstung: »Wenn Sie nicht sofort die Waffe fallen lassen, bekommen Sie ernsthafte Schwierigkeiten!«

Das Bild eines alten, verrückt gewordenen Mannes tauchte vor seinem innerem Auge auf, ein ehemaliger Frontsoldat, der den Zweiten Weltkrieg überlebt, aber nie überwunden hatte, mit seinen Traumata allein gelassen worden war und jeden unangemeldeten Besucher als Feind betrachtete. Johnny und er waren beide unbewaffnet. Der Taser, die Elektroschock-Pistole, lag, seit sie vor ein paar Jahren damit ausgestattet worden waren, im Waffenschrank der Polizeistation. Collin hatte zum Glück bislang selten Anlass gehabt, sie einsetzen zu müssen.

»Ausweis?!«

Sie blickten sich an.

»Sorry, vergessen«, murmelte Johnny.

»Oder wieder in die Waschmaschine gesteckt?«

»Verschon mich mit einer Moralpredigt.«

Collin zog sich hoch, hielt vorsichtig seinen Ausweis in die Höhe und sah erleichtert, wie sich der Gewehrlauf senkte und sich die Tür ein weiteres Stück öffnete. Eine Bulldogge tauchte auf, bellte zornig und riss an der Leine, an der sie der Mann hielt.

»Werfen Sie das Gewehr raus«, forderte ihn Collin auf.

»Ist nicht geladen. Was glauben Sie denn?« Der Mann schleuderte das Gewehr in ihre Richtung. Es landete auf der Kühlerhaube des Asconas.

»Sind Sie total übergeschnappt?«, brüllte Johnny, griff nach der Waffe, marschierte auf den Mann zu, blieb aber in gebührendem Abstand stehen. »Sperren Sie den Köter ein und dann ab hier an die Wand.«

Der Mann beförderte den Hund mit einem Tritt ins Haus, schloss die Tür und schwankte auf sie zu. Barfuß, in Badehose und einem T-Shirt, das man wohl nur mit Fleckensalz wieder weiß bekäme. Sein Haar war von undefinierbarer Farbe und kräuselte sich wie verfilzte Wolle um das bleiche, unrasierte Gesicht. Collin hörte Johnny durch die Zähne pfeifen. Er konnte ihm nur zustimmen. Der Mann war ein Wrack und jünger, als er aussah. Alkohol, vielleicht harte Drogen, und das offensichtlich schon ziemlich lange. Johnny übergab Collin die Schrotflinte, drehte dem Mann einen Arm auf den Rücken, schubste ihn zur Hauswand und ließ ihn breitbeinig stehen. Ein jämmerlicher Anblick.

»Name?«

»Habt ihr Bullen einen Durchsuchungsbeschluss?«

»Spielst den Cowboy und fragst nach einem Durchsuchungsbeschluss. Also, spuck's aus.« Johnny presste den Kopf des Mannes an die Wand. Übertrieben, fand Collin. Der Mann konnte sich kaum auf den Beinen halten.

»Vincent Taylor.«

»Sie leben hier allein?«

»Mit meinem Hund. Der wird sie …«

»Zerfleischen, klar. Wir gehen jetzt brav in Ihre Bruchbude und Sie ketten Ihre Bestie an, verstanden?«

»Was wollen Sie von mir?«

»Ihren Waffenschein. Sind ja nicht in Texas.« Johnny stieß Taylor vorwärts.

Collin hoffte, dass Johnny nicht durchdrehen würde. Aufgestauten Frust ablassen, so hatte er ihn die letzten Wochen immer wieder erlebt. Er klickte den Kipplaufverschluss der Schrotflinte auf. Das ältere Modell einer einläufigen Greener GP, Kaliber 12, wie sie heutzutage nicht mehr oft zur Jagd benutzt wurde. Der Lauf war zu seiner Erleichterung leer. Dennoch würde Taylor, sollte er keinen gültigen Waffenschein besitzen, Schwierigkeiten bekommen. Nach dem Dunblane-Massaker im Jahr 1996 in Schottland, bei dem sechzehn Grundschüler und eine Lehrerin getötet wurden, hatte die Regierung das Gesetz verschärft. Es drohten bei illegalem Waffenbesitz mehrere Monate bis Jahre Gefängnis. Und zwei Polizisten mit einem Gewehr zu bedrohen, wurde seitens der Strafordnung auch nicht als Kinderspiel betrachtet. In der Praxis sah es in den letzten Jahren allerdings anders aus. Wenn Taylor Glück hatte, käme er mit einer bloßen Verwarnung davon.

Collin schloss die Greener in den Kofferraum und folgte den beiden in der Hoffnung, dass Johnnys Rechnung aufgehen würde. Menschen wie Vincent Taylor, die womöglich nichts mehr zu verlieren hatten, waren manchmal unberechenbar. Es würde ihn nicht wundern, wenn er den Hund abgerichtet hatte und dieser ihnen auf einen bestimmten Pfiff oder Ruf hin an die Kehle ginge.

Doch Taylor war auf einmal ganz in sich zusammengesunken, eine Marionette, die Johnnys Befehlen willenlos folgte. Kurz darauf war die Bulldogge in ihrem Verschlag, wo sie knurrend am Maschendraht hochsprang, und sie sahen Taylor in dem dunklen Zwei-Zimmer-Haus dabei zu, wie er an den Schubladen einer Kommode zerrte, Sachen herausschaufelte und vor sich hinfluchte. Den Waffenschein fand er nicht. Er ließ sich in den speckigen Ledersessel fallen und starrte in den Fernseher, der ohne Ton lief. Das neueste Modell eines Flachbildschirms. Überquellende Aschenbecher und leere Flaschen standen auf dem Wohnzimmertisch. Kalter Rauch und andere unangenehme Gerüche machten die Luft in dem überhitzten Zimmer unerträglich.

»Wollten Sie verreisen?«, fragte Collin und wies auf einen Koffer, der halb gepackt auf dem Sofa stand. Taylor schwieg. »Sie werden uns leider begleiten müssen. Die Sache mit dem Gewehr war keine gute Idee.« Collin zog den Vorhang ein Stück auf und öffnete das hintere Fenster. Es ging zur Landstraße raus und war in einwandfreiem Zustand. Sogar die Scheibe war geputzt.

»Hab nichts verbrochen. Falsche Adresse.« Taylors Stimme klang jetzt dünn, aber wie ein Nadelstich.

»Wie meinen Sie das?« Eine Antwort bekam Collin nicht. Die Sonne blendete, aber er war sich sicher, dass er das Pförtnerhaus von Woodland durch das Fenster sehen konnte. Ein Fernglas lag auf der Fensterbank. Ein teures mit Nachtsichtfunktion. Marke Cobra Pulsar, wie es beim Militär eingesetzt wurde. Verbrachte Taylor seine Zeit damit, die Straße zu beobachten? Was war dort zu sehen? Verkehr gab es ja herzlich wenig. Collin zog den Vorhang ganz auf. Das zweite Fenster war mit der schwarzen Folie verklebt wie alle anderen im Haus.

»Haben Sie den Unfall gestern von hier aus gesehen?«

»Was für'n Unfall?«

»Mit einem Lastwagen. Muss ziemlich gekracht haben. Und da hier sonst nur Vögel zwitschern … Gegen Mittag.«

Taylor hob die Schultern.

»Da drüben stehen jede Menge Polizeiwagen, und Sie wollen nichts mitgekriegt haben?«

»Nein, hab ich nicht.«

»Das kannst du deiner Uroma weismachen«, sagte Johnny und haute gegen die Sessellehne. »Wo waren Sie denn gestern gegen Mittag?«

»Weg.«

»Geht es vielleicht etwas präziser?« Johnny knuffte Taylors Schulter.

»Lass die Pfoten von mir, Scheißbulle.«

»Kennen Sie Brian Hattonfield?«, fragte Collin und betrachtete ein Acrylbild mit verblassten Farben, das zwischen den beiden Fenstern hing. Ein Hobbykünstler, vielleicht ein Kind, hatte mit schiefer Perspektive und zu satten Farben den Versuch unternommen, Woodland zu malen. Der Rauch aus dem Schornstein war zu schwarz, der Himmel zu blau, die Bäume ohne Kontur, und um den Kitsch vollkommen zu machen, graste ein Reh auf einem Streifen Grün, bei dem Hals und Beine zu lang und klobig geraten waren.

»Kann sein.« Taylor griff nach einer halbleeren Tabakpackung und dann nach einer Flasche. Gierig trank er den letzten Schluck Bier und drehte sich mit zittrigen Händen eine Zigarette.

Wie oft Collin in seiner Southamptoner Zeit Typen wie ihn gesehen hatte. Wracks, die an der Nadel hingen, die statt im Leben im Schnaps schwammen. Bei jedem dieser bedauernswerten Menschen gab es eine Geschichte, die sie zu dem gemacht hatten, was sie waren und zugleich nicht mehr waren. Welche Geschichte mochte Vincent Taylor in dieses Dreckloch geführt und zu einem Sklaven seiner Süchte gemacht haben?

Collin ging zum Fernseher und schaltete ihn aus. Sein Blick fiel auf ein dickes Heft, das daneben lag. Darauf ein Füllhalter. Nicht irgendeiner. Es war ein Mont Blanc. Das Gläschen blauer Tinte daneben war aufgeschraubt. Er blätterte ein paar Seiten durch und blieb bei einem Eintrag hängen: »März, 1999. 20 Uhr. Das Licht brennt. Sie sind wieder da.« Was hatte das zu bedeuten?

»Hattonfield war Ihr direkter Nachbar. Sie müssten sich doch begegnet sein.« Collin klappte das Heft zu und widerstand dem Drang, es mitzunehmen. Sie hatten keinen Durchsuchungsbeschluss. Auch wenn die Situation aus den Fugen geraten war, mussten die Dienstwege eingehalten werden.

»Wer schreibt das vor?«, murrte Taylor.

Collin wechselte einen Blick mit Johnny. »Also. Sie können uns gern so begleiten, wie Sie jetzt sind. Oder sich umkleiden. Ich gebe Ihnen fünf Minuten.«

»Dann ziehen wir andere Seiten auf«, fügte Johnny hinzu und unterstrich seine Worte mit einem Tritt gegen den Sessel. Collin würde ein ernstes Wort mit ihm reden müssen. Unnötige Drohgebärden, gar die Anwendung von Gewalt waren nicht nur in seinem Team tabu, es sei denn sie selbst waren in unmittelbarer Gefahr. Seine Freundlichkeit brachte sie hier allerdings auch nicht weiter. Taylor war in eine Art Delirium gefallen und hing stumpf im Sessel. Sie suchten ein paar Kleidungsstücke zusammen, wuchteten ihn hoch und setzten ihn mit Handschellen in den Wagen.

Einen möglichen Augenzeugen des Unfalls hatten sie befragen wollen. Sie hatten vor allem gehofft, über den einzigen Nachbarn etwas über die Familie Hattonfield zu erfahren. Nichts sonst. Und jetzt war es so, als beförderten sie einen Schwerverbrecher.

Auf der Fahrt zurück zur Küste nach St Magor, die durch landwirtschaftliche Flächen und Waldstücke führte, musste Collin auf einmal an jenen Ausflug mit seinen Eltern zum Brombeerenpflücken denken. Wie ein Abenteuer in einem Dschungel war es ihm in dem Wald vorgekommen. Sie aßen Sandwiches auf einer Lichtung, er kletterte mit seinen Geschwistern auf Bäumen herum und naschte von den Beeren. Doch dann war ihnen auf dem Rückweg ein Reh vor das Auto gelaufen. Collins Vater war direkt über den Kopf gefahren. Das Blut glich zerstampften Brombeeren. Und mittendrin die großen, erstaunten, braunen Rehaugen. Danach konnte Collin jahrzehntelang keine Brombeeren mehr essen.

8

Collin hörte zerstreut Bills Bericht über den Lastwagenunfall zu. Bill hatte Zaman Jatoi im Krankenhaus einen Besuch abgestattet. Ohne Absprache, aber was soll's, seufzte Collin innerlich.

»Ich habe mit dem zuständigen Arzt gesprochen«, erzählte Bill. »Der gesundheitliche Gesamtzustand Jatois ist stabil und einwandfrei. Nichts spricht dafür, dass er aus einem plötzlichen Schwächeanfall heraus oder durch Einfluss von Alkohol oder anderer Substanzen die Gewalt über das Fahrzeug verloren hat.«

»Und was sagt er zum Hergang des Unfalls?«, fragte Collin.

»Jatoi kann sich nicht mehr erinnern. Der Arzt führt es auf

den Schock zurück. Die Werkstatt hat den Abschlussbericht geschickt.« Bill hielt ein weiteres Papier hoch. »Keine Spuren von Außeneinwirkung. Die Techniker schließen aus, dass ihm ein Tier in die Quere gekommen ist oder ein anderes Fahrzeug. Die Bremsspur ist recht kurz, was auf Vollbremsung hindeutet.«

Vielleicht hatten Schattenspiele die Augen des Fahrers getrübt, ihn glauben lassen, ein Hindernis liege auf der Straße.

»Bremsen, Getriebe, Lenkung, Reifenprofil, alles okay. Entschuldigung.« Bill wandte das Gesicht ab und schnäuzte sich. Er hatte sich eine Sommergrippe eingefangen. »Die letzte große Wartung liegt erst vier Wochen zurück. Der Lastwagen hat durch den Aufprall allerdings einen Kühlerschaden erlitten. Deshalb ist er nicht mehr angesprungen.«

»Was hab ich gesagt?« Johnny klatschte in die Hände.

»Die FTS-Goodwin, wo Jatoi seit drei Jahren angestellt ist, kann sich nicht erklären, warum er sich verfahren hat«, fügte Bill hinzu.

»FTS-Goodwin? Was ist das schon wieder?«, fragte Johnny.

»Fast Transport Solution«, erläuterte Bill mit ungewohnt scharfer Stimme. »Ein Fuhrpark aus Folkestone. Fährt für verschiedene Unternehmen. Und seit rund zehn Jahren auch für die Futtermittelhersteller.«

»Klein-Doofie hat's kapiert.« Johnny knüllte lautstark eine leere Chipspackung zusammen und warf sie in den Papierkorb.

»Sämtliche Papiere sind tadellos«, fuhr Bill fort. »Ich hege jedoch die Vermutung, dass der Fahrtenschreiber manipuliert worden ist. Der Umweg über Woodland ist bei der Zentrale nicht registriert. Die aufgeschlitzten Säcke sind im Labor. Versprechen tue ich mir allerdings nichts davon«, fügte er mit einem Blick auf Johnny hinzu.

»Und welche Erklärung hast du dafür«, konterte dieser. »Wenn ein Karnickelzüchter Futter plündern will, packt er ein paar Säcke auf den Karren, oder?«

»Die Frage dürfte derzeit wenig Relevanz haben.«

Johnny brummte etwas Unverständliches in seinen Bart.

»Sonst etwas zu dem Unfall, Bill?«, fragte Collin. Das Unglück hatte etwas Lästiges an sich wie die Wespe, die an der Scheibe surrte. Er wollte das Thema mit einem Handstreich loswerden, um die gesamte Konzentration für das getötete Kind zu verwenden, öffnete das Fenster und wedelte die Wespe mit einem Papier hinaus, blieb einen Moment stehen, schloss die Augen und spürte die Sonne auf seinem Gesicht. Er hörte eine Fahrradklingel, öffnete die Lider und grüßte den alten Tamar, der einen Eimer am Lenker und die Angelrute in der Hand in Richtung Meer strampelte. Ein Bild von Ahnungslosigkeit und Frieden. Dort draußen müsste ich sein, dachte Collin. An die Türen der Häuser klopfen, die Menschen darin von ihren Esstischen wegzerren, sie aus ihrem Mittagsschlaf reißen, die Glocken der Kirche von St Magor läuten lassen, auf deren eckigen Granitturm klettern und es von dort oben verkünden: Ein Kindsmörder ist irgendwo unter uns! Die Geduld, die bei der Aufklärung dieses Todesfalls gefragt war, vermochte er so wenig aufzubringen wie die Aufmerksamkeit für andere Themen. Aber gut, sie konnten sich nicht aussuchen, in welcher Reihenfolge und Häufung Unglücksfälle auf ihren Tischen landeten. Kathryn behauptete, Männer könnten schlechter mehrere Aufgaben gleichzeitig bewältigen. Collin setzte sich wieder an den Tisch und zwang sich, Bills Ausführungen weiter zuzuhören.

»Wegen der Zeitverschiebung ist es schwierig, Kevin Horn, den Logistikleiter der FF-LTD, also Jatois Vorgesetzten, auf Hawaii zu erreichen. Und das ist aus meiner Sicht auch unnötig«, sagte Bill. »Priorität hat ja das Skelett.«

»So ist es.« Collin nickte. »Mach den Abschlussbericht fertig. Damit können wir den Unfall zu den Akten legen. Hast du beim Bauamt wegen des Pförtnerhauses angeklopft?«

»Die Anfrage ist raus. Und hier ist das Gesprächsprotokoll mit den beiden Unimog-Fahrern.« Bill schob ihm eine Mappe zu.

Collin blätterte sie auf und überflog die Aussagen von Fergus und George, die den Laster am gestrigen Sonntag aus dem Pförtnerhaus gezogen und zur Werkstatt geschleppt hatten. »Hast du ihnen nicht wegen Brian Hattonfield auf den Zahn gefühlt?«

»Sie beharrten darauf, dass sie eine Aussage zu dem Unfall machen und zu sonst nichts. Haben sich stur gestellt.«

Machten sich die beiden dadurch verdächtig? Nein, entschied Collin. Sie waren zufällig in das Auffinden eines Kinderskelettes verwickelt worden und taten alles, um sich so weit wie möglich davon zu distanzieren.

»Lad sie noch mal vor. Was sonst noch?«

»Ich brauche mehr Zeit.« Bill hielt Collins Blick stand. Es war nicht einmal ein Tag seit dem Fund des Kindes vergangen, versuchte sich Collin zu beruhigen. Dennoch konnte er seine Enttäuschung nicht verbergen. Was habe ich erwartet?, fragte er sich. Ein wenig Recherche, ein Rundgang über das Anwesen, und der Todesfall ist geklärt? »Ja, wir alle brauchen mehr Zeit«, sagte er. Hatte das Skelett nicht jahrelang eingemauert darauf gewartet, irgendwann entdeckt zu werden? Kam es da auf ein paar Tage mehr oder weniger an? Geduld war gefragt. Bis Hampton die abschließenden Ergebnisse aus dem unterbesetzten Labor der Rechtsmedizin schickte. Bis die Spurensicherung jeden Winkel von Woodland durchforstet hatte. Bis sie mehr über die Hattonfields wussten. Vor einer Stunde hatte er mit seinem Vorgesetzten Robert Ashborne telefoniert, der ihm zu verstehen gab, sich doch bitte an seiner Stelle um den Fall zu kümmern. »Du bist ja vor Ort«, war sein Argument. In Wahrheit, so vermutete Collin, wollte Ashborne seinen Urlaub selbst nicht verschieben. Ein Wellnesshotel in Plymouth. Fünf Sterne. Seine Yacht stand im Hafen bereit. Anschließend hatte er in einem Atemzug von seiner neuen Masseurin und von Kathryn geschwärmt. »Thailänderin. Die sind ja zierlich. Aber wenn die dich mit ihren Füßen traktieren. Mein lieber Herr Gesangsverein, ich sag dir, Collin. Jammerschade, dass du mit deiner bezaubernden Asiatin jetzt nicht in den Urlaub fahren kannst.« Die Meinung hätte ich ihm sagen sollen, hatte Collin nach dem Gespräch, ärgerlich über sich selbst, gedacht. Kathryn war in Devon geboren und aufgewachsen. Sie war so wenig eine Asiatin wie er ein Ire, was Johnny ihm wegen seiner roten Haare immer unter die Nase rieb.

Ashborne wollte ein paar Kollegen zur Verstärkung schicken, darunter einen Geoforensiker, von dem er wie von einem Halbgott schwärmte. »Koryphäe. Hat das modernste Equipment und kann damit ohne zu buddeln alte Knochen suchen.« Hoffentlich würde Ashbornes Koryphäe nicht noch mehr tote Kinder finden.

***

Johnny verzehrte genüsslich einen Meeresfrüchtesalat und schrieb eine SMS nach der anderen. Collin kam es vor, als würde er allein in einem Ruderboot auf offenem Meer gegen meterhohe Wellen ankämpfen. Nun hatten sie auch noch Vincent Taylor in der Ausnüchterungszelle. Die Reaktion des Staatsanwalts Peder Toldon war kurz angebunden und desinteressiert gewesen. Zwei Polizisten mit einer Schrotflinte zu bedrohen, ja, das wäre durchaus ein Anklagepunkt, sofern Taylor keinen Waffenschein besaß. Vorrangig wäre zu prüfen, ob sein Verhalten auf verminderte Urteilskraft und somit eingeschränktes Schuldvermögen durch Einfluss von Alkohol und bewusstseinsverändernde Substanzen zurückzuführen wäre. Kurz: Er wollte Milde walten lassen. Länger als vierundzwanzig Stunden konnten sie Taylor nicht in Untersuchungshaft belassen, und eine Befragung im Beisein eines Anwalts war Vorschrift. Der Pflichtverteidiger Riley Smith würde in einer Stunde da sein. Bis dahin musste das Protokoll zu dem Vorfall mit dem Gewehr vorliegen.

Collin starrte auf den Bildschirm und überlegte, was er in das Formular eintragen sollte. Über alles musste Bericht erstattet werden. Auch über einen Vincent Taylor, den sie zu einem denkbar falschen Zeitpunkt und in einem ungünstigen Zustand aufgesucht hatten. Eine Verstrickung von Ereignissen, die auch dem Zufall zugeschrieben werden konnten. Owen Peters, sein ehemaliger Chef aus Southampton, hatte sich über alle Vorschriften hinweggesetzt und nie ein solches Formular benutzt, das in Felder eingeteilt war, in die Kürzel eingefügt werden mussten. Er pflegte seine Berichte mit der Hand zu schreiben, in einer Prosa, die einer Agatha Christie gefallen hätte. Owen fand, dies gebühre der Würde des Menschen. Aber das waren damals andere Zeiten gewesen. Heutzutage … Gut, Collin würde mit dem Datum beginnen.

»Ich sage dir, der lügt«, sagte Johnny mit vollem Mund. »Wohnt einen Steinwurf vom Unfallort weg und will nichts mitgekriegt haben. Werden wir schon aus ihm rausquetschen, sobald seine Hirnzellen wieder auf Touren sind, die wenigen, die er noch zu haben scheint.«

»Was soll dieses überbordende Engagement?«

»Mann, der hat vor ein paar Jahren gesessen. Körperverletzung.« Johnny legte die Füße auf den Schreibtisch. »Ein Vorbestrafter darf überhaupt keine Knarre haben …«

»Jahre her, sagst du.« Collin fragte sich, aus welchem Grund er Taylor verteidigte. »Wären wir da nicht hingefahren …«

»War deine Idee. Außerdem hätte er seine Flinte vielleicht auch jemand anderem vor die Nase gehalten. So einer sollte gar nicht frei rumlaufen.«

»Nicht frei rumlaufen?«

»Ist meine Meinung. Ich denke …«

»Wenn das so weitergeht, fliegst du aus diesem Büro raus.«

Johnny starrte Collin einen Moment an, dann brach er in sein ansteckendes, aus der Tiefe seines Bauchs hervorglucksendes Lachen aus. Sein fröhliches Gemüt war ihm ins braungebrannte Gesicht geschrieben. Um die Augen hatte er einen Kranz aus Lachfältchen.

»Mann, nichts für ungut. Hab eben nicht so ein weiches Herz wie du. Es ärgert mich einfach, verstehst du? Der Typ ist nicht mal so alt wie du und ich. Und sieh ihn dir an.«

»Ist nicht dein Bier. Du kannst Taylor einsperren, aber das nützt nichts. Er ist schon zu weit unten. Verstehst du?«

»Nee, kapier ich nicht«, sagte Johnny. »Wozu gibt es denn diese ganzen Seelenklempner und Entziehungsheime? Da sollte man ihn reinstecken.«

»Wolltest du nicht eine Liste von Jagdvereinen, Tierärzten und so weiter erstellen?«

»Wenn du mich erstmal in Ruhe aufessen lässt. Und dein Cornish Pasty schmeckt kalt bestimmt nicht so gut.«

Mehrere kleine Mahlzeiten am Tag, ohne Schärfe, wenig Salz, ungesäuertes Fett, Rohkost. Und alles gut durchkauen. Das hatte ihm sein Arzt nach dem Magengeschwür vor ein paar Jahren verordnet. Mit Zahnschmerzen war gutes Durchkauen alles andere als ein Vergnügen. Collin stellte den Pappteller auf einen Aktenschrank und schrieb unter Johnnys stillschweigender

Missbilligung den Bericht zu Ende. »Dann mach ich mich mal auf die Socken, Boss. Hoffe du quetschst den Cowboy aus wie 'ne Tube Ketchup. Ich rieche, dass der seine Finger im Spiel hat.« Johnny schulterte seinen Rucksack und lief pfeifend hinaus. Er hatte vor, an diesem Nachmittag auf »Lauschkurs« zu gehen, wie er es nannte. Er hatte ein großes Netzwerk an Freunden, Kneipenbekanntschaften und Anglerkumpel, und besaß die Gabe, noch den schweigsamsten Stockfisch zum Reden zu bringen. Würde er mit Hinweisen zurückkehren, die sie wie Köder an Angelhaken spießen könnten, um den Täter zu fangen?

***

Vincent Taylor saß mit hängendem Kopf am Tisch und schwieg. Nur seine Beine verrieten, dass er voller Unruhe war. Anne hatte ihn vor dem Verhör dazu überreden können, sich zu waschen und frische Wäsche anzuziehen. In ihr steckt eine Sozialarbeiterin mit einem großen Herz, dachte Collin nicht ohne eine Spur von Bewunderung. Er hoffte, ihre Freundlichkeit würde ihr nicht irgendwann mal zum Nachteil geraten. Die saubere Erscheinung hatte jedenfalls nicht auf Taylors Einstellung abgefärbt. Riley Smith, der Pflichtverteidiger, machte einen nicht minder teilnahmslosen Eindruck. Nachdem er eine halbe Stunde nach der verabredeten Zeit eingetroffen war, saß er mit eingefallenen Schultern wie deplatziert neben seinem Mandanten und strich sich alle paar Minuten gähnend über die Glatze.

Anne brachte Kaffee und setzte sich an den Laptop. Befragungsprotokolle schrieb sie mit Leidenschaft.

»Dieses Haus gegenüber des Woodland-Anwesens befindet sich also nicht in Ihrem Besitz?«, fragte Collin.

»Was heißt schon Besitz? Ich sitze auf diesem Stuhl.«

»Sie waren dort demnach zu Besuch? Wen haben Sie denn besucht?«

Taylor rührte mit flatterigen Händen einen dritten Löffel Zucker in seinen Kaffee. Seine Fingernägel waren bis aufs Fleisch abgebissen. Er schien an Neurodermitis zu leiden, so schuppig wirkte seine Haut, und war derart mager, dass die Adern an den Armen hervorquollen. Das knochige Gesicht war unrein, die Augen waren gerötet und lagen ohne Glanz in blauschattigen Höhlen. Was mochten sie schon alles gesehen haben? Nichts, entschied Collin, was sehenswert wäre. Taylors körperliche Erscheinung zeigte einen ernsthaft kranken Menschen, der ohne Hilfe nicht mehr auf die Füße käme. Hatte Johnny recht? Müsste man Taylor zu einer Therapie zwingen? Sofort zweifelte Collin daran. Zwang führte doch nie zu etwas Gutem.

»Sie haben eine Vorstrafe wegen Körperverletzung. Das macht die Sache für Sie nicht einfacher.«

»Was ist schon einfach?«

»Sie haben zu der Zeit Ihrer Verurteilung in London gelebt. Was hat sie hierher verschlagen?«

»War auf der Durchreise.«

Vielleicht entsprach das der Wahrheit. Collin dachte an den gepackten Koffer. Oder Taylor log und wollte sich aus dem Staub machen. Dieser Ansicht war Johnny.

»Wie lange sind Sie schon in dem Haus? Wann sind Sie dort eingetroffen?«

»Mr Taylor hat die Adresse von einem Bekannten«, mischte sich Smith ein. Er las von einem Zettel ab. »Das Haus ist im Besitz der Familie dieses Bekannten. Ein Sommerhaus. Der Schlüssel liegt unter einem Blumentopf.«

»Unter einem Blumentopf. Wie praktisch.« Collin konnte kaum glauben, dass Smith Taylor diesen Humbug abkaufte, und las den Zettel, den ihm der Anwalt über den Tisch reichte. Er entzifferte einen Allerweltsnamen. Ein John Miller sollte also der Besitzer des kleinen, verwahrlosten Hauses sein, das angeblich ein Ferienhaus war? Er beschloss vorerst nichts zu unternehmen, um diese Aussage zu überprüfen, und steckte den Zettel in die schmale Akte, die Taylors Vergehen dokumentierte.

»Hier sind die Namen von zwei Zeugen, die seine Aussage bestätigen, seit knapp einer Woche zu Besuch in dem Ferienhaus zu sein.« Smith reichte ihm eine weitere Notiz.

»Zeugen aus dem Cornish Inn? Aus einem Pub? Sind das Bekannte von Ihnen, Mr Taylor?«, fragte Collin.

»Mein Mandant hat sich dort in der letzten Woche ein-, zweimal aufgehalten. Die beiden Zeugen sind der Eigentümer und ein Gast.«

»Gut, was sonst noch?«

»Hier ist eine Kopie des Mietvertrags von Sleepover. John Miller vermietet das Haus regelmäßig an Sommergäste.«

Collin warf einen Blick auf das Papier, ein Internetformular. Foren, auf denen private Anbieter von Ferienwohnungen inserierten, boomten, wie er wusste. Er konnte sich allerdings kaum vorstellen, dass das heruntergekommene Haus, in dem sie Taylor festgenommen hatten, dem Standard einer Ferienunterkunft auch nur annähernd entsprach.

»Sie haben Ihren Bekannten John Miller also für diese angebliche Ferienunterkunft bezahlt, Mr Taylor?«

Taylor nickte. Ein Lächeln deutete sich in dessen Mundwinkeln an. Collin stellte erschrocken fest, dass er diesem Mann, der ganz offensichtlich log und sich köstlich über das Affentheater zu amüsieren schien, am liebsten ins Gesicht geschlagen hätte.

»Sie scheinen ein Alkoholproblem zu haben. Nehmen Sie auch anderes Zeug?«

»Mein Bier.«

Genau das habe ich zu Johnny gesagt, dachte Collin. »Sie sind arbeitslos, Mr Taylor?«

»Ist das verboten?«

Taylor war ein Schulabbrecher, und er war gewiss auch andere Wege nicht zu Ende gegangen, sondern hatte die falschen eingeschlagen. Die Einbahnstraßen und Sackgassen. Ein typischer Verlauf. Wie leicht war es, eine Schublade für jemanden wie ihn zu öffnen, ein vorgeformtes Bild hineinzustecken und sie zu schließen. Collin wünschte sich, mit ihm auf dem Hof des Cottages in einem der Gartenstühle zu sitzen. Dort würde er ihn vielleicht eher knacken können. Seine Fragen waren jedenfalls nicht die richtigen. In ihm gärte zudem Ungeduld. Taylor lenkte von dem Kind ab, das in Collins Hinterkopf um Aufmerksamkeit schrie.

»Was hat Sie veranlasst, mit einem Gewehr zur Tür zu gehen?«, nahm er den Faden wieder auf.

»Tja.« Taylor zuckte mit den Schultern.

»Fühlten Sie sich bedroht? Hatten Sie jemanden erwartet, von dem eine Bedrohung hätte ausgehen können?«

Taylor wies mit dem Daumen zu Riley Smith, mit dem er vor der Befragung kurz gesprochen hatte.

»Ja, in der Tat fühlte sich mein Mandant bedroht«, sagte Smith nach einem Räuspern. »Nach einem kürzlich erlebten Überfall, bei dem Mr Taylor zusammengeschlagen worden ist, hat er sich äußerst unsicher gefühlt.«

»Ist dieser Überfall aktenkundig?«

»Leider nein«, ergriff Smith wieder an Taylors Stelle das Wort. »Mein Mandant befindet sich derzeit in einer Ausnahmesituation. Eine psychische Labilität verbunden mit exzessivem Alkoholkonsum. Dazu Medikamente. Kurz: Seine Urteilsfähigkeit war zu dem Zeitpunkt Ihres Eintreffens äußerst eingeschränkt. Nach Rücksprache mit dem Staatsanwalt sollte Mr Taylor eine Verwarnung erhalten. Empfehlenswert wäre zudem eine Therapie. Das dürfte das Prozedere hier abkürzen.«

Collin merkte, wie Ärger sauer in ihm aufstieg. Er unterdrückte einen Rülpser, stieß den Stuhl zurück und schritt zum Fenster und zurück. Verschaff dir Bewegung, wenn du zu explodieren drohst, hatte Kathryn ihm vor längerer Zeit geraten. Er stellte sich dicht neben Taylor und beugte sich auf Gesichtshöhe zu ihm runter.

»Das Gewehr gehört Ihnen nicht, richtig? Woher haben Sie es?«

»Es befand sich zur Dekoration an einer der Wände«, erklärte Smith. »Es war nicht geladen. Von einer unmittelbaren Bedrohung durch meinen Mandanten kann daher keine Rede sein.« Der Anwalt schaute auf die Uhr und goss sich einen weiteren Kaffee ein.

Smith und Collin waren sich im Lauf der Jahre nicht näher gekommen. Smiths hageres, faltiges Gesicht mit den heruntergezogenen Mundwinkeln drückte aus, was sich in ihm festgesetzt hatte: eine chronische Reizgallenblase, was ihn mit einem scharfen Geruch umgab und von einem Gemisch aus Frust, verbitterter Resignation und Selbstbedauern herrührte. Nach Mitleid heischte er, doch kaum jemand brachte es ihm entgegen. Wenn ich einen Anwalt bräuchte, dachte Collin, wäre er der Letzte, an den ich mich wenden würde. Ein Pflichtverteidiger für jene, die sich keinen anderen leisten konnten. Nicht einmal Dienst nach Vorschrift machte er. Es hieß, er habe sich und alles aufgegeben, nachdem ihm seine Frau weggelaufen war. Dann sollte man auch seinen Beruf an den Nagel hängen und sich etwas neues suchen, fand Collin. Warum mussten andere unter seiner Antriebslosigkeit leiden? Collin konnte sich an keinen einzigen Fall in jüngster

Zeit erinnern, bei dem Smith einen Klienten erfolgreich verteidigt hatte. Heute zeigte er allerdings ein ungewöhnliches Engagement. Der Grund war, dass er Rückendeckung hatte. Staatsanwalt Peder Toldon hatte im Vorfeld dafür plädiert, Taylor auf freien Fuß zu setzen. Nun wollte Smith die Angelegenheit so schnell wie möglich vom Tisch fegen. Auf einmal wurde ihm klar, warum Smith dieses Spiel mitspielte: Er ging den bequemsten Weg, um so rasch wie möglich seinen Feierabend genießen zu können.

»Wir haben das Gewehr überprüft. Es ist tatsächlich nicht auf Ihren Namen registriert, Mr Taylor. Es handelt sich um eine gestohlene Waffe. Also, ich höre?« Der Besitzer, ein gewisser Phil Brandt aus einem Dorf in North Devon, hatte die Waffe vor einem Jahr als gestohlen gemeldet. Wie war sie in das kleine Haus gegenüber von Woodland gekommen, und was hatte diese Angelegenheit mit dem Mordfall zu tun?, dachte Collin entnervt.

»Woher diese Waffe stammt, dürfte meinem Mandanten nicht zur Last gelegt werden«, schaltete sich Smith mit ungewohnt fester Stimme ein. »Dazu sollten Sie den Besitzer des Ferienhauses befragen.«

Wir haben jetzt weder Zeit noch Kapazitäten dafür frei, wusste Collin und wandte sich erneut an Taylor.

»Ich wiederhole noch einmal die Frage von gestern: Haben Sie den Unfall auf der Landstraße beobachtet?«

»Sagte ich schon. Hab ich nicht.«

»Kennen Sie Brian Hattonfield?«

»Der Nachbar. Weiß ich von Ihnen.« Taylor strich sich mit dem Finger unter der schief gewachsenen Nase herum, die er sich irgendwann gebrochen haben musste.

»Auf Woodland wurde das Skelett eines toten Kindes gefunden.«

»Ich dachte, es geht hier um die Flinte?«, brüllte Taylor jetzt mit einer hohen, hysterisch klingenden Stimme. Aus seinen fiebrigen Augen sprach jetzt nur eins: Hass. Oder war es die Verzweiflung eines Süchtigen? Was verbarg dieser Mann, fragte sich Collin und dachte kurz an das Fernglas auf Taylors Fensterbank.

»Wir sollten die Sache wie besprochen ruhen lassen«, sagte Smith. »Mein Mandant wird sich außerdem nicht zu etwas äußern, dass keinen unmittelbaren Bezug zu dem unglücklichen Vorfall mit dem Gewehr hat.«

Noch eine weitere halbe Stunde verstrich, in der Collin mit dem Staatsanwalt telefonierte und vergeblich um eine Verlängerung der Untersuchungshaft rang, Taylor schließlich das Protokoll unterschrieb und über die Konsequenzen belehrt wurde, nochmals auf ähnliche Weise Polizisten oder andere Personen zu bedrohen, um dann mit versteinertem Gesichtsausdruck Smith zu folgen, der angeboten hatte, ihn in das kleine Haus gegenüber von Woodland zurückzufahren.

Collin stellte sich ans Fenster und sah dem Wagen des Anwalts hinterher. War es richtig, Taylor einfach gehen zu lassen? Zu der Erleichterung, ein Problem weniger zu haben, gesellte sich Unzufriedenheit. Warum hatte er sich nicht über die Anweisung des Staatsanwalts und Smiths halbherziges Plädoyer hinweggesetzt und Taylor richtig in die Mangel genommen? Es musste an der Müdigkeit liegen, entschied er. Vielleicht würde ein Tapetenwechsel wirklich gut tun. Ein paar Tage ausspannen und dann mit frischer Kraft an dem Fall arbeiten. Ein Schwarm Mücken tanzte über dem schmalen Vorgarten, in dem Kathryn vor Jahren Beete mit Strauchrosen, Azaleen und Hortensien angelegt hatte, weil sie fand, dass eine Polizeistation von außen Vertrauen einflößen müsste. Die Luft war parfümiert von Blütendüften, und die Sonne warf messerscharfes Licht. Das Meer dröhnte von fern. Springflut. Alles stand in der Schwüle still und war zugleich aufgewirbelt. Nicht anders fühlte sich Collin. Was wollte ihm die Unruhe in seinem Inneren sagen?

9

»Bist du heute schlecht gelaunt oder habe ich dir etwas getan?«

Alexander nahm die Fechtmaske ab und funkelte sie an. Das Haar klebte ihm an der Stirn. Er war außer Atem. Evelyn antwortete nicht, stellte sich, die Füße im rechten Winkel, auf die Gefechtslinie und streckte den Arm mit dem Florett aus. »Wir haben noch zehn Minuten. Du wirst doch jetzt nicht schlapp machen?«

»Dann bemüh dich um ein wenig Fairness.« Er setzte die Maske wieder auf und stellte sich betont langsam ihr gegenüber auf die Fechtbahn in enge Mensur. Er war ihr jetzt auf Tuchfühlung nahe.

Du hast mir nichts zu befehlen, niemand hat das, nicht mehr, dachte Evelyn, betrachtete Alexanders geschmeidigen Körper, über den sich der weiße Anzug wie eine zweite Haut schmiegte, dachte an sein strammes Gesäß, an den durchtrainierten flachen Bauch und den dichten Streifen Haare, der in einer perfekten Linie von der Brust bis zwischen seine Schenkel hinabwuchs, und wusste, dass sie diesen Jungen nun satt hatte. Er war nicht nur ein schlechter Verlierer. Eitel war er, unreif, viel zu weich. Und ein langweiliger Liebhaber. Kam mit zusammengepressten Lippen ohne einen einzigen Ton. Spielte dauernd mit ihrem Haar als sei sie ein Pony. Dann diese dicken weißen Kerzen in seinem Appartement. Als hätte sie einen Hang zur Romantik.

»Touché!«, rief sie und griff ihn mit einer Sforza an, die Alexander die Klinge aus der Hand schlug. Ihr Punktsieg war haushoch. Sie duschte sehr heiß, zog sich die Lippen nach, stellte Alexander auf dem Parkplatz in knappen Worten vor vollendete Tatsachen und fuhr mit einer Mischung aus Genugtuung und neu gewonnener Energie zurück nach Hasselberg. Das Fechten hatte sie immer gerettet. Als würden die elektrischen Stöße direkt durch die E-Weste hindurchgehen und feinste Nervenenden stimulieren. Seit sie mit diesem Sport begonnen hatte, konnte sie allen und allem eine Parade bieten. Sie war nicht mehr die Siebzehnjährige, die ahnungslos in die Welt hinausgegangen war und sich gegen deren Verlockungen und Verführungen kaum zur Wehr hatte setzen können. Jetzt wählte sie sorgsam aus, welcher Verführung sie nachgab und welche sie an sich vorbeiziehen ließ wie einen rostigen Kahn. Sie hatte nun den Degen in der Hand. Und wenn es sie in die Vergangenheit zog, zu jenem in sehr dunkles Braun getauchten Raum, der nach Tabak und Leder roch und wie Zartbitterschokolade schmeckte, dann wusste sie inzwischen, wie sie sich wieder daraus befreien konnte.

Evelyn fuhr den Wagen in die Garage, zog sich einen Hausanzug an, richtete die beiden Gästezimmer her und hatte sich in der Küche gerade die Schürze umgebunden, als ihr Smartphone den Eingang einer neuen Nachricht ankündigte. Sie las die SMS, drückte sie weg und sank auf einen Küchenstuhl. Erst die drei Anrufe und jetzt das. Wie zum Teufel hatte er ihre Handynummer nun auch noch herausgefunden? Gänsehaut prickelte auf ihren Armen. Sie wählte aus Detlefs edlen Bränden den Alten Haidmärker, trank das Glas in einem Zug aus, blickte aus allen Fenstern, ohne etwas Verdächtiges zu sehen, überprüfte die Haustür, schob sicherheitshalber die Gittertür zu, die sie nur benutzten, wenn sie das Haus allein ließen und in Hamburg waren. Es war kurz vor drei Uhr. Detlef würde in zwei Stunden aus Rendsburg zurück sein, seine Tochter vermutlich nicht vor sieben auftauchen. Was konnte sie tun? Alles einfach ignorieren? Schwerlich möglich. Er war hartnäckig, ja entschlossen, sie unbedingt zu sehen. *Ich bin auf dem Weg zu dir. Wir müssen uns treffen. Du weißt, warum.* Das hatte er geschrieben. Sollte sie die Polizei einschalten? Auf keinen Fall. Was sollte sie erzählen? Dass sie von einem Stalker belästigt wurde? Sie ging in ihr Zimmer, einem Raum, der fast nur aus Fenstern bestand, einen betörenden Blick zur offenen See hatte und einen überdachten, windgeschützten Balkon, auf dem sie gern Sonnenbäder nahm. Detlef hatte sie beigebracht, sie niemals zu stören, wenn sie sich in ihr Zimmer begab. Es war ihr Rückzugsort. Dort stand ihre weiche Chaiselonge, auf die sie sich zum Fernsehen legte, und auf einem Regal verwahrte sie einen Teil ihrer Porzellanpuppen, die sie seit einigen Jahren sammelte. Deine Kinderschar, nannte Detlef die antiken, wertvollen Puppen von Käthe Kruse, Schildkröt, Kestner und Zapf, alle in Handarbeit hergestellt, von denen es nur wenige Exemplare gab und die deshalb sehr begehrt waren. Evelyn ersteigerte sie von Anbietern aus aller Welt, fuhr regelmäßig zum renommierten Auktionshaus Wendl in Rudolstadt, verkaufte sie mit Gewinn und tauschte sich in einem Forum darüber aus. Ihr schwebte vor, in naher Zukunft ein kleines Geschäft an der Alster zu eröffnen. »Puppenparadies« wollte sie es nennen. Das Forum, dachte sie plötzlich. Dort waren ihre Kontaktdaten hinterlegt. Die Welt der Puppen hatte sie in die Öffentlichkeit getrieben und nun musste sie den Preis dafür zahlen. Warum ihr dieses Hobby gefiel, konnte sie nicht sagen. Sie mochte die stummen, makellosen, keinesfalls nur kindlichen Gesichter der Puppen, deren altmodische Kleidung, die nichts Putziges an sich hatte, sondern kleine, elegante Erwachsene aus ihnen machte. Besonders gefiel ihr der Kitzel, seltene Porzellanpuppen zu ersteigern und an den Meistbietenden wieder zu veräußern.

Nur eine einzige Puppe stand nicht zum Verkauf. Ihr Name war Eva. Ein alter Waltershäuser Gliederkörper, blaue Schlafaugen und blonde, geflochtene Zöpfe aus Echthaar. Sie trug ein Samtkleid in Altrosa, Hemdhöschen, Wollstrümpfe, Knöpflederstiefel und einen Hut mit Straußenfeder.

Eva war ihre allererste Porzellanpuppe gewesen. Ein Geschenk und ein Vermächtnis, das sie aus England mitgebracht hatte. Und von dort hatte Evelyn sie wieder in ihre Heimat zurückgebracht, nach Deutschland, wo sie 1909 von Schönau & Hoffmeister hergestellt worden war.

Viele Jahre hatte die Puppe unbeachtet in einem Umzugskarton gesteckt, und Evelyn hatte sie erst wieder herausgeholt, nachdem sie Detlefs Frau geworden war. Seither waren die Erinnerungen, die mit Eva verbunden waren, blasser geworden. Jetzt wo sie älter war, konnte sie sie anschauen, ohne ihr eigenes Antlitz in dem Puppengesicht gespiegelt zu sehen und ohne ein Prickeln auf der Haut zu spüren. Den Brief, der Eva damals um den Hals geknüpft gewesen war, hatte sie verbrannt. Warum hatte sie nicht auch die Puppe ins Feuer geworfen?

Die blauen Schlafaugen starrten sie an. Der kleine, offen stehende Mund schien abwechselnd hämisch zu grinsen, eine Frage zu stellen oder zu singen. Eva war von Vorbesitzern wenig pfleglich behandelt worden. An einem Oberschenkel war die Farbe abgeplatzt, an der linken Hand der kleine Finger abgebrochen, am Halsausschnitt waren Craquelée-Risse. Es gab ihr etwas Verletzliches. Gerade deshalb lag sie Evelyn am Herzen. Eva war so wenig perfekt wie sie selbst. Hätte sie das Puppengeschenk ins Feuer geworfen, wäre ein Teil von ihr mit in den Flammen verbrannt.

Jetzt konnte Evelyn den wissenden Puppenblick kaum ertragen, widerstand dem Wunsch, Eva auf den Boden zu werfen, und legte sie stattdessen bäuchlings aufs Sofa, setzte sich selbst an den Schreibtisch, zog eine Schatulle aus der untersten Schublade und wühlte darin, bis sie den cremefarbenen Umschlag mit den Fotos fand. Wie lange hatte sie diese nicht angeschaut? Jahre waren vergangen. Mit kalten Fingern suchte sie nach dem Foto des Mannes, der damals so jung gewesen war wie sie, so unbedarft und hilflos, dem sie nahe war wie niemandem sonst in ihrem Leben, und dennoch verband sie beide etwas, was weder Liebe war noch Hass. Sie waren aneinandergekettet durch jenen Sommer, in dem sie beide ihre Unschuld verloren und begraben hatten.

Ich werde mich mit ihm treffen, beschloss Evelyn, ich muss. Sie verbarg den Umschlag, schloss die Schublade ab und damit alles, was ihr Angst bereitete.

10

Collins Mutter hatte nie einer Kirche angehört. Ihr Glaube war der Aberglaube gewesen. Ihre sparsamen Worte waren gespickt mit Redensarten, die sie aus dem Nähkästchen der Überlieferung und ihrer eigenen Fantasie herauszog wie festes Garn, mit dem sie ihre Überzeugungen zusammennähte: *Geh niemals unter einer Leiter hindurch, es könnte dein Tod sein. Öffne keinen Regenschirm im Haus, das bringt Unglück. Meide Schweine an deiner Hochzeit und schwarze Katzen sowieso und schneide ein Brot nicht an beiden Seiten an. Am Tag der Sonnenwende sollst du lachen und tanzen, sonst wird der Sommer verregnet.* Welche bösen Geister hätte seine Mutter wohl gesehen, wenn sie am gestrigen Sonntag, dem Tag der diesjährigen Sonnenwende, ein Kinderskelett gefunden hätte? Mit welchen Mitteln hätte sie die Dämonen abgewehrt? Das Haus seiner Kindheit war ein Ort ohne große Spiegel gewesen, mit sorgsam versteckten Messern, getrockneten Kräutern unter Zimmerdecken, im Garten standen Vogelscheuchen, um teuflische Elstern vor dem Eindringen in ihre behütete Welt abzuhalten. Wenn sich wilde Kaninchen morgens auf den Rasen verirrten, zählte Collins Mutter sie. Je mehr sie entdeckte, desto besser würde der Tag verlaufen. Ihren Hang zum Aberglauben hatte er nie geteilt, doch ihrem Einfluss hatte er sich nicht ganz entziehen können. Wie Wachsflecken war etwas haften geblieben. An diesem späten Montagnachmittag wünschte Collin mit seiner Mutter, die schon seit einigen Jahren tot war, sprechen zu können. Er stellte sich vor, wie sie ihm ein kräftiges Stew kochte, mit einer Handarbeit am Fenster saß und ihr Lieblingslied sang, eine alte nordenglische Volksweise:

Blow the wind southerly,
o'er the bonnie blue sea,
Blow bonnie breeze,
My true lover to me.

They told me last night
There were ships in the offing
And I hurried down
To the deep rolling sea.
But my eye could not see it
Wherever might be it,
The bark that is bearing
My lover to me.

Er wollte mit ihr an dem Sekretär aus Kirschholz sitzen und sich die Karten legen lassen, ohne Trotz und Protest. Ja, er würde sie bitten, das Blatt ihres Crowley-Tarots, das sie in einer kleinen Holzkiste hütete, in Form eines keltischen Kreuzes aufzudecken, würde seine Fragen stellen und der in sich versunkenen Stimme seiner Mutter lauschen. In die farbgewaltige, psychedelische Symbolkraft der Karten würde er eintauchen, die magische Heldenreise antreten, ein Blinder, der sehend werden will, ein Narr zu Beginn, um am Ende der Arkana mit Tatenkraft und Erkenntnis hervorzutreten. Seine Mutter würde ihn mit ihren einfachen Weisheiten von dem Eindruck befreien, ein Tor zu sein, ein Fehlerteufel, einer, der Nachlässigkeit walten ließ, falsche Entscheidungen traf und die Karte der Erkenntnis nicht verdiente. Scham war ein Begriff, den Amelia Brown, seine Mutter, nicht auf ihren Lippen trug. *Schäme dich nicht für das, was du bist oder tust. Der Mensch ist nicht Gott.* Das war eine ihrer Ansichten, die sie verkündete, wann immer eins ihrer Kinder in Erwartung von Strafen oder Moralpredigten kleinlaut an ihrem mit Kissen gepolsterten Sessel vor ihrer zierlichen Gestalt stand. Sie hatte jedes Mal ihre Absolution erteilt.

Befreit von Reue oder Phasen der Selbstverachtung hatte dies Collin am Ende nicht. Die schützende Hand seiner Mutter hätte an diesem Tag wohl nichts genützt. Collin ärgerte sich über sich selbst. Taylor war Verwalter auf Woodland gewesen? Sprachlos starrte er Johnny an.

»Das weiß ich aus sicherer Quelle. Verdammt! Der Cowboy hat uns ein paar nette Lügen aufgetischt, bevor er die Fliege gemacht hat.«

»Er ist weg?«, hakte Collin nach und spürte eine Mischung aus Selbstvorwürfen und Wut auf die voreilige und letztlich falsche Entscheidung des Staatsanwalts in sich aufsteigen.

»Bin gleich zu seiner Hütte. Den Köter hat er dagelassen, den Koffer mitgenommen.« Johnny pfefferte seinen Rucksack unter den Schreibtisch. »Smith weiß von nichts. Mister Anwalt hat den Cowboy abgeladen und ist nach Hause gefahren. Also, was jetzt?«

»Wann war er Verwalter?« Collin fühlte seinen schmerzenden Backenzahn und drückte den Eisbeutel, den er sich besorgt hatte, an die Wange.

»Spielt das eine Rolle? Behauptet, nichts mit Woodland zu tun zu haben, aber hat da 'ne Zeit lang gearbeitet. Ist zwar 'ne Weile her, zehn, fünfzehn Jahre, hab ich gehört, aber trotzdem.«

»Er hat zu Protokoll gegeben, dass er lediglich zu Besuch in der Gegend war«, erklärte Collin. »Das kleine Haus soll einem John Miller gehören. Eine Ferienunterkunft.« Überprüft hatte er das nicht, nachdem Taylor auf Anweisung des Staatsanwalts auf freien Fuß gesetzt worden war. Collin las in Johnnys Blick den Vorwurf, womit er sich bloß die letzten Stunden beschäftigt hatte. Vor ihm lag ein Stapel Kopien von Geburtsregisterauszügen der letzten fünfundzwanzig Jahre von St Magor und Umgebung, die das GRO, das nationale Standesamt, zur Verfügung gestellt hatte. Es erschien ihm aussichtslos, mithilfe dieser Papiere oder spezieller Datenbanken einen Hinweis auf die Eltern des toten Kindes zu finden und darauf, wann es zur Welt gekommen war. Womöglich hatte dieses kleine Menschenleben überhaupt keinen Eingang in den Kosmos der Bürokratie gefunden. Er würde Bill das Thema zur weiteren Bearbeitung geben.

»Wir sollten uns in Taylors Bude umsehen.« Johnny haute mit der Faust auf den Tisch.

Collin griff zum Telefon und versuchte Toldon zu erreichen, doch dieser hatte bereits Feierabend gemacht.

»Ist nach fünf«, sagte Johnny. »Mr Staatsanwalt sitzt doch schon mit Bettmütze zu Hause auf dem Sofa.«

Wenige Minuten später stritt sich Collin so lange mit Toldon, den er schließlich zuhause erreicht hatte, bis dieser ihm einen Durchsuchungsbeschluss noch für morgen zusicherte. Kaum hatte er aufgelegt, stand Anne mit geröteten Wangen in der Tür. »Das Krankenhaus ist in der Leitung. Das, wo dieser Araber …«

»Pakistani«, korrigierte Johnny sie.

»Brite«, sagte Collin. »Stell bitte durch, Anne.«

»Ja, und Ihre Frau. Also … Ich soll ausrichten, dass sie gleich kommt und Sie sich bereithalten sollen.«

»Danke, Anne.«

»Bereithalten.« Johnny kicherte. »Hört sich ja spannend an. Machst du heute früher Feierabend?«

Collin ignorierte Johnny und nahm den Anruf entgegen. »DI Brown … Womit kann ich Ihnen helfen, Schwester Sheila? … Zaman Jatoi? … Wann? … Ja, könnte durchaus sein.«

Collin legte kopfschüttelnd auf und stopfte sich eine Pfeife. Er brauchte jetzt sofort die beruhigende Wirkung von Nikotin. »Jatoi ist abgehauen. Hat sich das ganze Zeug aus dem Arm gerissen und ist aus dem Krankenhaus weg.«

»Was?«

»Ein Krankenpfleger hat ihn auf dem Parkplatz in ein Auto einsteigen sehen. Festhalten konnten sie ihn sowieso nicht. Es stand ihm frei, zu gehen.«

»Es stand ihm frei, zu gehen?« Johnny warf den Kopf zurück und lachte. »Er hat einen Unfall verursacht. Das ist Fahrerflucht!«

»Sind keine Personen zu Schaden gekommen.«

»Nein, aber ein Gebäude und der Laster sind im Arsch. Und überhaupt, wieso haut der ab? Das tut doch nur jemand, der Dreck am Stecken hat.«

»Oder Krankenhäuser nicht mag.«

»Du glaubst, er wird seiner Bürgerpflicht nachgehen und sich brav bei uns melden?« Johnny griff nach einer Fliegenklatsche und schlug nach zwei grauen Fleischfliegen, die auf Collins halb aufgegessener Pasty saßen. »Morgen bring ich dir nichts mehr mit, wenn du das vergammeln lässt. Also, was machen wir mit den beiden entflohenen Knaben?«

»Ich weiß es noch nicht«, brummte Collin, und das Bild seiner Mutter tauchte wieder auf. Wie sie sich jede noch so schlimme Nachricht, jedes schier aussichtslose Problem in aller Ruhe anzuhören pflegte, dann den Wasserkessel aufsetzte, schwieg, bis er pfiff, den Darjeelingtee aufbrühte, ihn ziehen ließ und in die dünnwandigen Tassen füllte, Milch und Kandiszucker hineinrührte und erst, wenn sie mindestens zwei Schlucke getrunken hatten, bereit war, eine Antwort zu geben. Und manchmal bestand diese Antwort in nichts anderem als den beiden Worten: »Ich verstehe.« Collin glaubte nichts mehr zu verstehen. Zwei Männer waren wie Eintagsfliegen auf ihrem Tisch gelandet und nun hatten sie sich aus dem Staub gemacht. Warum?

Johnny zog eine Dose Cola aus seinem speckigen Lederrucksack und prostete Collin zu. »Zwei zu Null. Wir sind die beiden auf einen Schlag los. Zumindest den Pakistani. Hat doch was für sich.«

Nein, ahnte Collin, ging raus und zündete die Pfeife an, das hatte ganz und gar nichts für sich. Es machte alles nur komplizierter. Genauso wie die Angaben, die ihm Feighlan vor einer halben Stunde zu starkem Nachmittagstee und Scones mit Marmelade in seinem Wohnzimmer serviert hatte. Als Tierarzt hatte Feighlan Jahre vor seiner Pensionierung auf Woodland zu tun gehabt. Allerdings nicht bei Brian Hattonfield. Nein, hatte er gesagt, der Besitzer habe *William* geheißen. William Hattonfield. Pferdezüchter. Spezialisiert auf englisches Vollblut. Ein unbequemer Geselle, wie Feighlan betont hatte. Am Ende hatte William Hattonfield die Dienste eines auswärtigen Tierarztes in Anspruch genommen.

Collin stellte sich vor das Polizeigebäude und zog an der Pfeife. Genuss wollte sich nicht einstellen. So wenig wie die Luft des späten Nachmittags erfrischend war. Wenn ein Unglück kommt, pflegte seine Mutter zu sagen, dann hat es mindestens drei weitere im Schlepptau. Vincent Taylor war Verwalter auf Woodland gewesen und Collin hatte ihn auf Anweisung des Staatsanwalts aus der Untersuchungshaft gelassen. Auf einmal sollte nicht Brian Hattonfield der Besitzer von Woodland sein, sondern dessen älterer Bruder William. Und dann verschwand der Lastwagenfahrer Zaman Jatoi auch noch aus dem Krankenhaus. Handeln war gefragt. Und zwar schnell.

Collin sah Kathryn die Straße hochfahren. Sie stieg in einem ihrer asiatischen Gewänder aus, einem violetten Seidenkleid mit aufgestickten gelben Schmetterlingen. Unter einem Strohhut war ihr langes, schwarzes Haar versteckt, und eine Sonnenbrille ließ ihr Gesicht zerbrechlich aussehen. Doch der Eindruck täuschte. Kathryn hatte die Kraft und Ausdauer einer Marathonläuferin.

»Pause?« Sie schlang die Arme um seinen Hals und schmiegte sich an ihn. »Oder schon Feierabend?« Sie hat keine Ahnung, fiel Collin ein. Sie war am gestrigen Sonntag aufgeblieben, als er erschöpft und aufgewühlt vom Tatort zurückgekehrt war. Doch er hatte Ausflüchte gesucht und war nicht in der Lage gewesen, ihr von dem toten Kind zu erzählen. Er würde es heute Abend tun, damit sie es morgen nicht aus der Zeitung erfahren würde oder gar noch früher. In St Magor hatten alle Wände Ohren, sagte man. Er strich ihr über den Rücken und fühlte sich zum ersten Mal an diesem Tag leichter. »Ist etwas passiert?«, fragte er besorgt.

»Nein, du hast gleich einen Termin beim Zahnarzt.«

»Wusste ich gar nicht. Und außerdem ist es im Moment ...«

»Es ist doch immer der falsche Zeitpunkt, oder? Für den Zahnschmerz und für den Bohrer. Am Wochenende möchten wir ans Meer und schwimmen. Das kann man mit Zahnschmerzen nicht genießen.« Kathryn legte ihm die Hand auf die Wange, die in einem dünnen Baumwollhandschuh steckte.

Collin kannte keine Frau, die sich mit einer solchen Penetranz vor der Sonne schützte. Es musste der Einfluss ihrer vietnamesischen Großmutter sein. Kathryn würde mit siebzig wahrscheinlich noch so glatte Haut haben wie jetzt, wohingegen Collin einer verschrumpelten Tomate gleichen würde. »Du hast also hinter meinem Rücken …«

»Ja, habe ich. Und nun komm. Ich halte dir auch die Hand.«

»Ich kann jetzt beim besten Willen nicht weg. Es ist …«

Collin sah Kathryns gerunzelte Stirn und zögerte. »Es ist etwas dazwischen gekommen. Muss einen dringenden Bericht fertig schreiben.«

»Und dein Zahn?«

»Geht schon noch. Wird heute später.« Collin küsste Kathryn zum Abschied, klopfte die Pfeife aus und ging mit entschlossenem Schritt zurück ins Büro. Nein, dachte er. Vor zwei Männern, die sich durch ihr Verschwinden höchst verdächtig gemacht hatten, würde er so wenig kapitulieren wie vor einem schmerzenden Zahn.

»Auch alle miesen Dinge sind drei«, flachste Johnny und boxte Bill in den Arm, der mit ernstem Gesicht neben dessen Schreibtisch stand. »So ein richtig blauer Montag. Na, rate mal, Collin.«

»Spuck's aus. Nach Ratespielen ist mir jetzt wirklich nicht.«

»Es kam gerade ein Anruf vom Leiter der Spurensicherung«, sagte Bill. »Sie haben einen interessanten Fund im Pferdestall von Woodland gemacht.«

»Drei Mal darfst du raten, Boss!«, rief Johnny und legte die

Füße auf den Tisch. *Stell niemals Schuhe auf den Tisch, insbesondere keine neuen*, fiel Collin ein weiterer Spruch seiner Mutter ein. Eine alte Weisheit von Minenarbeitern, wie er wusste, und ein Symbol für den Tod.

»Also, Bill?«

»Kokain. Abgepackt in 200 Plastikbeuteln à 100 Gramm. Marktwert über 800 000 Pfund.«

Collin pfiff durch die Zähne.

»Ich habe mir daraufhin die aufgeschnittenen Futtersäcke im Labor noch mal genauer angeschaut. Auf allen ist dasselbe Zeichen.« Bill reichte Collin das Foto eines der Säcke. Das Zeichen, von dem er sprach, war dezent angebracht und auf dem ersten Blick nicht erkennbar: Das zweite F in FF-LTD hatte einen nach oben weisenden Strich, nachträglich mit rotem Marker gemalt. Eine einfache und gelungene Methode.

»Hab ich also den richtigen Riecher gehabt«, sagte Johnny.

»Meine Theorie ist, dass Zaman Jatoi die Ware abliefern sollte …«, fuhr Bill fort »… und das leerstehende Gebäude von Woodland als Zwischenlager benutzt wurde. Er ist also mit Absicht dorthin gefahren und vermutlich Mitwisser und Handlanger in der Verteilungskette. Die Tatsache, dass er aus dem Krankenhaus geflohen ist, spricht dafür. Es gibt Indizien, dass auch Vincent Taylor mit von der Partie war. Wir haben Fingerabdrücke, latente Spuren auf jeder einzelnen Tüte. Ich habe einen Abgleich vornehmen lassen.« Bill machte eine Kunstpause. Er genoss es, seine bis ins Detail sauber recherchierten Fakten vorzutragen, die er akribisch überprüfte und erst dann zum Besten gab, wenn er selbst seine Schlüsse daraus gezogen hatte.

»Die Abdrücke stimmen mit denen Taylors überein.« Bill wippte in den auf Hochglanz polierten Schuhen. »Hundertprozentig«, fügte er hinzu.

»An den Reifen eines Gartenfahrzeugs in der Scheune des Gutshauses waren frische Erdspuren«, dachte Collin laut. »Bill, informiere die Kollegen der Spurensicherung, dass wir gleich noch zum Fundort kommen.«

Bill erledigte den Anruf und setzte sich wieder zu Collin und Johnny in deren Büro.

»Was sonst noch?« Collin blickte Johnny an, der schmunzelnd Textnachrichten las.

»Grüße von Sandra«, sagte Johnny. »Langweilt sich zu Tode. Ach, und bevor ich's vergesse: Taylors Familie soll früher in der Bruchbude gewohnt haben, wo der Cowboy angeblich nur zu Besuch war.«

»Also war es sein Elternhaus?!«, überlegte Collin laut. »Das erklärt sein Verhalten während der Befragung. Er hat sich in Widersprüche verzettelt und auffällig emotional auf die Frage nach den Hattonfields reagiert.« Collin nahm Annes Protokoll in die Hand. »Taylor hat eine ältere Schwester …«

»Denise«, unterbrach ihn Johnny. »Von der habe ich vorhin auch gehört. War nämlich mal die Flamme von diesem Fergus.«

»Fergus, dem dünnen Farmer, der den Laster mit rausgezogen hat?«, hakte Collin nach.

»Genau. Hab ich aus ihm rausgequetscht. Ein paar Jährchen her. Sie war erst siebzehn. Wollte nicht nach Schwein riechen, hat sich einen anderen geangelt und ist aus der Gegend weg und nach Bodmin gezogen. Ist unser Fergus nicht drüber weggekommen.«

Johnny holte Gläser, einen trockenen Beefeater und Tonic Water aus dem Kühlschrank in der kleinen Küchenzeile nebenan und schüttete jedem einen Fingerbreit ein. »Rate mal, mit wem Miss Denise durchgebrannt ist?«

Collin zuckte mit den Schultern.

»Mit Fergus' jüngerem Cousin Pasco. Hat ihn gleich geheiratet, weil sie schwanger von ihm war. Schon nach zwei Jahren wieder geschieden. Beide sind in Bodmin geblieben. Denise' zweite Ehe ist auch schon kaputt. Wegen des gemeinsamen Kindes hat Pasco noch hin und wieder mit ihr Kontakt. Prost!« Johnny schüttelte sich und goss sich ein zweites Glas ein. »Hier sind Adressen und Telefonnummern von Denise und Pasco.«

Collin nippte an seinem Glas und ließ es dann stehen. Im Gegensatz zu Johnny war er kein Mann des Risikos. Sein Weg zurück nach Hause war kaum beleuchtet und kurvenreich. Er würde warten, bis er sicher dort angekommen war und sich dann ein kühles Bier gönnen.

»Also, Boss, was sagst du?«

»Wie hängt dieses Durcheinander mit dem toten Kind zusammen? Das frage ich mich.« Sollte er Johnnys Begeisterung trüben und ihm sagen, wie sehr dessen Information nach einer der Klatschgeschichten im Dorf klang, wo die schmutzige Wäsche auf der Leine des Nachbarn eine schwerwiegendere Nachricht zu sein schien als etwa eine Ölpest in der Antarktis?

»Die Fahndungen sollten sofort raus«, beschloss er. »Nach Zaman Jatoi, vordringlich aber nach Taylor.« Collin musste sauer aufstoßen. Das lästige Sodbrennen hatte angefangen. Ein untrügliches Zeichen für Stress. »Brian Hattonfield hat einen älteren Bruder«, berichtete er den anderen beiden. »William. Angeblich hat er die letzten Jahre auf dem Anwesen gelebt. Ich möchte alles über ihn wissen, vor allem, wo er sich aufhält.«

Er löste eine Alka-Seltzer-Brausetablette auf, betrachtete das Sprudeln und wie sich das Wasser erst trübte, dann weißlich färbte und schließlich klärte. Winzige Blasen stiegen vom Glasboden nach oben. So ist es mit diesem Fall, dachte er. Wir fischen im Trüben, so lange, bis sich die Spuren und Hinweise zu einem klaren Bild formen werden. Er trank das Glas mit der leicht salzig schmeckenden Medizin aus und griff zum Telefon.

11

An diesem Abend lief Collin im letzten goldenen Schimmer ein Stück des South West Coast Path, ein 630 Meilen langer Küstenwanderweg, ein Pilgerpfad, den nach Auffassung eingefleischter Wanderer jeder Korne, ja jeder Brite einmal im Leben von Anfang bis Ende begehen musste. Kathryn plante die Pilgerung mit der ganzen Familie für das kommende Jahr, sobald Ayesha elf Jahre alt war. Collin blieb stehen und blickte in die Ferne. Das Meer toste an die Granitwände unter ihm, kochte in erodierten Felskesseln wie schäumende Milch, sprühte Gischtfontänen, die sein Gesicht benetzten, breitete sich gleich polierter Jade mit grau-weißen Sprenkeln bis zur Horizontlinie aus, die Sonne ein schillernder Weg, dem er am liebsten gefolgt wäre, fort von dem Grauen, mit dem er sich beschäftigen musste und das ihn auch hier einholte. Schwarze, von Wasser und Wind rund geschliffene Steine voll Sonnenflecken ragten abgeschnittenen Köpfen gleich nahe am Strand aus dem Wasser. In vor Milliarden von Jahren erkalteten Lavazungen sah er jetzt nur Skelette. Algen schienen Hände von Ertrunkenen zu sein, die ihm verzweifelt zuwinkten.

Collin ging ohne Erleichterung gefunden zu haben zurück zu seinem Cottage, wo Kathryn und die Kinder im Garten unter der Kastanie beim Abendbrot saßen. Das Nebeneinander von Glück und Unglück, von Himmel und Hölle erschien Collin an diesem Abend unerträglich. Ihm schmeckte weder die eisgekühlte Melonen-Tomaten-Suppe, die Kathryn servierte, noch das Bier. Sein entzündeter Zahn pochte und sein Kopf fühlte sich an, als wäre er in einen Schraubstock geraten. Die Fahndung nach Jatoi und Taylor lief, Bill wollte die Nacht durcharbeiten und Johnny noch beim Farmerverein anklopfen, der an diesem Montag Sitzung hatte. Collin erschien es nicht richtig, mit seiner Familie gemütlich im Garten zu sitzen. Aber es war nicht nur das, wie ihm klar wurde, als seine Tochter Ayesha vom Tisch aufstand, an dem sie die ganze Zeit herumgezappelt und sich kichernd mit Kathryn in Zeichensprache unterhalten hatte. Kurz darauf hüpfte sie auf ihren langen Beinen auf ihn zu.

»Guck mal, Daddy, was Johnny mir geschenkt hat.« Ayesha hatte einen Reithelm auf. Ihre Zähne blitzten aus dem schwarzen Gesicht hervor, so strahlte sie. »Jetzt kann nichts passieren, wenn ich runterfalle.«

Im letzten Jahr war sie gewachsen und überragte die anderen Mädchen in ihrer Klasse. Sie war stolz, eine Omoro zu sein, wie die Volksgruppe in Äthiopien hieß, von der ihre leibliche Familie abstammte.

»Wenn du runterfällst? Aber du reitest doch gar nicht.«

»Doch. Noch vier Tage, dann reite ich. Stiefel wünsche ich mir zum Geburtstag. Aber man kann auch mit Turnschuhen reiten, sagt die Frau.«

»Welche Frau?« Collin blickte Kathryn fragend an.

»Vom Ponyhof, wo wir Freitag hinfahren.« Ayesha rannte wiehernd den Rasen hoch und runter.

Die kleine Verschwörung, erkannte Collin, nahm nun konkrete Formen an. Und Johnny war daran beteiligt. Ärger stieg in ihm hoch. Warum wird alles Mögliche über meinen Kopf hinweg entschieden?, dachte er. Er war sich sicher, dass Kathryn bereits Nägel mit Köpfen gemacht hatte. Die Zimmer waren reserviert, die Koffer gepackt und ihn wollte man nur noch wie ein Lunchpaket ins Auto laden. Der Zahnarztbesuch war offenbar Teil des Plans. Von wegen ein Wochenende am Meer. Er trank in einem Zug das Bier leer und öffnete eine dritte Flasche. Einen Streit vor den Kindern würde er nicht anzetteln. Das wusste Kathryn. Es war eine stillschweigende Abmachung, an die sie sich bislang immer gehalten hatten. Kathryn zwinkerte ihm zu. Nein, Collin fand das Ganze alles andere als lustig. Seinen Söhnen ging es offenbar nicht anders.

»Und was machen wir auf diesem Ponyhof?«, fragte Simon mürrisch.

»Ihr könnt auch reiten«, sagte Kathryn. »Das wird euch gefallen. Alle Cowboys und Indianer konnten reiten.«

»Ich finde Pferde doof. Mädchenkram.« Simon schob den halbleeren Suppenteller weg und ließ den Kopf hängen.

»Ayesha will da hin. Wir nicht«, sagte Shawn. »Das ist ungerecht.«

Und ich kann nicht mitkommen, dachte Collin. Er beobachtete seine Tochter, die auf das Holzpferd kletterte und mit einem Stock darauf herumschlug. Kathryns Vater hatte es auf einem Flohmarkt gefunden. Collin hatte gehofft, ein Spielzeugpferd würde genügen. Aber seine tierverrückte Tochter würde sich damit, wie ihm jetzt klar wurde, nicht zufrieden geben. Für Kinder war alles Gegenwart, dachte er. Wie einfach das erschien. Wolfie, Ayeshas Husky, legte ihm den Kopf aufs Bein und blickte ihn mit seinen zweifarbigen Augen an, als verstünde er, in welcher Aufruhr sich Collin befand. Ayeshas Hartnäckigkeit, gepaart mit Witz und Charme, hatte ihn dazu gebracht, vor einem Vierteljahr einen Hund zu kaufen. Nicht irgendeinen. Es musste ein Husky sein, weil der dem Wolf am nächsten käme, so ihre Argumentation. Aus dem Wurf suchte sie sich dann ausgerechnet dieses Exemplar aus. Keiner mit zwei blauen Augen, wie es sich für reinrassige Huskys gehörte, sondern einen Mutanten. »Ich weiß, wie er sich unter lauter blauäugigen Huskys fühlt«, hatte Ayesha erklärt. Die Tatsache, dass sie in Äthiopien geboren und ein Adoptivkind war, hatte sie sensibel für Außenseiter gemacht.

»Habe den Schreibtisch voll«, murmelte er. »Ich kann nicht.«

»Nicht einmal ein paar Tage? Ich bleibe mit den Kindern dann bis Ende nächster Woche. Bis der Reitkurs zu Ende ist. Dann sollen die Kinder schon traben können.«

»Ist ja fantastisch.«

Kathryn schob ihm ein Prospekt hin. »Die Reitlehrerin hat mal bei einer Olympiade mitgemacht.«

»Und jetzt gibt sie Kindern auf fetten Ponys Unterricht? Muss ja frustrierend sein.«

»Gut möglich. Das Angebot war am preiswertesten, und die Unterkünfte sehen hübsch aus. Wir haben ein eigenes Holzhäuschen. Es gibt einen Abenteuerspielplatz in der Nähe, und in den Wäldern leben wilde Pferde und Schweine.«

Das habe ich doch schon mal gehört, dachte Collin, und sah sich den Prospekt näher an. »Reiten im New Forest« stand in grünen Lettern auf der ersten Seite.

»Johnny kommt übrigens auch mit.« Kathryn strahlte ihn an.

»Wie? Johnny kommt auch mit? Zu uns in die Hütte?«

»Er hat seine eigene nebenan.«

»Ach, du lieber Gott!« Collin stand auf und lief zu seiner Werkstatt. Es ging also gar nicht um das Ponyreiten. Johnny wollte auf unauffällige Weise Sandra besuchen. Und wenn sie ihn abblitzen ließ? Und wie würde er mit Adam, seinem Konkurrenten, umgehen? Das konnte doch alles nur in einem Desaster enden. Sollte er Johnny die Illusionen nehmen? Nein, das stand ihm nicht zu, entschied er. Die Liebe siegt doch immer. Wer vermag das Herz eines anderen Menschen zu verstehen? Johnny war nicht in Sandra vernarrt. Er betete sie auf eine kindische und zugleich ernsthafte Weise an. Nur leider war die Frau seiner Träume taub und blind für jemanden wie Johnny. Er war schlichtweg nicht ihr Typ. Sandras Lover sahen alle aus wie die Models für Armani-Anzüge oder Aftershave-Werbungen. Adam, ihre neueste Errungenschaft, machte da keine Ausnahme. Allerdings war er der erste, dem es gelungen war, Sandra von Cornwall und St Magor wegzulocken, fiel Collin ein, und er lauschte einen Moment dem Wind in der Zeder, die wie ein Wächter neben seiner Hütte stand. Sandra beschwerte sich zwar unablässig über das Dorf, weil es in ihren Augen ein stockkonservatives, zum Gähnen langweiliges Kaff war, verteidigte es aber mit Zähnen und Klauen, sobald jemand ein schlechtes Wort darüber verlor. Nun lebte sie bei Adam in der Nähe von Southampton, und Collin rechnete damit, dass sie schon sehr bald eine Einladung zu ihrer Hochzeit schicken würde. Die Sache mit Adam weilte immerhin schon acht Monate. Soviel er wusste, hatte es Sandra mit keinem Mann so lange ausgehalten. Oder ging es ihr in Wahrheit nicht um Adam, sondern um die Aussicht auf Beförderung, wie Bill vermutete?, überlegte er und öffnete die Tür zu seiner Werkstatt. Die Zeit würde es zeigen. Die Stelle war auf ein Jahr befristet, so lange wie Sandras Vorgängerin in Elternzeit war. Insgeheim hoffte auch Collin, dass sie in sein Team zurückkehren würde. Ja, er vermisste sie und den Wirbelwind, den sie jeden Tag wie eine salzig-frische Brise vom Meer mitgebracht hatte.

Collin betrat die Werkstatt und knipste die Deckenlampe an, die nicht allzu viel Licht spendete. Zwei Birnen mussten seit Wochen ersetzt werden, eine von Hunderten Kleinigkeiten, zu deren Erledigung er nicht kam. Er stopfte die Pfeife und betrachtete die Steinfiguren, die er für die Ausstellung ausgewählt hatte. Auch wenn Ryol Argall, der Denkmalpfleger, ihm Mut gemacht hatte, so erschien ihm jetzt keine seiner Skulpturen perfekt, geschweige denn originell genug, um vor Ausstellungsbesuchern, anderen Bildhauern oder gar vor Kunstkritikern und der Presse standhalten zu können. Nicht einmal seine Lieblingsarbeit, die er »Die gefangene Tänzerin« genannt hatte, gefiel ihm in diesem Augenblick. Nur der Oberkörper der mädchenhaft schlanken Figur ragte aus dem Sandstein heraus. »Die beinamputierte Tänzerin« wäre der bessere Titel, hatte Johnny gefrotzelt, als Collin den Fehler gemacht hatte, ihn bei der Vorauswahl um seine Meinung zu fragen. Die langen Arme tanzten, mit Händen, die in der Luft Klavier zu spielen schienen. Das Gesicht des Mädchens hatte einen entrückten Ausdruck, den Collin gar nicht künstlich mit Schrifteisen und Schleifmaschine erzeugen musste. Alles, was er aus den Steinen Schicht für Schicht herausarbeitete, war schon da gewesen. Er machte es nur sichtbarer. Ein Bildhauer, so hatte er es in das Bewerbungsformular zu der Ausstellung geschrieben, will Blinde sehend machen. Wie affektiert ihm dieser Spruch jetzt vorkam. Was weiß ich von Blinden?, fragte sich Collin. Gar nichts weiß ich.

Er suchte in dem Kofferradio einen Sender mit Musik, drehte die Lautstärke hoch, wuchtete einen rötlichen, harten Sandstein aus dem Haufen der großkalibrigen Rohstücke auf die Werkbank, legte Spitzeisen und einen Eisenknüpfel bereit, nahm einen Bossierhammer, der schwer in der Hand lag, setzte die Schutzbrille auf, holte aus und versetzte dem Stein ohne nachzudenken einen ersten kraftvollen Schlag, dann den nächsten, drosch auf ihn ein, bis Kanten und Splitter absprangen, ein tiefer Riss entstand und feiner Sandstaub breitete sich aus, den er bald auf der Zunge schmeckte, körnig und harsch auf seinem empfindlichen Zahnfleisch, er schmeckte den Schmerz, spuckte aus und holte zum nächsten Schlag aus. Was hatte sich in den Adern und Mineralien dieses Steins abgelagert und verfestigt? Welche einstigen Leben hatten Verwitterungsprozesse zersetzt, verformt und in einen Sedimentstein gepresst, der sich widerborstig gegen ihn stemmte? Collin wischte sich die Stirn, begann den Stein mit Fäustel und Spitzeisen zu bossieren, und dachte an den Mörder des Kindes. Mit einem einzigen Hieb war der kleine Schädel gespalten gewesen. Dem Täter hatte sich kein Widerstand entgegengesetzt. Collin brauchte keinen Beweis aus der Rechtsmedizin für diese Überzeugung.

»Was ist passiert?« Kathryn stand in der Tür.

Collin hielt kurz inne und hörte seinen Atem. Dann setzte er das Spitzeisen erneut am Stein an.

»Collin?« Kathryn schaltete das Radio aus. »Sprich mit mir. Ärgerst du dich über den Ponyhof?«

Er schüttelte den Kopf, versetzte dem Rohling weitere Schläge, hielt inne, als er Kathryns Hand auf seinem Rücken spürte.

»Also, was ist los?«

»Ein totes Kind.« Und vieles mehr, was damit zu tun hatte oder auch nicht, dachte Collin.

»Deshalb musstest du gestern Abend noch einmal weg? Ist es ein Mordfall?«

»Vermutlich. Ich kann nicht mitfahren.«

Sie schlug die Hand vor den Mund und schaute ihn entsetzt an. Er legte das Werkzeug beiseite, nahm die Schutzbrille ab und zog sie in die Arme.

»Der New Forest ist nicht weit. Vielleicht kannst du uns hinbringen und übers Wochenende bleiben.«

»Wir werden sehen.« Collin vergrub sein Gesicht in ihr Haar, das nach Pfirsich roch.

»Wirst du schlafen können?«

»Weiß nicht.«

»Komm mit rauf. Ich massiere dich.«

Kathryn stellte nie Fragen zu seinen Fällen. Sie wartete, bis er ihr davon erzählte. Und dann half sie mit Feuereifer bei den Ermittlungen. Nicht selten hatte sie mit ihren Theorien recht. Welche Schlüsse würde sie ziehen, wenn er ihr im Detail von dem seltsamen und grausamen Fund im Pförtnerhaus erzählte?

»Ich bleibe noch ein wenig hier.«

Er küsste Kathryn, schmeckte Pfefferminz und fand kurz den Gedanken verführerisch, ihr jetzt sofort das lange Kleid auszuziehen und sie auf die Matratze zu tragen, die er auf Paletten neben die Hütte gelegt hatte und wo er womöglich auch diese Nacht verbringen würde. Ein bequemeres Schlaflager als die Sonnenliege. Aber Kathryn löste sich aus seiner Umarmung und ging zum Haus zurück.

Collin fragte sich, ob sie enttäuscht war. Natürlich war sie das. Ihr Liebesleben bestand derzeit aus Warten. Dass die Hitze nachließ, die Ausstellung vorbei war, und jetzt musste sie glauben, sich zu gedulden, bis Collin seinen neuen Fall abgeschlossen hatte. Das muss ich ändern, beschloss Collin. Ich muss die Schlafzimmertür hinter mir schließen können und nichts mit hineintragen, was dort nicht hineingehört. Warum war ihm das früher gelungen und jetzt immer weniger?

Er drehte die im Stein gefangene Tänzerin im schummrigen Licht hin und her und sprang in Gedanken von ihr zu dem Skelett des Kindes, zu Vincent Taylor und dem Kokain in den Futtersäcken, zu Zaman Jatoi und dem Unfall, zu Brian Hattonfield und dessen Bruder William. So sehr er es auch drehte und wendete, er sah keinen Zusammenhang. Der Zufall musste hier auf verrückte und grausige Weise die Choreografie der Ereignisse entworfen haben. Er löschte das Licht und folgte Kathryn. Nein, heute Nacht wollte er keine Gespenster auf seinem Nachtlager im Garten sehen.

12

»Na, holst du dir ein paar Streicheleinheiten?«

Jill fuhr herum und sah Ron vor der Box stehen. Stroh hing in seinem fettigen Haar. Seine Augen waren glasig.

»Wo hast du dich herumgetrieben? Hast du den ganzen Montag im Heu verschlafen?«

»Im Heu!« Ron lachte. »Hört sich verlockend an. Macht aber mehr Spaß zu zweit. Kleiner Ritt auf'm Hengst in der Morgenstund' gefällig, Mylady?«

»Spül dir den Mund aus. Du stinkst nach drei Flaschen Schnaps.«

»Ich mag es, wenn du ausschlägst wie eine Stute beim Rodeo. Macht dich jünger.«

Jill verließ Diamonds Box. Sie überragte Ron. Wie sie die meisten Männer, die ihr begegnet waren, überragt hatte. Auch wenn der Schmerz im Rücken sie jetzt niederdrückte.

»Wo warst du gestern? Wir haben jede Menge zu tun für dieses verdammte Farmerfest. Du weißt genau, dass ich das nicht alleine kann.«

»Hast dran zu knabbern wegen deinem Liebling, stimmt's, altes Mädchen?« Ron tätschelte Diamond, der den Kopf aus der Boxentür hielt, griff nach der Thermoskanne, die davor stand, und schüttete sich Kaffee ein. Vier Knöpfe, davon zwei abgerissen, standen an seinem verwaschenen Hemd offen. Jill sah graues Brusthaar und ein Stück der T-förmigen Narbe, die sie einmal berührt hatte, wie sie sich beschämt und leicht angewidert erinnerte. An einem dieser seltenen lauen Sommerabende mit einem Wind wie aus der Südsee, einem weichen, apricotfarbenen Abendlicht, und alles hatte nach frischem Grasschnitt gerochen. Auf der oberen Wiese am Außenposten war es geschehen, wohin sie auch heute mussten. Nach dem Abtrieb der Rinder in die Manga, als sie mit der schweißtreibenden Arbeit des Impfens fertig und allein gewesen waren. Ins Gras hatte Ron sie geschubst, gelacht hatten sie zusammen, und bevor sie ihn von sich stieß, hatte sie einen kurzen, sehr langen Moment eine Schwerelosigkeit in sich gespürt, wie sonst nur dann, wenn sie im Sattel saß und über ein Hindernis sprang.

»Was weißt du denn?«

»Was ich weiß?« Ron spuckte aus. »Dass wir alle zum Teufel gejagt werden. Du, ich, dein Alter, dein Hengst. Dieser Max hat unserer Claire die Augen verdreht, aber gehörig. Und was ist das Resultat? Er krallt sich alles. Ich sag dir, altes Mädchen: Sobald der hat, was er will, sieht deine Schwester ihn nicht wieder.«

»Das soll nicht dein Problem sein. Misch dich nicht in Angelegenheiten, die dich nichts angehen. Und mach den Hosenstall zu.«

Jill begann Hafer zu verteilen. Ein Job, für den Ron bezahlt wurde und auch Dylan, aber sie ließ es sich nicht nehmen, Diamond jeden Morgen selbst zu versorgen. Sie liebte es, ihm beim Fressen zuzuschauen und so den Tag zu beginnen. Es strahlte einen solchen Frieden aus.

»Okay, okay. Bin kein Vetter oder sonst was. Aber bin schon lange genug dabei, um zwei und zwei zusammen zählen zu können.«

»Du hast nur Angst, als Erster gefeuert zu werden. Und wenn du weiter so unzuverlässig bist, sorge ich persönlich dafür.«

»Pfff«, machte Ron und stellte den Eimer unter den Wasserhahn. Ein Arbeitstier war er. Hatte zwar keine Ahnung von Pferden, aber Jill konnte sich auf ihn verlassen, wenn es ums Anpacken ging. Allerdings war er ein Säufer und hatte ein denkbar schlechtes Verhältnis zur Uhrzeit. Manchmal tauchte er tagelang ab.

»Aber noch brauchen sie uns. Wer soll denn hier ausmisten, wenn deine Schwester uns morgen zum Teufel jagt?«

»Such dir doch was anderes. Ich wüsste nur nicht, wer dich nehmen soll«, entgegnete Jill und schaufelte für die anderen beiden Pferde Hafer in den Eimer. Sie hatte die Gespräche mit Ron über Claires Vorhaben satt. Die Farm würde ausverkauft werden. Es war nicht zu ändern. Punkt und aus. Sie tätschelte die Zuchtstute, für die sich schon ein Käufer gefunden hatte.

»Ich kenn' hier jede Menge, die mich mit Kusshand einstellen würden«, sagte Ron. »Aber ich bin für Gerechtigkeit.«

»Lügst dir doch in die eigene Tasche. Du bist nur hier, weil du auf der Straße warst und Claire sonst niemanden gefunden hat.«

»Stimmt, für den Hungerlohn hätte sie nicht so leicht jemanden gekriegt.«

Jill führte Diamond in den Durchgang und begann ihn zu striegeln. Jede Bewegung verursachte ihr Schmerzen. Doch wo würde sie enden, wenn sie aufgab? Im Rollstuhl wie ihr Vater. Das war sicher wie das Amen in der Kirche. So knallhart hatte es der Orthopäde gesagt.

»Hast du wenigstens mal mit 'nem Amtsheini gesprochen? Einem Anwalt?«

Ja, dachte Jill, habe ich. Aber alles war ja Schwarz auf Weiß festgelegt. Claire war Vormund ihres Vaters. Sie hatte seine Bankvollmacht und war zeichnungsberechtigt. Claire war Alleinerbin. Was immer es noch zu erben gab.

»Jill, du musst etwas unternehmen.« Ron stand dicht neben ihr. »Ich helfe dir. Und Dylan ist auch mit von der Partie. Wir haben schon einen Plan.«

»Einen Plan? Hört sich ja an wie eine Verschwörung. Was habt ihr vor? Wollt ihr Max Rattengift ins Essen mischen?«

Ron lachte mit heiserer Stimme. »Keine schlechte Idee, altes Mädchen. Wusste gar nicht, dass so viel Bosheit in dir steckt. Aber wir wollen ja nicht hinter Gitter landen, oder?«

»Wäre bei dir vermutlich nicht das erste Mal. Denk bloß nicht, dass du mich zu irgendetwas überreden kannst. Lass deine dreckigen Pfoten aus den Angelegenheiten unserer Familie.«

Ron stellte die Schubkarre vor Diamonds Box und schaufelte Mist hinein. »Wusstest du, dass Max gar nicht von Guernsey stammt, wie er immer behauptet? Dylan und ich haben ein bisschen recherchiert. Im Internet kannste ja alles nachlesen. Einen Max Shell haben wir da nicht gefunden.«

»Als ob alles und jeder da drin steht.«

»Aber er hat behauptet, dass er auf Guernsey einen Reiterhof betrieben hat, für Touristen. So einer wie der, wo du arbeitest. Das kann ja noch nicht lange her sein. Dylan hat bei der Touristeninformation angerufen und bei allen Reiterhöfen. Niemand kennt einen Max Shell. Der lügt wie gedruckt, das rieche ich.«

»Mit deinem Schnapszinken? Und wenn, was würde das ändern? Ob Max nun einen Reiterhof hatte oder nicht, er ist jetzt hier und wird, wie es aussieht, auch bleiben.«

»Tsss. Wird er? Glaubst du doch selbst nicht.« Ron rieb sich mit einem Finger unter der fast quadratischen Nase, die vom vielen Branntwein die Farbe einer Himbeere angenommen hatte. »Die wollen wirklich nach Kalifornien. Hat Lester erzählt.«

»Was will der denn wissen?«

»Kennst doch deine Schwester. Muss ihr doch nur einer in den Bauchnabel pieksen und sie zwitschert wie eine Nachtigall.«

»Du willst mir doch nicht weismachen, dass sie was mit Lester Goldsmith hat.«

»Unser Nachbarfarmer Lester ist ein einsamer Bulle und ein Goldarsch.« Ron schüttelte ein tabaktrockenes Lachen aus der Brust, das in einen Hustenanfall überging. Er fluchte. »Darauf steht dein Schwesterchen, kannste mir glauben.«

Also tatsächlich Kalifornien, dachte Jill und begann Diamonds

Mähne zu kämmen. Sie hatte sie nie kurz geschnitten. Diamond sollte das Wilde, Ungezähmte so weit wie möglich behalten.

»Noch was, altes Mädchen. Dylan hat den Kilometerstand von Max' Jeep aufgeschrieben. Ab Anfang April. Weißt du, dass Claires Lover jede Woche rund 600 Meilen rumfährt? Ist doch komisch, oder? Und warum ist er jeden Monat mindestens einmal am Wochenende über Nacht weg?«

»Spielst du jetzt den Detektiv? Max kann tun und lassen, was er will. Er fährt zu Versteigerungen zum Beispiel. Wie alle anderen auch.«

»Und kommt nie mit einem einzigen neuen Zuchtbullen zurück? Mädchen, du bist zu gutgläubig.«

»Hör auf mit deinem Mädchen, Mädchen«, fuhr ihn Jill an. »Du weißt genau ...«

»... dass dich das auf die Palme bringt. Solltest deiner Wut mal eine andere Richtung geben. Oder wie lange willst du das alles hier noch mitmachen?«

Ron fuhr den Mist nach draußen und brachte frische Streu in Diamonds Box. Jill wollte es ihm gegenüber nicht zugeben, dass auch sie ein tiefes Misstrauen gegenüber Max hegte. Sie hatte nie herausgefunden, wie er sich eigentlich in ihr Leben geschlichen hatte. Er war aufgetaucht, als sie zwischen Umzugskartons saßen, noch halb betäubt von der Veränderung, die auf sie zugekommen war. Sie brauchten Helfer, so viel stand fest. Und Max war der Erste gewesen, der an die Tür geklopft hatte, noch bevor sie auf die Suche gegangen waren. Jill konnte sich nicht daran erinnern, ob er auf Empfehlung gekommen war, auf gut Glück oder weil er irgendwo davon gehört hatte, dass sie allein mit Dutzenden von Tieren auf Pachtland saßen wie Schiffbrüchige auf einer Eisscholle. Claire jedenfalls war gleich Feuer und Flamme gewesen. Kein Wunder. Max hatte es schon am ersten Tag verstanden, sie um den kleinen Finger zu wickeln. Dabei konnte jeder sehen, wie wenig Ahnung Max von Farmen hatte. Ob an Rons Geschichten etwas dran war?

»Max ist ein Hebel –«, sagte Ron und wurde von einer Niesattacke unterbrochen. »Ach, zum Teufel.«

»Ein Hebel? Wie meinst du das?«

»Claire muss nur davon überzeugt werden, dass Max ein falsches Spiel treibt. Sie ist doch blind und taub. Ich glaube, eigentlich will sie nur eurem Alten eins auswischen.«

»Wie kommst du darauf? Was hat mein Vater mit Max zu tun?«

»Stinkeifersüchtig ist dein Alter. Hast du das nicht gemerkt?«

»Und wie willst du das gemerkt haben?« Ich merke ihm jedenfalls nichts an, dachte Jill. Sitzt da wie eine Holzpuppe. Keine Regung, nichts.

»Wird doch rot wie Ketchup, wenn er den nur sieht«, sagte Ron. »Da muss er gar nichts sagen. Meinst du, dein Alter ist so blöd und glaubt diesem dahergelaufenen Bauchpinsler auch nur ein Wort? Als Schwiegersohn will er diesen Pimpf bestimmt nicht.«

»Claire ist volljährig. Könnte er wohl kaum verhindern.« Jetzt nicht mehr. Andere, die Claire angeschleppt hatte, seit sie dreizehn war, hatte ihr Vater alle erfolgreich aus dem Haus getrieben. Aber da hatte er noch mit der Faust auf den Tisch hauen können. Die Zeiten waren vorbei. Jetzt hatte Claire das Zepter in der Hand. Vielleicht hatte sie es in Wahrheit immer gehabt. Schon als Kind vermochte sie ihren Vater auf eine Weise zu bezirzen, die ihn weich wie ein Kuscheltier hatte werden lassen.

»Max soll deinen Onkel sehr gut kennen«, sagte Ron und ging mit der Mistgabel in die Box der Zuchtstute. »Woher wohl? Ich sage dir, der führt was im Schilde.«

Jill dachte kurz an ihren Onkel. Aus ganz anderem Holz war er geschnitzt als ihr Vater. Ein ewig junger Mann, der nicht Onkel genannt werden wollte, sondern mit seinem Spitznamen Bobo, wo immer er den her hatte. Mit Pferden hatte Bobo ganz und gar nichts am Hut. Jill hatte ihn als den immer braun gebrannten Dandy in Erinnerung, der alle Jubeljahre mit einem Motorrad zu Wochenendbesuchen kam, Goldkettchen trug, wechselnde Blondinen im Schlepptau, und der mit Zigarre immer gut gelaunt am Tisch saß, das Eis in seinem Brandyglas klirren ließ und von Orten in der Karibik erzählte. Sie hatte Bobo seit Jahren nicht gesehen. Das letzte Mal hatte er einen heftigen Streit mit ihrem Vater gehabt und kurz darauf waren sie hier gelandet. Claire hatte sogar behauptet, jener Streit habe ihren Vater krank gemacht und ihr Onkel habe dessen Schlaganfall zu verantworten. Wo sollte Max ihrem Onkel begegnet sein?

»Warum sollte er meinen Onkel nicht kennen?«, sagte sie zu Ron. »Die Welt ist klein.«

»Geht dir nichts über deine Familie, stimmt's?« Ron spuckte wieder aus und klatschte der Stute auf die Hinterbacken. »Zur Seite, Lady. Willst doch deine letzten Stunden nicht im eigenen Mist verbringen, oder?«

Eine Weile arbeiteten sie schweigend zusammen. Die Luft im Stall war zum Schneiden wie ihre Stimmung in den letzten Tagen. Jill fragte sich, was Ron und Dylan im Schilde führten. Die beiden kamen wie auch Todd, der als Koch und »Mädchen für alles« angestellt war, direkt aus der Gosse, so viel stand fest. Die Burschen trieben sich jedes freie Wochenende im Pub herum, kamen mit blauen Augen und zerrissenen Hemden zurück und nicht selten mit irgendwelchen Frauen von zweifelhaftem Ruf, die Jill am nächsten Morgen aus den Betten scheuchen musste. Solche Verhältnisse hätte es unter ihrem Vater niemals gegeben. Seit die

Familie auf diesem Hof hauste, war alles entgleist wie ein Zug, der ohne Weichensteller durch die Nacht fuhr, und sie selbst glichen Ackergäulen. Die Umgangsformen, die Arbeitsmoral, der Respekt, die Sprache. Sie waren im Dreck gelandet. So war das. Den Kampf dagegen aufzunehmen war aussichtslos. Jill wollte um nichts mehr kämpfen. Um nichts, außer um Diamond.

»Ihr habt also einen Plan. Und welchen?«

»Na, die Neugier siegt doch immer, oder?« Ron schlürfte an seinem Kaffee und grinste sie an. »Komm in mein Nest, und ich zeig's dir.« Er wies mit dem Daumen zu der Leiter, die auf den Dachboden führte, wo Ron auf einer Matratze schlief.

»Da komm ich nicht hoch. Und was soll ich da auch?«

»Durchs Fenster in die Gegend schauen.« Ron strich kreisend über seinen Bauch. »Wunderbare Aussicht.«

»Willst du mich auf den Arm nehmen?«

»Aber gern, altes Mädchen. Wenn du dabei bist, komm morgen Abend zu Dylan. Schlachtplan besprechen. Dann zeigen wir dir alles.«

»Was alles? Kannst du mal Klartext reden?«

»Glaubst nicht, dass Max ein Schlitzohr ist, oder? Haben wir aber Schwarz auf Weiß.«

»Und? Was soll das bringen?«

»Du willst Diamond behalten oder nicht? Da brauchst du ein paar Mäuse. Stimmt's?«

Jill drehte sich zu Diamond um, kratzte die Hufen aus und führte ihn zurück in die Box. Später wollte sie ihn an die Longe nehmen, und nach Feierabend würde sie dabei zuschauen, wie er von Dylan geritten wurde, der sich, sobald er auf dem Rücken eines Pferdes saß, von einem unberechenbaren Rabauken in einen disziplinierten Reiter verwandelte. Eine Zuschauerin, das war alles, was ihr geblieben war.

»Überleg's dir. Ich geh was spachteln.«

»Beeil dich und mach den Laster klar. Ich glaube, da ist eine Zündkerze durch.«

»Selbst mitten im Hurrikan denkst du nur an die Arbeit.« Ron ging kopfschüttelnd hinaus und pfiff dieses Lied, das er immer pfiff. *The Saints are marching in.*

Jill blickte ihm hinterher. Vielleicht würde sie Ron vermissen. Seinen emsigen Gang mit den stämmigen O-Beinen, die starken Arme, die zu lang für den gedrungenen Körper waren, mit denen er nie wusste, wohin, wenn er keine Mistgabel in der Hand hatte. Der gerötete Nacken, kurz und breit wie von einem Stier. Einen Moment lang fragte sie sich, wie es in diesem Mann, mit dem sie nun schon seit einigen Jahren zusammenarbeitete, aussah. Was wusste sie von ihm? Nichts, stellte sie fest. Und wozu auch? Sie saßen letztlich nicht im gleichen Boot.

Jill zupfte einen letzten Strohhalm aus Diamonds Mähne und legte die Hand auf seinen Hals. Wenn seine Kraft nur in meine überginge, wünschte sie sich. So war es ihr jedes Mal ergangen, wenn sie auf seinem Rücken saß und in vollem Galopp auf ein Hindernis zusteuerte. Sie hatte ihm die Hand kurz vor dem Absprung an den Hals gelegt, bis er sich streckte, die Vorderbeine hob, hochfederte und für Sekunden im freien Flug über dem Hindernis schwebte. Sie konnte ihm vollends vertrauen. Diamond hatte einen siebten Sinn. Für den Parcours, die Bodenbeschaffenheit und für Jills Verfassung. Saß sie angeschlagen von einer Erkältung auf ihm, so zügelte er sein Temperament, lief weicher, sprang und landete sanfter.

Auch an jenem verhängnisvollen Tag war es sein Instinkt gewesen, der sie gerettet hatte. Sie wären jetzt vielleicht beide tot, wenn er sich anders entschieden, wenn er ihr blind Gehorsam geleistet hätte. Die Sonne hatte geblendet und auf das drittletzte Hindernis der Springprüfung war Jill fast ohne genaue Sicht zugeritten. Es war ein tückischer Coffin. Ein Graben in einer Senke und unmittelbar dahinter ein fast vier Fuß hohes massives Hindernis. »Lauf«, hatte sie Diamond zugeflüstert und sich auf ihn verlassen, wie sie sich immer verlassen hatte, wenn sie selbst die Zügel nicht mehr in der Hand halten konnte. Den dicken Draht hätte sie unter keinen Umständen sehen können. Er hing aus dem Binsengeflecht, das wie eine überdimensionale Bürste zwischen zwei Baumstämmen befestigt war. Vielleicht war die Hürde nicht sorgfältig genug gebaut worden. Ihr Vater hatte gar Sabotage vermutet. Diamond war die Nummer eins. Sie hatten bereits bei der Dressur und bei der Geländeprüfung alle anderen abgehängt, und der Sieg von Jills Team, verbunden mit einem hohen Preisgeld, lag drei Hindernisse vor ihnen. Es gab genügend Neider, vor allem aber ein korruptes Wettbüro, wie Jill später erfahren hatte. Dieses hatte das Pferd eines renommierten amerikanischen Reitstalls zum Favoriten erklärt. Außerdem war Jill in der Endrunde die einzige Frau auf dem hochdotierten CIC****-Turnier gewesen. Viele Umstände, so wusste Jill im Nachhinein, als sie in schlaflosen Nächten über das Unglück nachdachte, hatten dazu geführt, dass sie an jenem Tag zum letzten Mal in ihrem Leben bei einer internationalen Vielseitigkeitsprüfung teilgenommen und überhaupt im Sattel gesessen hatte. Seither hatte sie sich vollständig aus der Reiterwelt zurückgezogen. Diamond hatte vor dem Hindernis gescheut, war seitlich ausgeschert und hatte sich aufgebäumt. Jill flog aus dem Sattel, mit dem Rücken auf den oberen Baumstamm, knallte auf den Boden, wurde von Diamonds Hufen getroffen, und danach war nur noch Schwärze da gewesen. Sie war in einem Gipskorsett im Krankenhaus aufgewacht. Reiten können Sie nie wieder, hatte der Arzt gesagt. Nie wieder.

Das war das Ende von allem gewesen, was ihr die Augen verschlossen hatte. Seither hatte sie zu sehen begonnen.

13

Emotionen musste man in diesem Beruf auf niedriger Flamme halten wie einen Dampfkochtopf. Das hatte Collin an seinem ersten Tag als junger Auszubildender im Morddezernat von Southampton gehört und seitdem mehr oder weniger erfolgreich zu beherzigen versucht. Lässt du den Topf auf hoher Flamme, hatte ihm sein damaliger Vorgesetzter Owen Peters gesagt, hältst du dem Druck nicht stand, brennst du innerlich aus oder verwandelst dich in einen speienden Drachen. Nach einigen Jahren war mit Collin Ersteres geschehen. In seinem Magen hatte ein Schwelbrand begonnen, der ihm Sodbrennen bescherte, den Appetit verdarb, ihn mit Durchfällen plagte und wie eine Faust ins Zwerchfell hieb. Seit er in Cornwall lebte, hatte er selten zu den Magenpillen greifen müssen. Doch die drei schlaflosen Nächte nach dem Fund des Skelettes hatten seine Eingeweide in ein Gaswerk verwandelt. Wenn du Steuermann bist, dann lass niemals das Ruder los. Und wenn dir doch die Hände abfallen sollten, übergib es an deinen besten Mann. Auch so ein Rat von Owen Peters. Ich kann den Fall abgeben, dachte Collin. Sein Team war zu klein und für komplizierte Mordfälle nicht gerüstet. Er spülte eine Magenpille mit Wasser runter und blickte auf die Wanduhr. Viel Zeit war vergangen, seit das Kind getötet wurde. Wie viel Zeit würden sie brauchen, den Mörder zu finden? Drei Augenpaare waren auf ihn gerichtet.

»Ferien im Eimer, stimmt's?«, fragte Johnny und malte mit schwarzem Filzstift ein Kreuz in das Kalenderfeld des heutigen

Mittwochs. Dann rollte er die Hose hoch, stellte die Füße in eine Wasserschüssel und machte geräuschvoll eine Tüte Chips auf. Er schien mies gelaunt wie ein Grizzly, der beim Winterschlaf gestört wurde.

»Ich gebe dir gern ein paar Tage Sonderurlaub.«

»Und das Skelett kann warten, oder wie?»

»Eine Woche kommen wir wohl ohne dich zurecht.«

»Und du? Familienurlaub gestrichen?«

»Berufsrisiko. Ist es nicht beim Angeln genauso? Wenn die Sardinenschwärme kommen, predigst du immer, muss man zur Stelle sein.«

Johnny sah ihn aus schmalen Augen an und strich sich über den Bart, den er neuerdings sorgfältig pflegte. Er sei mit seinem Gesichtshaar voll im Trend, hatte er unlängst verkündet. Collin wich seinem Blick aus. Manchmal war es von Nachteil, sich gut zu kennen.

Er wollte sich im Augenblick selbst nicht ausmalen, welche Enttäuschung er Ayesha bereiten würde, wenn er nicht mit zum Reiterhof fuhr. Aber vor allem Kathryn. Ponys gibt es auch in Cornwall, hatte er noch am Frühstückstisch argumentiert und sich schnell auf die Zunge gebissen, als Kathryn wortlos aus dem Esszimmer ging und lange nicht wiederkam. Ja, er enttäuschte vor allem sie. Wie auch am gestrigen Abend, als sie sich mit einer Haut, die noch von der Sonne glühte, nackt auf ihn gelegt, seinen Hals mit Küssen bedeckt hatte, ihre zarten Hände wandern ließ. Nichts hatte sich in ihm geregt. Das Bild des toten Kindes war da und hatte alles in ihm betäubt. Wie lustraubend dieser Job sein konnte, dachte er. Und wie wenig berechenbar.

»Der erste Befund aus der Rechtsmedizin ist eingetroffen«, begann er und versuchte seine Stimme neutral klingen zu lassen. »Ein Vorbericht wohlgemerkt. Das Kinderskelett verzeichnet einen höheren Anteil männlicher Merkmalsträger, wobei das Geschlecht eines Skeletts, wie Hampton einräumt, vor der Pubertät sehr viel schwieriger eindeutig festzulegen ist. Es ist höchstens einen Monat alt geworden.« Er hielt eine Röntgenaufnahme der linken Kinderhand hoch. »Genauere Analysen dauern, wie wir alle wissen. Auch zur ethnischen Bestimmung. Wir können aber mit großer Wahrscheinlichkeit davon ausgehen, dass es sich um ein kaukasisches, also europides Kind gehandelt hat.«

»Ist es nun ermordet worden oder nicht?«, fragte Johnny und trommelte mit den Fingern auf der Tischplatte.

»Davon können wir jetzt zweifelsfrei ausgehen. Die Fraktur am Schädel deutet auf eine Hiebverletzung.« Collin hielt ein 3D-Bild der Computertomographie hoch. »Das Kind kann nicht auf den Kopf gefallen oder von einem heruntergefallenen Gegenstand getroffen worden sein. Der Spalt ist durch Fremdeinwirkung entstanden und perimortal. Das heißt, die Schädelverletzung hat ursächlich zum Tod des Kindes geführt. Hampton tippt auf ein halbscharfes Objekt, etwa ein kurzes Beil, wie man es zum Holzspalten verwendet. Dafür spricht der glatte, recht breite Spalt.« Warum hat der Täter zu einem solch brutalen Werkzeug gegriffen, um einen wehrlosen Säugling zu erschlagen? »Der Schädel hat einen Trümmerbruch«, fasste er Hamptons Bericht weiter zusammen. »Das Kind ist vermutlich an einem Schädel-Hirn-Trauma gestorben. Das Skelett weist sonst keine Spuren von prämortaler Gewalt oder Verletzungen auf, wirkt aber unterentwickelt. Vermutlich ist das Kind in seinem kurzen Leben nicht ausreichend versorgt worden. Vielleicht war es auch eine Frühgeburt.«

»Mein Gott!«, brach es aus Anne heraus.

Was machte ein solcher Bericht mit einer jungen Frau wie Anne, die, wie Johnny behauptete, seit einiger Zeit versuchte, schwanger zu werden?

»Wie lange liegt es da schon?« Johnny griff nach dem Bericht.

»Die Ermittlung der Liegezeit dauert an. Mindestens zehn Jahre, schätzt Hampton. Er vermutet allerdings, dass das Kind an anderer Stelle getötet wurde und erst später eingemauert worden ist. Der Fundort ist zwar nicht luftdicht abgeschlossen, aber relativ trocken. Umstände, die möglicherweise eher zu einer Mumifizierung des Leichnams geführt hätten. Auch die Liegeposition des Skeletts ist auffällig.« Collin tippte auf ein anderes Foto. »Hier kann man es gut sehen. Der Schädel liegt viel zu weit vom Körper entfernt, die linken Beinknochen sind auf eine Weise gestreckt, die Hampton ungewöhnlich fand. Auf dieser Vergrößerung erkennt man eine Tierfraßspur. An der rechten Hand fehlen zwei Finger. Auch diese Tatsache lässt vermuten, dass die Fundstelle nicht der ursprüngliche Liegeort war.«

»Der Fundort ist demnach nicht der Tatort?«, fragte Johnny.

»Davon können wir ausgehen. Die Kollegen suchen sukzessive das gesamte Grundstück, das Haupthaus und alle Nebengebäude nach relevanten Spuren ab, um den möglichen Tatort zu finden. Sie wollen auch Bodenanalysen vornehmen.«

Die Eigenschaften und Tätigkeit eines Bodens beeinflusst die Zersetzung und Mineralisierung einer Leiche, hatte ihm Hampton erklärt. Collin erschien diese Aufgabe so schwierig wie die Suche nach Wasser in der Sahara. Wie sollten sie bei 800 Hektar Außengelände durch Bodenproben den ursprünglichen Tatort finden? »Wir folgen also der These, dass das Kind zunächst an einer anderen Stelle des Anwesens verscharrt und später im Pförtnerhaus eingemauert wurde. Hampton will auf jeden Fall DNA-Proben der ehemaligen Bewohner von Woodland. Ist ja zunächst naheliegend, dass das Kind ein Familienmitglied war oder das eines ehemaligen Angestellten. Desto dringlicher ist es, dass wir uns auf die Familie Hattonfield konzentrieren. Die Kollegen in

San Fransisco sind wegen Brian Hattonfield seit gestern Abend eingeschaltet. Ich habe mit seinem Notar Kenneth Bold telefoniert, der ihn nicht persönlich kennt. Er hat allerdings bestätigt, dass Taylors Cottage zum Woodland-Anwesen gehört. Es steht allerdings nicht mit zum Verkauf, sondern ist an jenen John Miller vermietet, der das Häuschen angeblich über die Agentur Sleepover als Ferienwohnung anbietet.« Kleine Fische waren ins Netz gegangen, dachte Collin. Was half das weiter?

»Ich habe gestern Nacht noch Zeitungsarchive durchforstet«, unterbrach ihn Bill und zeigte ein eingescanntes Schwarz-Weiß-Foto auf seinem Laptop. »Bei Brian Hattonfield bin ich nicht fündig geworden, aber das hier ist zumindest eins von William Hattonfield. Er scheint sich in der Öffentlichkeit rar gemacht zu haben.«

Mehrere Jäger auf Pferden, offenbar vor Jahren bei einer Fuchsjagd aufgenommen. Inzwischen waren die traditionellen Fuchsjagden im Königreich verboten. William Hattonfield saß aufrecht auf seinem Pferd in vorderster Reihe. Sein Gesicht war von der Hutkrempe beschattet, und er war der einzige, der ernst in die Kamera blickte.

»Hemming, der Makler von Woodland hat die Aussage von Feighlan bestätigt, dass William Hattonfield das Anwesen vor einigen Jahren bewohnt hat. Es bestand ein Mietverhältnis mit seinem Bruder.«

»Komisch, dass der jüngere Sohn das Anwesen geerbt hat«, ergänzte Johnny.«

»Oder er hat es aus einer Erbmasse aufgekauft.« Collin blätterte in seinem Notizheft. »Bill, knöpf dir die Banken vor. Die Hattonfields müssen ja ein Konto in der Gegend gehabt haben. Johnny, wir schauen uns in Taylors Hütte um.« Collin wedelte mit dem Durchsuchungsbeschluss. »Ashborne schickt uns Verstärkung. Spätestens Ende der Woche kommt ein Geoforensiker, der die Kollegen der Spurensicherung unterstützt.«

»Was machen wir mit Jatoi?«, fragte Johnny. »Links liegen lassen?«

»Einen Zusammenhang zu dem Skelettfund sehe ich nicht. Was nicht heißt, dass wir das Thema ganz ignorieren können. Anne, was hast du über Jatois Background herausgefunden?«

»Background?«, fragte Anne, die bislang halb abwesend in der Runde gesessen hatte und sich an der Wasserflasche wie an einem Rettungsring festzuhalten schien.

»Familienstand und so weiter. Über das hinausgehend, was wir schon wissen.« Anne pustete einen Schwall Luft aus, suchte hektisch in einem Ordner und setzte sie mit ihrer monotonen, leisen Stimme über den Faktenstand in Kenntnis. »Er ist im nordenglischen Bradford geboren. Fünfter von insgesamt sieben Söhnen. Vater Gemüsehändler, die Mutter Hausfrau. Zaman hat es als Einziger der Familie bis zur High School geschafft, die er aber ein Jahr vor dem Abschluss verlassen hat. Seinen Lkw-Führerschein hat er vor acht Jahren in Folkestone gemacht. Bis Jatoi vor drei Jahren bei der ortsansässigen FTS angefangen hat, fuhr er für verschiedene Unternehmen. Seine Frau ist ebenfalls gebürtige Pakistani. Sie haben zwei Kinder.«

»Hast du mit seiner Frau gesprochen?«, fragte Collin.

»Also, sie weiß nichts von dem Unfall und hat …« Anne fuhr mit dem Finger über die Notizen. »Also, sie hat ihren Mann seit vier Tagen nicht gesehen. Seit letztem Freitag. Bei seiner Familie in Bradford scheint er nicht zu sein, und seine Fernfahrerkollegen wissen auch nichts über seinen Aufenthaltsort.«

»Wie? Er ist nicht bei seiner Sippschaft? Ist das überprüft worden?«, fragte Johnny.

Anne biss sich auf die Unterlippe und nickte.

»Was heißt das schon?« Johnny drehte den Ventilator in seine Richtung. »Er ist bestimmt gerade bei einem seiner achtzehn Onkel.«

Die pakistanische Gemeinschaft war ein festes, schwer durchschaubares Gefüge, vor allem in einer Stadt wie Bradford, wo sie rund zwanzig Prozent der Bevölkerung ausmachte, davon waren um die acht Prozent in Pakistan geboren. Viele der überwiegend muslimischen Familien lebten in strikt pakistanisch geprägten Wohngebieten, in denen fast alle Frauen das Salwar Kamiz, die traditionelle Kleidung trugen; das Bildungsniveau war niedrig, die Arbeitslosigkeit hoch, und von Integration konnte kaum die Rede sein. Pakistanische Einwanderer standen am Rande der britischen Gesellschaft. Bradford war eine der Städte, wo im Jahr 2001 rassistische Ausschreitungen gegen die Nachfahren der einstigen pakistanischen Kronkolonie auf einen schwelenden sozialen Brandherd aufmerksam machten. Und aus der pakistanischen Gemeinde in Leeds stammten drei der sogenannten 7/7-Attentäter, die im Jahr 2005 in London für die bislang schwersten islamistischen Terroranschläge verantwortlich waren. Dennoch wollte sich Collin nicht von dem Gedanken verführen lassen, dass ein Zaman Jatoi aufgrund seiner Abstammung mit besonderem Misstrauen begegnet werden sollte. Jatoi hatte seit Jahren eine feste Stelle bei der FTS, er hatte sich fern von Bradford niedergelassen, und seine Frau sprach Anne zufolge immerhin gebrochen Englisch. Dennoch war es nicht auszuschließen, dass er wissentlich in den Kokainhandel verwickelt war. Seine Flucht aus dem Krankenhaus sprach jedenfalls gegen ihn.

Personenfahndungen banden allerdings Manpower, die an anderer Stelle dringender gebraucht wurde. Und vermutlich würde man mehrere Kollegen benötigen, um Zaman Jatoi aufzuspüren.

»Ich spreche mit den Kollegen der Drogenfahndung in Folkestone und Bradford«, entschied Collin. »Wir behalten die Sache im Auge. Priorität hat der Skelettfund. Unsere Sonderkommission arbeitet ab sofort unter dem Namen Woodland. Also, das war's erst einmal.«

Collin nickte seinen Kollegen zu, sprach mit Anne ein paar Worte, die ihr Trost spenden sollten, doch hohl in seinen Ohren klangen, und ging mit seiner Pfeife hinaus in die mit Salzkristallen getränkte blaue Luft. Er fühlte sich wie auf der Flucht, als er die Straße hinab lief, die noch mit Kopfsteinpflaster bedeckt war, an Häusern aus verwittertem grauen Stein vorbei, vor denen Geranien in Töpfen blühten, Spitzengardinen an den Fenstern hingen und Katzen im Schatten dösten. Die Kirchenglocken schlugen neun Mal. Man hörte Radiomusik, Stimmen, Lachen. Der Duft nach gebratenen Eiern, Kaffee und Tee. Die Geräusche und Gerüche eines Dorfs, das friedlich in der Sommerhitze erwacht war. Am Ende der Straße lag ein unbebautes Grundstück, vor dem er stehen blieb. Unten glänzte das Meer. Eine silbrige, kühle Stille, in die er sich mit seinem aufgewühlten, erhitzten Körper gern hineingestürzt hätte. Er musste nur weiterlaufen, immer bergab, über die hinter dem Dorf wie eine hellgrüne Tafel daliegende Grasfläche bis zur Kante, dort, wo es steil zu den Felsen hin abfiel, in denen die Seemöwen und Kormorane ihre Nester bauten, dann die Arme ausbreiten und abheben.

»Brauchst nicht denken, dass ich dich mit diesem Scheiß alleine lasse.«

Collin spürte Johnnys Hand auf dem Rücken.

»Und wo bleibt das Leben? Ich will, dass du in den New Forest fährst, Johnny. Zumindest am Wochenende. Hol Sandra zurück. Darum willst du dahin. Also kauf dir ein vernünftiges Hemd, schneid dir das Haar und vermassel es nicht.«

»Ach, Mann …« Johnny hob ein paar Steine auf und pfefferte sie in die Wiese vor ihnen.

Sie blieben schweigend stehen, bis auf einmal Regen aus dem drückenden Blau fiel. Erst nadelfeine Tröpfchen, dann erfrischend und fett aus einem Wolkenstreifen, der einem Jet gleich aus dem Nichts aufgetaucht war, während die Sonne über dem Meer weiter ungerührt lächelte.

»Gleich zwei«, sagte Johnny und zeigte Richtung Dorf.

Ein schwacher und ein wie mit Plakafarben gemalter Regenbogen leuchteten nebeneinander über den Häusern auf. Das kurze Schauspiel, durch das die Zeit anzuhalten schien, löschte für Momente alle Bilder von Skelettknochen aus Collins Kopf. Was geschieht mit einem Menschen, wenn er die Augen nicht mehr öffnen kann für die Farben eines Regenbogens?, fragte er sich.

»Lass uns die Sache angehen«, sagte Johnny. »Wir finden das Schwein.«

Aber wie?, fragte sich Collin, klopfte Johnnys Rücken, und gemächlichen Schrittes liefen sie zurück. Er schrieb es der schwülen Morgenluft zu, dass seinen Gedanken die Klarheit fehlte, und er wusste nicht, wie er sie zurückgewinnen könnte. »Wenn du dich verzettelst, dann lass alles liegen und beschäftige dich mit etwas, was mit dem Fall nichts zu tun hat«, war ein Rat seines Lehrmeisters Owen Peters gewesen. »Geh schwimmen, spiel mit deinem Hund, wenn du einen hast, oder schau dir einen Film an.«

Vor dem Polizeigebäude angekommen, sagte Collin: »Ich hol uns Frühstück. Dann machen wir uns auf den Weg.« Er gönnte sich eine zweite Pfeife, lief die Straße hinauf zum kleinen Marktplatz und blieb einen Moment vor dem Brunnen stehen, der seit ein paar Jahren abgedeckt war, nachdem immer wieder Unrat in der hundert Fuß reichenden Tiefe gelandet und ein Mal sogar ein Betrunkener hineingefallen war. Wie tief würden sie graben müssen, bis sie den Mörder gefunden hatten?

Er klopfte die Pfeife aus und betrat die Bäckerei. Der Duft frisch gebackenen Brotes hatte ihn schon als Kind beruhigt. Die kleine Bäckerei erinnerte ihn in ihrer altmodischen Ausstattung, die man in der Art kaum noch fand, an seine Kindheitsjahre in einem Dorf nahe Northampton. Eine Holztheke, dahinter Regale, in denen die Körbe mit Backwaren standen und ein Glaskasten mit hausgemachten Kuchen und Pralinen. Zwei Vasen mit Plastikblumen waren die einzige Dekoration. Das Geschäft hatte keinen Namen und die in Stein gehauenen Buchstaben des Wortes »Bäckerei« über der Tür waren verwittert. »Franzose«, so nannten die Leute das Geschäft von Madame Florine. Vor vierzig Jahren war sie wegen einer Romanze mit einem Fischer, so gab sie mit verzücktem Augenaufschlag gern zum Besten, aus der Sonne Südfrankreichs in den Sturm der Küste von Cornwall gekommen. Wie eine fest verankerte Boje trotzte sie seither mit ihrem, nach dem Geheimrezept ihres korsischen Großvaters gebackenen Brotes, den Discountern und Schnellbäckereien, die überall im Land aus dem Boden geschossen waren. Madame Florine legte die Zeitung beiseite und schob die Brille hoch, als Collin eintrat.

»Ah, Monsieur le détective mal wieder. Bonjour, bonjour, mon ami. Eh bien, ein Tag für une baguette oder un chocolat, mon chéri?« Florine putzte sich die Hände an der weißen Schürze mit Spitzenbesatz ab und gab Collin französische Küsschen.

»Beides bitte, Florine. Auch ein paar Croissants und ein Stück Käse.«

»Oui, oui bien sûr! Fett braucht der Mensch, besonders Sie, Monsieur Collin. Mon Dieu, könnte nicht mehr schlafen.«

Florine bekreuzigte sich und packte die Croissants in eine Tüte. »Ob die Mutter noch lebt?«

»Die Mutter?«

»Von dem armen bébé. Alors!« Sie hob den Zeigefinger und lief zu ihrem Sessel, der am schmucklosen Schaufenster platziert war, wo sie mit ihrem Strickzeug saß, den Marktplatz fest im Blick. Madame Florine war eine unerschöpfliche Quelle von Klatsch und Tratsch und ihre Bäckerei, in der auch zwei kleine Tische für Frühstücksgäste standen, wie ein Beichtstuhl. Das halbe Dorf schien ihr, aus welchen Gründen auch immer, alles anzuvertrauen. Vielleicht vermutete man, dass sie nur die Hälfte verstand. Sie war schließlich die Französin. Keine Hiesige. Das Vertrauen ihr gegenüber und das Misstrauen, weil sie eine Zugezogene, dazu eine Landsmännin der einstigen Erzfeinde war, hielt sich die Waage. Dabei behauptete sie, nur halbe Bretonin zu sein, da sie angeblich von jenen kornischen Prinzen abstammte, die als Flüchtlinge in der Bretagne das Königreich Cornouaille gegründet hatten. Sind wir nicht alle Fremde hier, ganz Cornwall?, hatte sie einmal gefragt.

Ja, wohl wahr, dachte Collin. Wir sind alle nur als Schiffbrüchige an der Felsküste gestrandet und geblieben wie die Festungen und Mauern aus dem tiefsten Mittelalter, die germanischen Steingräber, die normannischen Wachtürme und Mönchsabteien. Bruchstücke vieler sind wir, und das germanische »wall« bedeutet »Fremde«. Das hatte ihm Kathryn aus einem Geschichtsbuch vorgelesen. Wenn ihn ein Korne wegen seiner Herkunft aus dem Norden Großbritanniens ansprach, verbarg er sich hinter diesem Wissen wie hinter einem Schutzwall.

»Alors. Hier ist es. Sehen Sie? Mon Dieu, eine tragédie!« Florine hielt ihm die Seite mit der Pressemitteilung hin. Das Lokalblatt hatte es sich nicht nehmen lassen, die kurz gehaltene Nachricht auf die erste Seite und die Überschrift in so großen Lettern zu setzen, dass ein Segler sie von seinem Boot aus hätte lesen können.

»Ja, das ist es. Den Kuchen da nehme ich auch.«

»Auch was vom far breton?« Madame Florine küsste mit gespitzten Lippen drei aneinander gehaltene Finger und packte den Eierkuchen in Papier. »Mit Backpflaumen. Excellent, délicieux. Süßes fürs Herz. Pardieu. Muss wirklich schlimm sein. Madame Doreen sagte heute morgen, sie war schon um sechs da, habe gerade die Tür aufgeschlossen, da war sie schon da und hatte auch die Zeitung schon und … Wie viele Stücke?«

»Vier.«

»Bon. Schmeckt frisch am besten.«

Collin nickte und trat von einem Fuß auf den anderen. Die Nachricht war raus, und das Geraune und Getuschel hatte offensichtlich bereits wenige Stunden später das Dorf wie einen Wirbelwind aufgerüttelt.

»Alors, da kommt Madame Doreen und kauft petits pain. Drei!« Florine hielt mit bedeutungsvollem Gesicht drei Finger hoch. »Sonst kauft sie nur zwei Baguettebrötchen und auch nur am Samstag, und eins davon backt sie sich am Sonntag auf, da wusste ich gleich, oh là là. Und wissen Sie, Monsieur détective, was sie mir dann erzählt hat?« Sie senkte die Stimme, reckte den Hals mit dem Doppelkinn zum Fenster und lehnte sich mit verschwörerischem Blick auf die Holztheke. Collin nahm ein Duftgemisch aus Schokolade, Haarspray und einem zu starken Parfüm wahr und beugte sich mehr aus Höflichkeit etwas vor. »Die Madame von diesem Haus ist ja damals weg. Von einem Tag auf den anderen.«

»Mrs Hattonfield? Brian Hattonfields Frau? Oder die von William?« Collin versuchte zu verbergen, wie sehr ihn diese Neuigkeit interessierte.

Florine kräuselte die Stirn. »Da bin ich überfragt. Gibt es denn zwei? Alors, wie auch immer. Spurlos verschwunden ist die Frau, meint Madame Doreen. Eh bien, denken Sie nur, Monsieur. Madame Doreens Schwester war da nämlich Hausdame«, fügte sie hinzu, warf den Kopf in den Nacken und sah Collin erwartungsvoll und triumphierend aus ihren mit Kajal ummalten Augen an.

»Meinen Sie Haushälterin?«

»Oui, oui. Das war sie. Bon. Lange her. Madame Doreen ist ja auch schon über siebzig und ihre Schwester, oh là là …« Florine tupfte sich mit der flachen Hand die rötlich gefärbte Dauerwelle. »Schon lange tot. Aber was sie Madame Doreen erzählt hat. Verflucht soll das Haus gewesen sein. Verflucht.« Florine wickelte kopfschüttelnd ein Stück Camembert ein. »Gehen Sie zu Monsieur Collin, habe ich zu ihr gesagt. Erzählen Sie es ihm. Tout ça. Alles, alles.«

»Was soll sie denn erzählen, die gute Doreen?«

»Dass die Madame von diesem Haus ihr eigenes Kind …, ein enfant nature … Mon Dieu!«, flüsterte Florine und bekreuzigte sich erneut.

»Das glaubt unsere Doreen also? Dass es ein uneheliches Kind von Mrs Hattonfield war?«

Florine saugte sich förmlich an Collins Augen fest. »Ist es denn nicht so? Sie meinen, jemand anderes? Ein Fremder? Mon Dieu!« Sie klatschte erst in die Hände und schlug sie sich dann vor den Mund. »Ein Mörder, ein criminel, meinen Sie, der Kinder …. Mon Dieu. Mon Dieu. Hier bei uns?«

Collin fand, es war an der Zeit, zu gehen. Was immer er jetzt auch sagte, es würde wie das Aroma aus dem Backofen über den Marktplatz wabern, in jedes geöffnete Fenster hinein.

»Wir stehen am Anfang der Ermittlungen. Wir wissen nicht mehr, als in der Zeitung steht«, sagte er und ahnte, wie fruchtlos sein Versuch war, bei den Tatsachen zu bleiben.

Einen solchen Fall hatte es in der Gegend noch nie gegeben. Und warum sollte und wie konnte die Bevölkerung ungerührt bleiben, wenn ein ermordetes Kind gefunden wurde?

»Hätte ich noch kleine Kinder, bébés, ich würde sie einschließen, bis dieser diablo da ist, wo er hingehört. In der Hölle!«, sprach Florine mit ihrer tiefen Stimme und dem französischen Akzent, der nach all den Jahren noch da war und zu ihr gehörte wie die zweireihige Perlenkette und die hochhackigen Schuhe, mit der sie in ihrer Bäckerei bediente.

Sie verabschiedete Collin mit extra vielen Küssen und Bekreuzigungen und der Bitte, jederzeit wiederzukommen, sobald er etwas Gutes für seinen Magen und die Seele bräuchte.

Ein verscharrtes Skelett und damit ein bislang ungesühnter Mord rührten an tiefste Ängste und würden die Gemüter aufheizen. Anderswo wäre es eine Nachricht unter vielen gewesen. Doch hier? Da wurden Geschichten wie Kaminfeuer geschürt. Es würde niemanden interessieren, wie aufwändig und zeitintensiv die Aufklärung dieses Falls werden könnte. Aber was wusste eine Madame Florine davon? Collin lief zurück zur Polizeistation und stellte sich vor, ein Mann mit einem anderen, normalen Beruf zu sein, der seiner Familie das Frühstücksbrot holte und bei dessen Anblick niemand stehen blieb und tuschelte.

Und von dem niemand erwartete, in wenigen Tagen wie ein Zauberkünstler den Namen des Kindsmörders aus dem Hut zu ziehen.

14

Jill trat ohne anzuklopfen ein, zog die schweren Vorhänge auf und machte zusätzlich das Licht an. Das reichte, um ihren Vater zu wecken, so er um diese Zeit überhaupt noch schlief. Sein Körper war darauf geeicht, um Punkt halb fünf aufzustehen. Was er jetzt allerdings nicht mehr ohne Hilfe konnte. Er war jahrzehntelang der Erste gewesen. Man konnte die Uhr nach ihm stellen. Er hatte seine Rituale gehabt: ein Glas lauwarmes Leitungswasser, der Morgenausritt, die Tageszeitung zum deftigen englischen Frühstück, danach anfallende Arbeiten, die er delegierte, überwachte, organisierte. Sie hatten in guten Zeiten ein Dutzend Angestellte beschäftigt. Eine Haushälterin, zwei Reinigungskräfte, ein Stallmeister, Stallburschen, Gärtner, von den saisonalen Aushilfskräften gar nicht zu sprechen, meistens Schülerinnen oder Studentinnen aus dem Ausland zum Stallausmisten oder auch als Kindermädchen für sie und Claire. Sie hatten auch wechselnde Privatlehrerinnen gehabt, die für höchstens ein Jahr blieben und die ihr Vater aus Frankreich oder den USA rekrutierte.

Jills Vater hatte alle und alles wie ein Regiment geführt. Er war, über sechs Fuß groß, breitschultrig, mit einem Kopf, der wie festgeschraubt auf dem geraden Hals saß, in seinen auf Hochglanz gewichsten Stiefeln, der Dreiviertelhose und der makellosen Tweedjacke ganz Gentleman und aus Sicht eines Kindes eine unantastbare Autorität. Hellgraue Augen, die stechen konnten, wenn er wütend war. Dazu eine leise Stimme, schneidend wie ein Schwert.

Was war davon übrig geblieben, dachte Jill, als sie einen Waschlappen in eine Schüssel mit Wasser tauchte und auswrang. Ihr Vater schaute sie an. Sie wusste nie, was ihm durch den Kopf ging, aber noch immer war diese Flamme in seinem Blick, der sie auswich. Sie wischte ihm über das blasse Gesicht, den faltigen Hals entlang und über die eingefallenen Schultern, die er immer straff gehalten hatte, ein Einfluss des Militärs, vermutete sie. Dort hatte er es bis zum Hauptmann gebracht, bevor er seinen Abschied genommen und sich ganz der Pferdezucht verschrieben hatte. Doch von dieser Zeit wusste Jill nichts. Manchmal hatte ihr Vater gegenüber den seltenen Dinnergästen Anekdoten von verschiedenen Einsatzorten zum Besten gegeben. Immer dieselben. Sogar der Wortlaut veränderte sich kaum. Das Wetter war in diesen Geschichten immer arktisch oder wüstenheiß, die Feinde stets in der Überzahl, Granaten und Kugeln flogen ihm haarscharf am Ohr vorbei, und jedes Mal war er es, der seine Männer aus dem Schlamassel rausgeholt hatte. Das war sein Schlusswort gewesen. Warum holte er nicht auch uns aus diesem Schlamassel hier heraus, fragte sich Jill. Kriegsscharmützel in fernen Ländern waren vielleicht nicht das Gleiche wie ein Kampf um das eigene Heim.

Pferde. Darauf hatte sich letztlich alles beschränkt, auch auf das, was je zwischen ihnen existiert hatte. Das Military-Reiten war seine Leidenschaft gewesen. Und dann auch ihre.

Jill brachte ihren Vater mit einem Knopfdruck am elektrisch verstellbaren Bett zum Sitzen, zog ihm das Nachthemd aus und wusch ihm die Arme, die sich nie für sie geöffnet, sie nie gehalten hatten, wenn sie Trost suchend nicht wusste, wohin. Sie hörte etwas wie ein Stöhnen, was ihr inzwischen vertraut war und auf das sie nicht mehr reagierte. Warum sollte sie sich die Mühe machen, herauszufinden, ob diese Laute etwas zu bedeuten hatten? Und wenn er Schmerzen hatte, na und? Sie hatte ja selbst welche. »Er versteht vermutlich alles«, hatte der indische Spezialist gesagt. »Sprechen Sie mit ihm. Versuchen Sie, einen Weg zu finden, mit ihm zu kommunizieren.« Warum sollte sie? Claire war es, mit der er immer geredet hatte, wenn auch nicht so, wie ein Vater mit seiner Tochter reden sollte.

Mit abgewandtem Blick wusch sie seinen Bauch und streifte ihm ein Hemd über, bevor sie unten herum weiter machte. Sie hatte eine Technik entwickelt, bei der sie ihm so wenig Scham wie möglich bereitete und für sich selbst vermied, allzu viel zu sehen, was sie nicht sehen wollte. Es war schon unangenehm genug, ihm die Inkontinenzeinlagen zu wechseln. Umso mehr, als ausgerechnet ihr Vater der einzige Mann in ihrem Leben war, den sie jemals ausführlicher nackt gesehen und an einer Stelle berührt hatte, zwangsläufig, die ihr sonst wohl verborgen geblieben wäre.

Als sie ihn fertig gewaschen und angezogen hatte, eine Prozedur, die eine geschlagene Stunde dauerte, stutzte sie ihm den Bart und scheitelte das nach wie vor dicke Haar, das sie von ihm geerbt hatte. Sie zog ihm die helle Anzugjacke und Stiefel an, band ihm eine Krawatte um, hob ihn mit der Hebehilfe in den Rollstuhl und klemmte die Schnabeltasse in Reichweite seines Mundes.

Jill hatte nie darüber nachgedacht, ob es ein Akt der Liebe war, was sie da jeden Morgen tat. Sie wusste nur, dass danach ihr Rücken wie zerrissen war, und ihre Schwester noch immer im Obergeschoss ihren friedlichen Schlaf genoss. Claire würde erst später am Morgen übernehmen. Ob die stillschweigende Übereinkunft, die sie nach dem Schlaganfall ihres Vaters getroffen hatten, nun mehr oder weniger Vorteile für Jill brachte, darüber dachte sie auch nicht nach. Es war, wie es war. Womöglich hatte Claire die schwierigere Aufgabe gewählt. Ihren Vater wie ein Baby drei Mal am Tag zu füttern und ihm Gesellschaft vor dem Fernseher zu leisten, so wusste Jill, wäre nicht das Richtige für sie. Bei sonnigem Wetter wurde ihr Vater auf die Terrasse geschoben, von wo aus er die Koppel und den Longierplatz sehen konnte. Ob er etwas wahrnahm, wusste niemand. Der Hausarzt überprüfte regelmäßig Blutdruck und Verdauung, achtete darauf, dass keine Wundstellen entstanden, und bescheinigte beste Gesundheit. Eine Sprachtherapeutin hatte nach drei Sitzungen aufgegeben und eine Aphasie in Folge einer möglicherweise irreparablen Schädigung der linken Gehirnhälfte diagnostiziert, obwohl die Röntgenbilder und Hirnstrommessungen keine eindeutigen Abnormitäten aufwiesen. Jill vermutete, dass die junge Frau, die gerade ihre Ausbildung beendet hatte, von ihrem Vater eingeschüchtert worden war. Und sie vermutete noch etwas: Ihr Vater wollte nicht sprechen. Er hatte sich von allen und allem abgewendet, schon lange, bevor sie hierher gekommen waren. Und er wollte keine der Fragen beantworten müssen, die sich tief in Jills Hinterkopf – mit Schloss und Riegel gesichert – verbargen wie ein Gewächs, das sie manchmal mit einer Migräneattacke aus dem Hinterhalt überfiel.

Sie öffnete das Fenster und schob ihn davor. Sollten die Vögel ihn mit ihrem Morgengesang unterhalten. Sie warf einen letzten Blick auf ihren Vater, bevor sie aus dem Zimmer ging. Wie ein Schattenriss saß er im heller werdenden Licht. Jeden Moment konnte er sich umdrehen, mit seinem Stock, der einen Griff aus einem Warzenschweinzahn hatte und am Rollstuhl hing, gegen die Stiefelschächte schlagen wie früher und sie fragen, wie viele Hindernisse sie heute fehlerfrei geschafft hatte. Buch hatte er darüber geführt. Ihr extra Trainingsstunden aufgebrummt, wenn sie das Soll nicht erfüllt hatte. Hundert Liegestützen vor dem Frühstück, Klimmzüge, Dauerläufe im Regen und dann rein in den Sattel, bis die Haut der Oberschenkel scheuerte und sie vor Muskelkater keinen Schritt mehr laufen konnte.

Bob hatte er sie genannt. Die Abkürzung von Deborah, ihrem ersten Vornamen, ein Kompromiss in der Namensgebung, denn eigentlich sollte Jill ein Robert werden. Ein Sohn. *Wenn du ein*

Junge wärst, würdest du jetzt nicht aufgeben. Das war einer der Standardsätze gewesen, die Jill als Kind wie die salzige Butter aufs Weißbrot geschmiert worden waren. All das schien Ewigkeiten her. Und spielte es jetzt eine Rolle? Was war, das war.

Jill schloss die Tür geräuschlos und ging ins Nebengebäude, ein umgebauter Stall, in dem Todd und Dylan in zwei ehemaligen Pferdeboxen untergebracht waren. Der restliche Teil war Geräteschuppen und Garage für die Farmfahrzeuge. Sie schlug mit der Faust erst an Todds Tür, dann an Dylans.

»Aufstehen. Schon nach halb sechs.«

Todd kam grußlos durch seine Tür, schob sie grob zur Seite und lief zum Haus. Er trug die gleichen Sachen wie schon seit Tagen, trotz der Hitze ein langärmeliges Hemd, dreckige Jeans und wie immer eine umgedrehte Baseballkappe, unter dem sein fast schulterlanges, dünnes Haar hervorlugte.

»Wasch dir wenigstens das Gesicht und rasier dich«, rief Jill ihm hinterher. Doch warum sich aufregen? Kein Appell, Befehl, geschweige denn eine Bitte drang an Todds Ohr. Es war zwecklos. Er war ein junger Mann von Mitte zwanzig, der mit fünfzig dort sein würde, wo Ron jetzt war, wenn nicht ein Wunder geschah. Allerdings hatte er eine Wut in sich, die Ron nicht hatte und die Jill oft Angst machte. Sie hatte Todd noch keinmal lächeln sehen. Ja, außer Wut konnte sie nichts in seinem von Aknenarben zerfurchten Gesicht lesen. Vielleicht hatte er eine schlechte Kindheit gehabt, aber war das ihr Problem? Er sollte seiner Arbeit nachgehen, mehr interessierte sie nicht.

Sie klopfte nochmal an Dylans Tür, hinter der laute Musik zu hören war. Irgendein Getrommel. Die Tür war zweigeteilt wie die von Todd. Oben hatte Dylan ein Poster von Bob Marley befestigt, auf dem der Sänger mit wilder Rasta-Frisur und erhobener Faust abgebildet war. Darüber prangte der Songtitel

Get up, Stand up. Der obere Teil der Tür öffnete sich und Dylan stand verschlafen mit breitem Grinsen vor ihr, ein Handtuch um die Hüften geschlungen.

»Mann, bin noch gar nicht richtig da. Was soll die Hektik?«

»Bist spät dran. Wie immer. Ich gebe dir fünf Minuten.«

Jill trat einen Schritt zurück. Sie mochte die Gerüche nicht, die aus Dylans Zimmer drangen. Ein Gemisch aus Gras, Nikotin, Bier, Petroleum, Katzenpisse und Popcorn.

»Und dann? Was machst du ab Minute sechs?« Dylan legte die Arme über die untere Tür und fing an, wie ein Pferd zu wiehern. Ein Peace-Zeichen war auf einem seiner braunen, sehnigen Oberarme tätowiert. »Schmeißt du mich dann raus?«, fragte er. »Wisch ich mir den Arsch dran ab.«

Wie redest du mit mir?, lag es Jill auf der Zunge zu sagen. Aber sie verkniff es sich. Sie kannte Dylan und hatte außerdem während der langen Zeit im Pferdebetrieb überwiegend mit Männern zu tun gehabt. Sie wusste um deren Art, ihr zu vermitteln, dass sie eine Frau in ihren Reihen nicht wirklich ernst nahmen, mochte sie noch so viel mehr Erfahrung und Erfolg haben als sie. Manche drückten es unter dem Tarnmantel der eleganten Wortwahl aus. Andere grobschlächtig wie Dylan. Doch so oder so, sie meinten alle das Gleiche. Ignoranz, so hatte Jill gelernt, war die beste Strategie. Sie wandte sich wortlos um und wollte in die Küche gehen, als Dylan sie in sanfterem Tonfall ansprach: »Hast du die Anzeige schon gesehen? Diamond?«

Jill war wie versteinert. Heute war Mittwoch. Seit sie davon wusste, dachte sie jede Sekunde daran, wie sie verhindern konnte, dass Claire ihren Hengst verkaufte.

»Ron hat mir eben die Farmerzeitung gebracht«, hörte sie Dylan sagen und dazu ein Rascheln.

Sie drehte sich langsam um, nahm die Zeitung entgegen und

starrte auf die Anzeige. Diamond stand mit leicht gebogenem Hals und stolzem Kopf da, ganz in Siegerpositur. Alles an ihm strahlte. Es fehlte nur der Sternenkranz, um ganz deutlich zu zeigen, dass hier ein König zum Verkauf angeboten wurde.

»Was wirst du tun?« Jill spürte mit Befremden Dylans Hand auf ihrer Schulter.

»Eine Bank überfallen nicht«, murmelte sie.

»Und stattdessen? Die Telefonleitung kappen?«

»Ist nur die Farmerzeitung.«

»Tss. Meinst du, dass Max so blöd ist? Mann, die Anzeige ist überall, auch im Internet und da schon fünfzig Klicks drauf, jede Menge Kommentare, alle positiv. Mann, Diamond ist gerade elf. Kerngesund. Er ist bekannt. Um den reißen sich alle. Alle, sag ich dir. Du kannst dich an ihn dran binden. Nützt nichts. Spätestens nach dem Farmerfest ist er weg.« Dylans Gesicht war ganz dicht vor ihrem. Er packte sie an den Schultern, schüttelte sie. »Mann, willst du das?«

»Nein, wie kann ich das wollen?«, schrie etwas aus Jill heraus, das wie ein Luftballon in ihr geplatzt war. Sie hörte ihre Stimme als Echo im Kopf nachhallen und sah Momente lang nur Schlieren vor den Augen.

»Warum bist du gestern nicht gekommen? Ron und ich …«

»Was, Ron und du? Ihr habt nichts damit zu tun. Das ist meine Sache. Ich brauche euch nicht.«

»Verdammt, Jill. Diamond ist das beste Pferd, das ich jemals unterm Arsch hatte. Ich hänge auch ein wenig an ihm. Und was hier abläuft, ist völlig daneben. Deine Schwester wird immer komischer. Und wie die redet. Als hätte sie einen an der Klatsche. Einen Spleen hat sie sowieso, aber hat sie früher auch so viel gepennt?«

»Was?«

»Mann, die pennt und pennt. Ist das normal oder haut die sich irgendwas rein?«

»Claire?«

»Hast du sonst noch 'ne Schwester? Ich mein', nicht, dass ihr euch ähnlich seht oder so. So liebesbesoffen kann man doch nicht sein in dem Alter, dass man dauernd im Bett rumliegt, oder?«

Dylan hatte Recht mit seiner Behauptung, dass Claire die letzten Wochen, wenn nicht Monate zur Langschläferin geworden war. Andererseits war sie nie eine Frühaufsteherin gewesen. Ihr Vater hatte sie von der militärischen Arbeitsmoral, die er von allen verlangt hatte, weitgehend ausgeschlossen.

»Was weiß ich«, sagte Jill. »Hab keine Ahnung, wovon du redest. Komm endlich in die Puschen.«

Dylan riss die Tür auf, packte sie und zerrte sie in sein Zimmer, in dem ein Chaos aus hingeworfener Wäsche, CDs und DVDs herrschte. Jill stolperte fast über die Katze, die Dylan irgendwo aufgelesen hatte. Sie fing sich wieder und gab ihm eine Ohrfeige.

»Was bildest du dir ein?!«

Er lachte sie an, zog das Handtuch weg und stieg in eine Boxershorts. Sein schlanker Körper war braun wie die Arme, stellte Jill fest, bevor sie die Augen niederschlug. Dylans Familie stammte aus Argentinien und hatte angeblich afrikanische Vorfahren. Ein Bekannter ihres Vaters hatte ihn empfohlen. Carlos del Campo, so hieß er. Einer dieser millionenschweren Großgrundbesitzer, die sich zum Spaß einen Rennstall hielten und Pferde aus Europa einfliegen ließen. Es war wie ein Tauschgeschäft gewesen. Jills Vater hatte sie zur Ausbildung ein paar Monate zu den argentinischen Gauchos geschickt, sie hatte auch Poloreiten gelernt, und Dylan hatte im Gegenzug ein paar Wochen bei ihnen verbracht. Da trug er noch seinen Geburtsnamen Augustus, war blutjung und schüchtern gewesen, dafür ein außerordentliches

Talent. Aber einstellen wollte ihn später niemand, als er sich entschieden hatte, in England zu bleiben. Ein Argentinier? Ein fast Dunkelhäutiger, nein, der gehörte nicht in einen illustren britischen Rennstall. Das sagte natürlich keiner offen. Jill hatte wochenlang nach ihm gesucht, als sie nach dem Reitunfall aus dem Krankenhaus gekommen war. Sie hatte sich niemand anderen für Diamond vorstellen können. Als sie ihn endlich gefunden und er ihr Angebot nach einem Telefongespräch ohne Zögern angenommen hatte, wusste sie noch nicht, wie sehr er sich verändert hatte. Aus dem höflichen Jungen mit den tadellosen Manieren und dem Erscheinungsbild eines Musterschülers war ein zotteliger Hippie geworden, der Dylan Heat genannt werden wollte und zynisch und unflätig auf alles spuckte, was er in seinem streng katholisch geprägten Elternhaus gelernt hatte. Jill wollte sich nicht näher fragen, ob es an den Drogen und dem vielen Bier lag, an Dylans Umgang oder weil er seinen Vater, einen ultrarechten Militär, hasste oder nicht wusste, wohin er eigentlich gehörte. Auf der Hacienda seines Vaters hatten die Arbeiter damals hinter vorgehaltener Hand gemunkelt, Dylan entstamme einer Affäre, die sein Vater mit einer Mestizin, einer Mischlingsfrau gehabt hatte. Aber was ging Jill das an? Hauptsache, er machte seinen Job. Und da hatte sie nichts zu klagen, so sie Dylan bewegen konnte, morgens das Bett zu verlassen. Auf dem Rücken eines Pferdes war er ein Naturtalent. Hatte Dreijährige innerhalb einer Woche an Zaumzeug und Sattel gewöhnt, und zwei verrittene, aggressive Pferde, Fehlkäufe ihres Vaters, durch welche Einflüsterei auch immer in handzahme Lämmer verwandelt. Jill brauchte ihn. Und das wusste Dylan.

Er schob Jill zu dem Stuhl vor einem staubigen Tisch, auf dem zwischen Essensresten, einer Schüssel Gras, vollen Aschenbechern und Flaschen ein Laptop stand, den er hochfuhr.

»Wieso redest du nicht mit deiner Schwester?«, fragte er. »Schlag ihr vor, dass du Diamond abzahlst. Ich meine, wie knallhart kann man denn sein? Hat sie 'ne alte Rechnung zu begleichen oder was?«

»Wie meinst du das?«

»Mann, Ron sagt, sie erbt alles. Und du nichts. Dass dein Alter das so wollte. Wenn sie alles kriegt, kann sie dir doch wenigstens deinen Gaul überlassen, finde ich. Ich meine, als Schwester. Und wenn sie das nicht tut, muss sie dich aus irgendeinem Grund ganz schön hassen.«

Hassen? Darüber hatte Jill noch nie nachgedacht. Claire war Claire. Sie war sehr viel jünger und in gewisser Hinsicht immer die Nummer eins gewesen. Die Kleine. Gesundheitlich ständig angeschlagen, konnte kein Blut sehen, bekam abwechselnd Heulkrämpfe und Wutanfälle, hatte Phasen von Verstimmung, in denen sie sich in ihrem Zimmer einschloss. Ein richtiges Mädchen im Gegensatz zu Jill. Ein Asthmakind war sie gewesen. Bekam noch heute ihre Anfälle. Sie sprach spät, aß schlecht, fürchtete sich vor Gewittern, Hunden, Pferden. Kosenamen hatte ihr Vater für sie gehabt. Meine Prinzessin. Mein Engel. Meine kleine Fee.

»Ich meine, ist doch ungerecht«, fing Dylan wieder an. »Du sitzt auf dem Trockenen und Claire …«

»Warum mischt ihr euch alle ein? Mit welchem Recht? Kümmere du dich um deine eigene Familie.«

»Mann, Jill, bist du beschränkt oder was? Kapier ich nicht. Deine fette Schwester ist einem Betrüger aufgesessen. Max nimmt euch aus wie einen Truthahn und verschwindet dann auf Nimmerwiedersehen. Kannst du drauf wetten.«

»Und? Ist das mein Problem? Oder deins?«

»Deins, wenn er die Kohle von Diamonds Verkauf einsackt.

Mann, er hat seine Kontaktdaten angegeben, nicht deine und auch nicht die von Claire. Hier, ich zeig dir die Seite.«

Wieder sah Jill Diamonds Foto. Darunter die Adresse der Farm und Max' Name in weißen Lettern, als wäre er der Besitzer, seine Handynummer und der Preis: 40.000 Pfund. Die Zahl verschwamm vor Jills Augen. Eine astronomisch hohe Summe, die Jill wie ein Sechser im Lotto erschien. Unerreichbar.

»Keine Ahnung, was Max für ein Spiel spielt, aber das finde ich schon raus. Der lügt wie gedruckt. Oder glaubst du, dass der mal einen eigenen Reiterhof hatte? Kann doch 'nen Wallach nicht vom Hengst unterscheiden.«

»Spielt das eine Rolle?«

Dylan hatte, wie Jill zugeben musste, nicht ganz Unrecht. Max überließ jegliche Entscheidung die Tiere betreffend ihr und Ron. Er ließ sich so selten wie möglich auf den Weiden oder in den Ställen sehen. Was er den ganzen Tag trieb, hätte Jill nicht sagen können. »Bin gleich wieder da.« Das war sein Lieblingsspruch. Aber dann ließ er auf sich warten und kam erst Stunden später ohne Entschuldigung oder Erklärung zurück, nachdem die Arbeit getan war. Das Einzige, womit er sich ausführlich beschäftigte, fiel Jill ein, war, ein Tier nach dem anderen zu verkaufen. Was blieb ihnen andererseits übrig? Die Farm erwirtschaftete nichts.

»Musst dir nur mal seine Pfoten ansehen«, ereiferte sich Dylan. »Ich sag dir, der hat in seinem Leben weder 'ne Mistgabel angefasst noch sonst was auf 'ner Farm gearbeitet.«

Dylan drehte sich eine Zigarette und bröselte ein paar Krümel Gras hinein. Der süße Duft blies unangenehm in Jills Nase. Sie fühlte auf einmal eine tiefe Ohnmacht in sich.

»Ihr habt also einen Plan?«, sagte sie mit matter Stimme.

Dylan grinste, schloss das Boxenfenster und schraubte eine der Petroleumlampen hoch. Seine kleine Statur, der Körper eines

Jockeys, zeichnete sich in dem nun schummrigen Licht wie der Schatten eines Riesen an der Wand ab. Er beugte sich zu Jill hinunter und flüsterte in ihr Ohr.

Nein, dachte Jill, als sie seine Worte zu begreifen versuchte, das ist unmöglich, das ist verrückt, ja womöglich gefährlich, das kann ich nicht, und würde es am Ende zu irgendetwas führen? »Einverstanden«, hörte sie sich murmeln, fühlte Dylans Hand an ihrer Wange, fand nicht die Kraft sie wegzuschlagen und merkte erst, als er ihr ein Taschentuch hinhielt, dass es Tränen waren, die ihre Augen so brennen ließen.

Sie konnte sich nicht daran erinnern, jemals geweint zu haben.

15

»Was für ein Saustall. Hat seit Jahren keiner das Klo geputzt. Müsste man 'ne Schmerzenszulage kriegen.« Johnny kam kopfschüttelnd in den Wohnraum.

»Fass dich an die eigene Nase«, sagte Collin.

»Stinkt's bei mir? Nicht mal ein Stück Seife hat der Kerl.«

»Seife suchen wir nicht.«

Sie hatten die Durchsuchung des Häuschens, in dem sie Vincent Taylor angetroffen und aus dem er dann mit einem Koffer verschwunden war, auf den heutigen Mittwoch verschieben müssen. Die Fahndung nach ihm und seinem mutmaßlichen Komplizen im organisierten Kokainhandel, dem ebenfalls flüchtigen Lastwagenfahrer Zaman Jatoi, lief landesweit, Flug- und Fährhäfen waren informiert, und Collin hoffte auf einen raschen Erfolg.

Ein Tierheim hatte Taylors aggressive Bulldogge aufgenommen. Nach deren Abtransport konnte ein Kollege von der Hundestaffel seinen deutschen Schäferhund auf das Gelände bringen. Wenn Taylor irgendwo Drogen versteckt hatte, kamen unzählige Plätze in Frage. Letztlich hätten sie die Plastiktüte jedoch auch ohne den Spürhund gefunden. Sie lag unter einem Kissen auf dem Sofa, wie hastig verborgen, war identisch mit den kleinen Tüten, die sie im Pferdestall von Woodland sichergestellt hatten und bekräftigte die Vermutung, dass Taylor in ein Drogendelikt größeren Ausmaßes verstrickt war.

»Und was suchen wir dann?« Johnny klappte den Zinndeckel eines Bierkrugs auf.

Collin hob die Schultern. Alles, was er sah, war ein kaputtes Leben. Haufen von Schmutzkleidung lagen herum. Dreck in jeder Ecke, das Bett ungemacht, es roch nach Müll und Urin. Taylor hatte aufgegeben. Collin öffnete den Wohnzimmerschrank, in dem ebenfalls Chaos herrschte.

»Kühlschrank bis auf Bier leer und nur ein paar Scheiben Brot mit Schimmelrand«, sagte Johnny. »Frag mich, was der die letzten Tage gegessen hat. In der Küche hausen Mäuse. Nee, ekelig. Ich sag dir, hier fängt man sich noch irgendwelche Viren ein. Und dann diese Scheißhitze!«

Johnny öffnete die Tür und das Fenster mit der intakten Scheibe und fächerte sich mit einer Zeitschrift Luft zu. Dann zog er sich bis auf die Unterhose aus und schlüpfte wieder in den weißen Schutzanzug.

Johnny war aus mehreren Teams geflogen, in denen er jedes Mal nach kurzer Zeit angeeckt war, bis er zu Collin in die Provinz versetzt worden war. Eine letzte Chance hatte man ihm gegeben, sein Verhalten zu überdenken. Zehn Jahre war das nun her. Ein Polizist hatte sich an die Regeln zu halten und repräsentierte das Land. Ein Diener der Krone, des Commonwealth – da sollte es keine Extravaganzen geben. Man gab einen Teil seiner Persönlichkeit ab und wurde zum Diener des Staates. Johnny aber wollte, wenn ihm danach war, und das war meistens der Fall, mit seiner Rostbeule zu Einsätzen fahren und auf sein Boot, wenn die Fischschwärme kamen. Ich bin Korne und ein Fünftel Schotte. Mir schreibst du nichts vor, hatte er erklärt. Collin hatte Johnny gewähren lassen und von Anfang an nur eins in seinem unkonventionellen Auftreten gesehen: einen Menschen, der sich nicht verbiegen ließ und das Herz so sehr am rechten Fleck hatte wie den Verstand.

Collin zog ein Fotoalbum unter den Papieren im Schrank hervor. Es war in Kunstleder gebunden und abgegriffen. Unscharfe Familienfotos in Schwarz-Weiß, vermutlich aus den 70er-Jahren. Eine kleine Frau mit schüchternem Gesichtsausdruck, zwei Kinder an der Hand. Ein Junge und ein Mädchen. Taylors Familie aus einer Zeit, zu der alles für ihn noch offen stand? »Wie sind Taylors Eltern noch mal gestorben? Verkehrsunfall, oder?«, fragte Collin.

»Umstände konnten nicht geklärt werden, stand im Bericht«, sagte Johnny und stellte sich neben ihn. »Bremse hat nicht funktioniert. Voll gegen einen Baum und das war's. Gar nicht weit von hier. Hübsches Mädel.« Johnny zeigte auf das Foto einer jungen Frau im Abendkleid. Offenbar beim Abschlussball einer Schule. »Könnte Denise sein, seine Schwester. Taylor hat keinen Kontakt mehr zu ihr, meint Fergus.«

Collin hatte das in vielen Familien erlebt. Ein krimineller Sohn? Die Tochter Prostituierte? Die Schwester drogenabhängig? Nein, damit wollte man nichts zu tun haben.

»Wir statten Taylors Schwester morgen einen Besuch ab.«

»Also geht's morgen nach Bodmin.« Johnny zog die Schubladen einer Kommode auf.

»Ja, kannst sie nachher schon mal vorwarnen.« Collin klappte das Album zu und kramte in einem Stapel Papiere herum. Johnny hatte recht. Wenn man nicht genau wusste, wonach man suchte, war es schwieriger. Taylor – oder wer sonst noch hier gehaust hatte – hatte offenbar seit Jahren einfach den Schrank geöffnet und alles hineingeschmissen. Einkaufszettel, Rechnungen, Mahnungen, Zettel mit Telefonnummern, Werbeprospekte, alte Zeitungen.

»In dieser Schublade ist komischerweise alles irgendwie ordentlich«, sagte Johnny und hielt einen Schlüsselbund hoch. »Zehn Schlüssel. Wofür wohl? Und ein Briefumschlag mit noch mehr Fotos. War Taylor mal verheiratet?«

»Nicht, dass ich wüsste.«

»Aber er hat einen Sohn?«

Collin blickte verblüfft auf die Fotos. Man musste zwei Mal hinsehen, um Taylor zu erkennen. Ein gesundes, volles Gesicht mit kurz geschnittenem Haar. Die Fotos waren am Meer aufgenommen. Er saß mit einem Jungen von ungefähr fünf Jahren im Sand. Ein Eimer und eine Schaufel lagen neben ihnen, sie bauten eine Burg. Eine arglose Strandszene und doch war etwas seltsam. Beide blickten mürrisch in die Kamera. Nicht nur das ist es, bemerkte Collin. Im Hintergrund waren andere Strandbesucher zu sehen. Alle in Badekleidung. Einige sprangen in den Wellen herum. Es musste ein sehr heißer Tag gewesen sein, doch Taylor und der Junge trugen beide lange Hosen und Jacken, der Junge sogar eine Wollmütze. Seltsam, dachte Collin.

»Und das hier sind wohl seine alten Kumpel.« Johnny hielt Collin ein weiteres Foto hin. »Muss ja ein tolles Saufgelage gewesen sein.«

Taylor, wohl kaum älter als sechzehn, stand in der Mitte und der Jüngere der beiden anderen Männer hatte den Arm um seine Schulter gelegt. Taylor und er lachten und hielten Whiskeyflaschen hoch, während der ältere dritte Mann hölzern danebenstand und streng in die Kamera blickte. Im Hintergrund waren Bäume und ein Stück Rasen zu erkennen.

»Der ältere sieht aus wie William Hattonfield«, sagte Collin.

»Ja, stimmt. Sag ich doch die ganze Zeit, dass Taylor die Hattonsfields kennt. Logisch, wenn die Eltern da gearbeitet haben und er Verwalter war.«

»Fragt sich, warum er das abgestritten hat.«

»Werden wir schon rausfinden. Und was ist mit diesem ganzen Papierkram?«, fragte Johnny.

»Nehmen wir mit. Anne soll sich darum kümmern.«

»Hätte mich auch strikt geweigert.« Johnny schmiss alles in zwei Kartons und trug diese zum Wagen. Dann hielt er den Kopf unter eine Wasserpumpe im Hof, ein Überbleibsel aus der Vergangenheit, als das Cottage für Farmarbeiter des Herrenhauses gebaut worden war. Eine kleine eigene Parzelle hatten sie bewirtschaften dürfen, Tiere halten, Holz schlagen, aber ihre Arbeitskraft musste bedingungslos zuerst dem Farmer zur Verfügung gestellt werden.

Bill hatte einen historischen Abriss über Woodland erstellt, der mit dem Bau des Haupthauses im Jahr 1900 begann. Zwei Jahre später waren das kleine Cottage und das Pförtnerhaus entstanden. Es hatte eine ganze Reihe von Besitzern gegeben, die Familie Hattonfield bewohnte es in zweiter Generation. Kurz vor Kriegsausbruch hatte es William Hattonfield senior erworben, ein walisischer Farmhelfer. Niemand wusste, wie dieser zu so viel Geld gekommen war, um sich ein Anwesen wie Woodland leisten zu können, allerdings waren die Immobilienpreise damals kurzzeitig in den Keller gesunken. Als gegenwärtiger Besitzer des Cottage war Brian Hattonfield im Grundbuch aufgeführt. Es hatte Taylors Eltern also nie gehört, aber zumindest musste es ein Mietverhältnis gegeben haben. Collin blickte aus dem offenen Fenster hinüber zum Gutshaus. Es war das einzige andere Gebäude im Umkreis von fünf Meilen und von hier aus nur einen Katzensprung entfernt. Der Kontakt zu den Hattonfields musste eng gewesen sein, überlegte er. Gab es nicht immer wieder Situationen, in denen man auf schnelle Hilfe angewiesen war? Collin dachte an den Tag, als sein Sohn Simon vom Baum gefallen war und sich einen Arm gebrochen hatte. Er selbst war bei einem Fortbildungsseminar gewesen und hatte den Wagen genommen. Wohin war Kathryn in ihrer Not gelaufen? Zum zwei Meilen entfernten Nachbarn. So hatten sie das ältere Ehepaar überhaupt erst kennengelernt.

Collin wollte sich gerade vom Fenster abwenden, als ihm der Weg über die Wiese auffiel, zugewuchert von Brennnesseln und anderem Unkraut. Der Weg begann direkt hinter einem hölzernen Übertritt an der niedrigen Hecke um Taylors Grundstück. War es eine Abkürzung zur Straße und damit zu Woodland? Collin fiel Taylors Fernglas ein, das er genauso wenig im Häuschen gelassen hatte wie das Notizbuch und den Mont Blanc. Er erinnerte sich an den kryptischen Eintrag in dem Notizheft: *März, 1999. 20 Uhr. Das Licht brennt. Sie sind wieder da.*, und ärgerte sich, Taylor nicht dazu befragt zu haben.

»Das musst du dir anschauen«, rief Johnny und winkte mit triefnassem Haar in der Haustür. »Das ist nicht nur ein Drogenfreak, das ist ein Irrer.«

Sie gingen durch den ehemaligen Hühnerstall, dessen kleines, eingezäuntes Freigelände an den Hundezwinger grenzte und von dort in einen dunklen Durchgang. Collin hob die Füße über Kot, Federn und abgeschabte Knochen.

»Lust auf ein Nickerchen?« Johnny leuchtete in ein Rechteck zwischen hüfthohen Mauern, das an einer Seite mit einem niedrigen Gittertor versehen war. In einem Futtertrog stapelten sich verrostete Konservendosen, Bauschutt lag auf dem Boden und in einer Ecke stand ein schmales, verstaubtes Bett.

»Die Taylors hatten wohl ein Mastschwein«, sagte Collin und musterte den verdreckten Bettvorleger. Ein Mickey-Mouse-Heft, ein Spielzeugauto ohne Räder und eine Wasserpistole lagen auf der mit Schimmelflecken und Mäusekot bedeckten Matratze. Das Muster aus Flugzeugen auf dem Bezug war ausgeblichen. Collin bückte sich unter das Bett und zog einen Teddy hervor, völlig verschmutzt und mit einem Loch im Kopf, abgerissenen Ohren und einem lockeren Auge.

»Nettes Gästezimmer«, sagte Johnny.

»Es ist ein Kinderbett«, murmelte Collin.

»Gruselige Vorstellung. Und jetzt schau dir mal die Scheune an«, forderte ihn Johnny auf. Collin folgte ihm weiter durch den Durchgang, vorbei an einer Werkbank mit verrosteten Werkzeugen in die Scheune, wo der Kollege von der Hundestaffel auf sie wartete. Einige Bretter fehlten in den Wänden oder waren absichtlich herausgebrochen worden, damit Licht hineinfiel.

»Der Cowboy hat hier wohl fröhlich rumgeballert. Gewehr zur Dekoration. Dass ich nicht lache.« Er hob Patronenhülsen auf und steckte sie in eine Papiertüte. »Messinghülsen. 9mm. Parabellum. Fragt sich nur, wo die Pistole ist.«

Auf dem selbst gezimmerten Schießstand war ein aus einer Holzplatte herausgesägter Männerkörper in Originalgröße festgeschraubt, bekleidet mit Anzug, Krawatte, Hut und Schuhen. Der Kopf war separat mit Schraubzwingen am Körper befestigt, das Gesicht bemalt, eine kantige Nase und ein herrischer Mund, Haar, Schnurrbart und buschige Brauen aus Kunsthaar waren aufgeklebt, dazwischen Einschusslöcher wie Narben. Die Kleidung war verstaubt, voller Spinnweben und im Oberkörper durchlöchert. An der Wand lehnten zwei weitere Männerköpfe.

»Ist ja krank«, sagte Johnny. »Sehen aus wie die Typen auf dem Foto. Meinst du nicht auch?«

»Scheint fast so.« Collin ging zu einem zerfledderten Sessel, der ein paar Meter von den Pappfiguren entfernt stand. Hatte Taylor, so er der Schütze war, von hier aus geschossen?

»Hier ist auch etwas Seltsames«, sagte der Kollege von der Hundestaffel und wies in die dunkelste Ecke der Scheune.

»Mann, ich glaub mich tritt ein Pferd«, rief Johnny und leuchtete mit der Taschenlampe unter eine schwere, schwarze Plastikplane. »Pack mal mit an.«

Sie zogen die Plane weg und starrten auf den Gegenstand.

»Einen Moment dachte ich …« Johnny sprach den Gedanken, den auch Collin hatte, nicht aus, und stellte die Puppe aufrecht hin. »Solltest dir von dem Künstler eine Scheibe abschneiden. Da kann man wenigstens was erkennen.«

Sie sah erschreckend lebensecht aus. Ein kleines nacktes Mädchen. Leicht geöffnete Lippen, Grübchen in ihrem Puppengesicht, man sah sie fast laufen, das lange Haar schien zu fliegen, ein Fuß berührte den Boden nicht, die Arme in einer schwingenden Bewegung, die Hände ausgestreckt, als wollte sie etwas fangen.

Einen Schmetterling?

Nein, dachte Collin.

Einen Ball.

Einen roten Ball.

Collin merkte, wie unfit er war. Über den Pfad durch die Wiese bis zur Straße war es knapp eine halbe Meile, aber als er ankam, war er schweißgebadet. Jeden Tag ein Spaziergang am Meer, hörte er Kathryn mahnen, und nahm sich vage vor, damit im nächsten Urlaub zu beginnen. »Eine Abkürzung«, erklärte er Johnny, der mit dem Wagen vorgefahren war. »Vielleicht von damals für seine Eltern auf dem Weg zur Arbeit.«

Johnny schlenderte am zugewachsenen Graben vor dem Grundstück von Woodland umher, bis er den Ball fand, von dem ihm Collin erzählt hatte.

»Fußball hat da keiner mit gespielt. Ist ein Draht dran. Komisch.«

Sie sahen sich fragend an und dann über den Graben hinweg zum Zaun. »Siehst du die Tür im Zaun?«

Johnny wies auf die schmale Tür aus Maschendraht, die hinter Weißdornbüschen verborgen und mit einem Schloss gesichert war. »Wollen wir wetten, dass einer von Taylors zehn Schlüsseln passt?«

»Du weißt doch, dass ich nicht wette«, sagte Collin. »Wir informieren die Kollegen.« Die Spurensicherung würde auch Taylors Häuschen samt Scheune genauer unter die Lupe nehmen müssen. Collin blickte auf die Uhr. »Der Geoforensiker wird jeden Moment da sein.«

Eine halbleere Tüte mit Kokain, eine Puppe, ein roter Ball, Fotos, ein Bund mit Schlüsseln, ein Schießstand und ein Kinderbett. Reichte dieses Sammelsurium an Dingen, zwischen denen er keinen Zusammenhang sah, um Taylor zu verhaften? Weswegen?, hörte er Peder Toldon, den Staatsanwalt, fragen. Collin ging ein Stück die Straße zurück, bis er Taylors Haus sehen konnte. Er wünschte, dass es keinen Zusammenhang gab zwischen den verschiedenen Schauplätzen. Er wünschte sich, dass Taylor unschuldig war. Dass das Kinderbett ohne Grund in einem ehemaligen Schweinekoben stand.

Warum, hätte er nicht erklären können.

***

Professor Malcolm Sparrow, der Geoforensiker, entsprach kaum dem Bild eines arroganten, besserwisserischen Fachidioten, wie es sich Collin von ihm gemacht hatte. Sparrow wirkte mit seiner knabenhaften Gestalt, der leisen Stimme, dem Backenbart und den dicken Brillengläsern eher wie ein gutmütiger Gartenzwerg. Diesen Spitznamen hatte ihm Johnny gleich verpasst.

Ein Metalldetektor und ein Gerät für elektrische Spannung im Boden gehörten zu seiner Ausrüstung. Das dritte Gerät, das Sparrow mit der Konzentration eines Violinenspielers gerade in Händen hielt, erinnerte an einen Miniaturrasenmäher.

»Mit dem Radargerät senden wir Funkwellen in der Erde. Liegt da was, so stoßen die Wellen auf Widerstand«, hatte er ihnen knapp erklärt. Eine Weile beobachteten sie ihn, wie er mit halb geschlossenen Augen, als lausche er in die Tiefe, Zentimeter für Zentimeter abtastete, zwischendurch innehielt und vor sich hinsummend Kurven und abstrakte Darstellungen auf einem Display betrachtete, die für Collin so rätselhaft wirkten wie Röntgenbilder oder Ultraschallaufnahmen.

»Und wenn so ein Skelett schon, sagen wir mal, zwanzig Jahre da unten liegt?«, fragte Johnny skeptisch. »Wie wollen so alte Knochen Wellen abgeben?«

»Bei der Verwesung entstehen Flüssigkeiten, die in die Erde gehen und ins Grundwasser. Hier ist auch die Chemie gefragt. Wenn Pflanzen zum Beispiel an einer Stelle auffällig üppig wachsen. Das ist ein Indiz. Zersetzte Leichen sind wie Dünger.«

»Nicht gerade eine nette Vorstellung. Da pflückst du 'ne leckere Erdbeere und die ist mit Ellbogenknochen gedüngt.« Johnny schüttelte sich.

Das Finden von Skeletten, hatte Sparrow erklärt, war keinesfalls eine Aufgabe, die ihm behagte. Er war studierter Geologe und hatte über die Jungsteinzeit promoviert.

Bei den Morddezernaten setzte sich die moderne Technologie immer mehr durch, doch noch gab es kaum Spezialisten bei der Polizei, die über die Kenntnisse eines Geologen wie Malcolm Sparrow verfügten. Die Geoforensik stand noch am Anfang. Hoffentlich schlägt das Gerät nicht aus, dachte Collin. Noch ein Skelett oder womöglich mehrere waren für ihn eine Horrorvorstellung.

»Ein menschliches Skelett besteht zu rund 50 Prozent aus anorganischen Stoffen«, führte Sparrow seine Erklärungen weiter. »Vor allem Calciumphosphat in Form von Hydroxylapatit wie es auch in Mineralien vorkommt. Biomineralisierung. Wir sind Teil der Welt der Steine und nach dem Tod kehren wir in sie zurück.«

Eigentlich ein tröstlicher Gedanke, fand Collin, und nahm sich vor, den leisen, freundlichen Geoforensiker auf ein Bier in sein Cottage einzuladen. Jemanden, der Steine liebte, traf er selten genug.

Collin ging zwischen den Bäumen am Zaun des Anwesens von Woodland entlang, bis er das Tor aus Maschendraht erreichte, hinter dem sie den roten Ball gefunden hatten, der inzwischen sichergestellt war. Von dort führte ein Weg in Richtung der Nebengebäude. Collin erkannte ein Reifenprofil, undeutlich, aber es konnte durchaus von einem kleinen Gartenfahrzeug stammen, wie es in Hattonfields Scheune gestanden hatte. Er lief am Rand des schattigen Weges entlang, um die Spuren nicht zu zerstören. Die Bäume standen nun dichter, am Boden voller Gestrüpp und hohem Farn. Für den Bau des Herrenhauses war offenbar ein Teil des Waldes abgeholzt worden, der es von allen Seiten begrenzte und dem Anwesen etwas Düsteres verlieh. Alle Geräusche waren hier gedämpft.

Wälder waren Collin nicht geheuer. Er mochte den freien Blick zum hohen Himmel, die Weite des Meeres, windige Ebenen, nackte Felsen. Wälder, so fand er, bargen unbekannte Gefahren, Kriechtiere, Giftpilze, Vermodertes, in dem Würmer und Käfer hausten.

Er kam an eine Abzweigung mit einem nach rechts führenden, breiteren Weg, betrat ihn nach kurzem Zögern und fand sich dann auf einer Lichtung wieder. Ein Mauerrest um ein vermoostes Fundament, eine Feuerstelle zwischen Steinen. Am Rand der Lichtung die verrostete Umfriedung um drei schief stehende alte Grabsteine mit verwitterten Inschriften. Und ein riesiger Findling.

Er zog das Foto aus der Jackentasche, das sie eben in Taylors Häuschen gefunden hatten. Vincent Taylor als Jugendlicher zwischen zwei Männern mit Whiskeyflaschen in den Händen. Die Aufnahme war genau hier auf dieser Lichtung entstanden. Collin legte seine Hand auf den kühlen Granit, setzte sich ins ausgetrocknete Gras, lehnte sich mit dem Rücken an den Fels und schloss die Augen. Ein erratischer Stein aus der Eiszeit, auf dem Grundstück von Woodland gelandet. Dunkelrosa mit weiß-grauen Sprenkeln. *Dakota Mahagoni* nannte Collins Freund Alfie diese Farbgebung, der Granit zu Grabsteinen verarbeitete. Welches dunkle Geheimnis mochte der Findling unter seiner in der Sonne perlmuttig glänzenden Oberfläche bergen?

Wie aus weiter Ferne hörte Collin plötzlich Johnny seinen Namen brüllen. Er wusste, warum. Die Erde unter dem Pförtnerhaus hatte zu Malcolm Sparrow gesprochen und ein weiteres Grab verraten.

16

Evelyn hob Legosteine und Puzzleteile vom Boden auf, faltete Jäckchen und stellte die in allen Zimmern verstreuten Gummistiefel und Schuhe auf die Matte in den Flur. Sie unterdrückte den Wunsch, Staubsauger und Wischeimer zu holen und aus dem Chaos, das Detlefs Familie angerichtet hatte, die akkurat aufgeräumte Wohnung wiederherzustellen – und damit in ihr selbst Ordnung zu schaffen. Heute wollten sie nach dem Frühstück abreisen. Endlich, dachte Evelyn und deckte den Tisch für sieben Personen. Auch in dieser Nacht hatte sie kein Auge zugetan, und nicht einmal die stärkeren Schlaftabletten hatten geholfen. Es war halb sechs Uhr. Detlef würde bald zu seinem Morgenspaziergang am Meer aufbrechen, mit Appetit und guter Laune zurückkehren, die dann zunehmend schlechter werden würde, so sehr ärgerte er sich über seinen Schwiegersohn, der in seinen Augen ein Weichling war. Erziehungsurlaub für Männer, dass ich nicht lache!, hatte er gestern Abend einen Streit angezettelt, der sein Geburtstagsfest verdorben hatte und in Zukunft wohl die Bereitschaft seiner Tochter schmälern würde, die lange Reise von Thüringen aus an die Ostsee zum Besuch ihres Vaters anzutreten. Wie kann man nur in Thüringen leben?, hatte Detlef sich ereifert. Nicht mal die See vor der Tür. Und mit drei Kindern eine Doktorarbeit schreiben wollen? Der Streit hatte zu lauten Stimmen und danach zu eisigem Schweigen geführt. Evelyn hatte sich herausgehalten. Was ging sie das Ganze auch an? Sie hatte ihre eigenen Sorgen. Der Streit war ihr sogar ganz recht. Er lenkte Detlef von misstrauischen Fragen ab. Warum schließt du die Gittertür?, hatte er am Montag wissen wollen. Warum rennst du dauernd zum Fenster? Obwohl weitere Anrufe und SMS ausgeblieben waren, hatte sich Evelyns Unruhe nicht gelegt. Sie nahm ein Blatt Papier vom Tisch, auf dem Mia, die Sechsjährige, herumgekritzelt hatte. »Für Tante Evi« las sie die krakelige Widmung in rotem Wachsmalstift, umschmückt von Herzen. Weshalb die Kleine sie ins Herz geschlossen hatte, war Evelyn schleierhaft. Sie war keine Bilderbuchtante. War weder mit zum Sandburgenbauen an den Strand gegangen noch hatte sie einen von Detlefs Enkeln auf ihren Schoß genommen. Wo sind denn deine Kinder?, hatte Mia sie gestern gefragt. Evelyn war ihr über den Kindermund gefahren. Was wusste diese Göre? Nichts, dachte sie jetzt versöhnlicher. Mit einem Begriff wie Sterilisation konnte Mia wohl kaum etwas anfangen. Wie auch? Wahrscheinlich glaubte sie noch an den Klapperstorch. Evelyn war froh, seit ihrem zwanzigsten Lebensjahr von der Babyfrage verschont zu sein. Windeln wechseln und mit anderen Frauen Kuchen für Kindergartenfeste zu backen gehörte nicht zu ihren Lebensplänen. Hatte es nie. Sie wollte es anders machen als die Frauen in ihrer Familie, und das war ihr gelungen. Niemand würde ihr die Unabhängigkeit nehmen. Der Preis dafür war hoch genug gewesen. Seit zwei Tagen fragte sie sich allerdings, welche Heuer sie zu zahlen hatte, wenn es bei dem heimlichen Treffen darum ging, den Kahn erneut aus dem Dreck zu ziehen. Konnte es um etwas anderes gehen? Wohl kaum. Nach Rotterdam hatte er sie bestellt. An den Hafen. Sie hatte abwechselnd Szenarien vor Augen, die einem Horrorfilm glichen, und versuchte sich zwischendurch mit nüchternen Erklärungen zu beruhigen. Vielleicht ging es um Geld oder, was sie für unwahrscheinlich hielt, um so etwas wie Nostalgie. Man hatte doch im Leben Momente, in denen der Wunsch übermächtig wurde, in die Vergangenheit zurückzukehren und damit jene Menschen wiederzusehen, die mit einer bestimmten Zeit verbunden waren. Ja, vielleicht ging es einfach um ein Wiedersehen. Nein, wusste sie, darum ging es ganz und gar nicht. Der

Treffpunkt war die Bar Maribu Beach ganz in der Nähe von Hoek van Holland. Er kommt mit der Fähre, hatte Evelyn daraus geschlossen. Womöglich wollte er noch am selben Tag die Rückreise antreten. Evelyn hatte eine Zugfahrkarte per Internet gebucht und würde sich mit kleinem Gepäck am Donnerstagvormittag auf den Weg machen. Detlef hatte die Lüge ohne Weiteres geschluckt. Die internationale Puppen- und Teddybärenmesse in Rotterdam, die weltgrößte Veranstaltung dieser Art, begann zwar erst am Wochenende, und Evelyn hatte sowieso mit dem Gedanken gespielt, dorthin zu fahren, aber das brauchte sie Detlef nicht auf die Nase binden.

Sie stellte eine Tasse unter die Espressomaschine, schreckte die Eier ab und polsterte drei Stühle mit Kissen. Auf die Tischdecke hatte sie verzichtet, nachdem sie gestern wieder eine verschmutzte in die Waschmaschine hatte stecken müssen. Sie trank einen Espresso und wappnete sich gegen ihre Nervosität und für einen anstrengenden Morgen.

Drei Stunden später musste Evelyn erstaunt mit ansehen, wie sich die Familie ihres Mannes in den Armen lag. War es nicht immer so gewesen? Sie stritten sich, und sie versöhnten sich. Wie balgende Katzen kratzten sie sich die Augen aus und schmusten im nächsten Augenblick. Detlefs Tochter bat um ein letztes Foto, und Evelyn stellte sich neben Detlef, dem sie nur bis zur Schulter reichte, spürte seine Hand hart und besitzergreifend um ihren Oberarm. Sie schmiegte sich an seine Bärenstatur, spürte seine Körperwärme, wie sich ihre Anspannung löste und sie sein strahlendes Lächeln erwidern konnte mit dem durchaus beglückenden Gefühl, zu ihm zu gehören und angekommen zu sein. Das lasse ich mir nicht nehmen, wusste sie. Was immer der Mann, der in Rotterdam auf sie wartete, von ihr verlangte, sie würde dieses Leben hier nicht dafür aufgeben.

17

Alles zu seiner Zeit. Das war ein Lieblingsspruch von Collins Mutter gewesen. Eine Frau, die unter der Uhr am Kamin sitzen konnte, ohne sich jemals von der fortschreitenden Zeit jagen zu lassen oder durch das ewige Tick-Tack in Unruhe zu geraten. Die Uhr hing an der Wand, um von ihr ignoriert zu werden. Sie war sowieso nie richtig eingestellt gewesen, folgte ihrem eigenen Rhythmus, ging mal eine halbe Stunde vor, mal, wenn es im Winter besonders kalt war, verlangsamten sich ihre Zeiger oder sie blieb gleich ganz stehen. Collins Mutter hatte mit einer Stickarbeit, einem Buch oder einem Kreuzworträtsel unter der Uhr gesessen und sich nicht daran gestört. Wenn sie stickte, so stickte sie. Wenn sie las, ließ sie sich durch nichts stören. Dauerte ein klassisches Konzert im Radio zwei Stunden, lauschte sie mit Hingabe von Anfang bis Ende, ließ die Streicher und Bläser noch eine Weile nachklingen, bevor sie sich vom Sessel erhob und sich einer anderen Tätigkeit widmete. Zwei, gar drei Dinge auf einmal, nein, das hatte nicht ihrem Naturell entsprochen. Bis zu ihrem Tod, fiel Collin ein, hatte sie kein graues Haar gehabt.

Er selbst hatte nichts von ihrer Gelassenheit geerbt. Die E-Mail der Bürgermeisterin war ihm sauer aufgestoßen, sobald er an diesem Donnerstagmorgen den Computer hochgefahren und das Mail-Programm geöffnet hatte. »Es häufen sich Anrufe besorgter Bürger und Bürgerinnen«, hatte Vera Selester-Coupier geschrieben, »die wegen der Sicherheit ihrer Kinder und Enkel die unverzügliche Aufklärung der Mordfälle fordern. Ich schlage aus diesem Grund eine öffentliche Pressekonferenz für diesen Freitag in Anwesenheit des Polizeidistriktchefs Robert Ashborne vor. Der kleine Saal des Rathauses ist dafür um 10 Uhr morgens gebucht.« Sie hatte die 750-Jahr-Feier von St Magor ins Feld geführt, die Anfang September auf dem Kalender stand, das Ansehen ganz Cornwalls zitiert, schließlich die nächsten Wahlen zum Bürgermeisteramt angeführt, ihre Pflicht und Verantwortung den Wählern gegenüber, damit ihren guten Ruf.

»Darum geht es der blöden Ziege«, sagte Johnny, der mit grimmigem Gesichtsausdruck die E-Mail lesen musste, kaum war er zur Tür hereinspaziert. »Sie will ihr warmes Kissen hübsch unterm Allerwertesten behalten. Hat Angst, nicht wiedergewählt zu werden. Meine Stimme bekommt sie auch dieses Mal nicht.«

Ende dreißig war Vera Selester-Coupier, eine eingeheiratete Kornin mit französischen Wurzeln, medienverliebt, immer perfekt geschminkt und gekleidet, strahlte sie in jede Kamera, die sich ihr bot. Sie hatte ein Hundeverbot am Dorfstrand verhängt, jede Menge andere Verbotsschilder aufstellen lassen, neue Parkplätze gebaut und die Gebühren dafür erhöht, Bauland frei gegeben, und sie versuchte mit PR-Aktionen Investoren anzulocken. Ein vierstöckiges Strandhotel wollte sie genehmigen lassen. Zum Glück hatte der Investor, ein Russe, einen attraktiveren Standort gefunden. Dass sie den Küstenabschnitt für Angler nicht mehr frei zugänglich machen wollte, empörte Johnny am meisten. Die Skelette zweier Säuglinge – das passte ganz und gar nicht in ihr Konzept. Collin würde ihr antworten müssen. Nicht nur das. Er musste sich ihrem Willen beugen, ob er wollte oder nicht. Würde Kathryn dafür Verständnis haben? Schließlich hatte er ihr versprochen, seine Familie morgen wenigstens an den Urlaubsort zu bringen und eine Nacht mit ihnen im New Forest zu bleiben. Nun würden sie wegen der Pressekonferenz endgültig ohne ihn verreisen müssen.

»Wieso kommt Ashborne?«, fragte Johnny. »Drückt sich doch sonst gern um auswärtige Pressekonferenzen.«

»Liegt auf dem Weg zu seinem Wellnesshotel.«

»Wie viel Urlaub hat so ein Distriktchef eigentlich?«

»Sein Rückenleiden ...«, murmelte Collin.

»Guck nicht wie ein Mops auf 'nem Gummiboot. Soll er doch den Job machen.«

»Die Faktenlage ist dünn, und es sind ein paar zu viele Personen auf der Bühne. Irgendetwas müssen wir morgen präsentieren.«

»Sollen wir also heute nicht nach Bodmin fahren und Taylors Schwester befragen?«

Collin strich sich über die müden Augen und mit der Zunge über den entzündeten Zahn. Er war ganz und gar kein Freund strategischer Schönfärberei. Warum den Tag damit vertrödeln, für die Pressekonferenz an einer Rede zu feilen, die Bürgermeisterin und Presse vorgaukeln würde, dass sie den Mörder der Kinder in Null-Komma-nichts überführen würden? »Wir tun unsere Arbeit«, sagte er. »Und zwar so gut wie immer. Bill, kümmere dich bitte um eine knappe Zusammenfassung der Faktenlage für morgen. Ich fahre in einer Stunde mit Johnny nach Bodmin. Anne, du machst Telefondienst. Ich schätze, dass heute wieder der Teufel los ist. Versuch die Journalisten abzuwimmeln.«

Schon die letzten beiden Tage hatte das Telefon nicht stillgestanden. Besorgte Dorfbewohner hatten sich mit Fragen an sie gewendet, einige von ihnen Hinweise geliefert, die ausgewertet werden mussten. Die Spurensicherung hatte das Areal um die alten Grabsteine auf Woodland abgesperrt und folgte der Überlegung, dass das erste Skelett möglicherweise zuerst dort begraben worden war, bevor es im Pförtnerhaus eingemauert wurde.

»Ein beliebtes, weil einfaches Prinzip«, hatte Malcolm Sparrow, der Geoforensiker, erklärt. »Ein bereits vorhandenes Grab wird nochmals benutzt. Womöglich zeigt dieses Verhalten einen Rest Pietät gegenüber dem Toten.«

Oder der Täter hatte sich bei der Wahl eines solchen Verstecks sicher gefühlt und war davon ausgegangen, dass man niemals ein altes Grab öffnen und keine Bau- und Erdarbeiten in der Nähe eines Friedhofs durchführen würde.

»Bei dem zweiten Skelett handelt es sich auch um einen Jungen«, berichtete Collin. »Hampton und Sparrow glauben nicht, dass es, wie vermutlich das erste, zunächst an einem anderen Liegeort war und ins Pförtnerhaus umgebettet worden ist.« Sparrow hatte es an einer Stelle unter dem Holzboden aufgespürt, wo das Fundament tiefer lag. »Ob der Fundort, also das Pförtnerhaus, auch Tatort war, muss ebenfalls näher untersucht werden«, fuhr Collin fort. »Alles Weitere aus der Rechtsmedizin erfahren wir frühestens Anfang nächster Woche. Bill, was hast du über William Hattonfield herausgefunden?«

»Noch nichts zu seinem derzeitigen Aufenthaltsort. Er ist nicht beim Finanzamt registriert.«

»Woraus man schließen könnte, dass er sich nicht mehr in Großbritannien aufhält«, überlegte Collin.

»Oder zumindest kein Steuerzahler mehr ist. Er dürfte somit weder einer Beschäftigung nachgehen noch Hauseigentümer sein.«

»Dann wird es schwierig sein, ihn schnell zu finden«, sagte Johnny.

Collin nickte. Bei Umzug bestand keine Meldepflicht, wenn man lediglich ein neues Mietverhältnis einging. Vielleicht war Hattonfield auch untergetaucht, womöglich unter falschem Namen.

»Sonst noch etwas, Bill?«

»Seine Exfrau heißt Alice O'Neill.«

»Eine Irin?«, fragte Johnny.

»Ja, sie kommt aus Cork, das ist die zweitgrößte Stadt in Irland«, führte Bill aus. »Werde versuchen, ihre aktuelle Adresse möglichst noch heute herauszufinden. Habe die Kollegen in Cork um Unterstützung gebeten. Hier im County hat William Hattonfield sie nicht geheiratet. Ich warte dazu noch auf Rückmeldung vom Zentralen Standesamt. Dafür habe ich diese Kopie einer Geburtsurkunde …« Bill reichte Collin den Ausdruck. »Von dem gemeinsamen Kind. Juliene heißt sie.«

Collin überflog die Geburtsurkunde und dachte an Madame Florines Klatschgeschichte über ein angeblich uneheliches Kind von Mrs Hattonfield. »Das sind doch zumindest Anfänge.«

Bill kniff die Lippen zu einem Lächeln zusammen. »Anne hat dazu noch etwas Interessantes.«

»Das ist Hattonfields Tochter Juliene auf dem Chatsworth International, einem bekannten Turnier für Vielseitigkeitsreiter in Derbyshire.« Anne öffnete Fotos auf ihrem Bildschirm, die eine Frau bei Hindernissprüngen vor der Kulisse einer imposanten Parklandschaft zeigte. »Sie hat viele Preise gewonnen. Das letzte Mal war sie in der Presse wegen eines schweren Reitunfalls.«

»Jetzt geht's voran«, rief Johnny und rieb sich die Hände. »Eine bekannte Reitsportlerin werden wir ja wohl finden. Und dann haben wir den Herrn Vater auch gleich an der Angel.«

Collin dachte an das Hufeisen, das seine Tochter Ayesha ihm am Abend zuvor kommentarlos gegeben hatte. »Viel Glück«, hatte sie mit Silberstift darauf geschrieben. Ja, vielleicht hatten sie doch Glück und fanden die Hattonfields im Handumdrehen? Würde das dann auch zur sofortigen Aufklärung der Verbrechen führen?

»Die Kollegen aus San Francisco haben ein aktuelles Passfoto von Brian Hattonfield gemailt«, sagte Anne. »Wir haben es mit dem Foto abgeglichen, das Taylor mit den beiden Männern zeigt, und können nun eindeutig davon ausgehen, dass es sich um die beiden Hattonfield-Brüder handelt. Und noch was. Etwas Schreckliches. Die Aufnahme ist vom 20. September 1988.« Sie wies auf das Datum, das auf die Rückseite gedruckt war.

»Und was war an diesem Tag?«, fragte Collin.

»Am Morgen des 20. September 1988 hatten Taylors Eltern den tödlichen Autounfall. Ich finde das seltsam.«

»Vielleicht eine Art Trauerfeier«, sagte Johnny. »Wie alt war Taylor damals? Fünfzehn, oder? Und da seine Eltern bei den Hattonfields beschäftigt waren …«

Ja, dachte Collin, das war denkbar. Die Hattonfields hatten sich womöglich für Vincent und Denise Taylor, die dann verwaisten Kinder ihrer Angestellten, verantwortlich gefühlt. Dennoch eigenartig, einen solchen Ort für eine Trauerfeier zu wählen und Whiskeyflaschen in die Kamera zu schwenken. Und wer hatte das Foto gemacht? »Wir nehmen das Foto mit nach Bodmin«, entschied Collin und tippte auf die Armbanduhr. »Denise Taylor kann uns vielleicht Genaueres dazu sagen. Also, wir sehen uns dann heute Abend gegen sechs.«

Collin lief in den Vorraum, wo schon Doreen wartete, deren verstorbene Schwester angeblich als Haushälterin auf Woodland gearbeitet hatte. Am Ende war es dem Drängen Madame Florines zu verdanken gewesen, dass die alte Dame ihre Scheu überwunden und sich zu einer Aussage bereit erklärt hatte.

»Na, komm schon, wird ja wohl nicht lange dauern«, sagte sie statt einer Begrüßung zu ihrem Dackel und zog ihn an der Leine zu sich heran.

»Liegt ganz bei Ihnen, Mrs Penmar.« Collin half ihr aus dem Stuhl, und sie humpelte, auf ihren Stock gestützt, in sein Büro.

»Hab ich mir nicht so unordentlich bei Ihnen vorgestellt.« Kopfschüttelnd stand Doreen vor Johnnys Schreibtisch. »Kommt mein Name in die Zeitung, wenn ich was sage?«

»Nein.« Collin schmunzelte und bat Doreen, sich zu setzen. »Ihre Aussage hilft uns womöglich bei der Aufklärung der Todesfälle, aber das wird natürlich von uns überprüft.«

»Ich weiß ja nur, was Gertrud, meine Schwester erzählt hat. Und die können sie nicht mehr fragen. Ist seit zehn Jahren tot.«

»Ihre Schwester war als Haushälterin auf Woodland angestellt. Bei welchem der beiden Hattonfield-Brüder war das denn? Bei Brian oder William?«

»Da bin ich überfragt. Der ›Mister‹, so hat Gertrud von ihm geredet.«

Doreen zog eine Tüte aus der Handtasche, lockte den Dackel unter dem Stuhl hervor, ließ ihn Männchen machen und warf ihm einen Hundekeks hin.

»Was hat Ihre Schwester über ihn erzählt?«

»Nichts, woran ich mich erinnere. Hat ihn ja kaum zu Gesicht bekommen. Dienstpersonal war sie für ihn. Mit dem gibt man sich ja nicht ab, versteh'n Sie?« Doreen blickte ihn mit einer Mischung aus Wut und verletztem Stolz an. Sie hatte sich für den Besuch in der Polizeistation augenfällig schick gemacht, trug ein dunkelblaues Kleid mit weißem Kragen und feines Schuhwerk. Dennoch konnte sie nicht verbergen, dass sie aus einfachen Verhältnissen stammte und nie aus dem Vollen hatte schöpfen können wie eine Familie Hattonfield. Doreens Handtasche war abgegriffen und aus der Mode gekommen, ebenso ihr Sommermantel, und die Sohlen der Schuhe waren schief gelaufen. Wie vermutlich auch Doreen lebten im Vereinigten Königreich rund eine Million älterer Menschen an der Armutsgrenze.

»Wie lange hat Gertrud bei Mr Hattonfield gearbeitet, und was genau waren ihre Aufgaben?«

»Ein, zwei Jahre war'n das. Sie hat da gekocht. Dann der ganze Abwasch, die Wäsche, Einkäufe. Viel verdient hat sie nicht und musste sich den Buckel wund schuften. Und das mit ihrem Rheuma. War ja immer kalt in dem Haus.«

»War das zu der Zeit, als Mrs Hattonfield noch auf Woodland gelebt hat?«

»Ncin, da hat *die* sich doch schon aus dcm Staub gemacht. Tss. Mit einem Iren soll sie weg sein. Einem Saisonarbeiter. Sachen gibt's. Nein, Benny, jetzt ist's genug, mehr gibt's nicht.« Doreen wedelte mit dem Zeigefinger vor dem Dackel, der den Schwanz auf den Boden schlug und um ein weiteres Leckerli bettelte. »Deshalb hat der Mister ja eine Haushälterin gesucht. Weil er plötzlich allein da stand mit zwei Kindern.«

»Mit zwei Kindern?« Collin saß kerzengerade im Stuhl.

»Klein waren die noch. Zwei Mädchen. Furchtbar verzogen, hat Gertrud immer gesagt. Wollten dies nicht essen und das nicht. Kein Wunder bei der Mutter.«

»Wie hießen die Mädchen?«

»Da bin ich überfragt.«

Collin behielt seine Gedanken für sich. Konnte sich Doreen geirrt haben? Immerhin schöpfte sie ihr Wissen aus zweiter Hand, und es waren Jahrzehnte ins Land gegangen, seit ihre Schwester bei den Hattonfields als Haushälterin gearbeitet hatte.

»Ihre Schwester soll erzählt haben, dass Hattonfields Frau ein drittes Kind aus ihrer Affäre hatte.«

»Das hat man damals erzählt. Und wo man jetzt diese Skelette da gefunden hat. Tss. Im Grab würd sich die Gertrud umdrehen. Dass sie da gearbeitet hat. Tss.« Doreen schüttelte den Kopf mit dem sehr kurzen weißen Haar.

»Sie wissen es aber nicht sicher?«

»Nein. Das unterschreib ich nicht. Geredet wird ja viel, und ich hab die Frau nicht gekannt. War's das dann?« Doreen stützte sich schon auf den Stock, im Begriff aufzustehen.

»Noch eine Frage: Hat Ihre Schwester andere Angestellte erwähnt? Zum Beispiel die Familie Taylor?«

»Taylor?« Doreen schüttelte den Kopf. »Sagt mir nichts. Kann aber sein. Hier drin funktioniert's nicht mehr ganz so gut.« Sie tippte sich an die Stirn.

Collin geleitete sie hinaus und blieb einen Moment auf der Türschwelle stehen. In der Nacht hatte es ein Gewitter gegeben. Die Morgenluft dampfte, und über dem Meer lag eine Schicht Nebel, der sich bald auflösen würde. Er dachte an die Strichmännchen auf der rosafarbenen Tapete in dem kleinen Zimmer im Obergeschoss des Gutshauses. Die Psychologin, die sie zur Auswertung herangezogen hatten, vermutete, dass das Kind, das sie gezeichnet hatte, nicht älter als fünf Jahre alt gewesen war. Ihre Aussagen reichten nicht über das hinaus, was ein Laie erkennen konnte: Ein kleines, liegendes Strichmännchen mit einem überlangen Arm, das von der sehr viel größeren zweiten Figur an der Hand gehalten wurde. Nur die Farben fand die Expertin leicht auffällig: ein Weinrot und sehr viel Schwarz.

Zwei tote Jungen. Zwei Mädchen, die auf Woodland gelebt hatten. Eins hatte einen Namen: Juliene. Wer war das andere? Und hatte Alice Hattonfield, geborene O'Neill, tatsächlich ein weiteres Kind aus einer Affäre? Aber vielleicht hatte sich Doreen geirrt. Erinnerungen waren oft flüchtig, verzerrt und angereichert von der eigenen Fantasie. Dennoch hatte Collin das Gespräch mit Doreen aufhorchen lassen. Als würde etwas Licht durch eine leicht geöffnete Tür in einen abgeriegelten, fensterlosen Raum fallen.

18

Johnny saß auf dem Weg nach Bodmin wie verwandelt hinter dem Steuer, sang mit inbrünstiger Stimme zu »Stairway to Heaven« mit, das nach Collins Geschmack zu laut aus den Boxen dröhnte. Collin drehte die Lautstärke runter. »Solltest dich wieder in eine Großstadt versetzen lassen. Mordfälle scheinen dir gute Laune zu bereiten.«

»Spaßiger als eine Katze vom Dach zu holen.«

»Wie kommst du auf diesen krummen Vergleich?«

»Hat mir Sandra gesimst. Sie musste gestern 'ne Mieze retten und eine Oma, der die Katze gehört, vorm Absturz schützen.« Johnny haute auf die Hupe und lachte. »Die Oma war im Nachthemd und hat versucht, hinter Zeus herzuklettern.«

»Wer ist Zeus?«

»Sorry, hab deine Bildungslücken vergessen. Mann, der Nummer-eins-Gott der Griechen. Und die Mieze heißt Zeus, weil die Oma Griechischlehrerin war. Ist bestimmt ihr einziger Schüler. Wer lernt schon Griechisch?«

Collin merkte, dass er dankbar für diese Ablenkung war. »Wie ich unsere Sandra kenne, hat sie sich gleich wie Tarzan aufs Dach geschwungen, weil die Feuerwehr eine zu lange Leitung hatte.«

»Klar. Hat die Oma aus der Regenrinne gepflückt und ist bis zum Schornstein gekrabbelt. Der Kater wollte gerade reinspringen. Hat wohl das Royal Canin Futter seiner Freundin gerochen, der Nachbarmieze.«

»Willst du mich verarschen?«

»Hier. Lies.« Johnny reichte ihm das Handy, und Collin las amüsiert Sandras SMS. Solche Geschichten denken sich doch nur Verliebte aus. Er behielt die Schlussfolgerung aber lieber für sich und stellte sich vor, wie Johnny allein in seinem alten Fischerhaus oder auf dem Boot saß und von Sandra träumte. Als Collin Kathryn begegnet war, hatte er selbst ja die Hälfte aller Tage mit nichts anderem zugebracht, als an sie zu denken. Seine Träume waren in Erfüllung gegangen. Er mochte sich nicht ausmalen, was geschehen wäre, hätte Kathryn kein Interesse an ihm gezeigt. Wo wäre ich jetzt ohne sie, dachte er und erkannte, dass er sich ein Leben ohne Kathryn nicht vorstellen mochte. Zum Glück konnte Kathryn keine Gedanken lesen. Ihr wäre es zuwider, wenn sie wüsste, dass sich Collin ohne sie lebensunfähig fühlte. Jeder Mensch, davon war sie überzeugt, musste allein mit sich glücklich sein. Man konnte ihrer Ansicht nach niemals für das Glück eines anderen verantwortlich sein, nicht einmal, wenn es sich um den Ehemann handelte oder die eigenen Kinder.

Collin nahm sich vor, Kathryn einen Blumenstrauß zu besorgen. Wie lange war er nicht mehr mit einem Geschenk für sie nach Hause gekommen? Er überlegte gerade, welche Blumen seiner Frau besonders gut gefielen, als Johnny hupend und fluchend einen Kleinwagen überholte.

»Mann, dem Zwerg sollte man den Lappen wegnehmen. Kann ja kaum übers Lenkrad gucken.«

»Pass auf!«

»Verflucht!« Johnny trat auf die Bremse, scherte auf den schmalen Seitenstreifen aus, geriet mit einem Rad in einen ausgetrockneten Graben, gab Gas und manövrierte mit schabenden Geräuschen wieder auf die Straße. Der Radfahrer war plötzlich vor dem Kleinwagen aufgetaucht, mitten auf der engen Landstraße. Ein alter Mann, der kaum das Gleichgewicht auf dem Rad halten konnte.

»Zeigt mir noch den Stinkefinger! Wir sollten ihn nach seinem Führerschein für den Drahtesel fragen.« Johnny hob die Faust zum Rückspiegel.

»Bist du noch bei Trost? Fährst den fast um …« Collin seufzte. Was machte man, wenn man es mit einem Liebeskranken zu tun hatte?, fragte er sich. Und wie schnell konnte es gehen, dass in niedrig stehender Sonne etwas auf der Straße auftauchte, ein Tier oder ein Mensch, und es blieb der Bruchteil einer Sekunde, um zu reagieren, sich selbst in Gefahr zu bringen, indem man auszuweichen versuchte, oder ein Lebewesen womöglich tödlich zu verletzen. Collin fiel Zaman Jatoi, der Lastwagenfahrer, ein und die Puppe, die sie in Taylors Scheune gefunden hatten, und rief sich den Bericht der Kriminaltechniker ins Gedächtnis, die sie untersucht hatten. Auf einmal hatte er ein klares Bild vor Augen, wie der Unfall mit dem Lastwagen geschehen sein konnte, und rief Bill an. Auch wenn du glaubst, deine Thesen und Schlussfolgerungen sind verrückt und unglaubwürdig, hatte ihm sein alter Lehrmeister Owen Peters mit auf den Weg gegeben, verfolge sie, bis du vom Gegenteil überzeugt bist.

Kaum hatten sie eineinhalb Stunden später die stark befahrene A 30 verlassen, breitete sich eine stille, kahle, windige Landschaft vor ihnen aus, das Hochmoor von Bodmin, alle Farben vom Nebel aufgesogen, auf den wenigen Hügeln erhoben sich Tors aus Granit wie mahnende Wächter aus der Frühzeit.

»Düsteres Nest«, sagte Johnny, als sie durch die Stadt fuhren, die längst nicht mehr die Bedeutung hatte wie im Mittelalter, als sie Cornwalls größter Ort und religiöses Zentrum war. »Im alten Gefängnis soll man aber gut essen können«, fügte er hinzu und lachte.

»Ziemlich makaber.«

Hinter dem mächtigen Gemäuer hatten bis 1909 öffentliche Hinrichtungen stattgefunden, darunter von vier Kindsmörderinnen. Jetzt waren sie zu Denise, der Schwester von Vincent

Taylor mit der Frage unterwegs, ob ihr Bruder nicht nur in Drogenkriminalität, sondern als Minderjähriger auch in den Mord an zwei Säuglingen verwickelt war. Zum Glück bin ich nicht abergläubisch, dachte Collin.

Denise hatte am Telefon abweisend, ja fast aggressiv geklungen und öffnete jetzt mit einem nicht minder reservierten Gesichtsausdruck die Tür zu einer Kellerwohnung an Bodmins Hauptverkehrsstraße. »Musste mir extra freinehmen«, schimpfte sie und bat sie in der schmalen Küche mit einer Handbewegung an einen wackeligen Plastiktisch. »Hätte man das nicht am Telefon erledigen können? Hab doch schon gesagt, dass ich keine Ahnung hab, wo sich Vincent rumtreibt.«

»Persönlich kann man alles besser besprechen«, sagte Collin und quetschte sich auf den Hocker zwischen Fenster und Tisch, während Johnny am Türrahmen lehnte und sein Handy herauszog. »Wann haben Sie Ihren Bruder denn das letzte Mal gesehen?«

»Jahre her.« Denise verschränkte die Arme vor der Brust und blieb vor dem Einbauschrank stehen. Von der hübschen jungen Frau, die in einem eng anliegenden Abendkleid strahlend für ein Foto des Abschlussballs posiert hatte, war nur noch ein Schatten erkennbar, fand Collin. Sie hatte etwas Verhärmtes. Tiefe Sorgenfalten um den Mund und auf der Stirn, glanzlose Augen unter dick aufgetragenem blauen Lidschatten, lila Strähnen im dunklen Haar, was unvorteilhaft für ihr blasses Gesicht war. Sie hatte Kratzer an den Händen, sehr kurz geschnittene Nägel und trug einen Ring mit einem winzigen, funkelnden Stein an der rechten Hand. Hatte Fergus nicht ausgesagt, sie sei zum zweiten Mal geschieden? War sie jetzt wieder verlobt? Collin sah, wie Johnny durch den Flur in ein anderes Zimmer ging. In dieser Souterrainwohnung musste man offenbar den ganzen Tag über Licht brennen lassen. Ein Laster fuhr vorbei, und man hatte den

Eindruck, das Glas des kleinen Fensters würde jeden Moment zerspringen. Wer gezwungen war, so zu wohnen, dachte Collin, musste sich wie eine Ratte vorkommen. Ganz unten angekommen, und alle, die über einem wohnten, trampelten einem auf dem Kopf herum. Kein Wunder, wenn man resignierte oder Aggressionen entwickelte.

»Ihr Bruder hat sich vor Kurzem in Ihrem Elternhaus gegenüber des Woodland-Anwesens aufgehalten. War das sein fester Wohnsitz?« Collin zückte seine Kladde, schob zwei Müslischüsseln beiseite und legte sie auf den Tisch.

»Woher soll ich das wissen? Fragen Sie ihn doch selbst.« Denise puhlte einen Kaugummi aus einer angebrochenen Packung auf dem Tisch.

»Er ist derzeit flüchtig und wird polizeilich gesucht.«

»Und da kommen Sie zu mir? Hab keinen Kontakt mehr zu ihm.« Denise stellte die Müslischalen auf die Spüle, auf der schon zwei Tassen, Teller und zwei Eierbecher standen. Gefrühstückt hatte sie also nicht allein.

»Warum haben Sie keinen Kontakt mehr zueinander?«

»Man muss sich ja nicht verstehen, nur weil man Geschwister ist, oder?«, sagte Denise schnippisch. »Ich hab mein Leben, Vincent seins. So einfach ist das.«

Und so schwer nachvollziehbar, fand Collin. Andererseits kannte er etliche Familien, die auseinandergedriftet waren wie tektonische Erdplatten. »Welcher Beschäftigung gehen Sie nach?«

»Floristin.«

Das erklärte die zerkratzten Hände, dachte Collin und fragte sich, ob Denise Taylor in Kundengesprächen ähnlich unfreundlich war. Aber bei Zeugenbefragungen hatte er schon oft erlebt, dass ihnen auch von jenen Feindseligkeit entgegenschlug, die nicht unter Verdacht standen. Er wollte den Weg nach Bodmin nicht umsonst gemacht haben, ließ sich die Adresse des Blumengeschäfts nennen, in dem Denise arbeitete, und legte das Fotoalbum aus Taylors Cottage auf den Tisch. »Kennen Sie das?«

Denise klappte den Mund auf. »Wo haben sie das denn her?«

»Aus Ihrem Elternhaus. Das sind Sie, richtig? Beim Abschlussball der Schule.«

»Na, und? Was wollen Sie von mir?«

»Und das hier ist eine Aufnahme Ihres Bruders zusammen mit Brian und William Hattonfield«, sagte Collin und zeigte ihr das Foto von Taylor mit den Hattonfield-Brüdern. »Kennen Sie die Stelle auf Woodland? Eine Lichtung mit einem Findling und einem alten Familienfriedhof.«

»Ist eine Ewigkeit her, dass ich da mal war.« Denise zupfte an ihrem knapp sitzenden T-Shirt herum, das einen Streifen Bauch zeigte. Es drang kaum frische Luft in die Wohnung. Stattdessen stank es nach Abgasen. Collin lockerte die Krawatte.

»Haben Sie das Foto aufgenommen?«, fragte er.

»Kann mich nicht erinnern. Warum zeigen Sie mir diese uralten Fotos?«

»Auf Woodland sind die Skelette zweier Säuglinge gefunden worden«, mischte sich Johnny ein, der wieder am Türrahmen lehnte. »Sie sind vor mehr als einem Jahrzehnt getötet worden.«

»Was? Was sagen Sie da? Skelette von Babys? Aye!« Denise rieb sich vor sich hinmurmelnd die Oberarme, als sei ihr plötzlich kalt geworden.

»Das ist der eigentliche Grund, warum wir hier sind«, sagte Collin und klärte sie kurz über ihre Rechte auf.

»Wieso sollte ich einen Anwalt brauchen?«, rief Denise. »Glauben Sie etwa, ich hab was damit zu tun? Herrgott noch mal, natürlich *nicht*!« Sie blickte mit funkelnden Augen zwischen Collin und Johnny hin und her.

»Können Sie sich an eine Bewohnerin von Woodland erinnern, die schwanger gewesen ist?«, fragte Collin.

»Nein.«

»Als Ihre Eltern starben, waren Sie bereits einundzwanzig.«

»Da war ich schon hier. Hab erst Wochen später davon erfahren«, antwortete Denise nun wieder mit angriffslustiger Stimme. »Da waren sie schon begraben. Verstehen Sie: Ich hatte mein eigenes Leben.«

»Hat Ihr Bruder nach dem Tod Ihrer Eltern bei den Hattonfields gelebt?«

»Kann gut sein. Ich glaube, er hat zwischendurch auf Woodland gejobbt.«

Collin zeigte ihr das letzte Foto: die Aufnahme von Vincent Taylor mit dem Jungen am Strand.

»Wer ist dieser Junge?«, fragte er Denise.

Sie warf einen flüchtigen Blick darauf und zuckte mit den Schultern. »Keine Ahnung. Fragen Sie meinen Bruder.«

»Haben Sie Alice Hattonfield, geborene O'Neill, kennengelernt? Die Frau von William Hattonfield«, fuhr Collin fort. Er wurde das Gefühl nicht los, dass Denise Taylor etwas verbarg. Ihre abweisende Haltung, das nervöse Spiel mit ihren Händen sprachen Bände, fand er.

»Flüchtig. Herrgott, ich war ein Kind. Was kriegt ein Kind schon mit?« Denise füllte den Wasserkessel, stellte ihn auf den Gasherd und blieb, mit dem Rücken zum Tisch gewandt, davor stehen.

»Kennen Sie William Hattonfields Tochter Juliene?«

»Ne Freundin war sie nicht, wenn sie das meinen. War auch meistens weg, soviel ich weiß. Im Internat oder so.«

»Und die zweite Tochter?«

»Weiß nichts von 'ner zweiten. Ich hab da nicht rumgehangen, klar? Wir waren Nachbarn, und meine Eltern haben bei den Hattonfields 'ne Zeitlang gearbeitet. Heißt noch lange nicht, dass wir Kinder da ein und aus gegangen sind. Schon mal was von Zwei-Klassen-Gesellschaft gehört?«

Denise stellte Tassen auf den Tisch und goss Tee auf. Sie blieb am Herd stehen, die Arme wieder verschränkt, Empörung im Gesicht, durch die sie ihrem Bruder nun sehr ähnlich sah. Ein Geschwisterpaar, dachte Collin, das in einfachen Verhältnissen aufgewachsen war, in unmittelbarer Nähe eines Landhauses, das in ihren Kinderaugen womöglich wie ein Schloss erschienen war, groß, reich und von ihrer Welt weit entfernt. »Die Hattonfields waren Pferdezüchter. Es muss doch viel los gewesen sein auf dem Hof.«

»Klar war da viel los. Aber ich war nicht dabei. Mein Vater war eine Zeitlang Stallmeister, und meine Mutter hat geputzt. Mehr weiß ich nicht.«

»Ist das Ihre Familie?« Johnny hatte ein gerahmtes Foto in der Hand. Es zeigte Denise mit einem Mann und zwei Jungen im Teenageralter.

»Ist es.« Denise pustete in ihren Tee.

»Sie sind zwei Mal geschieden. Ist das Ihr Neuer?« Johnny reichte Collin das Foto.

Denise nickte. »Ist das verboten?«

»Und wer sind die beiden Jungen?«

»Mein Sohn und ein Freund«, murmelte Denise. »Ich dachte, es geht um Vincent. Jetzt quetschen Sie mich nach meinem Privatleben aus. Ich sage nichts mehr, klar? Nicht ohne einen Anwalt.«

»Wir möchten Sie bitten, Ihre Speichelprobe abzugeben und uns auf diese Weise zu helfen, die Identität der beiden getöteten Säuglinge aufzuklären.« Collin schob ihr den Formbrief zu.

Hampton wollte möglichst rasch mit den DNA-Abgleichen beginnen.

»Ich soll was?« Denise las die nüchternen Zeilen und warf das Papier auf den Tisch.

»Sollte Ihnen doch noch etwas einfallen, oder wenn Sie den Aufenthaltsort Ihres Bruders erfahren, melden Sie sich bitte umgehend«, sagte Collin. »Für die weiteren Ermittlungen in dem Fall müssen Sie sich jederzeit bereithalten.« Er schob ihr seine Visitenkarte zu und erhob sich. Sie konnten hier nichts mehr ausrichten.

Die Fahrt nach Bodmin war umsonst gewesen. Oder doch nicht? Während Johnny Pasco aufsuchen wollte, Denise ersten Ehemann, betrat Collin den kleinen Blumenladen, in dem sie arbeitete.

»Zur Aushilfe«, erklärte Mrs Bright, die rundliche Geschäftsführerin. »Aber nicht mehr lange.« Sie schnitt gekonnt die langstieligen gelben Rosen an, die Collin für Kathryn ausgewählt hatte. »War sowieso nur für zwei Monate, und dann kommt sie noch dauernd zu spät, steht rum, sieht keine Arbeit, ist sich zum Zusammenfegen zu schade, nein, hab ihr gestern gesagt, dass sie heute gar nicht wiederkommen braucht. Mein Mitleid hat Grenzen.«

»Mitleid?«, hakte Collin nach, blätterte durch die Grußkärtchen und entschied sich, Kathryn den Strauß ohne eine Karte zu überreichen.

»Na, von Schulden hat sie mir vorgejammert. Ihr Mann hat keinen Job und die Kinder … da wurd ich weich. Passiert mir nich noch mal. Und jetzt hat sie auch noch was mit der Polizei zu tun.« Mrs Bright seufzte und rollte den Strauß in Papier.

»Hat Mrs Taylor denn mehr als ein Kind? Wir wissen nur von einem Sohn.«

»Hat vielleicht gelogen, um mich weichzuklopfen. Zwanzig Pfund dann, das Pulver hier ins Wasser und zu Hause noch mal anschneiden.« Mrs Bright hielt die von Erde verschmutzte Hand auf und wandte sich von ihm ab, sobald sie die Kasse wieder geschlossen hatte.

Im Nieselregen stand Collin jetzt mit dem Blumenstrauß auf dem Bürgersteig und dachte an jenen verregneten Sonntag, als er in einem neuen Anzug, der ihm zu weit war, vor dem Rathaus von Southampton auf Kathryn gewartet hatte, nervös auf und ab gelaufen war, rote Rosen in der Hand, tausend Fragen im Kopf, und dann hatte Kathryn lachend das Papier um die Blumen abgerissen, weil ein eingepackter Strauß Unglück brachte. »Ein Brautstrauß sieht anders aus«, hatte sie dann gesagt, und die Enttäuschung war, wie Collin geglaubt hatte, während der ganzen Zeremonie im Standesamt nicht aus ihrem Gesicht gewichen. Später hatte sie sich allerdings an jedem Hochzeitstag von ihm einen Strauß Rosen ohne Klimbim, wie sie es nannte, gewünscht. Ungebunden, ohne Grün, in Papier eingepackt, in Erinnerung an den Regen, an seine glatten Schuhe, mit denen er in einer Pfütze ausgerutscht war, an die geplatzte Naht in ihrem Hochzeitskleid, an den Standesbeamten, der seine Brille fortwährend angehaucht und mit einem großen karierten Taschentuch geputzt hatte, und an das kalte Hotelzimmer, in dem sie ihre Hochzeitsnacht verbracht hatten. Welche Enttäuschungen mochte Denise Taylor in der Liebe erfahren haben, fragte sich Collin, sah Johnny die Straße herunterfahren und setzte sich schließlich durchnässt neben ihn. »Denise' Ex ist in Urlaub«, sagte Johnny. »Die Nachbarn rechnen erst in drei Wochen mit seiner Rückkehr.«

»Was hältst du von ihr?«

»Sie war für meinen Geschmack ein wenig zu angriffslustig.

Und der eine Junge auf dem Familienfoto, hast du dir den mal genauer angeschaut?«

»Nein. Es ist womöglich ihr zweiter Sohn.«

»Hab's abfotografiert«, sagte Johnny und zeigte ihm das Foto auf seinem Handy. »Würd es gern abgleichen lassen. Könnte das der Junge vom Strand sein?«

»Ich sehe auf den ersten Blick keine Ähnlichkeit. Und einfach ein Foto abfotografieren … Du weißt, dass wir so nicht vorgehen können. Und wie soll uns das weiterbringen?«

»Predigst du nicht immer, dass man in alle Richtungen denken muss, auch das scheinbar Nebensächliche, Abwegige nicht außer Acht lassen darf?«

»Schon.« Collin lehnte sich zurück, schloss die Augen und sah die Küche von Denise Taylor vor sich. Sie war in einem grellen Pink gestrichen, als sollte die Farbe von der Enge, den verzogenen Einbauschränken, dem Verkehrslärm und dem wenigen Sonnenlicht, das durch das Fenster hineinfiel, ablenken. Denise wollte als junge Frau aus St Magor fort, hatte in Bodmin von einem besseren Leben geträumt. Doch der Wunsch war nicht in Erfüllung gegangen. Sie hatte es so wenig wie ihr Bruder geschafft, an die Oberfläche zu dringen, dorthin, wo die Sonne schien.

19

Wenn sie sich erlaubte zu träumen, keimte eine verrückte Hoffnung in ihr auf. Dann sah sie Diamond auf einer Wiese galoppieren, die bis zum Horizont reichte, seine Mähne flatternd und sie auf ihm sitzend, ihre Wirbelsäule gestreckt, ihr Kopf fest, durch nichts und niemanden beschwert. Sie sah sich stark und frei an einem Ort ohne Vergangenheit, in dem alles Licht war, keine Schatten in Ecken lauerten, wo niemand sie bedrängte, keine Menschen waren, nur sie und Diamond.

Sie wusste, wie naiv dieser Traum war. Diamond hatte ein Brandzeichen. Über kurz oder lang würde er aufgespürt werden und man würde herausfinden, dass sie an Diamonds Diebstahl beteiligt gewesen war. Der Gedanke daran schob sich als Tor mit Schloss und Riegel vor die schönen Träume. Übermächtig wurde die Angst, dass man ihr auf die Schliche käme.

Es war wie damals in Texas, als sie eine Rodeoschule besucht hatte, die der Familie einer amerikanischen Military-Reiterin gehörte, die für einige Zeit in ihrem Team gewesen war. Nach drei Wochen nahm Jill an der ersten Show teil, eine lärmende Zuschauermeute um sie herum, die nur darauf wartete, dass sie abgeworfen wurde, während sie sich mit der freien Hand an nichts als staubiger Luft festhielt, die Worte ihres tausende Meilen entfernten Vaters im Ohr: »Mit den Beinen klammern. Keine Furcht zeigen. Niemals loslassen. Niemals runterfallen.«

Und sie war nicht heruntergefallen. Teufelsweib hatte man sie gerufen. Die Angst hatte keiner bemerkt, so gut hatte sie gelernt, sie hinter einer Fassade zu verbergen. Bis auf einen: Cayman. Er hatte seine Handschuhe ausgezogen, den Zeigefinger auf ihre Wange gelegt und sie mit zusammengekniffenen Augen gemustert. »Das haben wir alle«, hatte er gesagt. »Sie geht nie weg.« Er hatte ihr ein kaltes Bier in die mit Blasen übersäte Hand gedrückt und war den Rest der Rodeosaison nicht mehr von ihrer Seite gewichen. Niemand war ihrer Angst jemals näher gekommen als Cayman. Und niemand außer ihm hatte vermocht, sie ihr zu nehmen. Zu ihrem Schutzengel hatte sie ihn später mystifiziert, sich seine bassige Stimme in Erinnerung gerufen, seine muskulösen Schultern, an denen alles abgeprallt war und die alles auffangen konnten, sein Lächeln, das sich in einem Geäst um seine Augenwinkel eingenistet hatte. An Caymans Seite hatte sie die Angst in einen sicheren Raum verschlossen, den Schlüssel versteckt und das Klopfen an der Tür und die Stimmen zu ignorieren gelernt. Doch nach all den Jahren war Caymans unsichtbare, schützende Hand immer mehr verblasst und jetzt war sie gar nicht mehr da.

Morgen war das Farmerfest. Dann musste sich Jill einer unbekannten Herausforderung stellen. Es war ein Gefühl vergleichbar mit einer Reise in die Fremde, wie sie Jill als Jugendliche mehrere Male erlebt hatte. Eine Mischung aus Furcht und Vorfreude, wobei die Furcht wie damals schon Tonnen schwerer wog. Sie hoffte, niemand würde es ihr anmerken wie einst Cayman. Noch kann ich abspringen oder sogar alles verraten, dachte Jill auf dem Weg zum Haus. Es war zwölf Uhr mittags und schon so heiß, dass ihr das Haar am Kopf klebte und die Füße in den Stiefeln dampften. Sie würde sich heute eine Stunde Mittagsruhe gönnen. Danach musste sie Ron auf die abgemähte Weide einer anderen Farm fahren, wo er die liegen gebliebenen Heuballen wie Brotkrumen aufsammeln würde. Bei der Hitze war das ganze Unternehmen kein Vergnügen, und überhaupt war es würdelos, auf Betteltour zu gehen. Ihr Vater wäre niemals damit einverstanden gewesen. Sein Stolz hätte es ihm verboten.

Sie hörte die Tauben auf dem Dach des Stalls und ein Pfeifen, hob den Kopf und sah Ron am Fenster des Dachbodens winken. Sein ausgestreckter Arm wies zum Haus. Direkt gegenüber war das Schlafzimmer von Claire und Max. Beobachtete er die beiden heimlich? Empört wandte sich Jill ab. Sollte sie wirklich auf den Plan eingehen? Sich mit Halunken wie Ron und Dylan verbünden? Es war, wie es war. Beschlossene Sache. Sie zog die Stiefel aus und wusch sich draußen am Wasserhahn das verschwitzte Gesicht. »Nimm immer nur das nächste Hindernis ins Visier«, hatte ihr Vater ihr eingebläut. »Denk niemals an den ganzen Parcours, wenn du auf das erste zusteuerst. Aber vergiss auch nicht, was noch vor dir liegt.« Noch lagen viele glühend heiße Stunden vor ihr. Wie hatte sie am Tag vor einem großen Turnier ihre Nerven beruhigt? Im Stall war sie gewesen, bei ihrem Pferd. Ihm hatte sie alles mitgeteilt, was sie ihrem Vater oder den anderen Reitern nicht hatte sagen können. Jill nahm sich vor, den Abend mit Diamond zu verbringen. Er würde ihr aufgewühltes Herz beruhigen.

In der Küche roch es angebrannt. Todd schnitt mit einer Zigarette im Mundwinkel Karotten klein und schmiss sie in eine Schüssel.

»Was hast du heute zusammengemanscht?« Jill drehte die Gasflammen runter und hob Deckel hoch. Kartoffeln wie jeden zweiten Tag, dazu eine weichgekochte Gemüsebeilage. Offenbar Blumenkohl.

»Koch dir doch selbst was«, murrte Todd, goss Essig über die Karotten und wischte sich die Hände an der speckigen Jeans ab. Alles an ihm war schmuddelig. Seine Kleidung, der fünf-Tage-Bart, das über die Ohren hängende Haar mit dem Seitenscheitel, das er sich alle drei Minuten aus den grüngrauen Augen strich, die nie ohne Vorwurf und Wut waren. Todd verkörperte alles, was sie verloren hatten, dachte Jill. Anstand und Lebensstil. Selbst ein Mittagessen war nun nichts mehr, worauf man sich freuen konnte.

»Du wirst dafür bezahlt. Das hier ist verkocht.«

»Und? Kommt alles in einen Magen.« Todd hielt die Zigarette unter den Wasserhahn und warf sie aus dem Fenster. Claire verteidigte ihn jedes Mal, wenn Jill sich über seine Manieren oder seine Arbeitshaltung beschwerte. Offenbar redete sie Max nach dem Mund.

»Hast du das Essen schon hochgebracht?«

Claire und Max hatten sich im Obergeschoss eingerichtet und aßen die meisten Tage in angenehmer Zweisamkeit. Angenehm vor allem deshalb, weil sie andere Gerichte bekamen. Todd strengte sich wohl bei ihnen an, denn sie hatten sich nie beklagt. Er war ein Arschkriecher, fand Dylan. Jill konnte ihm nur zustimmen. Max hatte ihn von irgendwo angeschleppt. Manchmal sah man die beiden die Köpfe zusammenstecken und lachen, so man bei Todd von Lachen sprechen konnte. In seiner Mimik war es nicht sichtbar, und es klang auch nicht fröhlich. Todd war nicht über den Weg zu trauen, überlegte Jill. Was, wenn er von dem Vorhaben wusste?

»Sie wartet.« Todd stellte drei Teller auf den Küchentisch und wies mit dem Daumen Richtung Wohnzimmer.

Es sollte also mal wieder ein Familienessen geben. Vielleicht besser, als gerade heute die Mittagspause mit Todd, Ron und Dylan in der Küche zu verbringen. Seufzend goss sich Jill ein Glas Wasser ein und ging ins Wohnzimmer, in dem Claire und ihr Vater am Esstisch saßen. Eine Hand ihres Vaters ruhte auf Claires Oberschenkel. Wie hatte er sie dorthin bewegt?, fragte sich Jill irritiert und versuchte zu verstehen, was Claire da plapperte. Aber es war zu leise. Das Gesicht ihres Vaters schien entspannt, als verstünde er jedes Wort. Ja, es lag etwas wie ein Glanz darauf, oder war das der Sonne zuzuschreiben, die durch die bodenlangen, staubigen Scheiben fiel und allem einen Anstrich von Harmonie gab? Jill setzte sich den beiden gegenüber. Ein Teller für Max war nicht auf dem Tisch, stellte sie fest.

»Du bist spät. Haben schon angefangen. Dein Vater hat nämlich Hunger. Nicht wahr, Daddy?«, sagte Claire und putzte ihrem Vater mit einer Serviette über den Mund.

Jill schluckte den Ärger hinunter und kostete von ihrem fast kalten Essen. Appetit hatte sie sowieso nicht. Dafür lagen ihre

Nerven zu blank. »Wo ist Max?« Sie schob den Teller weg und griff nach dem Salat. An den Kartoffeln fehlte Salz, und das Fleischstück war zäh.

»Noch draußen. Der Tierarzt ist eben erst gekommen. Jungbullen kastrieren.« Claire kicherte, aß ihr Kotelett mit den Händen und lutschte sich mit genüsslichem Glucksen die Finger ab.

Widerlich, fand Jill. Aber ihre Schwester hatte schon immer eine Vorliebe für das Makabre gehabt und einen Humor, den kaum jemand mit ihr teilte. Von unserem Vater konnte sie das nicht haben, dachte Jill. Er hatte nie Witze erzählt, und sie hatte ihn selten ausgelassen erlebt. Er war immer wie sein akkurat gebügelter Anzug gewesen – jede Handbewegung saß. Niemals verlor er die Kontrolle. Jetzt war er allerdings zu einem Kleinkind degradiert. Musste gefüttert werden.

Mit einem Anflug von Wehmut sah Jill zu dem vergilbten Foto über der Anrichte. Es hatte in der Eingangshalle ihres Elternhauses gehangen, so lange sie denken konnte, und zeigte ihr verlorenes Zuhause in all seiner Pracht. Es war eine Aufnahme aus den späten 50er-Jahren, die Jugendzeit ihres Vaters. Er stand zusammen mit seinen Eltern, Onkel Bobo und seiner Schwester, die Jill vage als Tante Rosy in Erinnerung hatte, in Sonntagskleidung auf der säulenbewehrten Eingangstreppe. Sie dachte an das englische Teeservice, die Chippendale-Möbel und an das Jagdzimmer, das noch ihr Großvater, ein leidenschaftlicher Großwildjäger, eingerichtet hatte. Ein Leopardenfell, Hirschgeweihe und ein ausgestopfter Nilpferdkopf mit bedrohlich aufgerissenem Maul, die Hauer wie Bajonette. »Da steck' ich dich rein, wenn du nicht gehorchst.« Die Drohung ihres Vaters hatte sich Jill eingeprägt wie die lebendig wirkenden Glasaugen des Mähnenlöwen, der neben dem Nilpferd gehangen hatte und alles zu sehen schien, was sie machte und dachte. Was war von all dem geblieben? Nichts als der Staub auf dem schief hängenden Fotorahmen und ein paar Hirschgeweihe. Sie hätte allerdings nicht einmal genau sagen können, was sie über die finanzielle Sorglosigkeit der damaligen Zeit hinaus vermisste. Alles hatte seine Ordnung gehabt, ja, alles und alle waren einem Platz zugewiesen gewesen, auch sie. Es gab ein festes Regelwerk, Schlösser und verbotene Bereiche, und wie ein Regent hatte ihr Vater darin geherrscht. Wärmer war ihr Elternhaus nicht gewesen. Als kalt und dunkel behielt sie es in Erinnerung, nicht anders als dieses beengte heruntergewirtschaftete Farmhaus: ein eigener Kosmos ohne Zugang zur restlichen Welt. Es war, wie es war. Anders kannte sie das Leben nicht. Sich daraus zu befreien, erkannte sie, hatte sie nie gewagt. Warum nicht?, hatte Ron sie gefragt. Sie wusste keine Antwort darauf. Vielleicht wird es mir ja jetzt gelingen, dachte sie.

»Was liegt an?«, fragte sie in dem Wunsch, so schnell wie möglich das Zimmer zu verlassen.

»Das Farmerfest.« Claire goss sich Wein nach. Die Flasche war schon halb leer. »Ist alles organisiert? Ich muss heute in die Stadt, zum Frisör und so weiter. Morgen sind Max und ich auch unterwegs. Da kann ich mich um nichts mehr kümmern.«

Als hättest du dich vorher um irgendetwas gekümmert, dachte Jill. »Alles organisiert«, sagte sie stattdessen.

»Gut. Du weißt ja, dass Max und ich am Wochenende im Hotel übernachten und erst Sonntagnachmittag zurück sind. Du musst Dich dann um Daddy kümmern.«

»Natürlich.«

Claire legte den Löffel beiseite, mit dem sie ihren Vater fütterte, und sah Jill an. Claires Gesicht glich einer Porzellanpuppe, so vollkommen war es. Blonde Löckchen kringelten sich um ein rundes Antlitz mit ebenmäßiger Haut, zarte Ohren, eine Stupsnase, ein geschminkter Schmollmund, dazu Grübchen in den

Wangen, dichte Wimpern, die ihren Augen jenen Schlafzimmerblick verliehen, in den alle schon vernarrt waren, als Claire noch ein kleines Kind war. Die Gene ihres Vaters hatten sich nur bei Jill durchgesetzt. Dylan hatte recht. Die Schwestern waren sich äußerlich völlig unähnlich. Innerlich auch, glaubte Jill und rutschte unruhig auf ihrem Stuhl herum. Es war, als könnte Claire mit ihren hellgrauen Augen, die sie auf jeden Fall von ihrem Vater hatte, ihre Gedanken lesen.

»Willst du nicht auch mal zum Frisör?«

»Zum Frisör? Wieso das?«

»Na, wer weiß, wer zum Farmerfest kommt? Lester auf jeden Fall.« Claire zwinkerte ihr zu und streckte den Busen, der in den letzten Jahren umfangreicher geworden war, wie ihre ganze Figur. Kein Wunder. Claire futterte alles in sich hinein, was sie in die Finger bekam. Dabei war sie als Jugendliche ein Strich in der Landschaft gewesen. Vitaminspritzen waren ihr verordnet worden. Wie konnte man Essen erst so hassen, dass man sich danach freiwillig erbrach, und als Erwachsene genau das Gegenteil sein, eine Fressmaschine.

»Gut, hat ein Plastikbein. Aber das stört dich bestimmt nicht, oder?« Sie warf den Kopf zurück und lachte.

Claires Lachen hatte Jill immer fuchsteufelswild gemacht. Es war laut und klang wie das Wiehern eines Esels. Jill ließ die Gabel sinken. Sie wäre Claire am liebsten an den Hals gesprungen.

»Ich weiß nicht, worauf du hinauswillst«, sagte sie.

»Hat doch einen hübschen Hof, unser Lester. Und wo du da sowieso arbeitest. Wär doch genau der Richtige auf deine alten Tage. Besser als der einsame Ritt auf einem Hengst. Nicht wahr, Daddy?« Claire tätschelte die Hand ihres Vaters und drückte ihm einen Kuss auf die Wange.

»Ich brauche keinen Mann wie Lester«, entgegnete Jill, ohne

überzeugt zu sein, dass ihre Worte Eindruck bei Claire machten. »Weder einen wie ihn noch einen wie Max. Merkst du nicht, dass Max dich nur ausnutzt?«

»Bist ja nur neidisch, weil du ihn nicht hast.« Claire warf die Serviette auf den Tisch. »Wie du auf alle neidisch warst.«

Claire trank ihr Glas in einem Zug leer und goss sich den Rest aus der Flasche ein.

Jill nahm erst jetzt Claires glasige Augen wahr, die Schatten darunter, die Blässe ihrer Haut. Stimmte Dylans Behauptung, dass sie nicht nur übermäßig trank, sondern auch zu viele Schlaftabletten nahm? Sie war schon immer eine wandelnde Apotheke gewesen. Asthma, Magenprobleme, Schlafstörungen, nervöse Verstimmung, Allergien. Auch jetzt stand ihre Tablettendose griffbereit auf dem Tisch.

»Max ist dein Ruin. Er wird uns alle …« Hatte Claire am Ende nicht immer auf sie gehört? Und wenn nicht auf sie, dann auf ihren Vater. Hilfesuchend blickte sie ihn an. Bekam er mit, wovon seine Töchter sprachen? Würde er, könnte er sprechen, Claire zurechtweisen? Kein Muskel bewegte sich in seinem Gesicht. Nicht einmal der Mund hing schief wie bei anderen Schlaganfallpatienten, die Jill im Krankenhaus gesehen hatte. Ihr Vater ist ein Sonderfall, hatte der Arzt mit einem Schulterzucken gesagt. Sag etwas, bat sie ihn stumm.

»Was soll das, alles zu verkaufen?«, fragte Jill nicht zum ersten Mal.

»Was geht dich das an?«

»Was mich das angeht?« Jill suchte nach Worten. Doch welche Worte würden Claires durch vermeintliche Liebe umnebeltes Hirn erreichen? »Ich bitte dich nur um eins: Diamond. Ich flehe dich an …«

»Diamond? Er gehört mir. Kannst du Daddy fragen.« Claire

lachte. »Und zu deiner Information: Ich gehe von hier weg. Auf Nimmerwiedersehen. So wie Mum.«

»Also stimmt das mit Kalifornien?«, fragte Jill.

»Als würde ich dir das sagen.«

»Und Vater? Ins Grab bringst du ihn.«

»Wo er hingehört!«, schrie Claire nun wütend.

»Du hast ja völlig den Verstand verloren.«

Es war nicht das erste Mal, dass sie Claire so erlebte. Nach jedem Wutausbruch hatte sie sich in ein weinerliches Bündel Selbstmitleid verwandelt, sich im Bett verkrochen und hatte wie ein verschreckter Vogel aus dem Nest gelockt werden müssen. Als sie klein war, mit Süßigkeiten und Spielzeug. Je älter sie wurde, desto größer war der Unterpfand. Ein Lama, eine Reise nach Venedig, eine Gucci-Handtasche, und was auch immer sie sich wünschte, ihr Vater hatte es ihr erfüllt. Gab es jetzt kein Lockmittel mehr? Ihr Vater saß stumm in seinem Rollstuhl. Sein Einfluss, seine Macht über Claire schienen vorbei zu sein. Ein anderer hatte endgültig seinen Platz eingenommen. Max.

Jill wusste, dass sie ohne die Hilfe ihres Vaters nichts ausrichten konnte. Wirklich nahe war sie ihrer Schwester nie gewesen. Im gleichen Haus waren sie aufgewachsen, hatten aber in komplett verschiedenen Welten gelebt. Sie hatten nie zusammen gespielt. Claire war, anders als sie selbst, nur selten im Garten gewesen und auch nicht bei den Pferden. Jill konnte sich nicht daran erinnern, dass sie einander Geheimnisse zugeflüstert hatten, Kleidung austauschten oder Dinge taten, die andere Schwestern zusammen unternahmen. Vielleicht hatte es daran gelegen, dass Claire plötzlich dagewesen war. Aus heiterem Himmel. Es war in den Sommerferien gewesen, als Jill aus dem Reitinternat zurückgekehrt war, wohin ihr Vater sie für über ein Jahr geschickt hatte. Eine Angestellte, die Jill nicht kannte, hatte sie vom Bahnhof abgeholt. Es musste um die Mittagszeit gewesen sein, denn sie wurde sofort ins Esszimmer gebeten, wo ihr Vater sie erwartete. Das kleine Mädchen hatte er wie eine Puppe auf dem Arm gehalten und sie Jill als ihre Schwester vorgestellt. Jill hatte nie gefragt, woher Claire gekommen war. Fragen zu stellen hatte sie nicht gelernt. Fragen zu stellen hatte ihr Vater nie erlaubt. Es war, wie es war. Jill war elf Jahre alt und hatte von einem Tag auf den anderen eine Schwester und später vergessen, dass es eine Zeit gegeben hatte, in der sie keine gehabt hatte. Die Große war sie seit jenem Tag gewesen. In ihr Bett war Claire anfangs gekrochen, hatte sich nach schlechten Träumen an sie geklammert, und später hatte sie in ihrer eigenen Welt gelebt, zu der Jill keinen Zugang gehabt hatte. Claire saß Stunden vor dem Fernseher, spielte mit ihren Barbies, lackierte sich später die Nägel. Und beschützt habe ich sie nicht, wusste Jill. Wie hätte sie Claire beschützen können? Sie schluckte die Erinnerungen runter wie das lauwarme Wasser in ihrem Glas.

»Lester kommt heute Abend vorbei«, hörte sie Claire mit weicher Stimme sagen, als sei nichts geschehen. »Und ich finde jedenfalls, du solltest endlich mal was mit deinem Haar machen. Siehst ja aus wie ein Mann.« Claire spitzte den Mund und schmatzte Küsse in die Luft.

Jill fühlte etwas wie eine Gänsehaut, und zugleich kochte es in ihr. Doch sie brachte nur ein Stottern zustande.

»Weißt du, was du bist? Du bist so, so …«

»Verdorben? Ja?« Claire lachte mit eisigen Augen. »Das lass ich mir von dir nicht mehr sagen, du mieser Pferdearsch. Ich freue mich auf den Tag, wenn ich dich nicht mehr sehen muss. Nie mehr.«

Wortlos ging Jill aus dem Zimmer, ignorierte die neugierigen Blicke der anderen in der Küche und hörte Claires Lachen noch im Hof. Auf einmal hasste sie Claire aus tiefstem Herzen. Was irgendwann einmal Verbundenheit gewesen war, zumindest so etwas wie Mitleid mit einer Schwester, die zu zart für diese Welt schien, hatte sich in den letzten Jahren in Nichts aufgelöst. Jill lief zur Koppel, wartete, bis Diamond mit leisem Wiehern zu ihr kam. Ich werde es tun, dachte sie und klammerte sich fest an Diamonds Hals.

20

Eineinhalb Tage hatte sie gewartet und nun das. Sie warf das Smartphone auf das Hotelbett, das eine zu weiche Matratze hatte und zu dünne Decken. In der Nacht hatte sie gefroren, jetzt hatte sie Kopfschmerzen und sich offenbar einen Schnupfen eingefangen. Was bildete er sich ein? Dass sie sich herumkommandieren ließ wie ein Matrose? *Nimm die nächste Fähre nach Harwich*, hatte er geschrieben. Dazu den Link zu einem Online-Artikel und zwei unscharfe Fotos von Woodland, die ihr alle Zweifel und auch Hoffnungen nahmen, dass es um ein harmloses Wiedersehen ging. Sie *musste* mit ihm sprechen. Evelyn öffnete die Minibar, riss die Verpackung einer Schokolade auf und entkorkte die kleine Flasche Sekt. Es war sechs Uhr morgens. Die Nachricht war vor zwei Stunden gekommen, da musste sie wohl doch fest geschlafen haben. Sie trank sich Mut an, wählte seine Nummer, ein Mal, zwei Mal, lauschte verärgert der Automatenstimme, die ihr mitteilte, dass der Anschluss nicht existierte, googelte nach Fährverbindungen, checkte ohne Frühstück aus und ließ sich mit dem Taxi zum Hafen bringen. Als sie im Schnellrestaurant der Fähre vor Kaffee und Toastbrot saß und den schwankenden Boden unter sich zu spüren glaubte, kamen die Erinnerungen wie salzige Gischt hoch, rissen sie in einen Strudel, in dem sie sich haltlos fühlte. In ihrem Inneren tobte ein Sturm. Auch damals hatte sie die Fähre von Rotterdam aus genommen, eine stundenlange nächtliche Passage bei schwerem Seegang. Es war ihre erste lange Reise gewesen, und die Überfahrt war ihr erschienen, als würde sie sich von der Zivilisation fortbewegen und in einen Dschungel reisen, in eine gefährliche Fremde, und je weiter sie sich vom Festland entfernte, desto mehr sank ihre Abenteuerlust, die diffuse Sehnsucht nach Freiheit und Erwachsensein. Was sie auf der Insel erwartete, die sie mit Regen begrüßte, einer Sprache, die sie nur leidlich beherrschte, hätte sie sich nicht in ihren kühnsten Träumen ausmalen können. Was wäre aus mir geworden, wenn ich mir damals nicht in den Kopf gesetzt hätte, als Au-Pair-Mädchen nach England zu gehen?, dachte sie. Wie eine Boje markierte jene Zeit den Wendepunkt in ihrem Leben. Evelyn zahlte, las Detlefs Morgengruß auf dem Handy, legte sich im Ruheraum auf eine Liege und versuchte sich bis zum Anlegen in Harwich zu wappnen und die Waffen zu schärfen. Sie würde dem Mann, der dort auf sie wartete, ihren Entschluss mitteilen und ihn dazu bringen, *ihrem* Willen zu folgen. Hatte sie nicht stets Mittel und Wege gefunden, dass die Männer in ihrem Leben dem Kurs folgten, den sie sich in den Kopf gesetzt hatte? Sie hatte am Ende immer bekommen, was sie wollte. Die Zeit in England war dafür ihr Lehrjahr gewesen. Dort hatte sie ihr Herz verloren, ihren Verstand, ihre Unschuld, war gekentert, beinahe in einem sehr eisigen Wasser untergegangen, doch am Ende war sie an die Oberfläche geschwommen, hatte das rettende Ufer erreicht, war zurückgekehrt und hatte alles wie Treibgut hinter sich gelassen. Sie hatte nicht vor, in neue Untiefen zu geraten.

Es war später Nachmittag, als die Fähre in Harwich anlegte. Sie buchte sich in einem Bed & Breakfast in Hafennähe ein, telefonierte mit Detlef, schlief eine Stunde, nahm ein Bad, machte sich sorgsam zurecht und entschied sich für eine hochgeschlossene Bluse und den beigen Hosenanzug. Sie ließ sich mit dem Taxi zu dem unscheinbaren indischen Restaurant fahren, das er als Treffpunkt ausgewählt hatte und wo sie bewusst eine halbe Stunde später als zur verabredeten Zeit erschien. Er saß am hintersten Tisch in einer Nische, wie angekündigt mit dem ›Daily Telegraph‹ auf dem Tisch. Auch damals hatten sie alles im Detail besprochen und genauso durchgeführt. Nur auf das Nachher war sie nicht vorbereitet gewesen. Auf die Alpträume, die sie nicht schlafen ließen. Jahre hatte Evelyn gebraucht, sich nicht mehr von den damaligen Bildern verfolgen zu lassen, die nun, da sie ihn wiedersah, mit der Sogkraft einer Strömung wieder auftauchten. Sie setzte sich grußlos mit geradem Rücken ihm gegenüber, bestellte einen Espresso und musterte angewidert sein verändertes Gesicht. Nichts war mehr übrig von dem einst weichen Schwung seiner Lippen, den sprühenden Augen, der tiefen Sommerbräune, die ihm als junger Mann ein südländisches Aussehen verliehen hatte. Vor ihr saß die Personifikation des Scheiterns, und es wurde ihr schlagartig klar, dass sie sein Strohhalm war, sein Rettungsring, an den er sich, so war sie überzeugt, mit rücksichtsloser und brutaler Kraft klammern würde.

21

»Jetzt habe ich nicht viel von deinem schönen Strauß gehabt.« Kathryn roch an den gelben Rosen, die Collin ihr gestern mitgebracht hatte. Die Koffer standen gepackt im Hausflur, und die Kinder saßen aufgeregt am Frühstückstisch. Zumindest Ayesha. Die beiden Jungen hatten noch gestern Abend ihre Unlust lautstark zum Ausdruck gebracht, bis Collin der Geduldsfaden gerissen war und er ihnen eine Moralpredigt gehalten hatte. Inzwischen schämte er sich dafür. Es war ihr gutes Recht, keine Lust auf einen Ponyhof zu haben. Im kommenden Jahr würden sie vielleicht mit einer Jugendgruppe in die Ferien fahren. Kathryn hatte es ihnen in Aussicht gestellt und mit ungewohnt scharfer Stimme als Bedingung verlangt, dass sie sich nun gefälligst zusammenreißen und nicht alles im Vorfeld schon mit Nörgeleien verderben sollten. Collin kannte sie gut genug, um zu wissen, dass sie in Wahrheit selbst unzufrieden war. Sie hatte sich so sehr auf den gemeinsamen Urlaub gefreut, und nun würde sie mit den Kindern allein in den New Forest fahren, dazu noch umständlich mit dem Zug.

»Meinst du, du kannst uns Sonntag besuchen kommen, wenn du aus Cork zurück bist?«, fragte sie und schlüpfte in Sandalen.

Collin betrachtete ihre zierlichen Füße mit dem dezenten perlmuttfarbenen Nagellack auf den Zehen und merkte, wie ihm das Herz schwer wurde. »Versprechen kann ich nichts. Tut mir Leid.«

Kathryn strich ihm über die Stirn und nahm ihn in den Arm. »Da kann man wohl nichts machen. Ich werde mich ohne dich langweilen.«

»Kann ich mir kaum vorstellen.«

»Daddy«, rief Ayesha und rannte auf ihn zu. »Wenn du morgen kommst, können wir zusammen mein Pferd striegeln. Okay?«

»Morgen bin ich noch in Irland. Vielleicht Sonntag.«

»Die Verbrecher sollen auch Ferien machen. Das ist ungerecht.«

»So ist Wolfie nicht allein.« Collin hob Ayesha hoch und wirbelte sie herum. Bald würde sie zu groß und schwer sein und überhaupt kein Kind mehr, das sich auf den Arm des Vaters nehmen lassen wollte. Simon und Shawn verabschiedeten sich später am Bahnhof, indem sie ihre Fäuste gegen Collins geballte Hand stießen. Mehr körperliche Zuneigung war inzwischen nicht mehr drin. Collin sah dem davonfahrenden Zug hinterher, geplagt von schlechtem Gewissen und stärker werdenden Zahnschmerzen, fuhr dann die zehn Meilen zurück nach St Magor und bereitete sich auf einen anstrengenden Tag vor. Die Pressekonferenz ging dank Bills exzellenter Vorbereitung glatt über die Bühne, und Robert Ashborne beehrte sie auch nicht über die Maßen lange mit seinem Besuch. Mittags saß Collin mit einem Stapel Unterlagen im Zug nach Bristol, flog von dort aus nach Irland und begab sich am späten Nachmittag im malerischen Cork zusammen mit Patrick Keane, einem jungen irischen Kollegen, auf den Weg zu Alice O'Neill, der geschiedenen Frau William Hattonfields.

»Ihr Café Harbour ist beliebt«, sagte Keane. »Besonders bei Touristen. Sie wohnt direkt darüber.« Er wies auf ein knallgelb gestrichenes Haus, an der Mündung des Lee gelegen, des »schwarzen Flusses«, wie ihn der Heilige Finbarr, Gründer der Stadt, vor achthundert Jahren genannt hatte. Von den Tischen des Cafés aus konnte man das Treiben in Corks natürlichem Hafenbecken beobachten, einer Bucht der keltischen See. Jetzt waren die Sonnenschirme jedoch zusammengeklappt, die Stühle gegen die Tische gelehnt. Es regnete in Strömen.

»Sie ist also in der Stadt bekannt?«

»Durch das Café, ja.« Keane bog in eine Parklücke, rückte die Krawatte im Rückspiegel zurecht und wischte über die gelbe Nummer 1688 auf seiner Schulter-Epaulette. »Ihr Anwalt ist dabei. Unser Bester.«

Unser?, dachte Collin irritiert. Es war am Ende ein Leichtes gewesen, Alice O'Neill ausfindig zu machen. Collin wünschte sich, bis zum Wochenende auch den Aufenthaltsort William

Hattonfields in Erfahrung zu bringen. »Hoffen wir, dass sie uns weiterhelfen kann.«

»Vor allem nichts mit den Morden zu tun hat. Wäre aus unserer Sicht imageschädigend.« Keane strich sich über den Bürstenhaarschnitt und schlug den Kragen der dunkelblauen Uniformjacke hoch.

»Für die Stadt?«

»Letztes Jahr hatten wir einen entsetzlichen Fall. Ein Familienvater hat seine Frau erstochen, eine der Töchter schwer verletzt und sich dann selbst getötet. War ein riesiger Skandal. So was wird ja gleich von den Medien ausgeschlachtet.« Keane setzte sich den Garda-Hut auf, unter dem die langen Segelohren hervorlugten, stieg aus dem Wagen und zog die Hose zurecht. Mit federnden Schritten ging er voran, klingelte an der Tür des gelben Hauses und begrüßte Alice O'Neill herzlich wie eine alte Bekannte. Sie selbst strahlte eine förmliche Freundlichkeit aus und bat sie mit einem Lächeln, das vor ihren Augen Halt machte, ins Haus. Mit ihrer grazilen Gestalt, den kurzen silbernen Locken, der gebogenen Nase und dem schlichten schwarzen Kleid entsprach sie keinesfalls der irischen Cafébesitzerin, die sich Collin vorgestellt hatte. Auch an der Seite eines Pferdezüchters vermochte er sie sich als junge Frau nur schwer vorzustellen. Aber was sind schon Äußerlichkeiten?, sagte er sich. »Danke, dass Sie sich die Zeit nehmen konnten, Mrs O'Neill.«

»Ich hätte wohl schlecht absagen können. Wenn Sie mir bitte folgen würden. Mr O'Gallagher, mein Anwalt, ist auch gerade eingetroffen.« Alice O'Neill stieg vor ihnen die Treppe zum ersten Stock hinauf, öffnete im Flur eine Schiebetür zum Esszimmer und ließ sie an einem ausladenden Tisch Platz nehmen. O'Gallagher gab Collin steif die Hand.

»Das Gebäck ist ganz frisch. Bitte bedienen Sie sich.« Alice goss Tee ein und reichte Teller mit Buns, Guiness-Kuchen und Sodabrot. Der Geruch nach süßem Gebäck, der untadelig gedeckte Tisch mit dem feinen Geschirr und die gedämpfte Radiomusik passten eher zu einer harmlosen Tee-Gesellschaft als zu einer polizeilichen Befragung. Collin beschloss, auf das Gebäck zu verzichten.

»Was also führt Sie vom weit entfernten Cornwall in unser schönes Cork, Detective Inspector Brown?«, fragte O'Gallagher und nahm sich ein Stück Kuchen.

»Zwei ungeklärte Todesfälle. Auf Woodland, Mrs O'Neill, wo Sie mit Ihrem geschiedenen Mann William Hattonfield gelebt haben, sind die Skelette zweier Säuglinge gefunden worden.«

Alice O'Neill stellte mit zittriger Hand die Teetasse hin und presste eine Hand auf die Brust. Alle Farbe schien aus ihrem Gesicht gewichen zu sein. »Skelette von zwei Säuglingen?«, wisperte sie. »Auf Woodland?«

»Inwiefern steht meine Mandantin in Verdacht, etwas mit dem Tod der Säuglinge zu tun zu haben?«, mischte sich O'Gallagher kauend ein.

»Um einen Anfangsverdacht auszuschließen, möchte ich gern einige Fragen an Mrs O'Neill richten. Das dürfte auch in Ihrem Interesse sein.«

»Die Kinder …«, fragte Alice O'Neill. »Sind sie eines unnatürlichen Todes gestorben?«

»Wir gehen von einer vorsätzlichen Tötung aus«, erklärte Collin und hörte, wie Alice O'Neill mit einem leisen Aufstöhnen Luft ausstieß.

»Kein Grund zur Aufregung«, versuchte O'Gallagher seine Mandantin zu beruhigen, während ihr Constable Patrick Keane die Hand auf den Arm legte.

Collin kam sich vor wie ein Eindringling in eine eingeschworene Gemeinschaft, die argwöhnisch hinter einem Schutzwall saß und ihre heile Welt nicht durch schlechte Nachrichten verderben lassen wollte. Er schob seine Tasse zur Seite und begann einen zweiten Vorstoß. »Wir haben den derzeitigen Aufenthaltsort Ihres geschiedenen Mannes bislang noch nicht ausfindig machen können …«

»… und Sie glauben, dass ausgerechnet Mrs O'Neill Ihnen da weiterhelfen kann?«, unterbrach ihn der Anwalt, tupfte sich mit der Serviette die Mundwinkel und sah ihn mit hochgezogenen Brauen an, die rotblond waren wie sein linealgenau gescheiteltes Haar. »Sie hat keinen Kontakt zu ihm.«

»William Hattonfield hat bis vor rund zwei Monaten noch ein Konto bei Barclays in Truro unterhalten«, fuhr Collin fort. »Aus einem Dauerauftrag geht hervor, dass er Ihnen, Mrs O'Neill, monatlich einen nicht unbeträchtlichen Betrag überwiesen hat, der über übliche Unterhaltszahlungen weit hinausgeht. Können Sie das erklären?«

»Konnte er sich leisten.« Sie sah ihn zum ersten Mal an. Collin glaubte eine tiefe Traurigkeit in ihren Augen zu lesen. Was verbarg diese Frau?, fragte er sich. Und war es wirklich nur dem Wohlstand Hattonfields zu verdanken, dass er seine geschiedene Frau derart großzügig finanziell unterstützte, obwohl kein Kontakt mehr zwischen ihnen bestand?

»Der Dauerauftrag wurde kürzlich eingestellt. Hat Sie Ihr Exmann darüber vorher in Kenntnis gesetzt?«

Sie schüttelte den Kopf.

Collin wünschte sich, Alice O'Neill in einem nüchtern eingerichteten Befragungszimmer der Polizei gegenüberzusitzen. Hier lenkte ihn alles ab. Die Glasschränke mit Services, die gerahmten Bleistiftzeichnungen an den cremefarbenen Wänden, das Plätschern eines Zimmerbrunnens, die auf Hochglanz polierten

Beistelltische mit Platzdeckchen und Blumensträußen, die beiden plüschigen Perserkatzen, die phlegmatisch auf einem Sessel am Fenster schliefen und die Anwesenheit zweier Männer, die wie ein Bollwerk diese Frau schützten. Er schlug die Akte auf, die Bill vorbereitet hatte, und beschloss, seinen Aufenthalt zu verlängern, sollte er heute zu keinem befriedigenden Ergebnis kommen. »Sie sind in Coachford, einem Dorf nahe Cork geboren und aufgewachsen. Wo haben Sie William Hattonfield kennengelernt?«

Alice O'Neill wartete O'Gallaghers Nicken ab, bevor sie mit leiser Stimme antwortete: »Durch ein Inserat. Ich suchte einen Sommerjob. Und er suchte eine Küchenhilfe. Da ich gern koche …«

»Wie lange haben Sie bei ihm gearbeitet, bis Sie seine Frau wurden?«

Sie blickte in die Teetasse und schwieg.

»Meine Mandantin hat William Hattonfield geheiratet, nachdem sie schwanger geworden ist.«

Sie hatten in Bristol geheiratet, wusste Collin und fragte: »Sie waren mit ihrer Tochter Juliene schwanger, richtig?«

Alice nickte unmerklich.

»Rund vier Jahre später waren Sie geschieden.« Collin tippte auf seine Unterlage. »Sind die Angaben richtig?«

»Drei Jahre, vier Monate, fünf Tage und acht Stunden«, antwortete Alice O'Neill.

Collin notierte stirnrunzelnd die Daten. Wer auf die Stunde genau, zudem nach so vielen Jahren, sagen konnte, wie lange eine Ehe gedauert hatte, war entweder sehr glücklich oder sehr unglücklich gewesen. In diesem Fall traf wohl eher Letzteres zu, vermutete er. »Ist die Scheidung im gegenseitigen Einverständnis erfolgt? Anders gefragt: Wer von Ihnen hat sie eingereicht?«

»Meine Mandantin«, mischte sich der Anwalt ein. »Ihr Mann hat sich meines Wissens nicht dagegengestellt. Somit können Sie von gegenseitigem Einverständnis ausgehen.«

»Haben Sie den Kontakt zu Ihrem Exmann und Ihrer Tochter danach komplett abgebrochen?«

»Ja.«

»Und warum auch zu Ihrer Tochter?« Collin konnte sich nicht vorstellen, wie man ein knapp vierjähriges Kind verlassen konnte und niemals den Wunsch hatte, es wiederzusehen.

»Warum? Ja … warum … warum?«, sagte Alice O'Neill mehr zu sich selbst.

»Hatten Sie nicht im Lauf der Jahre den Wunsch, Juliene zu sehen?«

»Nein. Das hatte ich keinesfalls.«

»Aus welchem Grund?«, fragte Collin mit wachsendem Unmut.

Alice blieb eine Antwort schuldig, stellte die Teller auf ein Tablett und verschwand in der Küche.

O'Gallagher beugte sich vor und senkte seine Stimme. »Meine Mandantin ist vor einigen Jahren an Krebs erkrankt. Sie hat kürzlich einen Rückfall erlitten. Keine einfache Situation, nicht wahr?«

Collin zuckte die Schultern. Was wollte ihm dieser Anwalt mit seiner für einen Mann sehr hohen Stimme einreden? Dass Alice O'Neill wegen eines Krebsleidens kein Interesse an ihrer Tochter hatte? Oder einen Freibrief erworben hatte, um von polizeilichen Ermittlungen verschont zu werden und gar als Tatverdächtige nicht in Frage zu kommen? Wurde von ihm dementsprechend Verständnis und Empathie erwartet? Nein, wusste er, wenn er auf sein Herz horchte, so schlug es in erster Linie für Juliene, die von ihrer Mutter offensichtlich im Stich gelassen worden war, und für die getöteten Kinder.

»Wir beabsichtigen, alle ehemaligen Bewohner von Woodland nicht nur zu befragen, sondern auch einem DNA-Test zu unterziehen«, erklärte Collin. »Die Kollegen hier in Cork sind entsprechend vorinformiert und erwarten Ihre Mandantin morgen früh um acht Uhr.«

Der Anwalt legte die Kuchengabel weg, öffnete zwei Knöpfe an der Anzugjacke, klappte seinen in Leder gebundenen Time-Manager auf und blickte Collin mit schief gelegtem Kopf herausfordernd an. »Das dürfte ja wohl auf freiwilliger Basis sein, richtig?«

»Ein richterlicher Beschluss. Mehr brauche ich Ihnen ja wohl nicht zu erläutern.«

O'Gallagher überflog das Schreiben, das ihm Collin reichte. »Ich sehe, was ich tun kann«, sagte er.

»Sie werden nicht sehen, was Sie tun können. Sie sorgen dafür, dass Mrs O'Neill die Speichelprobe abgibt«, entgegnete Collin mit scharfer Stimme.

»Sie haben vier Geschwister«, fuhr er die Befragung fort, sobald Alice O'Neill wieder am Tisch saß. »Ihr Vater war Klempner. Ich vermute, dass Sie nicht gerade auf Rosen gebettet waren. Hat William Hattonfields regelmäßige Finanzspritze Ihnen geholfen, Ihr Café zu eröffnen, dieses Haus zu kaufen?«

»Meine Mandantin ist eine überaus erfolgreiche Geschäftsfrau«, mischte sich O'Gallagher ein.

»Mrs O'Neill, könnten Sie die Frage bitte beantworten?«

»Geld hilft nicht immer«, murmelte sie.

Da konnte ihr Collin im Stillen zustimmen. Aber was wollte sie ihm damit sagen? War ihre Aussage auf William Hattonfield gemünzt oder spielte sie auf ihre Krankheit an? Er beschloss, nicht weiter nachzubohren.

»Gut, kommen wir zu der Zeit, als Sie auf Woodland gelebt

haben. Hat sich damals auch Brian Hattonfield, Ihr Schwager, dort aufgehalten?«

»Brian?« Alice schüttelte den Kopf. »Er war nur ein, zwei Mal zu Besuch da.«

»Womit hat er seinen Lebensunterhalt verdient?«

Sie hob die Schultern.

»Haben Sie die Familie Taylor kennengelernt? Sie waren auf Woodland beschäftigt und haben direkt gegenüber als Mieter der Hattonfields gewohnt. Lizbeth und Christopher Taylor mit ihren zwei Kindern Denise und Vincent.«

»Mit den Angestellten hatte ich nichts zu tun«, sagte Alice O'Neill. »Mein geschiedener Mann hat sich um alles gekümmert.«

Gut, dachte Collin, Alice war blutjung gewesen, als sie Hattonfields Frau wurde, gerade mal siebzehn, kam aus einem anderen Land, hatte keine Ahnung von der Pferdezucht, lebte auf einmal auf einem riesigen, abgeschiedenen Anwesen, hatte ein Kleinkind zu versorgen und womöglich ein sehr einsames Leben geführt, ausgeschlossen von der Welt, in der sich ihr Mann bewegte. Dennoch konnte er sich nicht vorstellen, dass sie keinen Kontakt zu den Angestellten gehabt hatte.

»Sagt Ihnen der Name Gertrud Craft, geborene Penmar, etwas? Sie hat eine Zeitlang als Haushälterin auf Woodland gearbeitet.«

»Den Namen habe ich noch nie gehört.«

»Können Sie sich an andere Angestellte, Besucher oder Bewohner von Woodland erinnern?«

Sie schüttelte den Kopf.

»Und dass soll ich Ihnen glauben?«, fragte Collin nun ungehalten und spürte den Drang, diese Frau zu schütteln, um sie aus ihrer Verstocktheit zu lösen. »Sie können mir nicht weismachen, über drei Jahre Ihres Lebens komplett aus dem Gedächtnis gelöscht zu haben und außer William und Brian Hattonfield keinem einzigen anderen Menschen begegnet zu sein. Hattonfield war Pferdezüchter, der Hof war voller Helfer. Sie können mir nicht erzählen, dass Sie in der Zeit kein Geschäft oder keinen Arzt aufgesucht haben.«

»Ich habe es aus meinem Gedächtnis gestrichen«, sagte Alice O'Neill leise.

»Aus welchem Grund?«

Sie schwieg.

»Zeugen haben ausgesagt, dass Sie ein Verhältnis mit einem aus Irland stammenden Saisonarbeiter hatten«, fuhr Collin fort. »War er der Grund dafür, dass Sie sich von William Hattonfield getrennt haben?«

Sie nickte kaum merklich.

»Sie sollen ein Kind von diesem Mann erwartet haben. Ist das richtig?«

»Nichts ist richtig«, murmelte sie.

»Was meinen Sie damit?«

»Ich muss Sie bitten, Ihre Suggestivfragen zu lassen«, mischte sich O'Gallagher ein.

»Hören Sie, Mr O'Gallagher. Es geht um die Wahrheit. Zwei Kinder sind vorsätzlich getötet worden. Ich brauche Ihnen ja wohl nicht die Vorgehensweise bei einer Verbrechensaufklärung zu erklären.« Collin hielt inne und trank einen Schluck Tee. Das Blut rauschte ihm in den Ohren. Immer die Emotionen auf kleiner Flamme lassen, hörte er den Lehrsatz seines ehemaligen Chefs. Im Moment fiel es ihm schwer, den Rat zu befolgen. »Also noch einmal: Waren Sie schwanger von Ihrem irischen Landsmann? Ja oder nein?«

Ihr »Nein« war ein Flüstern und erschien Collin wie eine Lüge.

»Wie heißt Ihr damaliger Liebhaber?«

»Liebhaber? Mein Gott …« Alice O'Neill schüttelte den Kopf.

»Wenn er nicht Ihr Liebhaber war, nenne ich ihn neutral irischer Landsmann. Also, wie heißt er?«

»Was hat er mit der Sache zu tun?«, fragte Alice jetzt aufbrausend.

»Ich frage Sie nach seinem Namen. Bitte beantworten Sie die Frage.«

»Seamus Keane«, meldete sich zu Collins Überraschung der junge Constable erstmals zu Wort. »Mein Vater. Er ist vor sechs Jahren gestorben.«

22

Patrick Keane schüttelte die feuchte Jacke aus und hängte sie über den Stuhl. Er hatte ein Restaurant an der St Patrick's Street ausgewählt und für sie beide Shepherd's Pie und roten irischen Ale der ortsansässigen Brauerei Murphy's bestellt. »Nur fünf Prozent Alkohol.« Er prostete Collin zu.

»Besser als nichts«, sagte Collin. »So wie das Gespräch mit Mrs O'Neill.«

Keane hob die Schultern. »Sie ist krank. Ihr gutes Recht, die Befragung abzubrechen. Wir versuchen am frühen Abend weiterzumachen, oder Sie hängen einen Tag dran.«

Alice O'Neill war einfach aufgestanden und hatte sich ins Schlafzimmer zurückgezogen. Collin hatte sich davon abhalten lassen, sie aufzufordern, ihrer Pflicht nachzukommen und weitere Fragen zu beantworten. Womöglich trugen ihre Erkrankung und die starken Medikamente, die sie einnahm, tatsächlich dazu bei, dass sie unkonzentriert und apathisch Auskunft gegeben und diese schließlich ganz verweigert hatte.

»Hat Ihnen Ihr Vater Genaueres über seine Zeit auf Woodland erzählt?«

Der junge Constable schüttelte den Kopf. »Er bat mich in der letzten Woche vor seinem Tod, mich um Alice zu kümmern. Ich musste es ihm versprechen. Für mich ist sie wie eine Tante.«

»Es war für Sie also nicht seltsam, dass Ihr Vater Sie um diesen Gefallen gebeten hat?«

»Nein.«

»Und Ihre Mutter war damit einverstanden?«

»Tja.« Keane stülpte die Lippen fest nach innen und drehte das Bierglas in der Hand. Jetzt wirkte er wie ein kleiner ungezogener Junge, der sich nicht traute, einen Streich zu beichten, dachte Collin. »Sie wissen aber doch etwas über die beiden, richtig?«

»Na ja …«, Keane malte Kreise auf die Tischplatte, »… indirekt von meiner Mutter. Sie wollte Alice plötzlich nicht auf Vaters Beerdigung haben. Das haben wir natürlich gar nicht verstanden. Und dann hat sie erzählt, dass mein Vater sie schon als Kind kannte. Er stammt auch aus Coachford …«

»… wo Alice geboren ist.«

»So ist es. Sie sind zusammen zur Schule gegangen und nun ja …«

»Eine Sandkastenliebe?«, fragte Collin.

»So hat es meine Mutter dargestellt. Sie waren wohl unzertrennlich, bis Alice nach Cornwall gegangen ist. Tja, da war es wohl aus.« Keane aß schweigend ein paar Bisse von seinem Pie.

»Wenn Ihr Vater Alice nachgereist ist, konnte es am Ende vielleicht nicht aus gewesen sein«, sagte Collin vorsichtig.

»Sie hat doch geheiratet.« Keane blickte ihn empört an. »Und meine Eltern dann auch. Ich hab keine Ahnung, warum mein Vater nach Cornwall ist und sie zurückgeholt hat. Alice war in Schwierigkeiten. Das hat meine Mutter mal erwähnt. Anfangs hat sie auch bei uns gewohnt. Ich selbst kann mich daran nicht mehr genau erinnern.«

»Wäre es möglich, mit Ihrer Mutter zu sprechen?«

Keane blickte auf die Uhr und nickte.

Eine Stunde später saß Collin in einem Seniorenheim einer alten Frau mit strengem Dutt und missmutigem Faltengesicht gegenüber, die keinen Hehl daraus machte, dass sie ihrem Sohn noch Jahre wie salzige Kerrygold-Butter aufs Brot schmieren würde, dass er ihr die Polizei auf den Hals gehetzt hatte.

»Fragen Sie doch die Alice selbst. Hat ja einen Mund«, forderte sie Collin auf.

»Wir holen uns gern mehrere Meinungen ein«, begann Collin. »Und da Ihr werter Mann …«

»Mein werter Mann!« Mrs Keane lachte höhnisch auf. »Hat ihr noch das Silberbesteck seiner Eltern vermacht. Das Wertvollste, was sie besaßen. Zwar nur sechs Löffel, aber trotzdem.«

Eifersucht bis über den Tod hinaus, dachte Collin. Wie armselig wir Menschen doch sind, wie schwer wir verzeihen können, nicht einmal im Alter. Nein, entschied er, so etwas wie Weisheit schienen nur die wenigsten zu erlangen.

»Ich bin hier, weil ich Antworten in Bezug auf ein Verbrechen finden will, das möglicherweise in der Zeit geschehen ist, als Alice O'Neill als William Hattonfields Ehefrau in Cornwall war. Ihr Mann hat ihr damals nach Auskunft Ihres Sohnes bei ihrer Rückkehr zur Seite gestanden. Sie war offenbar in einer prekären Lage. Können Sie uns dazu Angaben machen?«

»In einer prekären Lage, so, so.« Mrs Keane schnalzte mit der Zunge.

»Mutter, es geht hier nicht um dich«, mischte sich Patrick Keane ein.

»Halt du dich doch da raus!« Sie funkelte ihren Sohn an. »Im Bett lag sie. Wochenlang. Kam gar nicht raus. Nicht mal gewaschen hat sie sich. Keine Hand gerührt. Wie eine Prinzessin. So war das.«

»Haben Sie einen Arzt konsultiert?«, fragte Collin.

»Einen? Drei, vier«, sprudelte es nun schrill aus Mrs Keane heraus. »Hat sich eingeschlossen und keinen reingelassen. Bis auf Seamus. Der saß dann auf der Bettkante und hat ihr was auf der Mundharmonika vorgespielt. Das müssen Sie sich mal vorstellen. Ich mit zwei kleinen Kindern und dann seine alte Schulliebe im Haus. Was meinen Sie, wie sich die Nachbarn die Mäuler zerrissen haben? Kann sie nicht in ihr Elternhaus?, habe ich ihn gefragt. Aber nein, dahin wollte sie nicht, oder sie war da unerwünscht. Bei mir war sie das auch. Nur, was hätte ich machen sollen? Depressionen. Hach! Wenn ich das schon höre. Um meine Depressionen hat sich keiner gekümmert.« Sie klatschte in die Hände und scheuchte eine Taube weg, die auf die überdachte Terrasse getippelt war, wo sie wenig vor dem Regen geschützt bei einer Tasse Tee saßen.

»Am Ende scheint sich Alice ja gefangen zu haben«, wandte Collin ein und zog den Reißverschluss der Jacke höher. Er fror und fragte sich, ob dies dem ungemütlichen irischen Wetter oder der Kälte zuzuschreiben war, die Mrs Keane ausstrahlte.

»Hat sie, ja. Als das Geld von ihrem Ex kam. Aber denken Sie bloß nicht, dass sie uns davon was abgeben hätte.« Mrs Keane wedelte mit dem Zeigefinger.

»Sie hat mein Studium mitfinanziert«, fiel Patrick seiner Mutter ins Wort.

»Ist wohl das Mindeste für die Monate freie Kost und Logis. Und dann hat Seamus ihr mit dem Café geholfen. Die Ausbauten, alles.«

»Haben Sie eine Vermutung, was damals auf Woodland geschehen ist? Warum Alice ein Jahr lang an Depressionen gelitten hat?«, hakte Collin nach.

»Nein. Aber wer sein Kind verlässt ... kein Wunder, oder?« Mrs Keane nickte vor sich hin. »Das ist dann eben die Strafe.«

War das der einzige Grund?, fragte sich Collin, als er nach dem Gespräch mit brummendem Schädel neben Constable Keane im Auto saß und sie an neoklassischen Prachtbauten vorbei durch die verregnete Stadt fuhren. »Warum hat Alice nie wieder geheiratet?«, fragte er Patrick. »Weil Ihr Vater vergeben war?«

»Vielleicht.«

Diese und viele andere Fragen waren unbeantwortet, als Collin entmutigt auf dem Bett in seiner Pension lag und auf einen Anruf von Patrick Keane wartete. Sobald Alice O'Neill sich besser fühlte, wollten sie ihr später einen weiteren Besuch abstatten. Was hinderte sie daran, die Siegel ihrer Vergangenheit zu brechen und dazu beizutragen, Licht in das dunkle Geheimnis um Woodland zu bringen? Ihr Schweigen machte sie nur verdächtig, fand Collin und rief Kathryn an. Sie meldete sich mit aufgekratzter Stimme und malte ihm in leuchtenden Farben das Bild einer Ferienunterkunft, die in Collins Ohren wie die Kulisse eines Western klang. »Wir haben einen kleinen gusseisernen Ofen wie in deiner Werkstatt«, erzählte sie. »Es gibt ein Schwimmbad und einen Fernsehraum. Die Jungs sind begeistert.«

»Vom Fernsehraum?«

»Sie fahren schon seit einer Stunde Quad. Morgen leihen sie Räder aus und wollen zu einem Reptilienpark fahren. Und Ayesha ist von der Weide gar nicht wegzukriegen. Sie hat schon drei Ponys adoptiert.« Kathryn lachte. »Und du? Kommst du weiter?«

»Ich tappe im Regen herum. Wie kann eine Mutter ihr eigenes Kind verlassen? Ein Kleinkind. Verstehst du das?«

»Weil sie dann die Rabenmutter ist? Wie viele Väter verlassen ihre Kinder? Vielleicht glaubte sie, dass ihr Kind beim Vater besser versorgt wird.«

»Und bricht den Kontakt komplett ab? Nein, Kathryn, das übersteigt mein Vorstellungsvermögen.«

»Es gibt nichts, was es nicht gibt, hat deine Mutter immer gesagt.«

Wohl wahr, sagte sich Collin nach dem Gespräch. Die Fantasie reichte nicht an die Realität heran, die oftmals grausamer, verrückter und extremer war, als man es sich auszumalen wagte. Dennoch glaubte er den Kern des Rätsels genau hier zu erkennen: Es gab ein triftiges Motiv, warum Alice O'Neill zwar Hattonfields großzügige finanzielle Zuwendung angenommen, sich aber vollends von ihrem Kind abgewendet hatte.

Ein Anruf von Johnny lenkte ihn von seinen Gedanken ab.

»Gibt es genug zu essen bei den Wikingern?«, fragte Johnny.

»Hier lässt es sich durchaus leben. Ein Hummerparadies. Nur gerade zu nass. Gibt es Neuigkeiten?«

»Und ob. Unser Lastwagenfahrer ist im Netz. Einer seiner dreihundert Großneffen aus Bradford hat gesungen. Hab ja gleich gesagt, dass sich Jatoi da versteckt. Soll ich Bill hinschicken, oder hat das Zeit?«

»Das sollten die Kollegen in Bradford übernehmen. Wir haben so schon alle Hände voll zu tun.«

»Ganz deiner Meinung. Sie haben ihn sowieso in der Mangel, und er soll schon wie ein Rohrspatz gesungen haben. Ein Schmugglerring, der bereits länger im Visier der Drogenfahndung ist. Kokain in rauen Mengen, das über Spanien verschifft wird. Der Futtermittelhersteller FF-LTD wird von der Drogenfahndung in Bradford näher unter die Lupe genommen, und das Transportunternehmen FTS soll auch mit drinstecken, vielmehr der Logistikleiter Kevin Horn …«

»… der sich von dem schmutzigen Geld einen Urlaub auf Hawaii leisten kann.«

»So sieht es aus. Hat wohl schon eine Weile gut funktioniert mit den geschmuggelten Drogen in Futtermittelsäcken. Ich habe die Kollegen in San Francisco über den neuesten Stand informiert. Brian Hattonfield scheint der Drahtzieher zu sein. Zaman Jatoi hat ihn schwer belastet.«

»Dann war unsere Vermutung also richtig. Woodland hat als Zwischenlager gedient.«

»So sieht es aus«, sagte Johnny. »Brian Hattonfield hat eine Zweitwohnung in Florida. Vielleicht erwischen die Kollegen ihn dort.«

»Was ist mit Taylor?«

»Noch flüchtig. Aber der Wagen wurde sichergestellt, mit dem er höchstwahrscheinlich unterwegs war. Ein Vauxhall Corsa, silberfarben. Wurde damit an einer Tankstelle in der Umgebung gesehen und hat einen ehemaligen Kumpel letzte Woche damit abgeholt.«

»Der sich gleich das Nummernschild aufgeschrieben hat?«

»Fast«, sagte Johnny. »Taylor hat einer Frau auf 'nem Parkplatz 'ne Schramme in ihren Wagen gefahren. Sie hat sich brav Nummernschild, Name und Telefonnummer notiert und alles der Versicherung übergeben. Der Halter des Corsas ist ein Barbesitzer in London. The Candlelight Gentlemen's Club. Behauptet, Taylor habe ihm die Karre entwendet. Kann er seinem Pudel erzählen.«

Collin stand inzwischen am Fenster und betrachtete die Spiegelung der drei Rundbögen der St Patrick Bridge auf dem Fluss.

Die Brücke verband den Hafen mit dem auf einer Insel gelegenen Stadtzentrum. Wäre Kathryn an seiner Seite, hätte sie ihn zu allen Sehenswürdigkeiten dieser geschichtsträchtigen Stadt geschleppt. Collin dagegen überlegte, welche Verbindungsstücke eine Brücke zwischen den ermordeten Kindern, den Hattonfields, Zaman Jatoi und Vincent Taylor ergeben würden. »Wo hat Taylor den Wagen denn abgestellt?«

»Ist bis nach Essex gedüst. Der Wagen stand in einer Seitenstraße in Colchester, auf einem Anwohnerparkplatz. Darum ist er schnell aufgefallen, und Mr Candlelight aus London tat ganz entrüstet.«

Warum war Vincent Taylor nach Colchester gefahren?, fragte sich Collin. »Bleibt zu hoffen, dass wir dann auch Taylor selbst bald in die Finger bekommen. Zu den Hattonfields gibt es also noch immer nichts Neues?«

»Wie kommst du darauf? Erst die Vorspeisen, dann das Hauptgericht. War das bei dir zu Hause umgekehrt?«

»Also, dann tisch mal auf.«

»William und Brian Hattonfield haben eine Schwester«, erzählte Johnny. »Sie ist das mittlere Kind und lebt im Restgarden House in Newquay, ein Heim für alle möglichen geistigen Behinderungen.«

»Und sie ist auch …?«

»Sonst wär sie da wohl nicht. Ist schon fast ihr ganzes Leben dort. Ein ehemaliger Tierarzt hat sich an sie erinnert, der mal ein paar Gäule geimpft hat. Sie soll immer schreiend durch den Garten gelaufen sein, im Nachthemd. Bill hat die Angabe überprüft und hat Kontakt zu dem Heim aufgenommen. Willst du da auf dem Rückweg vorbei?«

Collin bejahte und legte mit dem Gefühl auf, den Hattonfields einen Fußbreit näher gekommen zu sein.

Er wollte gerade anfangen, seine Notizen durchzusehen, als sich Alice O'Neill bei ihm meldete und ihn zu sich bestellte. Allein, betonte sie. Collin lieh sich einen Regenschirm bei der Pensionswirtin und lief die wenigen Straßen bis zu ihrem Haus. Sie wird jetzt reden, wusste er und blickte zu der mächtigen Kathedrale St Finbarre mit ihren drei wie Hüte eines Zauberers geformten Glockentürmen, bevor er auf das gelbe Haus von Alice O'Neill zusteuerte.

Sie setzte sich in einen Lesesessel vor einen Beistelltisch, eine Decke auf den Knien, auf der es sich eine der Katzen bequem machte, bat Collin auf einen harten Holzstuhl gegenüber und streichelte lange die Katze, bevor sie sprach.

»Niemand kennt die ganze Geschichte. Nicht einmal Seamus, Patricks Vater, habe ich sie anvertraut.«

Collin nickte ihr zu und legte seine Kladde auf den Tisch. Er würde später entscheiden, welche Konsequenzen sich aus dem Gespräch ergeben würden.

»Mit den toten Kindern … Ich habe nichts damit zu tun. Nur darum erzähle ich es jetzt Ihnen.«

»Verstehe.«

»Ich wollte mein eigenes Geld verdienen und deshalb bewarb ich mich für die Stelle auf Woodland«, begann sie mit leiser Stimme, die Augen auf die Katze geheftet. »Ich war jung, unerfahren, noch nie von zu Hause weg gewesen, ich hatte keine Erfahrungen mit Männern, und William … Nun, er war wesentlich älter, hatte ein sehr galantes Auftreten, wie ich fand, war höflich, hielt einem die Türen auf, rückte den Stuhl zurecht, fragte, wie ich geschlafen hatte, kaufte mir alle irischen Produkte, die er finden konnte. Ich fand ihn nett.«

»Nach den bisherigen Beschreibungen scheint er ein eher

unangenehmer Geselle zu sein. Aber Sie haben ihn von einer anderen Seite kennengelernt?«

Alice O'Neill wog Collins Frage mit einer Kopfbewegung ab.

»Ich habe es mir damals so erklärt, dass er mir sein wahres Wesen gezeigt hat.«

»Hart nach außen als Pferdezüchter, in Wahrheit aber weichherzig?«, hakte Collin nach. Sie nickte. Ein Schaf im Wolfspelz oder vielmehr umgekehrt?, dachte Collin.

»Machte er Ihnen den Hof?«

»So könnte man es sagen«, antwortete Alice. »Ich habe es anfangs allerdings überhaupt nicht so gesehen. Er war eher wie eine Art Ersatzvater. Dann schenkte er mir ein Armband, auch ein Kleid, ein Minikleid war es, mit kleinen Blumen, wie ich es nie trug, und danach ... ein Nachthemd und Unterwäsche.«

Aus rußschwarzen Wolken peitschte mit heftigen Windböen Regen auf das Hafenbecken, plätscherte aus Regenrinnen aufs Kopfsteinpflaster und schlug gegen das Fenster. Collin rutschte unruhig auf dem Stuhl herum. Er glaubte zu ahnen, was Alice O'Neill ihm erzählen wollte, hoffte jedoch, dass ihre Geschichte eine andere war.

»Er wollte, dass ich ihm die Kleidungsstücke vorführe«, sagte Alice mit monotoner Stimme. »Das fand ich etwas seltsam, aber ich habe es getan. Er hatte sie schließlich bezahlt.«

»Haben Sie sich dann in ihn verliebt?«, fragte Collin behutsam.

»Habe ich das? Ich weiß es nicht. Ich habe mich einnehmen lassen von seiner Großzügigkeit und Aufmerksamkeit und ja, seiner Fürsorglichkeit.«

Collin hatte einen trockenen Mund, wagte aber nicht, nach einem Glas Wasser zu fragen. Er hörte die Wanduhr ticken und wartete.

»Eines nachts kam er in mein Zimmer«, wisperte Alice schließlich. »Saß nur da und schaute mich an. In der nächsten Nacht wieder und schließlich …« Sie presste die Lippen aufeinander.

Collin wünschte, Sandra würde an seiner Stelle hier sitzen, oder Anne, zumindest eine Frau. Es musste doch für Alice O'Neill zusätzliche Qualen bedeuten, sich einem Mann zu offenbaren. »Was passierte dann?«, fragte er in der Hoffnung, die richtigen Worte und die passende Stimmlage gefunden zu haben, die sie zu einer Aussage bewegen würden.

»Wollen Sie denn nicht verstehen? Er hat sich an mir vergangen.«

Jetzt ist es ausgesprochen, dachte Collin halb erleichtert, halb erschüttert. »Sie haben ihn nicht angezeigt?«

Sie schüttelte den Kopf.

»Warum sind Sie nicht sofort nach Hause zurück?«

»Ich habe mich geschämt, mir die Schuld gegeben, Sie müssen all die Gründe kennen in Ihrem Beruf. Ich habe alles verdrängt, wurde schwanger, und er hat um meine Hand angehalten. Ganz klassisch mit Kniefall. Also dachte ich, ich muss das tun, ihn heiraten, seine Ehefrau werden und dann würde ich mich schon an ihn gewöhnen.«

»Verstehe.«

»Ich war gerade siebzehn. Um ihn heiraten zu können, brauchte ich das Einverständnis meiner Eltern. Sie haben zugestimmt, wenn auch nicht begeistert. Aber als Frau eines Pferdezüchters, das große Anwesen – das waren Argumente. Und natürlich meine Schwangerschaft.«

»Wann haben Sie erkannt, dass Ihre Entscheidung ein Fehler gewesen war?«

»Ich war unglücklich. Habe mich nicht mehr sicher gefühlt, hatte Angst, ja, und zugleich, vielleicht weil er der erste Mann in meinem Leben war … Manchmal dachte ich, bei mir sei etwas verkehrt, verstehen Sie? Ich konnte nicht ertragen, dass William sich von mir abgewendet hat, sobald wir verheiratet waren und war zugleich furchtbar erleichtert.«

»Welche Beziehung hatten Sie zu Ihrer Tochter?«, fragte Collin.

»Überhaupt keine. Alles, was ich sah, war ein Kind, das ich nicht haben wollte. Mir wurde regelrecht übel. Natürlich konnte es nichts dafür, aber …«

Alice war nicht allein mit ihrer Ablehnung eines Kindes, das aus einer Vergewaltigung entstanden war, soviel wusste Collin, und konnte ihr Verhalten gegenüber ihrer Tochter nun besser begreifen.

»Rund vier Jahre haben Sie es mit William Hattonfield ausgehalten, bevor Sie sich getrennt haben. Haben Sie Ihren ehemaligen Freund Seamus Keane um Hilfe gebeten?«

»Nein. Niemand wusste die Wahrheit. Seamus hat sich bei mir gemeldet, wollte mich treffen. Er hat sich in der Gegend Arbeit gesucht, nachdem er seine Stelle verloren hatte. Viele sind damals aus Cork weg, weil es kaum Verdienstmöglichkeiten gab. Es kann sein, dass er mir im Grunde seines Herzens nahe sein wollte. Ich habe mich verleugnen lassen, aber er hat nicht locker gelassen und hat es geschafft, für ein paar Wochen einen Job auf Woodland zu bekommen. So haben wir uns wiedergesehen.«

»War er da schon verheiratet?«

»Ja, das war er.« Auf Alice' Gesicht zeichnete sich der Anflug eines Lächelns ab. »Wir haben uns als Erwachsene verpasst, verstehen Sie. Wäre ich nicht nach Cornwall gegangen …«

»Könnte es sich bei den toten Kindern um die von William Hattonfield handeln?«

»William kann damit nichts zu tun haben. Sie mögen erstaunt sein, dass ich es ihm nicht zutraue, nach allem, was er mir angetan hat. Aber bis heute bin ich mir nicht wirklich sicher, ob es von seiner Seite aus nicht doch zumindest Zuneigung war, die er damals für mich empfunden hat. Ich war nur zu jung, um mich zu wehren. Was ich sagen will, ich habe ihn nicht jähzornig erlebt, er hat mich nicht geschlagen.«

Gibt es eine Unterscheidung zwischen einem Vergewaltiger, der schlägt, und einem, der nur Zuckerbrot verteilt? Collin erschauderte bei dem Gedanken, welche Seelenqualen William Hattonfield dieser Frau bereitet hatte, die bis zum heutigen Tag wegen ihm litt und ihn doch am Ende verteidigte, zumindest bemüht war, seine positive Seite aufzuzeigen.

»Ihr Exmann hat Sie dann großzügig finanziell unterstützt. Eine Art Wiedergutmachung?«

»Das Scheidungsrecht sieht Unterhaltszahlungen vor«, sagte Alice O'Neill und schob die Katze von ihrem Schoß. »William hat mich im Übrigen ausdrücklich darum gebeten, sich um unsere Tochter zu kümmern.«

»Sie ist eine bekannte Reitsportlerin«, sagte Collin und zeigte ihr die Kopie eines Zeitungsartikels.

»Ich habe alles gesammelt, was ich über Juliene finden konnte. Dort in der Kommode liegt das Album. Seit ich krank bin, geht mir durch den Kopf, ob es ein Fehler war, den Kontakt zu ihr abzubrechen.«

»Es ist nie zu spät für einen Neuanfang.«

»Wie könnte ich ihr erklären … Aber lassen wir das. Welche Fragen haben Sie noch?«

»Kennen Sie den Aufenthaltsort von William Hattonfield?«

Alice O'Neill schüttelte den Kopf. »Nein. Er hat immer von Deutschland geschwärmt, wegen der Pferdezucht. Vielleicht ist er dorthin gegangen.«

»Haben Sie Ihre Schwägerin kennengelernt, die Schwester von Brian und William Hattonfield?«

»Er hat eine Schwester? Davon weiß ich nichts. Also dann …«, Sie blickte zur Uhr und stand mit der Katze im Arm auf. »Mehr habe ich nicht zu sagen.«

»Wenn Ihnen noch etwas einfallen sollte …« Collin griff nach seiner Kladde. »Sie werden möglicherweise als Zeugin vorgeladen werden.«

»So mir der Herrgott dafür noch die Zeit und die Kraft lässt.«

»Ich bitte Sie, wie besprochen, Ihre Speichelprobe abzugeben.«

»Speichelprobe. Worte scheinen nicht zu reichen.«

Alice O'Neill verabschiedete sich mit der unterkühlten Freundlichkeit, mit der sie Collin am Nachmittag empfangen hatte. William Hattonfield, so dachte Collin auf dem Weg zurück zur Pension, hatte ihr Leben zerstört, etwas in ihr getötet. Alle Wege dieses Verbrechens führten zu ihm.

23

Am Sonntag würde alles hinter ihr liegen. Dann ging am Nachmittag ihr Zug zurück nach Hamburg und sie kehrte zurück in ihre sicheren vier Wände, wo Detlef inzwischen ungeduldig und übellaunig wartete, wie sie an seiner Stimme erkannt hatte, als sie ihn heute Morgen angerufen und mit Lügengeschichten über die Puppenmesse daran gehindert hatte, zu viele Fragen zu stellen. Ihr Plan war bislang nur halb durchgeführt. Sie fühlte sich wie auf einem Schlauchboot, das von einem Piratenschiff angegriffen wurde, und erwartete jeden Moment, dass der Enterhaken an Bord schwang. Evelyn tupfte ein letztes Mal mit der Puderquaste über die aufgequollene Partie unter den müden Augen, schlüpfte in die hochhackigen Pumps und griff nach ihrem Koffer. Die Fähre, die sie endlich wieder von England und all den damit verbundenen Schatten fortbringen würde, lief am frühen Abend aus. Bis dahin hieß es, den Rücken gerade zu halten. Sie ging in Gedanken noch einmal alle Schritte durch, die sie sich in der unruhigen Nacht überlegt hatte, und ließ sich vom Taxifahrer am Bahnhof absetzen.

Mit dem Schnellzug war sie kurz vor Öffnung der Geschäfte in Colchester. Dort wählte sie eins der schmuddelig aussehenden Internetcafés in Bahnhofsnähe aus, in denen Ausländer aus aller Herren Länder in Telefonkabinen standen und in fremden Sprachen ihre Ferngespräche führten. Sie setzte sich an einen PC, zerknüllte den kleinen Zettel mit dem Passwort, steckte ihn in die Handtasche und wählte sich ein. Es war ein Kinderspiel, die richtige Website und das entsprechende Kontaktformular zu finden, und sie tippte den kurzen Text ein, den sie mit Hilfe eines Online-Wörterbuchs formuliert hatte, drückte auf »Senden«, löschte den Seitenverlauf, zahlte wortlos und ging. Dann lief sie Straßen ab, bis sie ein zweites Internetcafé fand und wiederholte das Prozedere mit einem anderen Adressaten ihrer Nachricht. Eine Stunde später saß sie ungeduldig in einem Café im belebten Stadtzentrum und merkte, wie ihr Mut und das Triumphgefühl mit jeder Minute sanken.

War Vincent Taylor nicht immer für eine Überraschung gut gewesen? Damals fand sie das charmant. Er hatte ihre Abenteuerlust angestachelt, sie zu Verrücktheiten verführt, die ihr in der Rückschau kindisch und riskant erschienen waren.

»Du hast dich also entschieden«, hörte sie seine Stimme und drehte sich erschrocken um.

»Was schleichst du dich so von hinten an?«, erwiderte sie barsch.

Er ließ sich mit einem schiefen Grinsen auf den Stuhl ihr gegenüber fallen. Fast hätte sie ihn nicht erkannt. Das Haar hatte er sich zentimeterkurz schneiden lassen, er trug einen Anzug, nagelneue Schuhe und eine gespiegelte Sonnenbrille. Seine Erscheinung, die sie gestern noch abstoßend fand, wirkte nun unauffälliger und gepflegter. Sie schob die eigene Sonnenbrille fest vor die Augen, schlug die Speisekarte auf und bestellte zwei Portionen englisches Frühstück mit Tee. Eine lächerliche Maßnahme, um nicht als Ausländerin aufzufallen. Sie sprachen erst weiter, als die Bedienung ihnen alles serviert hatte.

»Der Wagen steht da drüben.« Vincent wies mit dem Daumen die Fußgängerzone runter. »Ne halbe Stunde Überfahrt und wir sind auf dem Festland. Bombensicherer Plan.«

»Wir?« Evelyn schob den Teller mit Ei, gebratenem Speck und Würstchen beiseite und senkte die Stimme. »Glaubst du, ich will mir deinen bombensicheren Plan anhören? Du kannst sehen, wo du bleibst. Ab heute gehen wir wieder getrennte Wege.«

Er beugte sich nah zu ihr über den schmalen Tisch. »Ich habe dir gestern doch wohl klar gemacht, was die Konsequenzen sind, wenn du nicht …«

Evelyn stellte sich vor, in Fechtstellung zu gehen. Reaktionsschnelligkeit war beim Fechten gefragt, die völlige Kontrolle über die Bewegungen und die genaue Beobachtung des Gegners. Seine Schwachstellen musste man finden und selbst keine Angriffsfläche bieten. »Und ich habe dir gestern gesagt, dass du heute meine Antwort hören wirst. Sie lautet: Nein.«

»Du steckst da genauso drin wie ich.« Er griff nach ihrem Handgelenk, drückte es grob auf den Tisch.

»Ich stecke in gar nichts drin.« Sie riss sich los. »Wenn du glaubst, mir drohen zu können, dann täuscht du dich. Wer soll dir glauben? Schau dich doch an. Meinst du, dieser Anzug hilft? Auf hundert Meilen sieht man, dass du ein Penner bist.«

Vincent zog sein Smartphone aus der Anzugjacke, tippte etwas ein und zeigte ihr grinsend das Display. Detlef Wering stand dort in weißen Lettern. »Na, soll ich deinen Mann anrufen und ihm erzählen, wo du bist und dass du mit deiner alten Jugendliebe frühstückst?«

»Nicht nötig«, sagte sie so ruhig, wie es ihr möglich war. »Erstens weiß er von dir. Wobei du dir nicht einzubilden brauchst, dass du meine Jugendliebe warst. Lächerlich!« Evelyn zielte mit dem Zeigefinger auf ihn, als hätte sie ein Florett in der Hand. »Zweitens trennen sich unsere Wege in Calais.« Sie nahm einen Umschlag aus der Handtasche und legte ihn auf den Tisch. »Viertausend Euro. Das dürfte für einen Anfang in Frankreich reichen.«

»Du willst mich kaufen?«

»Du bist käuflich, sonst würde ich es dir nicht anbieten. Allerdings bin ich nicht erpressbar, verstanden? Was immer auf Woodland geschehen ist, ich habe nichts damit zu tun. Weder du noch irgendwer kann mir etwas Gegenteiliges nachweisen.« Sie lehnte sich zurück.

Vincent grinste und stopfte den Umschlag in die Innentasche des Anzugs. »Und warum bist du sofort gekommen? Erst nach Rotterdam, dann nach Harwich und jetzt bist du hier. Na, warum wohl? Weil du nichts damit zu tun hast?«

»Und du?«, konterte sie. »Was macht dich so sicher, dass ich nicht die Polizei anrufe und gegen dich aussage. Du kannst mir nicht erzählen, dass du ohne Grund nach Frankreich willst. Du bist auf der Flucht, so sieht es aus.«

»Du glaubst, mich in der Hand zu haben, Mrs Wering? Ich kann alles auffliegen lassen, das weißt du, und dann ist dein nettes Luxusleben vorbei.« Er setzte sich auf den Stuhl dicht an ihrer Seite, zog sie derb an sich und raunte ihr mit der Stimme eines

Kindes ins Ohr: »Evalein, mein Schwänchen, mein Honigtöpfchen, mein Häschen ...«

»Lass das!«, zischte Evelyn und schob ihn weg. »Oder willst du, dass ich in aller Öffentlichkeit im Hilfe schreie? Wir zahlen und fahren los.«

Minuten später lag ihr Koffer neben seinem im Kofferraum eines Peugeots, und sie saß, innerlich bebend, auf dem Beifahrersitz. Sie war überzeugt, dass der Wagen gestohlen war, zumindest war es nicht sein eigener. Der Aschenbecher sah vollkommen unbenutzt aus, als Vincent die erste von vielen Zigaretten darin ausdrückte, die er auf dem Weg nach Folkestone rauchte, während die Landschaft an ihren Augen vorbeiglitt. Auch damals hatte er immer ein Auto organisiert, und sie waren »auf Tour« gegangen, ihr Ausdruck für Ausflüge nach Bristol, Plymouth, Southampton. Drei Monate lang hatten sie im heißen Sand und auf Wiesen nebeneinander gelegen, sich mit Grashalmen gekitzelt, alte Schulgeschichten erzählt und aus einem knarzigen Kassettenrekorder New Wave und Punk gehört. Dann war etwas, aus dem vielleicht mehr hätte werden können, eine von Tausenden ganz normalen jungen Lieben, von einem auf den anderen Tag zu Ende gewesen. Eine Tür war zugeschlagen und eine andere hatte sich geöffnet, die in einen Raum geführt hatte, der Evelyn zu jener Zeit verführerisch erschienen war wie der Prunksaal eines Schlosses, bis das funkelnde Licht darin Lüster für Lüster erlöschte und sie allein keinen Ausweg mehr aus dem goldenen Käfig zu finden glaubte. Sie hörte Vincent neben sich summen, erkannte die kalten Klänge von »Rage in Eden», einem Song seiner damaligen Lieblingsband Ultravox, und fragte sich, ob jemand ihre Nachrichten bereits gelesen und die entsprechenden Maßnahmen eingeleitet hatte. Solange sie nicht am Fährhafen angekommen waren, musste sie Vincent in dem Glauben lassen, die Oberhand über sie zu haben. Er würde noch früh genug merken, dass er auf eine Finte hereingefallen war und sie keinesfalls vorhatte, ihm zu einer bequemen Flucht nach Frankreich zu verhelfen.

24

Newquay erwartete Collin an diesem späten Samstagmorgen mit starkem Landwind, unter dem sich Palmen bogen und der die Wellenkämme am Fistral Beach aufschäumte. Surfer paddelten auf Sets grüner Wellen zu und glitten pfeilschnell die vertikalen Wasserwände entlang. Die Surferhauptstadt Großbritanniens mit ihren internationalen Wettbewerben und den kilometerlangen Sandstränden hatte sich von dem einst beschaulichen Fischerdorf in eine nach Collins Geschmack abstoßende Touristenhochburg verwandelt.

Das Restgarden House lag allerdings, von einer hohen Mauer umgeben, am Stadtrand, inmitten eines üppig blühenden Gartens und erinnerte mehr an eine exquisite Ferienanlage als an ein Heim für geistig Behinderte. Die Hattonfield-Brüder hatten für die Unterkunft und Betreuung ihrer Schwester Rosemary offenbar keinen Penny gespart.

»Unsere Gäste sollen Urlaub von ihren Problemchen nehmen«, erklärte Kirsty, die Leiterin, und führte Collin gemächlichen Schrittes durch die Gemeinschaftsräume.

»Urlaub von ihren Problemchen? Ist das möglich?«, hakte Collin nach.

»Rosemary fühlt sich hier jedenfalls sehr wohl«, sagte Kirsty, ungerührt von Collins Ironie in der Stimme. »Sie ist eine unserer langjährigen Gäste. Ist schon seit mindestens zwanzig Jahren hier.« Sie schob eine Glastür zu einem großen Gewächshaus auf, in dem geschäftiges Treiben herrschte. »Unsere Orangerie. Allerdings haben wir nur vier Zitrusbäume. Sonst ziehen wir hier Gemüse und Kräuter. Wir verkaufen es auf dem Markt, eine schöne Aufgabe für unsere Pflanzengruppe. Verantwortung, Selbstbestimmung und sinnvolle Beschäftigungen für unsere Gäste zu finden gehören zu unserem Konzept. Natürlich alles im Rahmen der Möglichkeiten. Manche sind dazu nicht in der Lage. Rosemary ist in der Papageiengruppe. Sie liebt Vögel.«

Collin hob die Brauen. »Und was macht die Papageiengruppe?«

»Sehen Sie die Voliere da hinten?« Kirsty bedeutete Collin, ihr zu folgen. Sie blieben in gebührendem Abstand vor dem hohen Käfig stehen, der fast die gesamt Kopfseite des Treibhauses einnahm. »Wir haben zwei Rotrückenaras, einen Graupapagei und Kakadus. Die Papageiengruppe kümmert sich um sie. Rosemary hält sich dort am liebsten auf. Sie kann stundenlang auf ihrer Bank sitzen und mit den Papageien reden. Es ist auch der einzige Ort, an dem sie zur Ruhe kommt.« Sie wies auf eine kleingewachsene Frau, die in Nachthemd und Strickjacke auf der Bank saß und sich in schriller Stimme und Armbewegungen, die wie Flügelschlagen wirkten, mit den Vögeln zu unterhalten schien. Zur Ruhe kommen war etwas anderes, dachte Collin und fragte unbeholfen: »Ist sie schon so geboren?« Viel Erfahrung hatte er mit geistig behinderten Menschen nicht, eigentlich überhaupt keine.

»Ja, das ist sie. Bei entsprechender Förderung in der Kindheit hätte sie durchaus einige Kompetenzen mehr erwerben können, aber das wurde damals nicht gemacht.«

»Bekommt sie häufig Besuch?«

Kirsty schüttelte mit dem Lächeln, das ihr schmales Gesicht

nie zu verlassen schien, den Kopf. »Leider nie. Die Verwandtschaft überweist die Pflegekosten, und das war's. Wobei der Vertrag vor zwei Monaten gekündigt wurde. Seither versuche ich die Angehörigen zu erreichen.«

»Wer hat denn für sie die Kosten übernommen?«

»Brian Hattonfield, Rosemarys Bruder, ist als Vormund aufgeführt. Sein Konto, über das die Zahlungen liefen, ist aufgelöst. So viel habe ich herausfinden können.«

»Von ihrem älteren Bruder William wissen Sie nichts?«

»Leider nein. Er wird in der Akte erwähnt, aber da er nicht Vormund ist … Nun, wir haben beschlossen, Rosemary dennoch hierzubehalten. Restgarden ist ihr Zuhause. Es gibt einige Gäste, die wir sozusagen mit durchfüttern.« Kirsty setzte sich neben Rosemary, streichelte deren Arm und redete mit einer Sanftheit in der Stimme, die Collin an seine eigene Frau erinnerte, auf sie ein. Kurz darauf war sie verschwunden, und Collin hockte befangen neben Rosemary Hattonfield, beobachtete wie sie die Kapriolen der bunten Papageien, die kopfüber Gitterwände entlang hangelten, auf eine Schaukel sprangen und Apfelstücke aus einer Schüssel pickten. Einer schien mit einem Geschwätz, aus dem Collin einzelne Worte herauszuhören glaubte, dem Sprachtalent seiner Art die Ehre zu erweisen. Rosemary hatte außer mit einem »Tag, Tag« nicht auf ihn reagiert, und Collin wusste nicht, wie er sie anreden sollte, ob sie ihn verstand, er womöglich betont langsam, deutlich und einfach formulieren sollte. Der Abstand zwischen ihnen war nicht nur in Fuß und Zoll zu berechnen, dachte er, es waren Welten. Und doch saßen sie zusammen hier vor diesem Käfig und konnten sich gleichermaßen an den Mätzchen und dem farbenfrohen Gefieder der exotischen Vögel erfreuen. Er würde mit Rosemary nicht wie mit einer anderen Zeugin kommunizieren, mit ihrer Hilfe ein genaues Bild der Vergangenheit ihrer Familie rekonstruieren können. Aber auf was sonst sollte er hoffen? Auf Gefühle kam es an, dachte er. »Rosemary, mein Name ist Collin Brown. Ich mag die Papageien.« Er räusperte sich. »Besonders den roten da.« Sie reagierte nicht und begann stattdessen Vogellaute nachzumachen.

»Sie haben einen älteren Bruder, nicht wahr? William.« Er holte das Foto heraus, das die Hattonfield-Brüder zusammen mit Vincent Taylor zeigte. »Hier ist er. Erkennen Sie ihn? Das ist William und das ist Brian, Ihr anderer Bruder. Sie haben die beiden lange nicht gesehen.« Rosemary riss ihm das Foto aus der Hand, schaute kurz drauf und ließ es auf den Boden fallen.

»William und Brian. Sie haben auf Woodland mit ihnen gelebt.«

»Piep, Piep, Piep!«, rief Rosemary nun und stellte sich ans Gitter.

Collin atmete durch. Was sollte das bringen? Sie verstand ihn vielleicht nicht, oder es gelang ihm nicht, sie auf die richtige Weise anzusprechen. »Erinnern Sie sich an Woodland? Das war lange Ihr Zuhause.«

»Piep, Piep!«

»Dort sind Sie aufgewachsen. Mit William und Brian.«

Rosemary stand jetzt dicht am Gitter, schlug mit beiden Händen dagegen und gab gellende Vogeltöne von sich, bis Kirsty herbeieilte, sie in den Arm nahm, aus dem Gewächshaus führte, durch den Garten und ins Haus.

»Sie hat sich sehr aufgeregt«, sagte Kirsty, als sie nach einer halben Stunde in die Cafeteria kam, wo Collin frustriert auf sie wartete.

»Bedeutet das etwas? Hat sie ihre Brüder erkannt? Sich an etwas erinnert?«

»Möglich. Aber Sie werden bemerkt haben, dass Ihnen die gute

Rosemary schwerlich bei der Aufklärung eines Verbrechens behilflich sein kann.«

»Kann sie denn sprechen? Ich meine …« Collin suchte nach Worten.

»Rosy spricht eher wenig. Sie äußert sich, wie Sie sicher erlebt haben, am liebsten in der Vogelsprache. Ich kann sie inzwischen ganz gut verstehen.«

Ist das möglich?, dachte Collin halb skeptisch, halb bewundernd. »Ich habe einen Kollegen aus Newquay gebeten, ihre Speichelprobe zu nehmen«, sagte er. »Damit würde sie uns sehr helfen. Denken Sie, das ist machbar?«

»Natürlich.«

»Noch eine Frage: Weiß man, ob Rosemary jemals schwanger gewesen ist?«

»Da bin ich überfragt. Vielleicht steht etwas in der Akte, die ich Ihnen kopiert habe.«

»Könnte sie denn theoretisch …?« Collin rang nach den passenden Worten.

»Ich weiß, worauf Sie hinauswollen.« Kirsty legte ihre Hand kurz auf seinen Arm, als wäre er einer ihrer Schützlinge. »In ihrem Fall ja, soweit ich es einschätzen kann. Gern können Sie dazu unseren Hausarzt befragen. Er ist allerdings erst Montag wieder erreichbar.«

Auf der Zugfahrt gen St Magor schlug Collin die Kopie der Akte auf, die ihm Kirsty mitgegeben hatte. Am Tag ihrer Aufnahme im Restgarden House und in den Wochen danach wurde ihr Verhalten als unruhig, schreckhaft bis panisch bezeichnet, sie war Bettnässerin gewesen und hatte kaum gegessen. Zeitweise fand man sie unter dem Bett versteckt, tagsüber lief sie im Garten umher, und sie hatte mehrmals versucht, über die hohe Grundstücksmauer zu klettern. Sie zeigte keinerlei Interesse an anderen

Heimbewohnern und reagierte bei Berührung mit Schreien. Sie trägt am liebsten ihr Nachthemd, las Collin in einem anderen Eintrag, will es nicht waschen lassen, verweigert sich überhaupt der regelmäßigen Körperhygiene, hat insbesondere Angst vor der Dusche und der Badewanne. Die Pfleger hatten Rosemarys auffälliges Verhalten als »Anpassungsschwierigkeiten« an die neue Umgebung interpretiert, verbunden mit dem Verlust des vertrauten Zuhauses und der familiären Bindungen. Im Lauf der Zeit, so erkannte Collin beim Überfliegen der Jahresabschlussberichte, hatte sich Rosemary offenbar gut eingelebt, und einige ihrer markanten Verhaltensweisen, durch die sie anfangs als »schwieriger Gast« eingestuft worden war, hatten sich gelegt.

Er wünschte, mehr über Menschen mit geistiger Behinderung zu wissen, um die Analysen von William Hattonfields Schwester besser einschätzen zu können. Entsprach es nicht dem Klischeebild, dass geistig Behinderte im Nachthemd schreiend durch einen Garten liefen? Konnte nicht leicht übersehen werden, dass es einen Grund gab, warum Rosemary sich offenbar verängstigt unter dem Bett versteckt hatte? Er nahm sein Handy und wählte die Nummer der Heimleiterin. »Wie verhält sich Rosemary gegenüber Kindern?«, wollte er wissen, und die Strichmännchen auf der Schlafzimmertapete im Gutshaus traten vor sein inneres Auge.

»Gegenüber Kindern? Wie meinen Sie das?«

»Ist sie dann weniger schreckhaft?«

»Ich bin noch nicht so lange hier, wissen Sie, erst ein Jahr. In der Zeit haben wir zwar Ausflüge gemacht, aber Rosemary hat daran nicht teilgenommen. Natürlich kommen Angehörige anderer Gäste auch mit Kindern zu Besuch, aber ich kann nicht sagen, wie Rosemary sich ihnen gegenüber verhält. Mir ist nichts Besonderes aufgefallen. Ist das wichtig?«

»Nein, so wichtig ist es nicht. Ich danke Ihnen.« Ein Gedanke stieg konturlos in seinem Hinterkopf auf, der sich der klaren Formulierung entzog. Collin beschloss, bei den Fakten zu bleiben. Doch die erschienen ihm nicht minder vage. Er entschied, Rosemarys Akte einer Kriminalpsychologin vorzulegen, und schloss die Augen, bis ihn ein Anruf von Johnny weckte.

»Schalte mal einen Gang hoch und sieh zu, dass du hier eintrudelst. Die Zeitung wartet.«

»Die Pressekonferenz war doch gerade erst.« Collin lief mit dem Handy aus dem Abteil, erblickte durch das Fenster den Fluss Truro. Gleich würde er am Bahnhof von Truro sein und in seinen Dienstwagen umsteigen.

»Eben kam ein Anruf der Devon Post«, erzählte Johnny. »Sie haben einen anonymen Hinweis zu Vincent Taylors Aufenthaltsort erhalten. Eine gleichlautende Nachricht ging beim Coastal Observer ein. Wir denken, der Hinweis ist ernst zu nehmen.«

»Und wo soll Taylor sein?«

»Unterwegs in Richtung Calais.«

»Bin mit Hampton in der Rechtsmedizin verabredet und frühestens … «, Collin schaute auf die Uhr. »… in zwei Stunden da. Kümmert euch erstmal allein darum.«

»Tun wir ja schon. Wollte dir nur 'ne Dosis Adrenalin verpassen.«

»Ist dir gelungen. Gibt es Neuigkeiten zu William Hattonfield?«

»Fehlanzeige. Hab mit allen Nachbarfarmern gesprochen, schon Dutzende Reitvereine in der Umgebung angerufen. Niemand weiß genau, wohin er gezogen ist. Mal heißt es Kent, dann Wales, einer meinte sogar, er sei nach Montana.«

Fast eine Woche war vergangen, seit sie die beiden Kinderskelette auf Woodland gefunden hatten. Collin wusste, dass er in einer solch kurzen Zeitspanne keine Wunder erwarten konnte. Robert Ashborne, der Distriktchef, hatte bei der gestrigen Pressekonferenz mit gekonntem Charme und kraftvollen Worten jegliche Bedenken der Bürgermeisterin zerstreut, dass Collins Team nicht alles in seiner Macht stehende tue, um die Morde rasch aufzuklären. Dennoch war er enttäuscht, vor allem von sich selbst. Er hatte sich das Unmögliche gewünscht: eine Dienstreise zu Hattonfields Exfrau und zu dessen Schwester und eine Rückkehr mit einem klaren Ergebnis in der Aktentasche, dem Namen des Kindermörders, einem Motiv und unwiderlegbaren Beweisen. Ich muss positiver auf die bisherigen Ergebnisse blicken, dachte Collin, als er durch dichten Verkehr, vorbei an der mächtigen Kathedrale von Truro, zur Autobahn fuhr. Wenn es möglich war, in Truro auf der nördlichsten Plantage der Welt Tee anzupflanzen, würde sein Team auch diesen Fall aufklären. Wie die City of Truro, jene legendäre Dampflokomotive, die erstmals die Grenze von 100 Meilen pro Stunde durchbrochen hatte, würden sie, so war er auf einmal überzeugt, bald zum Durchbruch kommen.

Zwei Stunden später saß er in Penzance bei Douglas Hampton in der Rechtsmedizin und ließ sich über die bisherigen Analysen der Kinderskelette ins Bild setzen.

»Auch das zweite Kind, das unter den Holzbohlen im Pförtnerhaus gefunden wurde, war eindeutig ein Junge. Sieht man hier an der fliehenden Stirn zum Beispiel.« Hampton strich mit einer Handschuhhand über den Schädel.

Collin fiel es schwer, eine fliehende Stirn zu erkennen. Er sah nur einen Schädel, der lang wirkte wie ein Straußenei, mit kleinem Nasenstumpf und riesigen Augenhöhlen.

»Wie alt war es zum Todeszeitpunkt?«, fragte Collin und versuchte hinter dem Mundschutz Luft zu bekommen. Es roch in dem Labor streng nach chemischen Substanzen, und das Licht in den komplett weiß gehaltenen Räumlichkeiten war unangenehm grell.

»Das haben wir in der Kürze der Zeit noch nicht exakt bestimmen können. War auf jeden Fall jünger als das erste. Tja, würd mal sagen, ist höchstens 'ne Woche alt gewesen. Die große Fontanelle, hier ist sie ...«, Hampton zeigte auf die Stelle am Schädel, »... schließt sich meist zwischen dem 9. und 24. Monat durch Verknöcherung. Die Synostose ist allerdings bei beiden Kindern nicht abgeschlossen.«

»Können beide von demselben Täter getötet worden sein?«, fragte Collin.

»Tja, will mal sagen, sieht so aus. Die gleiche stumpfe Schlagspur am Schädel.«

»Sind es Brüder?«

»Der DNA-Abgleich steht noch aus. Ich persönlich denke schon.«

Hampton hielt pfeifend Röntgenbilder hoch und erklärte seine Befunde mithilfe von Begriffen, die Collin nur halb verstand. Er merkte, wie sein kranker Zahn wieder pochte, sein Magen beim Anblick von Knochenteilen und Schädelaufnahmen sauer zu reagieren begann und er kurz darauf von Sodbrennen und Schluckauf geplagt wurde, was noch anhielt, als er mit einem Stapel Unterlagen endlich wieder in St Magor in seinem Büro saß und den Text der anonymen Nachricht las, die vom Devon Post und dem Coastal Observer an ihre Dienststelle weitergeleitet worden war.

Vincent Taylor, im Gefüge der Morde auf Woodland von der Polizei gesucht, ist von dem Eurotunnel auf dem Weg um sieben Uhr nach Frankreich mit dem Zug.

»Das hat keiner von hier geschrieben«, sagte Johnny. »*Im Gefüge der Morde* – das sagt doch kein Mensch. Und Eurotunnel statt Canal Tunnel, dann die Satzstellung, also ich hab das an einen Sprachprofi in die Rechtsmedizin geschickt. Vermute, das hat ein Ausländer geschrieben. Ein Computerfritze versucht rauszufinden, woher die Mails kommen.«

»Wenn Taylors Fluchtwagen in Colchester gefunden wurde, hat er also ursprünglich beabsichtigt, die Fähre von Harwich aus zu nehmen, um aufs Festland zu fliehen«, überlegte Collin laut.

»Und weil er Lunte gerochen hat, dass dort die Polizei auf ihn wartet, versucht er, durch den Tunnel abzuhauen«, ergänzte Johnny. »Jede Stunde geht ein Zug. Schwerer zu kontrollieren. Wir haben das Fahndungsfoto nach Folkestone und Calais geschickt. Vielleicht haben wir ja Glück.« Johnny hatte die Füße auf den Schreibtisch gelegt und puhlte sich mit einer Schere Dreck unter den Fingernägeln weg.

»Kannst du deine Maniküre nicht zu Hause machen? Ist ja …«

»Mein Licht im Badezimmer ist kaputt. Schau woanders hin, wenn's dich stört. Und steck du dir einen Löffel Zucker zwischen die Zähne. Dein Hicksen nervt.«

»Nimm du wenigstens deine Quanten vom Tisch und erklär mir, warum der anonyme Mailverfasser davon ausgeht, dass wir Taylor im Zusammenhang mit den Morden suchen?«

»Hat mich auch stutzig gemacht.« Johnny blieb in seiner Lieblingsposition sitzen. »Nicht mal wir haben bislang ein klares Indiz in diese Richtung. Von unserem Lastwagenfahrer können die Nachrichten nicht stammen. Der ist hinter Gittern. Möglicherweise hat Taylor auf seiner Flucht irgendwem was erzählt.«

»Seine Schwester weiß Bescheid«, dachte Collin laut.

»Warum sollte sie so fehlerhaft schreiben?«

»Vielleicht eine Art Finte. Gut, hoffen wir, dass Taylor in Folkestone oder Calais aufgegriffen wird. Mehr können wir erstmal nicht tun.«

»Und wie war dein Ausflug? Hast du uns Souvenirs mitgebracht?«

»Frauen«, murmelte Collin.

»Frauengeschichten? Die liebe ich. Dann lass mal hören.« Johnny legte die Schere beiseite.

»Das Problem ist, dass die Geschichten unvollständig und verworren sind.« Collin informierte ihn über seine Befragung von William Hattonfields Exfrau Alice O'Neill und über die Begegnung mit dessen Schwester Rosemary.

Johnny kratzte sich am Hinterkopf und spielte dann mit seinem Flummi, den er sich vor ein paar Tagen angeschafft hatte, warf ihn gegen die Wand und fing ihn auf. »Dr Watson« hatte er den Gummiball getauft.

»Johnny, das nervt.«

»Denksport, kurbelt die Synapsen an. Solltest du auch mal ausprobieren, statt hier rumzumuffeln.« Er ließ den Flummi auf den Boden hüpfen.

»Und was sagt dir dein Dr Watson über die Frauen?«

»Ganz schön verkorkste Familie. Eine verängstigte Ehefrau mit einem Kind, das sie nicht haben wollte …«

»Aus einer Vergewaltigung«, ergänzte Collin.

»Grauenhaft!« Johnny warf den Flummi von einer in die andere Hand. »Und dann eine verängstigte und abgeschobene behinderte Schwester. Die Hattonfield-Brüder sind aus meiner Sicht Schweine. Also höchste Eisenbahn, dass wir Mr William finden. Werd mich weiter umhören. Wenn du heute noch Energie hast: Hier ist die Adresse vom Cornish Inn. Taylor war nach eigener Aussage offenbar öfter in dem Pub. Schaff ich heute nicht mehr.«

Johnny warf ihm eins seiner Schulhefte zu, in denen er gern in seiner krakeligen Schrift Notizen machte.

Bevor Collin etwas entgegnen konnte, kam Malcolm Sparrow, der Geoforensiker durch die Tür.

»Sie wollen uns doch wohl nicht das Wochenende verderben, oder?«, begrüßte ihn Johnny.

»Kann mir das bei so einem prachtvollen Sommerwetter gelingen?« Sparrow gab ihnen lächelnd die Hand.

»Wenn Sie noch ein Grab gefunden haben, dann ja.« Johnny zog einen Stuhl für den Professor heran.

»Wir haben die Sichtung des kleinen Familienfriedhofs auf Woodland so gut wie abgeschlossen. Eins der Gräber kommt als ursprünglicher Liegeort des ersten Kinderskelettes in Frage. Darauf werden wir uns die nächsten Tage konzentrieren.« Sparrow nahm die runde Brille ab und putzte sie. »Ein weiteres totes Kind haben wir nicht gefunden.«

»Dann sind meine Gebete mal erhört worden«, rief Johnny, schnappte sich seinen Rucksack und verabschiedete sich.

»Ich denke, darauf sollten wir anstoßen«, sagte Collin zu Sparrow und lud den Professor zu sich nach Hause ein. Vielleicht würde ein Abend mit einem Steinliebhaber ablenken und zu einer geruhsameren Nachtruhe führen als in den letzten Tagen.

Collin blätterte die Unterlage auf, die ihm Hampton mitgegeben hatte und las den Bericht über die Holzente, die im Grab des ersten Skeletts gefunden worden war. Eine Antiquität, stammt vermutlich aus den späten 50er-Jahren und dürfte eine nichtprofessionelle Schnitzarbeit sein, las er. Darauf weist der realistische Stil, die Größe, die Verarbeitung, das Material und die schlichte, naturgetreue Farbverwendung.

Collin dachte an Rosemary und ihre Liebe zu den Papageien. Ein Gedanke blitzte auf: Diese Ente gehörte Rosemary.

25

Die Band, eine vierköpfige Truppe mittleren Alters, hatte sich in schwarze Lederhosen gezwängt, Cowboyhüte aufgesetzt und den Verstärker so hoch gedreht, dass man an den voll besetzten Tischen kaum ein Wort verstand.

Jill war das nur Recht. Der peinliche Festakt zu Beginn, die Reden eines Vertreters des königlichen Forstmeisters, des Vorsitzenden des Farmervereins, die Ehrungen und die lächerliche Show mit den Tieren lagen hinter ihnen. Wie zum Karneval hatten Farmer ihre Guernsey-Rinder geschmückt, Schimmeln schwarze Streifen aufs Fell gemalt, und alle schrien »Zebra, Zebra« wie bei einem Ratespiel, Mädchen saßen als Cowgirls verkleidet auf Eseln, ein Junge hatte mit drei Ferkeln die Rolle eines Schweinehirten gespielt.

»Mach das Theater mit. Das ist am Unauffälligsten«, hatte ihr Ron eingeschärft, als Jill mit weichen Knien Diamond hineinführte. Wie aus weiter Ferne hatte sie die Worte über die Lautsprecher gehört. »Das einträglichste Military-Pferd in ganz Hampshire. Olympiasieger. Seit dieser Woche steht es für den Bestbietenden zum Verkauf.« Claire und Max hatten den Applaus wie ein Königspaar entgegengenommen, blind für feindselige Blicke, spitze Bemerkungen und missgünstiges Lachen. Niemand hier schien sie ernst zu nehmen. Das Siegerlächeln wich selbst dann nicht aus Claires Gesicht, als ihr Lama zwei Gäste anspuckte und diese sie deshalb lauthals beschimpften. Inzwischen war das Büffet geschlossen, Lager und Ale flossen an den beiden Theken, und viele schwangen das Tanzbein zu Evergreens.

Jill schaute auf die Uhr. In einer halben Stunde war es soweit, und trotz der erhitzten Luft lief ihr eine Gänsehaut über den Rücken.

»Ein Tänzchen?«

Jill spürte zwei kräftige Hände auf ihren Schultern. Lester Goldsmith. Er hatte sich herausgeputzt und sah fremd aus. Sein rotblondes Haar war mit Gel zurückgekämmt und deckte spärlich die von der Sonne verbrannte Kopfhaut ab. Er trug einen dunkelgrünen Anzug mit einer Rose im Knopfloch und Manschetten mit Hirschmotiv. Er war Agister, wie die Gehilfen der königlichen Forstmeister im New Forest genannt wurden, und im Jagdverein. Es hieß, er sei ein hervorragender Schütze, jedoch ein miserabler Farmer. Eine Begegnung mit ihm war unvermeidlich gewesen. Jill arbeitete während der Saison für ihn, und erst vor zwei Tagen hatte er an ihre Tür geklopft, ihr eine neue Fachzeitschrift in die Hand gedrückt und mit Augenzwinkern angekündigt, er werde sie auf dem Fest aus der Reserve locken.

»Nein, danke«, sagte sie.

»Darf ich?« Lester wartete ihre Antwort gar nicht erst ab, legte seinen Hut auf den Tisch und setzte sich neben sie, auf Rons Platz. Ron stand mit einem Knobelbecher in der einen und einem Schnapsglas in der anderen Hand an der Theke, Dylan tanzte eng umschlungen mit einem Mädchen im Minirock, das mindestens zehn Jahre jünger war als er. Jill zweifelte inzwischen daran, dass sich die beiden an ihren »Schlachtplan« überhaupt noch erinnern konnten.

»Bist keine Frau, die tanzt, nicht wahr?« Lester kam ihr mit seinem langen Gesicht und der schief gewachsenen Nase viel zu nahe. Seine blauen, eng stehenden Augen, von kurzen hellen Wimpern umrahmt, hatten etwas Klebriges an sich.

Jill wandte sich ab.

»Nein, ist sie nicht. Aber ich!«, mischte sich Claire zu Lesters Rechten ein.

»Kann sich ja ändern.« Lester umfing beide Schwestern und

grinste sie abwechselnd an. Claire legte ihren Kopf auf Lesters Schulter und flüsterte ihm etwas ins Ohr, woraufhin er gluckste und mit den Lippen schmatzte, eine Marotte, die Jill wenig amüsant fand. Sie schob seine Hand von ihrer Schulter.

»Wo ist denn dein Kavalier, Claire? Lässt eine Frau wie dich hier sitzen. Eine Frau, die gerne tanzt. Würde mir nicht passieren.«

»Also dann, zeig, was du kannst.« Claire stand auf und stemmte die Hände in die Hüften. Sie war zu stark geschminkt, trug einen strassbesetzten Haarreif und ein rosa Kleid aus glitzerndem Stoff, in dem sich das grelle Licht des Saals fing. Niemand sonst hatte ein solch auffälliges, für den Anlass bei weitem zu festliches Kleid an, das an ihrer Schwester, so fand Jill, billig aussah. Schulterfrei und eng anliegend, der Busen, die Speckrollen, ihre ganze überbordende Figur quoll heraus.

»Da lass ich mich nicht zwei Mal bitten.«

»Dann kannst *du* mal Kindermädchen spielen«, zischte Claire, schob den Rollstuhl ihres Vaters neben Jill und ließ sich an Lesters Arm wie eine alternde Ballerina auf die Tanzfläche führen.

Ron war davon überzeugt, dass Claire und Lester ein Verhältnis hatten. So, wie die beiden ausgelassen und ohne Berührungsängste miteinander tanzten, konnte sich Jill das durchaus vorstellen. Andererseits hatte Claire doch Max. Warum brauchte sie dann die Bestätigung eines einfältigen und schmierigen Mannes wie Lester Goldsmith? Jill musste nicht lange nach einer Antwort suchen. Claire war wie eine Biene, die zu jeder Blüte flog, die sich ihr bot. Als Jugendliche hatte sie eine Zeitlang keine Party ausgelassen, kam betrunken zurück oder blieb ohne Erlaubnis über Nacht weg, um sich nach der Standpauke ihres Vaters wochenlang in ihrem Zimmer zu verkriechen, eingeschnappt oder voller Reue, und am Ende musste sie herausgelockt werden.

Geschenke als Unterpfand für ein Wort, ein Lächeln, bis Claire erneut allen auf der Nase herumtanzte. War es nicht immer so gewesen?

Jill sah sich nach Max um, entdeckte ihn aber nirgendwo.

»Bier?«, fragte sie ihren Vater. Er schloss kurz die Lider. Ein Ja und ein Nein, dachte Jill, ist ihm immerhin noch möglich, mitzuteilen. Sie ging zur Theke und nahm Ron zur Seite. »Es ist schon nach acht Uhr. Und du bist stockbesoffen«, raunte sie ihm zu.

»Tu nur so. Mach dir mal keine Sorgen. Alles im Griff.«

»Dylan knutscht da hinten rum. Ich glaube nicht, dass du alles im Griff hast.«

»Kannste drauf wetten. Jetzt geh und spiel deine Rolle. Wir sehen uns morgen früh.« Ron gesellte sich wieder zu seinen Knobelfreunden.

Jill steckte ihrem Vater den Strohhalm zwischen die Lippen und ließ ihn von dem Bier trinken. Seine Augen ruhten dabei auf ihr, was sie irritierte. Ahnte er, was sie vorhatte? Sie stellte das Glas ab und lehnte sich zurück. Wie oft hatte sie bei Festen neben ihrem Vater gesessen statt bei Leuten ihres Alters. Hatte sie jemals Freunde gehabt? Gar Verehrer? Sie konnte sich nicht erinnern. Chancen mochten da gewesen sein. Nicht viele, aber die wenigen, die es gegeben hatte, hatte sie verpasst, nicht ernst genommen und vor allem abgeblockt mit einem Schutzschild wie ein Panzer. Cayman. Er war ihr Verehrer gewesen. In gewisser Weise. »Bleib bei mir in Texas«, hatte er gesagt. Sie war zu ängstlich, kritisch oder blind gewesen. Und viel zu beschäftigt. In die ganze Welt hatte ihr Vater sie zu den renommiertesten Reitställen geschickt. Die besten Trainer sollte sie haben, im deutschen Westfalen, an der Spanischen Hofreitschule in Wien, sogar einen dreiwöchigen Aufenthalt an der luxuriösen O.R.E.A im indischen Jaunapur bei Delhi und das begehrte Elitetraining am Bishop Burton College hatte ihr Vater finanziert. Wochen, manchmal Monate war sie, seit sie mit fünfzehn die Schule abgebrochen hatte, fort gewesen. Sie konnte sich auf dem Rücken der Pferde besser bewegen als auf der Erde. Mit Pferden besser umgehen als mit Menschen. Fühlte sich bei ihnen mehr zu Hause als bei ihrer Familie.

Ein halbes Vermögen hatte ihr Vater in sie investiert. Und was war das Ergebnis? Einige beachtenswerte Siege. Eine Weile lang hatte sie einen Namen in der internationalen Welt des Vielseitigkeitsreitens gehabt. Aber zählte das jetzt? Ihr Vater war bankrott und ein Krüppel. Sie selbst stand nicht viel besser da. Und Claire war dabei, den Verstand zu verlieren und alles, was sie noch hatten, zu verschleudern.

An diesem Abend war Jill die Komplizin eines Plans, von dem sie nicht wusste, ob ihr Vater ihn gutheißen würde oder nicht. Hatte sie die Möglichkeit, noch alles aufzuhalten, mit ihm zu sprechen, seine Hilfe zu bekommen? Er war doch immer derjenige gewesen, der die Entscheidungen getroffen hatte. Über Claires Leben. Über ihr Leben. Wie konnte er sie jetzt im Stich und einfach stumm alles über sich ergehen lassen? »Vater«, sie räusperte sich und rückte näher. »Claire will Diamond …« Noch bevor Jill zu Ende sprechen konnte, wurde sie von Max unterbrochen, der mit einer Flasche Ale vor ihr stand.

»Prost, Schwägerin. Amüsierst du dich gut?«

»Schwägerin? Das hättest du wohl gerne.«

»Da hast du recht! Und jetzt ist es wahr geworden.« Max hielt ihr die linke Faust hin. »Claire und ich haben geheiratet. Na, willst du mir nicht gratulieren?«

Jill starrte sprachlos auf den dünnen Ring. Sie konnte nicht begreifen, was sie sah. »Ihr habt was? Wann?«

»Heute Morgen. Hat dir Todd nichts erzählt? War mein Trauzeuge.«

Als würde Todd ihr etwas erzählen. Jill hatte ihn den ganzen Abend noch nicht gesehen. »Du hast Claire geheiratet?« Jill sah zu ihrem Vater. Sein Mund stand offen, er hatte den Blick auf den Tisch gerichtet und atmete schwer.

»Schöne Überraschung, nicht wahr? Keine Sorge, Schwägerin, Tante wirst du schon nicht.« Max zwinkerte ihr zu und strich sich über den Schnurrbart, der frisch gestutzt war, und das braune Haar war in Form geschnitten. Er war ganz in Weiß. Anzug, Schuhe, Krawatte. Wie eine schlechte Kopie ihres Vaters, dachte Jill. Nur in der Brusttasche steckte ein blutrotes Tuch. Jetzt wurde ihr alles klar. Claires Frisörtermin, ihr übertriebenes Kleid, die Hotelübernachtung. Die beiden hatten alles geplant. »Und warum?«

Max lachte. »Du stellst Fragen. Warum heiratet man wohl?«

Aus Liebe hast du es nicht getan, dachte Jill. »Claire ist eine gute Partie für so jemanden aus der Gosse wie du«, sagte sie.

Max knallte die Flasche auf den Tisch, seine hellbraunen Augen waren ganz schmal. Sein Blick war eiskalt. Mit seinem untersetzten Körper, der gezackten Narbe auf der Stirn und seinen muskulösen Armen wirkte er wie ein Schläger. »Jemand wie dich sollte man zertreten wie eine Kakerlake. Kein Wunder, dass dich niemand ausstehen kann.« Er drehte sich zur Tanzfläche um, von wo aus Claires Stimme nicht zu überhören war. Sie trommelte Lester auf der Brust herum. Die beiden brüllten sich an.

»Scheißkerl!« Max stürzte auf Lester zu, und schnell schloss sich ein Kreis johlender Menschen um sie.

Bald griff das Handgemenge zwischen Lester und Max auf andere über. Noch kein Farmerfest war ohne Schlägerei verlaufen. Unser Trumpf, hatte Ron am Abend zuvor gesagt, als sie sich zu dritt kurz vor Mitternacht im Stall getroffen und alle Details besprochen hatten. Jill sah, wie Ron die linke Hand hob – das verabredete Zeichen – und in Richtung Ausgang ging. Einen besseren Zeitpunkt hätte er nicht wählen können. Dylan konnte sie nirgendwo mehr sehen. Es war also soweit. Sie spürte ihr Herz klopfen, voller Hoffnung, voller Angst. Jetzt nur nicht in Panik geraten. Sich teilnahmslos verhalten und die Jill bleiben, die alle kannten. Distanziert, kühl, von niemandem wahrgenommen.

»Dieser Wüstling! Schau dir mein Kleid an.« Claire hatte die silbernen Sandalen ausgezogen und stand barfuß am Tisch. »Gießt der mir einfach Wein drauf. Kriege ich doch nie mehr raus!«

»Eifersucht?«, fragte Jill.

»Was heißt hier Eifersucht? Kann seine Finger nicht von mir lassen.« Claire tupfte sich mit einer Serviette die Augen, dann auf dem Weinfleck herum.

»Hat dir bei Lester doch sonst nichts ausgemacht. Aber seit heute morgen bist du ja Max' Frau. Was denkst du dir eigentlich, Vater und mir nichts davon zu erzählen?«

»Wozu? Euren Segen hätte ich sowieso nicht gekriegt.« Claire kramte in ihrer Handtasche herum, bis sie die Pillendose fand, und nahm zwei Tabletten.

»Max ist über zehn Jahre jünger.«

»Willst du mir Ratschläge geben? Ausgerechnet du? Was weißt du von Männern? Nichts.«

»Du kennst ihn kaum.«

»Wie lange muss man denn deiner Meinung nach jemanden kennen, um zu heiraten?« Claire nahm ein Glas Cider von dem Tablett eines vorbeilaufenden Kellners und spülte die Pillen hinunter. Die Raufbolde auf der Tanzfläche waren kurzerhand aus dem Saal gezerrt worden, die Musik setzte wieder ein und alles war, als wäre nichts geschehen. Lester saß jetzt, ein Tuch gegen die Nase gedrückt, am Nebentisch.

Max kam mit blutender Lippe zu Claire. »Den will ich nicht mehr bei uns sehen. Verstanden?«

»Ach, Honey.« Claire tupfte auf seiner Lippe herum, doch Max schob ihre Hand weg. »Du benimmst dich jetzt. Geh und bring dich in Ordnung.«

Pure Aggression stand in sein Gesicht geschrieben. Er war unberechenbar. Mal konnte er mit der Stimme eines Seelentrösters auf einem Gatter sitzen und über die Apfelblüte schwärmen, aber sich im nächsten Moment mit einem Lasso auf die Rinder stürzen, sie rücksichtslos zu Boden werfen und das Brandeisen mit Gebrüll ins Fell pressen, die einzige Arbeit, an der er Vergnügen zu haben schien. Er schoss mit Schleudern auf Spatzen, mit dem Luftgewehr auf Tauben, sparte bei den Milchkühen an Eutersalbe, scherte sich nicht um Huffäule oder Wurmkuren. Wie ein Mensch mit Tieren umgeht, dachte Jill, so hält er es mit den Menschen. Sag mir, wie du ein Tier behandelst, und du zeigst mir dein wahres Gesicht. Jill wollte sich nicht ausmalen, wie Max sich als Ehemann Claire gegenüber verhalten würde. Vermutlich hatte er ihr sein wahres Gesicht bis zur Hochzeit noch nicht gänzlich offenbart. Schon an diesem Abend, an ihrem Hochzeitstag, blätterte die Fassade. Aber Claire schien dafür blind zu sein. Sollte sie ihre Schwester beschützen? So wie sie es zumindest immer versucht hatte?

Nein, entschied Jill. Ab heute Abend würde sie sich selbst beschützen. Sie sah mit einer Mischung aus Verachtung und Mitleid Claire hinterher, die leicht schwankend zur Damentoilette ging.

»Was ist mit deinem Alten?« Max machte eine Kopfbewegung zu Jills Vater.

Erschrocken sprang sie auf. Ihr Vater hing vornüber gebeugt im Rollstuhl, das Gesicht kreidebleich, Flecken von Erbrochenem auf seinem Schoß.

»Picheln kann er wohl noch«, sagte Max und lachte. »Schaff ihn nach Hause, Schwägerin.«

»Mir hast du keine Befehle zu erteilen.« Jill putzte das Malheur, so gut es ging, vom Anzug ihres Vaters ab, brachte ihm Wasser und schob ihn nach draußen.

Jill atmete tief durch. Die Musik und das Stimmengewirr rauschten ihr noch in den Ohren, der leichte Wind strich ihr über das brennende Gesicht. Der Himmel war sternenklar, Insekten schwirrten um die Lampen auf dem Parkplatz, und Jugendliche saßen auf einer Rasenfläche, wo sie ihre eigene kleine Party feierten. Alles, was im Saal geschehen war, rückte ein Stück weit in die Ferne. Es war nicht die Welt, in die sie gehörte. Sie fühlte eine Last von den verspannten Schultern fallen. Ihr Wagen mit dem Hänger und der Lastwagen waren weg. Nur Max' Jeep stand auf seinem Platz. Noch kein Beweis dafür, dass Ron und Dylan ihr Versprechen einlösen würden. Das Misstrauen den beiden gegenüber wog schwerer als alle Beteuerungen. Jill würde auf dem Parkplatz warten müssen, bis sie wieder da waren und sie mit ihrem Wagen zurück zur Farm fahren konnte. So hatten sie es besprochen. Und ob es ihrem Vater nun schlecht ging oder nicht und er eigentlich so rasch wie möglich nach Hause gebracht werden sollte, sie würde warten.

Das hatte sie schließlich ihr Leben lang getan.

26

Längere Zeit Strohwitwer war Collin das letzte Mal gewesen, als Kathryn mit den Kindern den ganzen Sommerurlaub bei ihren Eltern in Glastonbury verbracht hatte, während er die Umbauten im Cottage überwachen, Staub aus aufgestemmten Wänden, Maschinenlärm und andere lästige Begleiterscheinungen ertragen musste. Wie einkaufen und kochen.

»Ich koche gern«, sagte Professor Malcolm Sparrow und hackte pfeifend Zwiebeln, Knoblauch, Gemüse und Kräuter, während Collin sein Bier trank und sich fragte, wer diesen Berg Grünzeug essen sollte. Viel Appetit verspürte er nach diesem Tag nicht. »Es beruhigt die Nerven. Man schneidet Zwiebeln und denkt an nichts außer Tränenflüssigkeit.«

»Nicht gerade angenehm.«

»Nein.« Sparrow schmunzelte. »Aber man merkt, dass man lebendig ist.«

Das kann ja was werden, dachte Collin. Weisheiten eines Geoforensikers, der mit Hingabe Zwiebeln hackte. Darauf konnte er gut und gern verzichten und heute auch auf Fleisch. Er schob die Rinderfilets, die Sparrow sorgfältig mit einer Mischung aus Orangenmarmelade, Olivenöl, Senf und Gewürzen eingestrichen hatte, aus dem Blickfeld.

»Wie ist Ihre Faszination an der Geologie entstanden?«, fragte er, um endlich die Bilder der winzigen Knochenteile aus dem Kopf zu bekommen, die ihm Hampton am späten Nachmittag im Labor gezeigt hatte.

»Durch die Menhire«, erklärte Sparrow. »Eigentlich fing alles mit Asterix und Obelix an.«

»Mit Asterix und Obelix?«

»Ja, wer hat die nicht als Kind gelesen? So einen Menhir, Hinkelstein im Volksmund, den musste es doch in Wirklichkeit geben, wenn er da im Comic von Obelix herumgetragen wurde.« Sparrow lächelte in sich hinein und öffnete Schränke, als wäre er in dieser Küche schon immer zu Hause gewesen. Er holte eine Pfanne heraus und fettete sie ein.

»Kennen sie den Rudston in Yorkshire, den höchsten Monolithen Großbritanniens?«

Collin schüttelte beschämt den Kopf.

»Fünfundzwanzig Fuß hoch, ursprünglich sogar höher. Er stammt aus der mittleren Jungsteinzeit, und das Gebiet, wo er errichtet wurde, war in prähistorischer Zeit offenbar eine Kultstätte. Man findet Menhire in fast ganz Europa, aber beispielsweise auch in Indonesien.«

»Und wegen Obelix und den Hinkelsteinen wollten Sie Geologe werden?«

»Ach, was wollen wir als Kind nicht alles werden.« Sparrow begann das Gemüse zu dünsten und verringerte die Hitze beim Topf mit dem Reis. »Ein Klassenausflug führte nach Stonehenge. Da hat sich der Kreis sozusagen geschlossen. Das hat mich nicht mehr losgelassen.«

»Hätte dann ja auch die Archäologie sein können«, sagte Collin.

»Hätte. Aber es waren tatsächlich nicht die Menschen hinter diesen Steinbauwerken, die mich interessierten, sondern die Steine selbst.« Sparrow wischte sich die Hände an der Schürze ab, die er wie selbstverständlich vom Haken genommen und übergestreift hatte, kaum hatte er einen Fuß in die Küche gesetzt. Er drehte sich zu Collin um. »Sie lieben Steine?« Es hörte sich aus dem Mund des leisen Professors eher wie eine Feststellung als eine Frage an.

»Meine Leidenschaft«, murmelte Collin und überlegte, was

Sparrow zu seinen Figuren sagen würde. Wahrscheinlich hatte er sich bereits ein Bild gemacht. Schließlich stolperte man in dem Cottage überall über Collins Werke. In der Küche wohnte Tuffy, wie Ayesha die vier Fuß hohe Figur getauft hatte. Ein weißlich-grüner Serpentin, aus dem Collin eine Gestalt gemeißelt und zusammengeklebt hatte, die an einen buckligen Alien mit überlangen Gliedmaßen erinnerte. Kathryn benutzte Tuffy als Butler, hängte ihm die Hundeleine um den Hals, setzte ihm ihren Sommerhut auf oder klebte Postlets mit Einkaufslisten auf seine zerfurchte Brust. Aber vermutlich nahm der Professor Collin nicht ernst. Jemand, der den Rudston in Yorkshire noch nicht besucht hatte, war womöglich in dessen Augen kein wirklicher Mineralienliebhaber.

»Dann kennen Sie sicher die Steinreihe am Cut Hill im Dartmoor, erst 2004 entdeckt. Die Menhire dort stammen von 3.500 vor Christus, also aus der Jungsteinzeit. Früher hat man immer auf die Bronzezeit getippt. – Die Riesensteine sind allerdings nur ein Steckenpferd. Promoviert habe ich über die kaledonische Gebirgsbildung. Die Auswirkungen haben Sie hier in Cornwall ja direkt vor Augen.«

»Sie sind also im Herzen ein Korne«, sagte Collin, um sich keine Blöße zu geben. Er hatte keine Ahnung von der Jungsteinzeit geschweige denn der kaledonischen Gebirgsbildung. Im Gegensatz zu anderen Steinliebhabern hatte er sich nur halbherzig mit der Geologie beschäftigt. Er wusste, wie ein Hornblendengranit aussah und kannte eine Stelle, wo er ihn finden konnte, aber die chemische Zusammensetzung eines Steins interessierte ihn so wenig wie die erdgeschichtliche Entstehung oder ob die Kristalle eine rhombische oder monokline Form hatten.

»Wenn Sie so wollen. Cornwall ist ein Paradies für Geologen.« Sparrow griff nach seinem Weinglas und prostete Collin zu.

»Warum bleiben Sie dann nicht bei den Steinen?«

»Schön wäre es, nicht wahr? Nichts als Erze in den Händen.« Sparrow nickte lächelnd vor sich hin. »Aber dann kommt die Gasrechnung gleichzeitig mit der Einfrierung von Forschungsgeldern. Wen interessiert die außerordentliche Mineralisierung durch magmatisch-hydrothermale Prozesse vor dreihundert Millionen Jahren in Cornwall? Das Gaswerk nicht.«

»Ein Zubrot also?«

»Ja, gezwungenermaßen. Ich stelle mein Know-how der Kriminalpolizei zur Verfügung und kann die Gasrechnung bezahlen. Im Gegenzug wird mir eine Reise in diese wunderschöne Gegend ermöglicht. Ich war schon am Sonntag hier und habe mir ein altes Kupferbergwerk der *Wheal Basset Copper Mine* angeschaut. Sehr interessant. Kann ich anrichten?«

Sie aßen im Garten, der Collin ohne seine Familie viel zu still war. »Also hoffen Sie, noch länger in Cornwall bleiben zu können?«, fragte er.

»Ja und nein.« Sparrow wiegte den Kopf. »Ich suche die Gräber, helfe bei der Datierung, und damit ist meine Arbeit getan. Das ist anders als in der Geologie, wo es nie ein Ende gibt, wo ein Fundort immer den Anfang der Forschung darstellt.«

Nicht anders ist es beim Morddezernat, dachte Collin. Eine Leiche wird gefunden und damit beginnt eine oft mühsame Suche, die manchmal ohne Resultat bleibt.

»Sie glauben aber nicht, dass auf Woodland noch mehr mysteriöse Gräber sind?«

Sparrow kaute zu Ende, bevor er antwortete. »Ich persönlich denke, nein. Das erste getötete Kind wurde zunächst in einem der Gräber auf dem kleinen Friedhof des Anwesens vergraben, weniger als einen Meter tief, und zu einem späteren Zeitpunkt, vermutlich schon stark skelettiert, im Pförtnerhaus eingemauert.«

»Das zweite Skelett ist mit weniger Sorgfalt versteckt worden«, ergänzte Collin, »auch wenn es unter den Holzbohlen lag. Und das Fundament …«

»An der Stelle muss es früher einmal eine kleine Unterkellerung gegeben haben. Ein Lager für Wein oder Kohle, vermute ich. Das untersuchen wir morgen noch genauer. Das Fundament fehlt an der Stelle. Wurde mit Ziegeln und Kies aufgeschüttet.«

»Das Brett über diesem Kriechkeller war früher vermutlich eine Falltür«, sagte Collin. »Es ist quadratisch, aber laut Laborbericht jüngeren Datums als der Rest des Holzbodens im Pförtnerhaus. Wir gehen davon aus, dass der Täter mit den Örtlichkeiten vertraut war und problemlosen Zugang zum Pförtnerhaus und zum Rest des Anwesens hatte. Alle Hinweise sprechen dafür, dass beide Kinder vom gleichen Täter getötet wurden.«

Sparrow nickte. »Ja, das glaube ich auch. Bei der zweiten Kinderleiche hatte es die Person eiliger, musste schnell einen neuen Ort finden. Hat nicht lange gezögert. Möglicherweise stand über der ehemaligen Falltür ein größeres Möbelstück. Auch das werden wir überprüfen. Vorzügliches Fleisch.« Sparrow griff nach der Pfeffermühle und würzte nach. Wie gelang es ihm, nach diesem schrecklichen Fund voller Genuss zu essen? Er war doch den Anblick von Verbrechensopfern viel weniger gewohnt. Collin merkte seinen schmerzenden Backenzahn und schnitt mehr aus Höflichkeit ein Stück Filet ab.

»Ich vermute, dass das Pförtnerhaus nicht mehr bewohnt war und es deshalb als ideales Versteck ausgewählt wurde«, sagte Collin.

In den alten Plänen des Anwesens, die Bill organisiert hatte, wurde das fragliche Gebäude als »Pförtnerhaus« bezeichnet. Ob es jemals in der Funktion benutzt worden war, hatten sie bislang nicht herausfinden können. Bei den Hattonfields war kein Pförtner angestellt gewesen, wie Zeugen zu Protokoll gegeben hatten. Doreen, die alte Dame aus dem Dorf, deren Schwester eine Weile als Haushälterin auf Woodland beschäftigt gewesen war, wusste ebenfalls nichts von einem Pförtner. Einer der Schlüssel, die sie in Taylors Schublade gefunden hatten, passte in die Eingangstür des Pförtnerhauses. Die anderen gehörten zu dem Gartentor, das sie hinter den Weißdornbüschen entdeckt hatten, und zu den Nebengebäuden. Alle Wege führten immer wieder zu Taylor, dachte Collin.

»In der Kürze der Zeit konnten wir natürlich nicht überprüfen, ob auf Woodland tatsächlich nicht noch weitere Kinderleichen vergraben sind«, unterbrach Sparrow seine Gedanken. »Dafür ist das Anwesen zu groß. Aber da zwei Liegeorte im Pförtnerhaus sind ... Schon deshalb glaube ich nicht, dass wir noch weitere Opfer finden werden.«

Collin stopfte sich eine Pfeife. Seine Erfahrung gab Sparrow Recht. Auch Mörder waren Gewohnheitsmenschen. Was sich ein Mal bewährt hatte, wurde oft wiederholt. Die Handschrift eines Räubers, der in Devon vier Banken in verschiedenen Kleinstädten überfallen hatte und wie zum Hohn jedes Mal ein »Dankeschön!« auf die Scheibe des Bankschalters geschrieben hatte. Die junge Frau, die aus Jux, wie sie bei Festnahme erklärte, mehrere Autos in immer der gleichen Straße in Brand gesetzt und dabei jedes Mal dieselben grün-gelben Ringelstrümpfe getragen hatte. Das leer stehende Pförtnerhaus war ein ideales Versteck gewesen, und ohne den Lasterunfall – ohne den Zufall – wäre niemand auf die Idee gekommen, dass unter dessen Fundament zwei Kinderleichen verscharrt worden waren.

»Interessant ist, in welchem der drei Gräber auf dem Familienfriedhof das erste Skelett offenbar anfangs gelegen hat«, sagte Collin.

Sparrow nickte und goss sich Wein nach. »Man muss sich in den Täter hineinversetzen. Drei Gräber hat er zur Auswahl, um in aller Eile ein getötetes Kind zu vergraben. Für welches entscheidet er sich?« In seiner Brille spiegelte sich das Licht der Gartenlampe.

»Man prüft den Boden«, überlegte Collin. »Wo kann ich am besten und am schnellsten graben? Das Grab mit der Steinplatte kam nicht in Frage. Das hätte eine zusätzliche Anstrengung bedeutet.«

Sie hatten einen Steinmetz hinzugezogen, der auf die Restaurierung alter Grabsteine spezialisiert ist. Mit seiner Hilfe hatten sie die unleserlichen Namen und Daten der drei Grabsteine identifizieren können. Die Daten untermauerten ihre anfängliche Vermutung, dass in den drei recht kleinen Gräbern Kinder ihre letzte Ruhestätte gefunden hatten.

»Ursprünglich haben wir angenommen, dass es sich um das Familiengrab der Hattonfields handelt«, erzählte Collin. »Aber es wurde von der Familie Talland angelegt, Erstbesitzer von Woodland. Sie haben das Anwesen errichtet. Das Grab mit der Platte gehört einem Mädchen namens Victoria Talland. Sie ist nur fünfzehn Jahre alt geworden. Die zwei anderen Kinder, Tyler und Hailey, sind beide nicht mal einen Monat alt geworden.«

Für einen Moment schwiegen Collin und Sparrow. In der Ferne rauschte das Meer, Wind strich durch die Bäume, die Collins Grundstück umgaben, und er glaubte deutlich eine Eule zu hören.

»Also, welches Grab hat der Täter ausgewählt? Tylers?«, fragte Collin.

»Richtig. Das Grab des Jungen, vielleicht weil sein Opfer ebenfalls ein Junge war.« Sparrow erklärte umständlich, wie Bodenproben und die Beschaffenheit des alten Grabs diese These erhärteten. »Warum der Täter sich danach entschieden hat, das Todesopfer umzubetten, ist natürlich eine offene Frage«, schloss er. »Tauschen möchte ich jedenfalls nicht mit Ihnen.« Sparrow stellte die Teller zusammen. »Die Geologie ist mir dann doch lieber. Da wird einem vor Augen geführt, dass Leben und Sterben aller Lebewesen nur einen nichtigen Wimpernschlag bedeuten und wir am Ende auf einem höchst wackeligen, zudem heißen und flüssigen Grund stehen. Verschiebungen von Erdplatten, vulkanische Eruptionen, Eiszeiten und Gebirgsfaltungen, über Jahrmillionen, bis heute. Was macht da ein Menschenleben aus? Nichts.« Sparrows Stimme war immer leiser geworden. Er streichelte sich den Vollbart und starrte schläfrig vor sich hin.

Collin wollte auf einmal allein sein. Doch dann müsste er den Professor zurück ins Hotel bringen. Eine zwanzigminütige Fahrt mit einem Quäntchen Zuviel an Alkohol im Blut.

»Ich kann Ihnen unser Gästezimmer anbieten. Samt Zahnbürste«, schlug er vor, ohne überzeugt zu sein, dass er Sparrow gern beim Frühstück dabei haben wollte. Kathryn warf ihm oft vor, ein Morgenmuffel zu sein. Wahrscheinlich hatte sie recht.

»Das wäre angesichts der leeren Flaschen wohl die beste Lösung«, antwortete Sparrow. »Und äußerst freundlich. Reisen bin ich offen gesagt nicht gewohnt. Es ist erst meine zweite in der Rolle eines Geoforensikers. Ich überlege gar, meine Dienste nicht mehr länger zur Verfügung zu stellen.«

»Robert Ashborne, unser Polizeichef, schätzt Sie sehr. Und Sie haben uns einen Schritt weiter gebracht.«

»Wissen Sie, mir ist all das ein Übermaß an Gegenwart. Und nun würde ich sehr gern auf Ihr Angebot zurückkommen und mich in den Schlaf begeben.«

Sparrow trug die Teller in die Küche und stand schon am Abwaschbecken, als Collin mit den Gewürzen hinter ihm herkam. *In den Schlaf begeben*. Ein seltsamer Ausdruck. Alles an dem kleinen Professor war etwas verschroben, ganz so, als bewege er sich in der Gegenwart wie auf einer wackeligen Oberfläche.

Eine halbe Stunde später sah Collin vom Garten aus, wie das Licht im Gästezimmer erlosch. Es war nicht einmal neun Uhr abends. Er telefonierte mit Kathryn, hörte mit halbem Ohr zu, wie sie die neuesten Ponygeschichten von Ayesha und von den Streichen der Zwillinge erzählte, und ging danach mit einem Bier in die Werkstatt. Er nahm »Die gefangene Tänzerin« vom Regal und staubte sie sorgfältig ab.

In der Post war ein Bündel der Flyer gewesen, die für die Gemeinschaftsausstellung gedruckt worden waren. Die Veranstalter hatten Collins Tänzerin für die Rückseite ausgewählt. Er fühlte sich geschmeichelt, und zugleich befiel ihn Nervosität. Was bedeutete diese Hervorhebung? Was erwartete man von ihm? Hoffentlich keine Rede, dachte er. Auf der Vorderseite des Flyers prangte ein Fisch, ganz aus rostigen Teelöffeln zusammengeschweißt. Collin kannte den Künstler, der sich Cuchillo nannte – das spanische Wort für Messer –, und den die Dorfbewohner in einer Mischung aus Verhöhnung und Ignoranz Besteckangler riefen, da er kein anderes Motiv hatte als Fische. Jede verbogene Gabel versilberte er. »Ihren Werken fehlt die Linie, die unverkennbare Handschrift«, hatte ein Kunstkritiker, den Kathryn voller Begeisterung zu einem Abendessen eingeladen hatte, zu Collin gesagt. »Sie scheinen noch auf der Suche zu sein.«

Collin strich der Tänzerin mit einem Finger über das Steinhaar. Ja, dachte er. Ich bin auf der Suche. Nach dem Mörder zweier Kinder. Nach der Seele in den Steinen. Und ich werde es immer sein.

27

»Was willst du denn hier?« Claire trat im Morgenmantel mit zerzaustem Haar und aufgequollenem Gesicht auf den Flur und zog die Tür des Hotelzimmers leise zu, hinter dem Max offenbar noch im Tiefschlaf lag. »Um sieben Uhr morgens! Weißt du, wann ich im Bett war? Es war schließlich meine Hochzeitsnacht.«

»Diamond ist weg«, sagte Jill und spürte ihr Herz im Hals klopfen.

»Was soll das heißen, er ist weg?«

»Er war nicht im Stall. Auch nicht auf der Koppel. Dachte, es sei dir wichtig.«

»Natürlich ist es mir wichtig«, flüsterte Claire. »Was glaubst du denn? Das letzte Angebot liegt bei 40.000 Pfund. Heute Nachmittag kommt ein Kaufinteressent, der den Preis noch überbieten will.«

»Wir denken, jemand hat ihn gestohlen«, erklärte Jill und wich dem misstrauischen und wütenden Blick ihrer Schwester aus.

»Gestohlen? Wie denn?« Claire zog sie ein Stück von der Tür weg.

»Ron hat Diamond gestern in den Stall gebracht und mir den Schlüssel gegeben, als er zum Fest zurückgekommen ist.«

Jill hielt den Stallschlüssel hoch. Sie hatte einen halben Liter Tee getrunken und eine Valium genommen, bevor sie zum Forest House gefahren war, das Hotel, in dem Claire und Max die Nacht nach dem Farmerfest verbracht hatten. Sie musste glaubwürdig klingen. Das war das Wichtigste, hatte Ron ihr eingeschärft. Das Lügen hatte ihr noch nie gelegen. Am Ende hatte sie sich eingeredet, wie nichtig diese Lüge doch gegenüber der großen Unaufrichtigkeit war, die sie tief in ihrem Inneren vergrub.

»Soll ich die Polizei informieren?«, fragte sie und merkte, wie sich ihr Rücken aufrichtete und ihre Füße fester auf dem Boden standen.

»Die Polizei?« Claire schaute nervös zur Tür.

»Das Schloss ist aufgebrochen, so sieht es aus. Wir sollten eine Anzeige machen.»

»Warte bitte, bis wir zurück sind. Ich muss mit Max darüber sprechen.« Claire wirkte auf einmal hilflos und ängstlich wie das kleine Mädchen, das sie einmal gewesen war, und einen Moment lang war Jill geneigt, sie wie damals an die Hand zu nehmen und sie zurück ins Bett zu bringen, aus dem sie weinend nach einem schlechten Traum gesprungen und zu Jill gelaufen war. Doch der Moment von so etwas wie Nähe war rasch vorbei, als Claire im Zimmer verschwand und kurz darauf Max lauter werdende Stimme zu hören war. Sie waren keine Verbündeten mehr. Das war lange vorbei, dachte Jill und eilte wie auf einer Wolkenschicht aus dem Hotel heraus. Nicht einmal Schmerzen hatte sie an diesem Sonntagmorgen. Diamond war an einem sicheren Ort. Wo genau, hatte Ron ihr nicht verraten, damit sie sich nicht aus Versehen verplapperte. Ein guter Bekannter von Dylan, Pferdekenner wie er, ein kleiner Privatstall. Dylan hatte Ron ein Handyfoto geschickt, worauf man nur Diamonds Kopf über einer Boxentür erkennen konnte. Sehnsucht kam in ihr hoch. Sie wollte am liebsten sofort zu ihm. Aber der Plan sah vor, dass sie sich einige Tage gedulden musste, dann sollte sie eine Ausrede erfinden: einen Arztbesuch, eine Einladung, irgendetwas, was mehrere Tage in Anspruch nehmen und rechtfertigen würde, dass sie nicht zu Hause war. Sie hatte sich sogar bei dem Gedanken ertappt, gleich ganz ihre Sachen zu packen und von der Farm zu verschwinden. Dann war ihr der Reitkurs eingefallen, der gestern begonnen hatte. Welche bessere Tarnung gab es, als sich dafür bei Lester

Goldsmith einzuquartieren? Sie war jetzt sowieso auf dem Weg zu ihm, um der neuen Anfängergruppe die zweite Unterrichtsstunde zu geben. Wie sie diesen Job hasste. Aber welchen Ausweg aus ihrer miserablen finanziellen Situation hatte sie sonst, als halb heulenden, halb draufgängerischen Kindern das Reiten beizubringen? Coach für den Nachwuchs kannst du werden, hatte ihr ein langjähriger Trainer nach ihrem Unfall geraten. Sie hatte sich bislang nicht vorstellen können, anderen Talenten das Geheimnis zu vermitteln, wie man eins wurde mit seinem Pferd, um es zu Höchstleitungen zu bringen. In Wahrheit konnte sie dieses Geheimnis nicht in Worte fassen. Und hatte sie es letztlich beherrscht? *Eine Nummer eins fällt nicht vom Pferd*, hatte ihr Vater damals am Krankenhausbett bei seinem einzigen Besuch knapp gesagt.

Jill stieg in ihr altes Auto und fuhr mit gedrosseltem Tempo ein Stück durch den New Forest. Der Wald war zwischen dicken alten Bäumen mit Farnkraut bewachsen, Stechginsterbüsche leuchteten gelb, auf Freiflächen wuchsen Heidekraut und diverse Flechten. Es war ein mooriger und urtümlicher Wald, der ihr Unbehagen bereitete. Nur die Tatsache, dass Pferde darin halbwild lebten, hatte sie einmal hineingelockt. Doch seit dem ersten Besuch war sie nie mehr dort gewesen.

Sie hatte auf einem umgestürzten Stamm, von Büschen verdeckt, auf einer Lichtung gesessen, und einer kleinen Herde beim Grasen zugesehen. Es war ein warmer Spätsommertag gewesen. Die Mücken tanzten, es roch sumpfig, und die Baumkronen schirmten den Himmel bis auf wenige Lichtlöcher ab. Sie hatte das Paar nicht kommen hören und wurde selbst von ihm nicht gesehen. Der Mann breitete eine Decke aus, zog die Frau mit wenigen Handgriffen aus, hob sie hoch und legte sie wie ein Kind auf die Decke. Sie wirkte auch etwas kindlich, war zierlich und sehr viel kleiner als er. Laute drangen zu Jill, die sie nicht hören wollte. Die Pferde spitzten die Ohren, trabten ins Unterholz, Äste knackten, ein Wiehern, und dann wandte der Mann den Kopf in Jills Richtung. Ärger glaubte sie auf seinem Gesicht zu lesen. Sie presste sich dicht hinter den Baum, spürte Panik in sich aufsteigen, lautlose Schreie, die ihre Brust zuschnürten, und Bilder von etwas Vergangenem, von dem sie nicht wusste, ob es geträumt oder geschehen war: Der finstere Wald hinter ihrem Elternhaus, ein nackter Männerrücken, das Weinen eines Kindes.

Das Paar war längst weggewesen, doch sie hatte bis zum Einbruch der Dämmerung hinter dem Baum ausgeharrt. Feuchte Luft brachte Nebel in den Wald, und erst die zunehmende Kälte löste die Lähmung ihrer Glieder. Sie irrte wie ein verfolgter Hase durch den Wald, bis sie das Auto wiederfand, und raste zurück zur Farm. Nein, sie würde nie wieder einen Fuß in den New Forest setzen. Auch wenn er von Pferden bewohnt war, die auf eine Weise frei waren, wie es ihre eigenen niemals erlebt hatten.

Werde ich die Angst nie besiegen oder wenigstens dieses eine Mal?, fragte sie sich, als sie jetzt den Weg zwischen hohen Weißdornhecken einbog, der zu Lester Goldsmiths Farm führte. Du gehst nicht bis zum Äußersten, hatte ihr Olympiatrainer nach einem enttäuschenden dritten Platz zu ihr gesagt, deshalb wirst du nie eine ganz Große werden, außerdem hast du für diesen Sport einfach die falsche Statur. Wäre dein Wille nur so groß wie dein Körper. Du hast keine Risikobereitschaft und wirst das Pferd immer schonen. Ein Military-Reiter schont aber sein Pferd so wenig wie der Jockey seinen Galopper. Du musst alles von ihm fordern. Ohne Rücksicht. Und von dir.

An diesem Sonntagmorgen nahm sich Jill vor, ohne Rücksicht ins Risiko zu gehen und ihr Leben endlich und ein für allemal selbst in die Hand zu nehmen. Sie würde fortgehen, genauso wie

Claire, sehr weit fort, an einen Ort, an dem es keine Schatten gab, die sie verfolgten, wo niemand sie an die Kandare nahm, sie mit der Peitsche antrieb, vor einen Karren spann und sie diesen aus dem Dreck ziehen ließ. Nicht Claire, nicht ihr Vater, keiner würde ihr mehr ein Hindernis in den Weg stellen. Diesen Entschluss hatte sie in der schlaflosen Nacht gefasst.

Sie parkte auf dem frisch gefegten Hof zwischen Wagen mit auswärtigen Kennzeichen. Die ersten Feriengäste waren eingetroffen. Auf dem Rasen vor der Terrasse des zweistöckigen Hauses sprangen Kinder auf einem Trampolin und plantschten im Pool, eine Familie war auf der Minigolfanlage und eine weitere in der Umzäunung des Streichelzoos. Lester hatte an alles gedacht. Ein erfolgreiches Konzept für einen Familienurlaub auf dem Land. Er hatte einen Angelteich, einen Abenteuerspielplatz, bot Kutschfahrten und Übernachtungen im Heu an, bewirtete die Gäste an einer Feuerstelle, ließ von einem Angestellten Interessierte im Melken und in der Käseherstellung unterweisen und hatte einen kleinen Hofladen mit Bioprodukten, die er von umliegenden Höfen bezog, aber mit eigenem Label verkaufte.

Sein Traum war aber noch viel ehrgeiziger. Einen Reitplatz für Profis wollte er aufbauen. Warum, war Jill schleierhaft. Lester hatte keinen Namen in der Branche, besaß keine Hochleistungspferde und eine Anlage, die den Ansprüchen der internationalen Elite genügen würde, verschlänge Millionen. Sponsoren wollte er auftreiben. Und der Köder für seinen Traum war Jill. Nicht nur sie. Auch Diamond, ihr Pferd, war es. Die Akademie wollte er nach ihm benennen. Sein Kopf sollte das Logo zieren und sein Rücken all jene tragen, deren Talente Jill feilen sollte.

Nein, diesen Kuhhandel würde sie nicht mitmachen. Jeder Hinz und Kunz sollte Diamond reiten können? Nicht mit ihr.

Nicht für alles Geld auf der Welt. Und auch wenn sie wollte, konnte sie dies nicht umsetzen, denn Diamond gehörte ihr nicht.

»Reichlich spät kommst du.« Lester stellte ihr eine Tasse Tee hin und musterte sie kühl. Ein Pflaster klebte auf seiner Nase, und er sah übernächtigt aus. »Kay hat deine erste Stunde wieder übernommen.«

Jill stellte sich ans Küchenfenster und blickte auf die Weide. Dreißig Ponys hatte Lester allein für den Reitunterricht. Die Küche war aus Teakholz, der Boden mit Naturfliesen belegt, in der Garage standen vier Autos, darunter der neueste Range Rover Evoque.

Ein Bündnis mit Lester wäre wie eine Rückkehr in ihre alte Welt, in der Geld keine Rolle spielte. Sie konnte sich nur dem Eindruck nicht erwehren, dass Lesters Geld stank. Abgesehen davon würde sie jetzt um nichts in der Welt mehr auf Lesters Angebot eingehen.

»Diamond ist weg. Vermutlich gestohlen«, sagte sie, ohne sich umzudrehen.

»Was? Gestohlen? Von wem?«, rief Lester stellte sich neben sie. Auch er war ein zu kleiner Mann für ihre langen Knochen.

»Weiß ich nicht.« Jill trank von dem Tee und merkte die Hitzeflecken am Hals, deren rote Farbe sie immer verraten hatten.

»Hast du die Polizei eingeschaltet?«

»Noch nicht. Habe Claire Bescheid gesagt. Ist ja ihr Pferd …«

»Ihr Pferd!? Tss.« Er hielt ihr sein Handy hin. »Du rufst jetzt sofort bei der Polizei an.«

»Ich warte, bis Claire und Max aus dem Hotel zurück sind. Nach der Reitstunde.«

Lester haute sich die Faust in die flache Hand. »Ich könnte Claire … Ist die verrückt geworden? Heiratet klammheimlich diesen Max.«

Was macht ihn so wütend?, fragte sich Jill. Dass Claire ihn hatte abblitzen lassen? Oder war da mehr als ein Techtelmechtel, wie Ron es ausgedrückt hatte, zwischen den beiden gewesen? Jill wollte es gar nicht wissen. Sie wollte den Reitunterricht hinter sich bringen, danach einen Vorschuss erbitten und dann zurück auf den Hof, um dem zweiten Teil des Plans ins Auge zu sehen. Sie brauchte keinen zeternden Lester Goldsmith. Einen kühlen Kopf, den brauchte sie.

»Also, bis dann …« Jill wandte sich zum Gehen, doch Lester hielt sie am Arm fest.

»Da steckt Max hinter.«

»Warum sollte er Diamond stehlen? Er hat einen Käufer.«

Sie riss sich los.

»Ich habe mitgeboten. Weißt du das etwa nicht? Vier Riesen. Dieses Schwein!« Lester strich sich über die verletzte Nase.

»Du hast was?« Jill glaubte ihren Ohren nicht zu trauen. Warum wurde sie ausgeschlossen? Warum erzählte ihr niemand etwas?

»Claire hat Donnerstag zugesagt und eine Anzahlung kassiert.«

»Donnerstag habt ihr schon Nägel mit Köpfen gemacht?« Jill packte Lester am Arm. »Und du erzählst mir kein Wort davon? Du Mistkerl! Sitzt gestern neben mir, als wäre nichts gewesen?«

Lester riss sich los. »Wir wollten heute Nägel mit Köpfen machen, und jetzt das. Sie wird ihr blaues Wunder erleben. Diese Schlange!« Lesters Stimme überschlug sich.

Er ging aufgebracht mit seinem leicht hinkenden Gang hin und her. Als junger Mann war er unter einen Mähdrescher geraten, und sein linkes Bein hatte amputiert werden müssen. Ein Unglück, das er offenbar nie verwunden hatte. Die Welt, so ließ er es immer wieder direkt oder als Anspielung verlauten, hatte sich seitdem restlos gegen ihn verschworen. Er war als geiziger, geldgieriger, aufbrausender, wenig umgänglicher Arbeitgeber und Geschäftsmann verschrien.

»Du willst also wirklich diesen Reitplatz aufbauen?«, fragte sie und spürte die Wut als Knoten im Magen.

»Ja, Jill, ob es dir passt oder nicht. Hab schon Levin Ferring als Partner gewonnen. Er wird das Training übernehmen. Mit dir kann man ja nicht rechnen. Mit keinem von euch.«

»Nein, das kannst du nicht mehr. Und eine andere Reitlehrerin für die Gören kannst du dir auch suchen, du mieses Schwein.«

»Geh, wohin der Pfeffer wächst,« brüllte Lester, als Jill zur Tür hinauslief, sich in ihren Wagen setzte und losfuhr.

Sie wäre am liebsten bis zum Ende der Insel gefahren, an den Rand des Meers und von dort in die Tiefen des Ozeans.

Stattdessen fuhr sie zurück zur Farm.

Die drei Disziplinen des Vielseitigkeitsreitens fordern unterschiedliche Fähigkeiten von Reiter und Pferd. Beim Geländeritt ist Ausdauer erforderlich, in der Dressur geht es um die feinste Koordination zwischen Pferd und Reiter und um absolute Kontrolle. Beim Springen ist höchste Konzentration gefragt, Geschicklichkeit und Kraft, um Hindernisse ohne Scheu zu überwinden. Jeder Geländeritt war rasant und gefährlich. Nerven wie Stahl musste man haben.

All diese Fähigkeiten hatte Jill einst zumindest als Reiterin gehabt. Jetzt aber flatterten ihre Nerven. Max hatte alle zur Krisensitzung ins Wohnzimmer befohlen. Würden ihre Lügen wie ein Kartenhaus in sich zusammenfallen? Konnte sie sich auf ihre zweifelhaften Kumpane verlassen? Dylan, den sie besser zu kennen geglaubt hatte als Ron, war verschwunden und beantwortete sein Handy nicht.

»Also, wo treibt er sich rum?«, fragte Claire zum dritten Mal.

Sie hatte sich in die angriffslustige Frau verwandelt, wie Jill ihre Schwester erst erlebt hatte, seit Max an ihrer Seite aufgetaucht war.

»Bin nicht sein Kindermädchen«, murrte Ron. Er lehnte lässig an der Wand und trank Bier.

»Ich habe Jill gefragt. Nicht dich. Also. Ist Dylan gestern mit Ron zurückgekommen oder nicht?«

»Ist er. Hab ihn heute aber nicht gesehen.« Jill ließ die Hände nicht von ihrem Hund Colt, der mit aufgerichteten Ohren dicht zu ihren Füßen saß. Er wusste immer genau, wann sie seinen Schutz brauchte.

»Hat sein Handy ausgeschaltet. Warum wohl? Du hast doch gemeinsame Sache mit ihm gemacht!«, schrie Claire. Sie hatte schon eine Flasche Wein getrunken und lallte leicht. »Max, nun sag doch was. Heute Nachmittag kommt dieser Käufer, und der Gaul ist weg.«

Max pustete den Zigarettenrauch in Jills Richtung und musterte sie mit einem Ausdruck, den sie inzwischen nur zu gut kannte. Er war kurz vorm Explodieren.

»Fragen wir doch Todd.« Ein schiefes Lächeln zuckte in seinem Mundwinkel.

Todd stand mit verschränkten Armen am Fenster, als ginge ihn das Ganze nichts an. Wo war er gewesen? Auf dem Fest hatte Jill ihn nicht gesehen, fiel ihr mit Unruhe ein.

Er wies mit dem Kinn zu ihr. »Nimm sie mit zu den Bullen. Für ihren Gaul geht sie über Leichen. Sie war es. Und Hinkebein.«

»Lester?«, fragte Max. »Was hat der damit zu tun?«

»Hängen doch immer zusammen.« Todd schmiss die Zigarette aus dem Fenster, spuckte einen Tabakkrümel aus, schob die Hände kreuzweise unter die Hemdärmel und begann sich darunter zu kratzen. Eine Eigenheit, die nicht einmal mehr Ron kommentierte. »Haste Läuse oder die Krätze oder was fummelst du dauernd an dir rum?«, hatte Ron anfangs jedes Mal gefragt, aber nie eine Antwort erhalten. Dylan hatte seine eigenen Theorien über Todd. Irgendeine Kratzpsychose, glaubte er, was immer das sein sollte.

»So, ihr habt also was zusammen ausgeheckt«, sagte Max. »Du und dein Lester. Oder soll ich sagen: *euer* Lester. Deshalb hängt der hier dauernd rum.« Sein Blick glitt zu Claire.

»Aber Darling, was willst du damit sagen? Was soll ich denn mit dem Holzbein ausgeheckt haben?« Claire lachte zu laut und streckte die Hand nach Max aus. Er schlug sie weg.

»Spiel bloß nicht das Unschuldslamm. Schmeißt dich gestern an den ran. Machst mich vor allen lächerlich …«

»Du verbietest mir bestimmt nicht, meinen Spaß zu haben. Wenn du nicht mit mir tanzen willst …« Claire erhob sich vom Sofa und schwankte auf Max zu.

»Wie 'ne Schmeißfliege«, zischte dieser. »Setz dich wieder auf deinen fetten Arsch und halt die Klappe!« Er stieß sie von sich und wies auf einen Sessel, auf den sich Claire mit feuerrotem Gesicht, in dem Verärgerung, Schmerz und ein ungläubiges Staunen geschrieben stand, fallen ließ.

»Also, wo ist das Pferd? Bekomme ich endlich eine Antwort?«

Max baute sich vor ihnen auf, taxierte sie der Reihe nach und ließ seine kalten Augen auf Jill ruhen.

»Ich weiß es nicht«, murmelte sie. Der Mut drohte sie nun zu verlassen wie auch die Zuversicht und der Groll auf Claire. Es war wie der Herpes, der seit dem frühen Morgen an ihrer Unterlippe ausgebrochen war. Der Virus peinigte sie immer, wenn zu viel auf sie eindrang. Sie spürte ihre eigene Anspannung in Colts Muskeln, hielt ihn am Halsband fest, sah ungläubig, wie Max einen der antiken Reitstöcke aus dem Schirmständer neben dem Wohnzimmerschrank nahm, die ihr Vater einst gesammelt hatte, einen mit Nappaleder umflochtenen Hetzstock mit Hirschhornknauf. Gemächlich wie ein Tiger, der seine Beute in der Falle weiß, ging er auf sie zu. Sie konnte seine Wut riechen und den Whiskey, den er eben becherweise gekippt hatte.

»Ich höre?« Er schlug den Stock gegen sein Bein.

»Ich weiß nicht, wo Dylan ist.«

»Wo der Gaul ist. Das will ich wissen«, brüllte Max und dann hob er den Stock.

»Lass Jill verdammt noch mal in Ruhe«, hörte sie Ron rufen, während Colt knurrte, bellte, sich Jills Händen und Befehlen widersetzte, nach Max schnappte und aufjaulte, als dieser ihn fluchend schlug und nach ihm trat. Was nützten Jill ihre Fäuste, ihre Schreie? Der Stock traf sie überall, als sie ihren zornigen Hund festhielt und sich schützend über ihn beugte und Ron auf Max zustürzen sah.

»Hinterfotzige Pferdefresse!«, brüllte Max, schubste sie, und sie fiel zu Boden, spürte den Teppich unter sich. Der kleine Teppich mit den Fransen, die damals zwei Mal am Tag, morgens und abends gekämmt werden mussten. Parallele Linien. Darauf hatte ihr Vater bestanden. Der Teppich stammte aus einem arabischen Land. Handgeknüpft. Das Geschenk eines Züchters, von dem ihr Vater vor langer Zeit jenes Hengstfohlen gekauft hatte, mit dem er seinen Zuchtstall begründet hatte. Jill fühlte die ungebleichte, kratzige Schurwolle auf ihrem Gesicht. Roch das herbe Aroma von Schafsfell und dem Staub der Jahrzehnte, die sich in den Fasern eingelagert hatten und durch kein Bürsten, Klopfen und Reinigen je wieder entfernt werden könnten. Einst hatte dieser Teppich im Büro ihres Vaters gelegen, vor seinem Schreibtisch. Es war der Teppich, auf dem man vor ihm Aufstellung hatte nehmen müssen. In Strümpfen oder barfuß, niemals in Schuhen. In dem dunklen Zimmer hatte nichts als der Schreibtisch mit dem Ledersessel – auf dem Claire nun schluchzend saß – und ein schmaler Glasschrank Platz gefunden, der in ihrem neuen Heim hinter Jill stand und in dem noch immer wie ein Ausstellungsstück die kurze Lederpeitsche lag. Jill spürte Max' Schuh zwischen ihren Schulterblättern und erwartete jeden Moment, dass der Glasschrank geöffnet wurde, glaubte schon das leise Quietschen in den Scharnieren zu hören, wie die Lederpeitsche sirrte, sie traf und die Haut mit warmem Schmerz aufplatzte. »Knie dich hin«, hatte ihr Vater sie aufgefordert und das Strafmaß in die Hand genommen. Entschuldigungen, Rechtfertigungen, Erklärungen, Versprechen – nichts hatte sie vor dem Teppich gerettet. Und wenn es nicht die Lederpeitsche war, dann war es die andere Strafe, die ihr Vater Spielen nannte, Fangen oder Verstecken, Verkleiden, Hoppereiter oder kleines Kaninchen. Sie spürte ihre nackte Haut am Arm aufplatzten und schrie nicht. Nein, sie schrie nicht. Sie biss sich auf die Zunge und schmeckte Blut.

»Lass sie los!«, hörte sie Ron. »Du bist ja völlig durchgeknallt!«

»Was willst du kleiner Wicht?«, zischte Max.

Ron griff nach einem der Jagdgewehre, die an der Wand hingen, mit der ihr Vater Füchse, Wildschweine und Hasen erlegt hatte, damals, als die Welt noch eine Ordnung hatte. Jetzt fuchtelte Ron mit dieser Flinte herum, als glaubte er, sie sei geladen, richtete sie auf Max, der sie packte und ihm entreißen wollte. Die beiden Männer rangen miteinander. Claire schrie, schmiss Gegenstände, Glas zerschmetterte.

»Steh nicht doof rum!«, rief Max Todd zu. Zu zweit machten sie sich über Ron her, rissen ihm das Gewehr aus den Händen, warfen ihn zu Boden, bearbeiteten ihn mit dem Kolben, Reitstock, Fäusten und Tritten. Ron heulte auf, und Jill versuchte

Colt hochzuheben, mit ihm Richtung Tür zu kriechen. Weg, nur weg, dachte sie. Dann war da plötzlich etwas anderes. Ein Laut. Ein Wort. Und alles gefror zu einem Standbild. Etwas zwischen Traum und Wahn. Das Geschrei verstummte, und sie starrten in die Ecke, wo der Fernseher stand und mit ausgeschaltetem Ton die Übertragung eines Springturniers lief. Jills Vater saß davor wie jeden Sonntag um diese Zeit. Doch jetzt war sein Rollstuhl um 180 Grad gedreht. In der Hand, die er noch bewegen konnte, hielt er den Spazierstock. Er stieß ihn auf den Holzboden. *Tock-tock-tock.*

Seine Stimme war da. Dunkel, drohend, ohne Gnade. »Stopp«, drang es aus seiner Kehle. »Stopp.« Dann schlossen sich seine farblosen Lippen wieder, als wären sie zugenäht. Ein Richter, der sein Urteil gesprochen hatte.

Claire warf sich ihm zu Füßen, umfasste seine Knie, sprach in erstickter, mädchenhafter Stimme zu ihm. »Liebster Daddy, liebster Daddy …«

Jill nahm alles wie in Zeitlupe wahr. Das Blut auf Colts Fell, auf ihrem Hemd, auf Rons Hinterkopf, wie Todd das Zimmer verließ, Max nach den Zigaretten griff, wie die Pendeluhr tickte, die Küchentür zuknallte, sie fühlte Colts schnellen Herzschlag unter ihrer Hand, und die Augen ihres Vaters auf ihr. Augen ohne Gnade, die ihre Angst zum Brennen brachten. Ein einziges Wort von ihm hatte schon immer genügt. Du musst gehen, sagte eine Stimme in ihr.

»Ich melde den Diebstahl«, sagte Max, sein Finger wie der Lauf einer Pistole auf sie gerichtet, bevor er aus dem Zimmer stürmte. »Ich zeige dich an. Glaub ja nicht, du kommst davon oder einer deiner dreckigen Kumpanen. Claire!«

»Das wirst du mir büßen, du Miststück«, zischte Claire und schwankte hinter Max her.

Jill rappelte sich auf. Ihr war schwindelig, sie spürte jede Stelle, wo der Reitstock sie getroffen hatte. Das Zimmer glich der Kulisse eines Erdbebens. Stühle und eine Stehlampe lagen auf dem Boden, eine Scheibe vom Glasschrank war zersplittert, Weinflecken und zerbrochenes Geschirr bedeckten den Boden. Und inmitten des Chaos ihr Vater in seinem Rollstuhl. Jill tat einen Schritt auf ihn zu, blieb stehen. Der Spazierstock bewegte sich in seiner Hand, Schweiß stand auf seiner Stirn, und aus seinem geöffneten Mund kam etwas wie ein Röcheln, während er mit seinem Blick auf sie einstach.

»Lass uns hier verschwinden«, hörte sie Ron, und sie wandte sich von ihrem Vater ab. Nein, dachte sie, ich bereue nicht, nein, ich bereue nicht, und beugte sich über Ron.

»Kannst du aufstehen?«

»Geht schon. Dreckskerl!«

Sie rief Colt, half Ron hoch, und zusammen humpelten sie auf den Hof. Wie konnte nur alles so schief laufen? Wasserdichter Plan, hatte Ron gesagt. Und sie war naiv genug gewesen, auf ihn zu hören, und jetzt erkannte sie, wie alles, was sie sich in bunten Farben ausgemalt hatte, zerrann.

»Ich fahr dich zum Arzt.«

»Lass nur. Solltest *du* hin, altes Mädchen. Leg mich irgendwo hin. In seine Box.«

Sie brachte Decken, Kissen und Wasser in Diamonds Box und versorgte notdürftig Rons Wunden. »Und jetzt?«, flüsterte sie.

»Wenn die Bullen kommen: Du weißt von nichts«, flüsterte er zurück. »Ich auch nicht. Dylan ist der einzige von uns, der weiß, wo Diamond ist.« Sein Kichern ging in ein Stöhnen über. »Die Wände haben Ohren, altes Mädchen«, fügte er mit einem Zwinkern hinzu. »Behalt Todd im Auge.«

»Todd?«

»Trau dem Burschen nicht einen Inch über den Weg. Hast doch gesehen, dass er macht, was Max ihm sagt.«

Jill hörte den Motor von Max' Jeep starten und schlich sich mit pochendem Herzen in ihr Zimmer, nahm zwei Valium und klebte sich Pflaster ins Gesicht. Was sind äußere Wunden?, dachte sie und wandte sich vom Spiegel ab.

Fremd waren ihr Augen. Zwei leere Öffnungen, in die kein Licht mehr drang.

28

Collin bog von der kurvigen Küstenstraße ab und holperte im zweiten Gang eine Schotterpiste entlang, die oberhalb einer steinigen Bucht endete, ein keilförmiger Einschnitt in der Steilküste, die das Land vor dem gefräßigen Meer schützte. Der Wind, der in frischen Böen Wolken vor sich her trieb, bemächtigte sich seiner, zerrte an seinem Haar und an der Jacke, lehnte sich einem Bollwerk gleich gegen ihn, als er mit schweren Beinen über eine Steinhalde hinabstieg. Unten hockte er sich auf eine Granitplatte, stopfte sich die Pfeife und suchte vergeblich das Sturmfeuerzeug. Mit einem Gefühl der Ohnmacht steckte er die kalte Pfeife wieder in die Jackentasche, nachdem das vierte Streichholz gleich wieder erloschen war. Es war, als hätte sich der Wind und alles andere gegen ihn verschworen. Er streckte die Beine aus und ließ den Blick schweifen. Die Küstenlinie und die einzelnen Felsen davor wirkten in der schon niedrig stehenden Sonne wie eine mit Kohle gezeichnete Ansammlung von Quadern und verwachsenen Pyramiden. Licht brach sich auf dem Wasser und tanzte in Abermillionen Punkten. Die Bucht, die den Spitznamen »Whirlpool« hatte, war einst ihre Bucht gewesen. Sie waren wegen der Badewanne gekommen, einem kreisrunden Loch zwischen Felsen, in dem sich das Meerwasser sammelte und angenehm aufwärmte. Dort hatten Kathryn und er an Sommertagen Seesterne gesucht, geplanscht und sich mit salzigen Lippen geküsst, bis die Sonne halb hinter dem Horizont eingetaucht war und es Zeit wurde zu gehen. Collin wurde bewusst, wie lange das schon her war. Jetzt schien Kathryn weit weg, wie auch jede Möglichkeit, jene unbeschwerten Sommertage zurückzuholen. Er zog fröstelnd den Reißverschluss der Jacke hoch. Nein, dachte er, mit mir allein und dem Meer, mit mir allein und den Nachwehen des *Big Bang* bin ich nicht glücklich.

Das hatte Malcolm Sparrow beim Frühstück behauptet. Nichts würde ihn glücklicher machen als die Zeugen des Urknalls auf Erden erforschen zu können. Eine Banane, einen Apfel, eine Orange hatte er mit einer Feierlichkeit gepellt und gegessen, als wäre es das letzte Abendmahl. Dazu dieser Balsam an Weisheiten, die, wie Collin jetzt erkannte, nichts als hohles Geschwätz waren. Was wusste jemand wie der Professor von der Liebe?

Seltenen Erzen war er lange Jahre auf der Spur gewesen, Bohrproben im Sudan, in Brasilien und Südafrika hatte er analysiert, und die US-Dollar, die er gescheffelt hatte wie Donald Duck, allesamt in der großen Finanzkrise durch falsche Freunde, wie er schmunzelnd zugab, verloren. Danach hatte er sich der reinen Wissenschaft verschrieben und der Bescheidenheit, wie er mehrmals betonte. Man reift an Tragödien, das war seine Schlussfolgerung. Ehe, Kinder, Familie? Eine Bürde für ihn und auch nicht zwingend für das Glück.

War der Mörder der beiden Säuglinge zu einem ähnlichen Schluss gekommen? War die Geburt dieser Kinder für die unbekannten Eltern nicht mit einem Glücksgefühl verbunden gewesen? Waren die Säuglinge vielmehr eine Bürde gewesen und hatten deshalb sterben müssen? War es überhaupt denkbar, dass jemand anderes als die Mutter, der Vater oder gar beide die Babys getötet hatte? Collin konnte sich nicht entscheiden, welche Vorstellung er grauenvoller fand.

Für Kathryn war die Antwort ganz einfach: eine überforderte Mutter. Zu jung, labil, verängstigt oder verzweifelt. Bietet unsere Gesellschaft nicht genügend Hilfsangebote?, hatte Collin sie gefragt. Jede Menge soziale Einrichtungen, Heime, die Kirche, Telefonseelsorge. Warum sollte eine zu junge, labile, verzweifelte Mutter nicht darüber informiert sein?

»Eine Geburt ist eine Extremsituation«, hatte Kathryn gesagt. »Selbst Tiere fressen ihre Neugeborenen manchmal auf.«

»Und warum wird eine Mutter zur zweifachen Mörderin?«, wollte Collin wissen. Dafür hatte Kathryn keine Erklärung gefunden. Ebenso wenig wie für die Frage, warum ihnen der Schädel eingeschlagen wurde. Warum so brutal?

»Abgeschlachtet«, so hatte es Hampton in seiner schlichten, hemmungslosen Art auf den Punkt gebracht.

Die beiden männlichen Säuglinge waren aller Wahrscheinlichkeit nach Geschwister. Die genetische Übereinstimmung, so hatte es Hampton in seinem rechtsmedizinischen Bericht formuliert, sprach zu 80 % dafür, dass die getöteten Kinder dieselben Eltern hatten.

Sie hatten ohne Resultat Geburts- und Todesanzeigen der letzten fünfzehn Jahre durchforstet. Die Geburten der Jungen mussten so heimlich vonstatten gegangen sein wie die Schwangerschaften. Wir machen Fehler, dachte Collin. Wir übersehen Wesentliches. Aber was? Ihm fielen die Worte von Alice O'Neill, der Exgattin William Hattonfields ein: »Alles, was ich sah, war ein Kind, das ich nicht haben wollte. Mir wurde regelrecht übel.« Eine Frau, die diese Kinder nicht haben wollte, weil ihre Zeugung mit Schmerz und Erniedrigung, mit einer Vergewaltigung verbunden gewesen war? Ja, dachte Collin, das konnte die Erklärung sein.

Unrat lag zwischen den Steinen. Überbleibsel eines feuchtfröhlichen Strandtages. Zersplitterte Bierflaschen, Zigarettenstummel, Plastiktüten, ein einzelner Turnschuh. Sogar eine Monatsbinde. Als Treibgut von Schiffen angespült, von Menschen weggeworfen, die keinen Pfifferling auf eine saubere Umwelt gaben, auf Schönheit, und die sich sicher auch nicht um die Zeugen des Big Bang scherten. In den letzten Jahren war die »Whirlpool«-Bucht als beliebt-berüchtigter Treffpunkt für Jugendliche in Verruf geraten. Ein Junge war nach einem Komatrinken auf einem nassen Felsen ausgerutscht, ins Meer gestürzt und ertrunken. Unweit der Stelle, wo Collin saß, war ein Felsüberhang, unter dem weicher Sand lag. Dort hatten Kathryn und er ein einziges Mal eine bitterkalte Nacht in Schlafsäcken verbracht. Die halbe Höhle war inzwischen mit Grafitti beschmiert, stank nach Exkrementen und war zugemüllt. Kathryn spazierte einmal pro Woche mit einem Sack an den Strand und sammelte auf, was andere achtlos wegwarfen. Taten zählten, war ihre Ansicht, nicht Gerede. Außer Ayesha hatte sie niemanden aus ihrer Familie dazu gebracht, sich ihr anzuschließen. Sie hätte hier schon längst allen Müll aufgesammelt, über den Collin sich nur aufregte.

Er hob ein vom Wasser rund geschliffenes Stück Glas auf und drehte es zwischen den Fingern. Vielleicht sehen wir in dem Mordfall das Naheliegende nicht, überlegte er. Etwas, das direkt vor unserer Nase ist. Etwas Kleines, scheinbar Unbedeutendes. Er sammelte Kiesel und warf sie ins Wasser. Sie würden auf den Meeresboden sinken und weit hinaus gespült werden oder zurück an den Strand. Niemand würde sich die Mühe machen, nach ihnen zu suchen. Wie auch keiner die Kinder gesucht hatte.

Niemand schien sie vermisst zu haben. Sie waren auf die Welt gekommen, um kurz darauf zu verschwinden. Er warf einen letzten Stein ins Wasser und kletterte die Felsen hinauf zu seinem Auto.

Eine dreiviertel Stunde später parkte Collin vor dem Cornish Inn, Taylors Stammkneipe wenige Meilen von Woodland entfernt. In dem altmodisch eingerichteten Pub war an diesem Sonntagmorgen wenig los. Ein Radio dudelte, auf dem Bildschirm eines Fernsehers lief ohne Ton ein Fußballspiel, und der Inhaber saß mit karierter Schirmmütze und in eine Zeitung vertieft hinter dem Tresen, einen schlafenden Spitz zu seinen Füßen. Er erwiderte Collins Gruß mit einem Grummeln.

»Ein alkoholfreies Bier, bitte«, sagte Collin.

»Alkoholfrei. So.« Der Alte biss heftig auf dem Zahnstocher herum, der zwischen einem ergrauten, lang herabhängenden Schnäuzer hervorlugte, und schlurfte hinter den Tresen zum Kühlschrank.

»Polizei? Stimmt's?«, fragte er und schob Collin die Flasche Bier und ein Glas hin.

»Derzeit bin ich Privatperson.«

»Sind Sie das derzeit? So.« Der Alte hob die buschigen Brauen und musterte Collin aus hervorquellenden Augen.

»Ist sonntags immer so wenig los?«

»Was interessiert Sie das, ob's voll ist oder nicht? Die Poolspieler gehen jetzt woanders hin. Wer mir den Ausfall zahlt, würd ich gern von euch Halunken wissen.« Er rückte seine Schirmmütze zurecht, an der mehrere militärische Abzeichen geheftet waren.

Collin wischte sich den Schaum von den Lippen und warf einen Blick auf den Zeitungsartikel, auf den der Alte seine Hand kurz und unmissverständlich geklatscht hatte. »Das Cornish Inn ein Umschlagplatz für harte Drogen?« lautete der Titel. Daher wehte also der eisige Wind. Wer hatte hier eine nicht bestätigte Aussage an die Presse weitergegeben? Und warum wusste er nichts von dem Artikel? Collin hatte persönlich einige Redakteure abgewimmelt. Sogar Rebecca Laird, einer Freundin von Kathryn, die für den Regionalteil der Devon Gazette über Ereignisse in Cornwall berichtete und ihn mit Anrufen und Mails bombardierte, hatte er mit Hinweis auf die laufenden Ermittlungen einen Korb gegeben.

»Sonst kommen die Poolspieler immer sonntags?«

»Sag ich doch. Das ist hier ein anständiger Pub. Da wird Pool und Dart gespielt. Und dann kommt ihr und stellt uns als Drogensumpf dar. Hab diesem Raubein neulich schon gesagt, er soll sich zum Teufel scheren.«

Johnny, dachte Collin und seufzte. Leicht vorstellbar, dass er hier brachial reingeplatzt war, sich wie James Bond aufgeführt und nichts als Misstrauen und Abwehr geerntet hatte.

»Wir haben keinerlei Anlass, gegen Sie persönlich oder Ihren Pub zu ermitteln«, sagte Collin vorsichtig. »Bis jetzt jedenfalls nicht.«

»Was heißt hier ›bis jetzt‹? Kann also noch kommen oder wie? Ich sag Ihnen was: Ich werd die Bürgermeisterin anrufen und einen Anwalt. Das ist Verleumdung. Rufmord. Ich mache meinen Laden nicht wegen euch Halunken dicht.« Die barsche Stimme des Alten war immer lauter geworden, seine Wangen rot angelaufen, und vor Erregung spritzte ihm Spucke zwischen den fleischigen Lippen hervor.

»Entschuldigen Sie, ich habe mich noch gar nicht vorgestellt. DI Collin Brown. Ich …«

»Selbst die Farmer kommen nur noch kurz auf ein Bier. Samstag musste ich schon um neun Uhr schließen.«

»Sehen Sie, Mister …?«

»Jory Trevellick. Ich führe diesen Pub in fünfter Generation.« Er wies mit dem Daumen zur Wand hinter der Theke. Die St Piran's Flagge hing dort, in den keltischen Farben, ein weißes Georgs-Kreuz auf schwarzem Grund. Daneben das Wappen von Camilla, Herzogin von Cornwall. Ein goldener Löwe und ein blaues Wildschwein hielten die Krone und alles, wofür Jory Trevellick und sein traditionsreicher Pub standen.

»Darauf können Sie stolz sein«, sagte Collin. »Und um schnellstmöglich die Poolspieler und alle anderen davon zu überzeugen, dass Ihr Pub ein Ort des Anstands ist, wären wir Ihnen für Ihre Unterstützung dankbar.« Was schwafele ich, dachte Collin und lächelte in das verschlossene Gesicht des Mannes vor ihm, der zu der Minderheit der Kornen zu gehören schien, die sich auf die Eigenständigkeit der Region beriefen. Eine Minderheit, die Zulauf gewann, wie manche behaupteten. Mit Sturköpfen wie einem Jory Trevellick hatte er es oft zu tun gehabt. Der gute Ruf ging ihnen über alles, denn war dieser ruiniert, lebte es sich in der immer noch stark ländlich und konservativ geprägten Gegend beschwerlicher. Die Menschen konnten gnadenlos sein, hatten sie einmal ihr Urteil gefällt. Man musste schon über viel Selbstbewusstsein und Eigensinn verfügen, um sich über eine Stigmatisierung hinwegzusetzen.

»Ich weiß nichts von den Kindern. Deshalb sind sie doch hier, stimmt's?«

»Die Hattonfields haben hier nicht verkehrt?«

»Nein. Hab ich Ihrem Kollegen neulich schon gesagt. Von denen war keiner hier. Und ich hab sie persönlich nie kennengelernt. Zufrieden?«

»Aber Hattonfields Nachbar Vincent Taylor ist regelmäßig Gast bei Ihnen, richtig?«

»Richtig.«

»Was können Sie mir über ihn erzählen?«. fragte Collin.

»Über Vincent? War bei den ›Dschungelkriegern‹.«

»Den ›Dschungelkriegern‹?«

»So nennen sich die Dartspieler.«

»Sonst kam er nicht?«

»Nein, war hier nur zum Dartspielen. Am Freitag. Zwischendurch sonntags. Sonst nicht. Hat immer ins Schwarze getroffen. Immer. Dann aber nicht mehr und kam dann immer seltener. Fragen Sie die anderen.«

»Können Sie mir Namen nennen?«

Trevellick verschränkte die Arme vor der Brust und schwieg, die Augen zur Tür gerichtet. Diese schwang auf und zwei Männer kamen herein. Sie tippten den Zeigefinger zum Gruß an die Schläfe, setzten sich auf die am weitesten von Collin entfernten Barhocker und stürzten den Schnaps in einem Zug runter, den Trevellick ihnen ohne ein Wort hingestellt hatte. Dann klammerten sie sich an ihre Bierflaschen und beäugten Collin von der Seite.

»Wer von den ›Dschungelkriegern‹ steht ihm denn am nächsten?«

»Sie stellen komische Fragen. Der Araber vielleicht.«

»Ein Araber?«, hakte Collin nach.

»Was weiß ich, wo der herkommt. Nennen den alle so. Kam ab und zu. Gab dauernd Streit wegen dem und, ach, was soll ich mir das Maul verbrennen.« Trevellick wandte sich abrupt ab und stellte sich flüsternd zu den beiden Männern.

»Was schulde ich Ihnen?« Collin rieb Daumen und Zeigefinger aneinander und nahm einen Geldschein aus der Brieftasche, den ihm Trevellick aus der Hand riss.

Collin griff in die Innentasche seiner Jacke, zog das Fahndungsfoto von Zaman Jatoi heraus und hielt es dem Wirt hin. »Ist das der Araber?«

Trevellick hielt das Foto mit verkniffener Miene ins Licht, schmiss es dann zurück auf den Tresen, nickte knapp und verschwand durch eine Schwingtür, bevor Collin weitere Fragen stellen konnte.

Collin blieb vor der Dartscheibe stehen, die neben dem Eingang an die Wand genagelt war. Eine Schiefertafel gab Auskunft über die Ergebnisse des letzten Spiels, das zwei Wochen zurücklag. An einem Haken hing eine Kladde mit in Tabellen dargestellten Spielergebnissen. Und mit Namen. Collin sah sich zum Tresen um, von wo aus ihn die beiden Männer unverhohlen beobachteten, und schob die Kladde schnell unter die Jacke. Dann zog er die Pfeile aus der Dartscheibe, trat ein paar Schritte zurück und warf. Zwei Pfeile prallten von der Wand ab, die anderen vier blieben weit entfernt von der schwarzen Mitte in der Scheibe hängen. Eine Zeitlang hatte er dieses uralte Spiel gemocht. Ins Schwarze hatte er allerdings selten getroffen. Taylor, so hatte es Trevellick angedeutet, schien dagegen ein hervorragender Dartspieler gewesen zu sein. Bis er irgendwann nicht mehr traf. Seine Sucht, dachte Collin. Sie hatte Taylor der Treffsicherheit und allem anderen beraubt.

Er fuhr schneller als es die von hohen, ungeschnittenen Weißdornhecken gesäumten Landstraßen erlaubten, zurück ins Büro. Eine fiebrige Erregung hatte ihn ergriffen. Mit seinem spontanen Besuch im Cornish Inn hatte er ins Schwarze getroffen. Taylors Name stand auf jeder einzelnen Liste der letzten Monate. Und der Araber im Kreis der ›Dschungelkrieger‹ war niemand anderes als Zaman Jatoi, der Lastwagenfahrer.

29

Warum konnte sie ausgerechnet jetzt den Blick nicht von den Gummistiefeln abwenden? Knallrot, mit grinsenden Fröschen gemustert. Wasserdicht, hatte Johnny gesagt und die Stiefel an ihrem letzten Tag in St Magor mit einer Sonnenblume und Klatschmohn gefüllt auf den Schreibtisch gestellt.

»Der Mohn, weil der so schnell vergeht wie hoffentlich die Zeit, die du weg bist. Die Sonnenblume, damit du an den Sommer in Cornwall denkst.« Das war Johnnys Rede gewesen. Ausgelacht hatte sie ihn, hatte die Stiefel angezogen und war damit quakend herumgehüpft. Nicht einmal richtig bedankt hatte sie sich bei Johnny, der wortlos aus dem Büro gegangen und dem Abschiedsumtrunk fern geblieben war. Sandra vermisste ihn und die anderen. Das ist deine große Chance, so hatte Collin es in seinen Abschiedsworten ausgedrückt. Gut, die Karriere war ein Grund gewesen, für ein Jahr in den New Forest zu gehen. Der andere liebkoste gerade ihren Bauch. Warum konnte sie das nicht genießen? Stattdessen spürte sie so etwas wie Wehmut beim Anblick der bunten Gummistiefel, die achtlos hingeworfen auf dem Teppich lagen wie die Kleidungsstücke, die sie sich gegenseitig von den Leibern gerissen hatten.

»Warte.« Sandra strich Adam über das braune Haar. »Tut mir leid, aber ich bin nicht mehr in Stimmung.«

»Nicht mehr in Stimmung?« Adam hob den Kopf zwischen ihren Beinen und musterte sie mit seinen umwerfenden Augen. Ein Grün mit einem Stich Erdnussbraun. In die Farbe hatte Sandra sich gleich verliebt.

»Ich bin müde und muss sowieso gleich los.«

»Wohin?«

Sandra befreite ihre Beine und zog die Decke darüber. Auf

einmal fühlte sie sich zu nackt. »Ich hab Bereitschaft. Das weißt du doch.«

»Und? Hat das Telefon geklingelt? Sonst bist du doch auch nicht so pflichtbewusst.«

»Was soll das heißen? Dass ich meinen Job nicht richtig mache?«

»Sei doch nicht so empfindlich.«

Ärgerlich riss Sandra am Rollo über dem Bett und ließ Licht in das Schlafzimmer. Einen besseren Eindruck machte es dadurch nicht. Die Sonne betonte jeden Kratzer auf dem Kleiderschrank, und die Blümchentapete wirkte noch deprimierender. Wer weiß, wer hier schon alles gewohnt hat?, dachte Sandra. Aber die möblierte Wohnung war eine preiswerte Alternative zu einer richtigen Zweitwohnung. Ihr Appartement in Cornwall wollte sie erst einmal nicht aufgeben. »Bin noch in der Probezeit«, sagte sie.

»Dann will ich mal hoffen, dass die schnell vorbei ist. Du solltest wenigstens am Wochenende abschalten. Ist doch nur ein Job, eine Elternzeitvertretung. Ist das so wichtig?«

Adam schob die Decke beiseite und legte sich auf sie. Doch sie konnte seine Liebkosungen nicht erwidern. Bilder drängten sich auf: das beengte Büro zum Beispiel, in dem sie mit einer Kollegin namens Molly saß, die kaum ein Wort mit ihr wechselte und sie mit abschätzigen Blicken bedachte. Feindselig, ja, so kam ihr diese Frau mit den verkniffenen Lippen vor. Sandra bereute schon jetzt ihre Entscheidung. Dabei hatte sie sich darauf gefreut, Adam näher zu sein. Theoretisch konnten sie sich jedes Wochenende sehen statt höchstens zwei Mal im Monat. Adam machte sich sogar unter der Woche von Southampton aus auf den Weg. Ihr Leben hatte sich auf wundersame Weise gewandelt. Sie hatte einen neuen Job, lebte nahe einer Großstadt, die alle möglichen

Abwechslungen bot und hatte einen Partner mit gewissen Vorzügen: Adam war Sozius in einer großen Versicherungsfirma, verwöhnte sie mit allem erdenklichen Luxus und sah blendend aus. Er war nicht gerade ein fantasievoller Liebhaber, aber immerhin lernfähig. Warum also war sie so unzufrieden?

»Lass mich bitte, Adam.« Sandra versuchte ihn wegzuschieben.

»So hatte ich mir das heute nicht vorgestellt.« Er rollte auf die andere Bettseite. »Es ist Sonntag, und du bist müde.«

»Gib mir Zeit. Alles ist so neu. Diese Wohnung hier. Ich fühle mich noch gar nicht zu Hause. Muss mich erst mal eingewöhnen. Verstehst du, das hat mich gestresst.«

»Gestresst? Mein Gott. Du bist doch schon eine Weile hier.«

»Ich komme mir vor wie in einer Jugendherberge.«

»Du wolltest doch unbedingt hier einziehen. Meinst du, mir gefällt es in diesem Loch? Aber ich bin bereit, dich zu besuchen, damit du *weniger* Stress hast. Also, wo ist das Problem?«

Sandra wollte gerade eine bissige Antwort geben, als ihr Handy klingelte. Sie drückte den Anruf weg.

»Wer war das?«

»Johnny.«

»Warum ruft der an?« Adams Stimme war ungewohnt scharf. Eine Ader an seiner Schläfe war angeschwollen. Ein untrügliches Zeichen, dass er sauer war. Eifersüchtige Männer konnte Sandra nicht ausstehen. Niemand würde ihr verbieten, mit Johnny oder sonst wem zu sprechen, wenn sie es wollte. Johnny machte sich wenigstens Gedanken, wie sie sich fühlte, hatte am Freitag und Samstag angerufen und gefragt, ob alles in Ordnung war. Er wusste, dass am Montag ihr neuer Chef zum ersten Mal da sein würde, der nach einem Unfall krankgeschrieben gewesen war. Sandra bereute jetzt, wie cool, ja fast schnippisch sie ihm geantwortet hatte. Sie sei kein kleines Kind auf Klassenfahrt, hatte sie gesagt.

»Bist ja ziemlich gefragt heute. Musst du rangehen?« Adam hielt ihr das klingelnde Diensthandy hin. Sandra fühlte ihr Herz im Hals klopfen.

»Sie sprechen mit DC Sandra Beck. Was kann ich für Sie tun?« Sandra lauschte der Stimme in der Leitung und sah aus den Augenwinkeln, wie sich Adam auf die Bettkante setzte, einen Zigarillo anzündete, mit finsterem Gesicht Rauch ausstieß und in die hohle Hand aschte. Er griff selten zu seinen Zigarillos, aber sie mochte es nicht, wenn er im Bett rauchte. Sie hatte nichts gegen Raucher, aber Männer, die auf die Zigarette danach bestanden oder überhaupt im Schlafzimmer rauchten, ernteten bei ihr ziemlich viele Minuspunkte. Auf einmal war sie froh, dass sie an diesem Wochenende nicht nur Bereitschaft hatte, sondern sie gerade zu einem Einsatz gerufen worden war. Sie begann sich anzuziehen.

»Verpeste mir nicht das Schlafzimmer, geh in die Küche. Ich muss los. Ein Fahrradunfall.«

»Überaus spannend. Kann ja nicht allzu lange dauern, oder? Dann organisier ich uns in der Zwischenzeit einen Tisch für heute Abend. Italienisch?«

»Ich will nicht essen gehen.«

»Sondern kochen?«

»Auch das nicht.«

»Und was willst du dann? Ich habe schon jetzt einen Bärenhunger.«

»Ist nicht mein Problem. Besorg dir was.« Sandra zog ein eng anliegendes Minikleid mit rundem Ausschnitt an, verteilte Festiger auf dem kurzen Haar, zupfte den asymmetrisch geschnittenen Pony zurecht, legte Lippenstift in der Farbe der einen violetten Haarsträhne auf und schlüpfte in die Gummistiefel. Sie waren viel zu warm bei dieser Affenhitze, aber irgendwie brauchte sie die jetzt. Ein Fahrradunfall mochte eine Kleinigkeit sein, aber es war in den drei Wochen, die sie schon im New Forest verbracht hatte, der erste größere Fall. Zufrieden musterte sie sich im Spiegel, steckte den Dienstausweis ein, warf Adam eine Kusshand zu und stieg in Hochstimmung in den Dienstwagen.

Der alte Mann lag mit schmerzenden Rippen und lädiertem Knie am Straßenrand und schimpfte auf den rücksichtslosen Autofahrer, der ihm die Vorfahrt genommen hatte. Dann noch Fahrerflucht. »Ein Jeep«, sagte er. »So ein neumodischer. Dunkle Farbe. Ein Hiesiger. Fuhr wie der Teufel.«

Sandra klappte das Notizheft zu und schirmte die Augen ab. Sie hatte die Sonnenbrille vergessen. Erleichtert sah sie den Krankenwagen auf der Landstraße näherkommen. »Schreiben Sie einen Bericht«, sagte sie zu den beiden sehr jungen Beamten Woolridge und Saslan, die sie wortkarg und skeptisch am Unfallort begrüßt hatten.

»Für DI Belmore?« Saslan kratzte sich hinter einem Segelohr.

»Für mich, mein Freund. Soll ich Ihnen meinen Namen noch einmal buchstabieren?« Sandra wandte sich ab. Auf kleine Kämpfe dieser Art war sie nicht vorbereitet gewesen. Den Bericht hätte sie selbst schreiben können, vielleicht sogar müssen. Ein Jahr, hatte Collin gesagt, das brauchst du mindestens. Wie ein Paar neue Schuhe, das eingelaufen werden muss. Sandra spürte eine Blase am nackten Fuß. Ich hätte die Gummistiefel zu Hause lassen sollen, dachte sie, übergab den alten Mann an die Krankenpfleger und fuhr mit mulmigem Gefühl ins Büro.

Sie musste nicht anwesend sein während der Rufbereitschaft. Es war erwünscht, aber keine Pflicht. Wie das gemeint war, hatte ihr niemand erklärt. Zu ihrer Verwunderung war der Dienstparkplatz voll. Sandra zog die Lippen nach und sprühte sich

English Blazer ins Dekolleté, den herben Männerduft zog sie allen Parfüms vor, die ihr Adam bislang an einfallslosen Geschenken mitgebracht hatte. Dann stieg sie die Treppen hoch. Immer so tun, als hättest du alles im Griff, hatte Collin ihr geraten. Das gesamte Team war in der kleinen Cafeteria versammelt. Es roch nach Kaffee und Tee und auf einem Tisch war ein Kuchenbüfett aufgebaut. Die leisen Gespräche verstummten, Gesichter drehten sich zu ihr, die Augen auf die Gummistiefel gerichtet.

»Hallo!« Sandra hob eine Hand zum Gruß. »Was wird denn hier gefeiert? Jemand Geburtstag?«

Niemand antwortete. Humorlose Hinterwäldler. Wo war sie hier nur hingeraten? Die beiden Streifenpolizisten von der Unfallstelle eilten herein, blieben abrupt stehen, zogen die Dienstmützen, knallrot bis zu den Ohren.

»Auch schon da, die Herren Saslan und Woolridge?«, sprach eine Männerstimme aus dem Hintergrund.

»Sir! Unfall mit Fahrerflucht, daher … Constable Beck sagt, wir sollen den Bericht …«

»Verstehe. Dann will ich Sie nicht aufhalten. Nehmen Sie sich ein Stück Kuchen mit.«

»Gern. Danke, Sir.«

War ja wie im Kindergarten. Sandra stellte sich auf die Zehenspitzen, sah ihre Kollegin Molly mit dem Mann sprechen. Dann kam dieser direkt auf sie zu. Er trug eine Halskrause, und nicht nur deshalb wusste Sandra gleich, wer er war.

»DI Belmore? Ich bin Sandra Beck. Nett, Sie endlich kennenzulernen. Ich habe Sie allerdings erst morgen erwartet.«

»Haben Sie?« DI Belmore drückte kurz Sandras Hand. Feste, feine, eingecremte Finger. Klavierspieler. Jazz, Klassik. Sonntags betätigte er sich als Organist. Sandra kannte das Dossier über ihren neuen Chef, das Collin ihr wie eine FBI-Akte überreicht hatte, auswendig. Er war attraktiver als auf den Fotos, die sie heruntergeladen hatte. Viel attraktiver.

»Lesen Sie Ihre Mails nicht? Soweit ich informiert bin, haben Sie Bereitschaft.« Er blickte sie von unten bis oben an, blieb zu lange an ihrem Ausschnitt hängen. So einer, dachte Sandra und reckte das Kinn. »Da muss man manchmal bereit sein, Leben zu retten statt Mails zu lesen.«

»In unserem Beruf muss man zwei Dinge gleichzeitig machen können. Es heißt, Frauen seien von Natur aus dazu in der Lage.« Belmores Stimme war leise, aber glasklar. Jeder einzelne Konsonant eine geschärfte Messerspitze. Ausbildung in einer Spezialeinheit des Militärs, Fallschirmspringer, Tiefseetaucher, Bergsteiger, Marathonläufer. Seine äußere Erscheinung demonstrierte den Elitesoldaten und Extremsportler. Gerade Haltung. Bürstenhaarschnitt mit Silberfäden. Alles an ihm war Muskel und Sehne. Die Haut sonnenverwöhnt, die Augen hell, strahlend, blaue Glasmurmeln, in denen jegliche Wärme zu fehlen schien. Die drei wichtigsten Attribute von DI Belmore hatte Collin gelb markiert: erfolgsorientiert, autoritär, gnadenlos.

»Sie irren sich, Sir«, sagte Sandra. »Wir Frauen sind von Natur aus in der Lage, mindestens vier Dinge gleichzeitig zu tun.«

»Gern schicke ich Sie zu einem Seminar, wenn Sie noch nicht gelernt haben, das TETRA oder Ihr Smartphone zu benutzen. Dann können Sie an Einsatzorten auch Ihre Mails abrufen und gleichzeitig noch die beiden anderen Dinge tun.«

Eins zu Null, dachte Sandra ärgerlich über sich selbst. Nach einem Punch immer erst tief durchatmen und dann diplomatisch kontern, hatte Collin geraten. Was immer er unter diplomatischem Kontern verstand. Das Haar musst du finden, das ihm aus der Nase hängt, aus dem Ohr, oder eins, das einer Frau gehört, die nicht die seine ist. Sandra fiel das Kommunikationsseminar ein, auf das Collin sie zur Vorbereitung geschickt hatte. Themenwechsel, wenn es zu eskalieren drohte. Sie atmete ein und aus und setzte ein strahlendes Lächeln auf. »Motorradunfall, habe ich gehört? Beim Cross-Rennen?«

»Richtig. Wenn Sie mir kurz folgen würden.«

Er ist nicht jemand, der aus dem Nähkästchen plaudern würde, befand Sandra. Belmore versuchte das Hinken zu verschleiern, als er den Flur hinunterging. Die Kollegen munkelten seit Wochen, ob er wirklich so bald aus dem Krankenhaus entlassen werden würde. Er hatte multiple Brüche davongetragen, die Wirbelsäule war angeknackst und er hatte eine schwere Gehirnerschütterung erlitten. Aber Haltung bewahren ging ihm offenbar über alles. Keiner, der je eine Schwäche zeigen würde. Sein Büro war auf unterkühlte Weise funktionell eingerichtet. Eine topografische Übersichtskarte der Region an der Wand, ein Jahreskalender, zwei Aktenschränke und eine fast leere Schreibtischplatte, ein Paar Krücken in einer Ecke. Neben dem Computer ein goldener Fotorahmen und ein Totenlicht, wie es Katholiken auf ihren Gräbern hatten. Wessen mochte Desmond Belmore gedenken? Er öffnete die Sonnenblende halb und stellte sich hinter den Schreibtisch.

»Bei Ihnen in Cornwall mag es üblich sein, wie im Zirkus herumzulaufen.« Belmore wies auf Sandras Gummistiefel. »In meinem Team erwarte ich Dienstkleidung, auch wenn Sie am Wochenende Bereitschaft haben.«

Einen Mann mit Halskrause nehme ich nicht ernst, dachte Sandra und lächelte ihn an. »Dann beschaffen Sie mir welche. Und zwar in meiner Größe. Ich weigere mich, in einem Sack herumzulaufen.«

»In einem Sack?«

»Ja, was man mir gegeben hat, passt einem Elefanten. War außerdem gebraucht, und nicht mal in der Reinigung.«

»So. Und jetzt warten Sie, dass jemand Ihr Problem löst? Nach Ihrem Empfehlungsschreiben habe ich mir eine andere Persönlichkeitsstruktur vorgestellt.«

»Persönlichkeitsstruktur? Meinen Sie mich?«

»Ich sehe hier sonst niemanden. Wobei Sie erst noch beweisen müssen, dass Sie jemand sind. Von dem Monat Probezeit sind drei Wochen um. Die bisherige Beurteilung …« Belmore griff nach dem einzigen Papier, dass auf seinem Schreibtisch lag. »Da überwiegen die negativen Punkte.«

Samstag aus dem Rehazentrum entlassen und Sonntag gleich im Büro. Kontrollfreak und Workaholic, soviel stand fest, dachte Sandra. Vater Bankier. Mutter Juristin. Eliteuniversitäten auch in Übersee. Zweiundvierzig, Single, kinderlos. Und was machte er hier in dieser nach Kuhmist stinkenden Provinz? Collin hatte etwas angedeutet, aber diskret geschwiegen. Konnte doch nur tiefste Frustration sein, was Belmore Korinthen spucken ließ.

»Was Ihnen Ihre Spitzel zugetragen haben«, sagte Sandra. »Na, dann habe ich ja noch eine Woche, um Sie in Ihrem Bild zu bestätigen. Ist das alles?«

Belmore warf das Papier auf den Schreibtisch, eine Falte auf der Nasenwurzel. So einer schlug nicht mit der Faust auf den Tisch und brüllte. So einer hatte feinere, gemeinere Methoden. Sandra verschränkte die Arme vor der Brust und hielt seinem harten Blick stand.

»Montag erscheinen Sie in Dienstkleidung.«

»Sonst …?«

»Wie bitte?«

»Das war gerade eine Drohung. Und ich würde gern die Konsequenz erfahren, wenn es mir nicht gelingt, eine Garnitur der Größe XS in Ihrer verstaubten Kleiderkammer zu finden. Als

Kündigungsgrund dürfte das der Gewerkschaft nicht genügen.«

»Ich wiederhole mich ungern. Sie hatten drei Wochen Zeit. Nun sehen Sie zu, dass der Bericht über den Unfall fertig wird.« Er drehte sich zum Fenster um. Man musste nicht immer das letzte Wort haben. Auch das hatte Collin ihr mit auf den Weg gegeben.

»Eine fröhliche Feier noch«, sagte Sandra, hörte die Gummistiefel auf dem polierten Parkett quietschen und war zur Tür hinaus, bevor das Kichern heraussprudelte. Zurückhalten konnte sie es schlecht.

Eine Viertelstunde später sah sie die ersten Kollegen zum Parkplatz laufen. Das Fest war offenbar vorbei. Belmore ging als Letzter und lief mit verbissenem Gesicht auf Krücken. Schmerzen unterdrücken, das gehörte wohl auch dazu. Sandra beobachtete, wie er sich ins Auto mühte, überprüfte die eingegangenen Nachrichten auf Ihrem Diensthandy und stellte missmutig fest, dass sie die E-Mail übersehen hatte. *Geburtstagsumtrunk. Punkt 11 Uhr. DI Belmore.*

Wie einsam musste jemand sein, der mit Kollegen, die er als Untergebene behandelte, den Geburtstag feierte?, dachte Sandra mit einem Anflug von Mitleid, rief ihre privaten Mails ab und las halb amüsiert, halb enttäuscht Johnnys Nachricht. *Können hoffentlich nächsten Samstag zusammen Fliegen zählen. Urlaubssperre. Überstunden. J.*

Sie hatte sich so auf seinen und Collins Besuch am Wochenende gefreut. Nun war er geplatzt.

Die Fliegen fliegen nicht weg, schrieb sie zurück.

»Sorry für die Störung, aber …« Woolridge stand in der Tür. »Da ist einer, der will den Chef sprechen. Will nicht bis morgen warten und … macht da draußen schon Ärger.«

»Worum geht es denn?«

»Diebstahl.«

»Schicken Sie ihn rein.« Ein ereignisreicher Tag, dachte Sandra und freute sich auf einmal, hier zu sein und nicht bei Adam, und beschloss, später ohne ihn zum Reiterhof zu fahren, um Kathryn zu besuchen.

»Was ist das hier für ein Sauhaufen. Seit einer geschlagenen Viertelstunde will ich …«

»Wenn Sie bitte Platz nehmen würden.«

Der Mann, der wie ein Orkan in den Raum stürmte, war offensichtlich angetrunken. Er trug einen zerknitterten und verdreckten weißen Anzug. Auf der Stirn blühte ein frischer Bluterguss, und seine Unterlippe war auffällig dick. Schlägerei?, fragte sich Sandra.

»Max Shell. Man hat mir mein Pferd gestohlen. Ich weiß auch, wer. Hab nur keine Beweise.«

Sandra öffnete betont langsam die Schreibtischschublade und holte das passende Formular heraus. Sachlichkeit beruhigte die meisten. Max Shell konnte allerdings durchaus zu jenen gehören, die nicht zu beruhigen waren.

»Wann ist Ihnen der Diebstahl aufgefallen?«

»Das Pferd ist nicht im Stall. Was stellen Sie für Fragen?«

»Die genaue Uhrzeit?«

»Keine Ahnung. Meine Schwägerin hat es zuerst gesehen. Aber der hinterlistigen Kuh glaube ich kein Wort. Sie war es.«

»Sie glauben also, dass Ihre Schwägerin das Pferd gestohlen hat?«

»Klar. Wer sonst?«, brauste Shell auf und unterstrich seine Worte mit einer ausladenden Geste.

»Wenn Sie bitte dieses Formular ausfüllen würden. Und fügen Sie die Kontaktdaten Ihrer Schwägerin hier ein.« Sandra tippte auf ein umrandetes Feld.

»Warum ist das nötig? Die Kuh wohnt ja bei uns. Sie können gleich mitkommen und sie festnehmen.«

»Eine Kuh? Ich dachte, es geht um ein Pferd?«, versetzte Sandra.

Max Shell schnaubte und sah sie feindselig an. »Ja, es geht um ein Pferd. Und nicht um irgendeins. 50.000 wert. Bewegen Sie jetzt Ihren Arsch?«

»Beamtenbeleidigung wird als Delikt behandelt.« Sandra lehnte sich zurück.

»Pfff. Da wird mir ein Pferd gestohlen und …«

Shell begann vor sich grummelnd das Formular auszufüllen und schob es Sandra hin. »Also, wann fangen Sie mit Ihren werten Ermittlungen an?«, fragte er.

»Sobald es möglich ist. Wenn Sie jetzt hier noch unterschreiben würden.«

Was weiß ich von Pferden?, dachte Sandra, als Shell vor sich hin schimpfend das Büro verließ. Im New Forest waren sie allgegenwärtig. Sie liefen über Straßen, waren auf Warnschildern abgebildet wie anderswo Hirsche, und zogen Tausende von Touristen an. Sie las das Formular durch, dass Shell kaum leserlich und voller Rechtschreibfehler ausgefüllt hatte. 50.000 Pfund für ein Pferd? Um Gefühle ging es hier offensichtlich nicht. Sondern ausschließlich um das Geld.

30

Die beiden Constables untersuchten das Schloss, das Ron in der Nacht des Farmerfestes mit Hammer und Zange bearbeitet hatte, schauten kurz in die Box, steckten ein Foto von Diamond ein und schrieben sich alle Daten von ihm auf, als hätten sie vor, ein Fahndungsplakat zu entwerfen.

»Dorftrottel«, raunte Ron ihr auf dem Weg ins Haus zu.

Im Geheimen musste ihm Jill Recht geben. Merkten die beiden Polizisten nicht, dass alles nur Theater war? Claire hatte ein hoch geschlossenes kariertes Kleid an, das sie sonst nie trug, spielte die charmante Farmerfrau, drückte mit einem Taschentuch auf den ungeschminkten Augen herum, beklagte die Schlechtigkeit der Welt und hielt mit Max Händchen. Der hatte sich in ein lammfrommes Schaf verwandelt, war ein einziges Nicken, Kopfschütteln und Lächeln. Sie hatten das Wohnzimmer aufgeräumt, ihren Vater in sein Zimmer verbannt, und Claire reichte Tee und Biskuits.

»Sie bestätigen also, dass Ron Fledger und Dylan Heat die Tiere auf die Farm zurückgebracht und dann zum Farmerfest zurückgekehrt sind?«, fragte sie der eine Constable mit den Segelohren.

Jill nickte und beantwortete Fragen nach Uhrzeiten und Zeugen. »Ich bin dann mit meinem Vater, der sich unwohl gefühlt hat, nach Hause gefahren.«

»Wo ist Ihr Vater jetzt?«

»Hält seinen Mittagsschlaf. Seine Gesundheit ist nicht die beste«, antwortete Claire. »Schlaganfall. Er kann nicht mehr sprechen. Milch zum Tee?«

»Gern. Mr Fledger, wo befindet sich Mr Heat?«

»Dylan?« Ron zog die Hose hoch und lehnte sich wieder an die Wand. »Bei seiner Flamme, schätze ich. Mit der er auf'm Fest kräftig rumgefummelt hat. Jill, wie heißt die noch?«

Jill zuckte zusammen. Ron hatte seinen Schlachtplan, wie er es nannte, vorher mit ihr besprochen, doch jetzt sank ihr das Herz fast in die Hose, und sie sprach den Namen des Mädchens mit glühendem Gesicht aus. Lisa Deckham, Tochter eines Bäckers, immer schon verknallt in Dylan, ein Mädchen mit breiten Hüften und Hamstergesicht. Aber wenn Dylan ihre Pläne durchkreuzt hatte, weil er Lisa Deckham unausstehlich fand? Jill sah, wie der Constable sich Notizen machte, hörte das Ticken der Standuhr leiser und das Rauschen in den Ohren lauter werden und spürte am ganzen Körper die Stellen, wo Max sie mit dem Reitstock getroffen hatte. Sie wünschte sich nur eins: wegzulaufen. Der andere Constable ging nun im Zimmer umher, schaute aus dem Fenster, auf die Bilder an der Wand und blieb schließlich vor Ron stehen. »Mit wem hatten Sie denn eine Schlägerei? Und Sie, Mr Shell?«

»Am Freitag haben wir geheiratet«, platzte es aus Claire heraus. »Und ja, unangenehm ist es mir, aber nun … Es gab gestern eine Szene auf dem Farmerfest. Eifersucht. Lester Goldsmith ist unser Nachbarfarmer und er, nun ja …«

»Und mit dem haben Sie sich geprügelt?«, fragte der Constable Ron und Max. Die beiden nickten. »So, so. Und Sie? Was wissen Sie über den Diebstahl des Pferdes?« Der Constable blieb vor Todd stehen, der sich ebenso wie Ron nicht gesetzt hatte und mit finsterem Gesicht am Fenster stand.

»Was soll ich wissen? Nichts. Bin erst seit heute Morgen zurück.«

»Niemand von Ihnen weiß also etwas. Und Sie?«, wandte er sich noch einmal an Jill. »Sie haben Ihren Vater nach Hause gebracht, weil ihm nicht wohl war. Und dann?«

»Ich habe ihn ins Bett gebracht, bin eine Stunde bei ihm geblieben, bis er eingeschlafen war, und bin dann selbst schlafen gegangen.« Zurechtgelegt hatte sie sich diese Worte, sie mit trockenem Mund aufgesagt und die Luft danach angehalten.

»Welche Zeugen haben Sie?«

»Meinen Vater.«

»Also haben nur Sie und ihr Vater die Nacht hier verbracht?«

Jill nickte mit Wangen, die sich wie Glut anfühlten. Ja und Amen. Sie hatte immer schon zu allem genickt. »Es ist mir nichts aufgefallen. Keine Geräusche auf dem Hof. Ich habe fest geschlafen.«

Die Polizisten befragten sie nach der Platzwunde auf ihrer Stirn, hörten sich ihre fadenscheinige Erklärung misstrauisch an und verabschiedeten sich schließlich, ohne sie mitzunehmen. Zwei lähmende Stunden später informierten sie Max darüber, dass Dylan die Nacht von Samstag auf Sonntag bei dem Mädchen verbracht hatte.

Und wo war Dylan jetzt? Bei Diamond, wie Ron zu wissen glaubte? Warum hatte er sein Handy ausgeschaltet? Der Plan sah vor, dass alles so wie immer sein sollte. Dylan, Ron und Jill, die ihren Pflichten nachgingen, damit kein Verdacht auf sie fiel. Jill schickte Dylan erneut eine Textnachricht. Irgendwann musste er ihr doch antworten.

Am Nachmittag sah sie dabei zu, wie Max Farmern Ziegen, Rinder und Pferde vorführte, Geldscheine in die Tasche steckte und lachend in Hände einschlug. Wie betäubt brachte sie die Tiere zu Viehtransportern und Pferdeanhängern, sah sie davonfahren und mit ihnen ihre Vergangenheit und ihre Zukunft. Wie hatte sie glauben können, niemand würde Interesse an den Tieren zeigen?

Gerade war ein Mann aus einem nagelneuen Benz ausgestiegen, und Max führte ihn über den Hof. »Gutes Anlageobjekt. 2000 Hektar Pachtland«, hörte sie Max sagen.

Der Mann schlug ungeduldig mit einer Reitgerte gegen blank polierte Stiefelschäfte und machte mit lauter Stimme und eindeutigen Gesten seinem Ärger Luft. »Ich komme extra aus London. Wo ist das Pferd?«

Er war derjenige, der Diamond kaufen wollte und Lester überboten hatte, fuhr es Jill wie ein Blitzschlag durch den ganzen Körper. Die Hoffnung war ein dünner Faden, an dem sie keinen Halt fand. Diamond gehörte ihr nicht, sie konnte ihn nicht ewig verstecken, die Polizei würde nach ihm suchen, sie war in einen Diebstahl verwickelt. »Er hat keinen Chip«, hatte Ron frohlockt. »Ist nicht registriert. So schnell finden sie ihn nicht.«

Die Stimme ihrer Schwester riss sie aus der Starre. Jill blickte zum Haus, das ihr kein Zuhause geworden war. Immerhin war es ein Dach über dem Kopf, aber auch das würde sie verlieren. Claire stand im Nachthemd in der Außentür zur Küche und winkte sie zu sich. Nach dem Besuch der Polizei hatte sie sich mit angeblicher Migräne wieder hingelegt.

»Daddy kann ja jetzt wieder aus dem Bett«, rief sie.

Jill ging langsam auf sie zu. Sie war größer als Claire, aber das hatte ihr nie genützt. Sie hatte immer klein beigegeben. Das will ich nicht mehr, dachte sie und sagte: »Kannst du mal machen. Mit meinem Rücken …«

»Dann pack doch gleich deine Sachen und sieh zu, wo du bleibst. Sei froh, dass ich dich hier noch dulde, du hinterlistige Diebin.«

Du hast kein Rückgrat, hörte Jill die Männer sagen, die ihr Leben bestimmt hatten. Zeig Rückgrat, hatte ihr Vater befohlen, wenn sie allein in einen der vielen Züge gestiegen war, die sie von ihm fort brachten, an Orte, wo sie seinen Namen ehren, indem sie dort die Beste sein sollte. Doch wie oft hatte sie versagt. In Abschlussprüfungen zu wenig Haltung gezeigt, die Pirouetten nicht hundertprozentig ausgeführt, dem Pferd zu viel Zügel gegeben. Zu wenig Rückgrat, hatten Trainer ihr bescheinigt. Nicht einmal ihrer Schwester gegenüber hatte sie es.

»Vater wird Mittwoch abgeholt. Bis dahin kannst du bleiben«, sagte Claire mit abgewandtem Gesicht und warf Max eine Kusshand zu.

»Wie, er wird abgeholt?«

»Ins St-Patricks-Heim kommt er. In Southampton. War von den privaten Pflegeheimen das billigste. Es sei denn, du überlegst dir etwas. Umsonst ist das nicht. Was meinst du, warum wir hier alles verkaufen?«

»Wegen Vater?«

»Hör mal, wie blöd bist du eigentlich? Hast du vor lauter Pferdestroh nichts im Kopf? Die Farm hier bringt doch keinen Penny ein. Wir sind pleite, kapierst du?« Claire drehte sich um und schlug die Küchentür vor Jills Nase zu. Zwei weitere Transporter waren vorgefahren. Ron trieb die Schafe auf den einen und hob von weitem den Daumen hoch. Nein, nichts ist in Ordnung, dachte Jill. Alles entgleitet. Seit sie auf dieser Farm waren, hatten sie nichts erwirtschaftet, nur das Geld ausgegeben, was ihnen nach dem Umzug geblieben war. Das Ersparte schien also aufgebraucht, überlegte Jill. Schon im letzten Jahr hatten Claire und Max die Hälfte der Milchkühe und alle Fohlen verkauft. Wir sind fast bankrott hierher gekommen, dachte Jill, und nun schien auch von der eisernen Reserve nichts mehr übrig zu sein. Wie konnte es soweit kommen? Ihr Vater hatte sich schon lange vor dem Schlaganfall um nichts mehr gekümmert, fiel ihr ein. Die Lawine war langsam ins Rollen gekommen, ohne dass es ihr aufgefallen war. Und nun wurden sie von ihr überrollt. Sie ging wie auf Puddingbeinen ins Haus, hörte leise Musik aus dem oberen Schlafzimmer, wohin sich Claire offenbar wieder zurückgezogen hatte, und betrat das Zimmer ihres Vaters. Der Geruch war kaum zu ertragen. Er hatte sich wieder erbrochen. Sein Kopf hing zur Seite, er röchelte mit rot angelaufenem Kopf. Jill rollte ihn auf die Seite, holte Waschlappen, Wasser, frische Laken und verrichtete mit einer Wut im Bauch alles, was getan werden musste. Es war, wie es war. Nichts war mehr zu retten. Nur Spuren des Unheils ließen sich notdürftig wegwischen. Die Ursache war nicht mehr zu beheben.

Sie schob ihren Vater ins Wohnzimmer vor den Fernseher. Auf dem Esstisch lagen die Unterlagen des privaten Pflegeheims. Eine Kopie, wie sie feststellte. Ja, vielleicht hatte Claire recht, und es war besser, ihren Vater dort unterzubringen. Dann fiel ihr Auge auf eine Zahl. Dreitausendsechshundert Pfund im Monat? Sie rechnete hoch. Die Jahressumme erschien ihr schwindelerregend. Ihr Vater hatte keinen Pensionsvertrag abgeschlossen. Wie sollten sie das zahlen? Sie blätterte auf die zweite Seite und erschrak. In dem Feld der Bankverbindung war ihr Name eingetragen, ihre Kontonummer, und im Unterschriftenfeld prangte ihr Kürzel. Claire musste es eingeübt haben. Selbst die i-Punkte, die Jill immer als schräge, schmale Striche schrieb, waren da. Jill nahm das Papier, lief die Treppe in den ersten Stock hoch und wollte durch die Tür ins Schlafzimmer stürmen, das Claire schon ein halbes Jahr nach Max' Ankunft mit ihm geteilt hatte. Doch es war abgeschlossen. Sie hämmerte an die Tür und rief den Namen ihrer Schwester. »Du hast meine Unterschrift gefälscht«, rief sie. »Bist du noch bei Trost? Was soll das? Antworte mir!«

Claire öffnete die Tür einen Spalt und blickte sie mit kalten Augen an. »Daddy gehört jetzt ganz dir«, sagte sie.

***

Wind war aufgekommen und sie hörte Zweige ans Fenster schlagen. Seit Stunden lag sie wach, dachte an die Geschehnisse des Tages und legte die Möglichkeiten, die ihr jetzt blieben, auf die

Waagschale. Sie sah Max vor sich, wie er die Hände mit Geld gefüllt hatte. Die blinde Stute und der Wallach ihres Vaters waren beim Abdecker gelandet, die letzten Tiere verkauft, dazu die beiden Traktoren, der Laster, die Pferdeanhänger und sogar Jills Wagen. Claires Rechnung war also aufgegangen, die Käufer kamen, wenn auch alles weit unter Preis wegging. Wie vor ein paar Jahren, nur dieses Mal standen Jill und ihr Vater mit auf der Ausverkaufsliste. Doch bei allem beunruhigte sie am meisten, nicht zu wissen, wo Diamond war. Es war fast zehn Uhr abends, und Dylan war noch immer nicht da. Wo war er? Wenn Ron und Dylan sie nun hereingelegt hatten? So wie Claire? Wenn sie in Wahrheit einen ganz anderen Plan verfolgten, von dem sie nichts wusste? Jill rappelte sich auf, griff nach dem Schlüsselbund und lief zu Dylans Zimmer. Irritiert stellte sie fest, dass Licht brannte und nicht abgeschlossen war. Die Schranktür stand offen, der Inhalt von Kisten lag auf dem Boden verstreut, und Todd saß vor Dylans Computer.

»Was suchst du hier?«, fuhr sie ihn an.

»Und du?«

»Verschwinde hier auf der Stelle.« Er tippte schnell etwas und stand mit einem Fluch auf den Lippen auf. Einen kurzen Moment sahen sie sich an. Jill erschauerte. Blanker Hass funkelte in Todds Augen, dann stürmte er hinaus. Was suchte er bei Dylan?, fragte sich Jill. Einen Hinweis auf den Aufenthaltsort von Diamond? Und wenn ja, wollte er aus eigenem Antrieb herumschnüffeln oder hatte ihn Max geschickt? Der Computerschirm zeigte einen E-Mail-Account. *Geben Sie Ihr Passwort ein*, las Jill. Mit Computern kannte sie sich nicht aus. So wenig wie mit gefälschten Unterschriften. Sollte sie zur Polizei? Zu einem Anwalt? Nein, das konnte sie nicht. Man würde herausfinden, dass sie Diamond gestohlen hatte. »Bring ihn bis Mittwoch zurück, dann ist die Sache vergessen«, hatte ihr Claire gesagt. Welche Sache war dann vergessen? Der Vertrag mit dem Pflegeheim? Oder dass sie dann auch das Haus verlassen musste?

Jill lief über den Hof zum Stall, leuchtete die Leiter zum Dachboden hoch, die zu Rons Nachtlager führte. Er musste ihr helfen. An wen sonst konnte sie sich wenden?

»Ron? Bist du da?«

»Was ist los, altes Mädchen? Wenn dir kalt ist, komm hoch ins Heu.« Rons Gesicht tauchte in der Luke auf. Er war bis auf die Boxershorts nackt.

»Komm runter. Ich muss mit dir reden. Dylan ist noch immer nicht da.«

»Na, und? Sind wir seine Kindermädchen?«

Jill sah sich zur Stalltür um. Sie erwartete jeden Moment, entdeckt zu werden. Von Todd, Claire oder Max. Nervös leuchtete sie in jede Ecke des Stalls. »Ich will wissen, wo er ist.«

»Keine Ahnung, wo sich der Knabe rumtreibt.«

»Diamond. Ich will wissen, wo Diamond ist.«

»Mann, oh Mann. Du bist schlimmer als ein verliebtes Schulmädchen.« Ron zog sich Hemd und Hose an, kletterte fluchend die Leiter runter, in der Hand eine Flasche Brandy, und winkte sie in die Sattelkammer. Der Raum war fensterlos, dennoch fand Jill das Licht verräterisch. Ich verhalte mich schon wie eine Kriminelle, dachte sie. Als könnte ich nicht abends mit Ron in der Sattelkammer sitzen. Wer sollte es mir verbieten?

»Also? Was willst du?« Ron nahm einen Schluck aus der Flasche.

»Habe eben Todd in Dylans Zimmer erwischt. Er war am Computer.«

»So.«

»Er schnüffelt herum. Womöglich …«

»Womöglich, was?« Ron bedachte sie mit einem scharfen Blick.

»Wenn er etwas herausfindet«, flüsterte Jill.

»Ich will dir mal was sagen, altes Mädchen. Morgen verschwinde ich hier. Was dann ein Todd oder sonst wer macht, ist mir schnurz.«

»Du ... du willst .... du kannst doch nicht einfach...« Jill ließ sich auf einen Hocker sinken.

»Natürlich kann ich. Ich lasse mich jedenfalls nur einmal von einem Chef vermöbeln. Das macht man nicht mit mir, verstehst du? Schon gar nicht so einer wie Max. Reicht schon, wie ich hier hause. Besser als die Straße, muss ich ja zugeben. Aber die Zukunft stelle ich mir doch ein bisschen komfortabler vor.«

»Wo willst du hin?«

»In den Norden. Fischfabrik. Schichtarbeit. Feste Zeiten und ein Zimmer mit Bad.« Ron zog die zerknüllte Seite einer Zeitung aus der Hosentasche, strich sie glatt und tippte auf eine umkringelte Annonce.

»Packer gesucht« las Jill. »Und die haben dich genommen?«, flüsterte sie. »Einfach so?«

»Starke Arme sind überall gefragt.«

»Weiß Claire ...?«

Ron schüttelte mit einem schelmischen Grinsen den Kopf.

»Wenn sie wüsste, was ihr noch blüht ...«

»Wie meinst du das?« Jill rieb sich die Arme. Die Kälte wollte nicht weichen, die tief in sie hineingekrochen war. Dabei hatte es sich in den letzten Tagen nur unmerklich abgekühlt.

»Deine Herrschaften schulden mir drei Monatsgehälter. Und die werde ich mir holen, bevor ich die Fliege mache. Dein Herr Schwager hat schließlich heute reichlich kassiert.« Ron bediente sich von dem Brandy und hielt Jill die Flasche hin. Sie trank fast nie Alkohol, doch jetzt nahm sie einen kräftigen Schluck, der ihr in der Kehle brannte und dann im Bauch. »Du willst sie bestehlen?«

»Es ist ausstehender Lohn, den ich mir da hole. Was ist daran Diebstahl? Es ist mein gutes Recht.«

Warum weiß ich nichts davon?, dachte Jill. Bei ihrem Vater hatte es derlei Beschwerden niemals gegeben. Am Monatsende wurden die Schecks verteilt, alle Rechnungen pünktlich beglichen. Sie selbst hatte ihm zeitweise bei der Buchhaltung geholfen, weil er niemandem traute. Warum hatte sie sich nach seinem Schlaganfall nicht mehr darum gekümmert und alles Claire überlassen? Aufgegeben hatte sie, erkannte Jill auf einmal mit Schrecken. Nicht anders als ihr Vater. Während sein Körper gelähmt war, war es bei ihr der Geist. Sie hatte seit dem Reitunfall und dem Umzug alle Schotten dicht gemacht für das, was um sie herum geschah. Kein Wunder, dass Claire alles in der Hand hatte, erst recht, seit Max an ihrer Seite war. »Wie willst du das anstellen mit dem Geld?«

»Alles schon geplant.« Ron tippte sich mit dem Finger an die Stirn und pfiff vor sich hin. »Auf der Bank ist es ja nicht. Kannst dir ja denken, dass sie sich die Kohle schwarz in die Tasche stecken. Vielmehr erst einmal unters Kopfkissen. Die beiden haben sich heute keinen Zentimeter fortbewegt und hüpfen gerade in den Betten rum.« Er wies mit dem Daumen nach oben. »Hab ich alles im Blick. Du musst nur die Augen aufmachen, dann kennst du die Routine eines Menschen. Punkt zehn …« Er warf einen Blick auf die billige Uhr mit dem abgescheuerten Plastikarmband. »Da stehen die Bettfedern still, und die Pullen kommen raus. Spätprogramm im Fernsehen, Suff zum Abwinken, kleiner oder großer Streit, mit oder ohne Backpfeifen, mit oder ohne Versöhnungsknutscherei, immer mit Rumgeheule, und dann wird spätestens um Mitternacht die letzte Ladung Pillchen in die Schnute geschoben. Kurz danach fängt das Geschnarche an.« Ron kicherte.

»Du beobachtest sie?«

»Sag ich doch. Augen auf! Solltest du auch langsam mal machen.«

Was würde ich sehen?, fragte sich Jill, wenn ich die Augen wirklich ganz öffnen würde. »Bis Mittwoch soll ich Diamond wiederbringen, sonst ...« Sie merkte einen Kloß im Hals und stockte.

»Sonst schmeißen sie dich raus wie deinen Alten. Sag ich doch die ganze Zeit. Was meinst du, wo Claire am Freitag war? Nicht nur auf dem Standesamt. Beim Reisebüro waren sie auch. Haben zwei Flugtickets nach San Francisco reserviert. Tut mir leid für dich, altes Mädchen.«

»Woher weißt du das alles?«

»Hab Augen und Ohren auf, sag ich doch. Du gehst zu selten raus. In einer Gegend wie hier, was passiert da schon? Na, und ihr seid gerade Gesprächsthema Nummer eins. Macht einen Affenzirkus auf dem Fest, Schlägerei dazu. Meinst du, das kratzt hier keinen? Und die Polizei bei der Bäckerstochter. Und die mit 'nem Schwarzen im Bett. Hoho.« Ron klatschte sich aufs Knie.

»Was soll ich jetzt machen wegen Diamond, wenn du weg bist?«

»Hab dir geholfen an dem Abend wie geplant. Aber jetzt steige ich aus. So einfach ist das. Dylan weiß, wo dein Liebling ist. Ich hab keine Adresse. Nicht mehr mein Bier.«

Vor Jills Augen begann sich alles zu drehen. Ron, die Sättel, die Stalllampe.

»Tut mir leid, altes Mädchen«, hörte sie Ron sagen. »Aber das Ganze wird mir hier allmählich zu bunt. Bin ja hart im Nehmen, aber ich lass mich weder bescheißen noch braucht man mir mit so ’nem Voodoo-Zeug kommen. Hier, riech mal.« Ron hielt ihr eine Hand vor die Nase. »Na, nach was stinkt das? Blut. Wenn so ’n Hahn über deiner Matratze ausblutet, würd es dir auch reichen, oder?«

»Wovon redest du?«

»Ist dir nicht aufgefallen, dass Kiki heute nicht gekräht hat? Konnte er nicht. Hing mit hübsch durchgeschnittener Kehle an ’nem Balken direkt über meinem Schlafsack. Und was will mir das sagen? Dass ich schnell die Fliege machen soll.«

»Du sagst, Claires Hahn …?« Jill spürte ein Schwindelgefühl und streckte die Hand nach Ron aus.

»Ja, der alte Kiki kräht nicht mehr.« Ron lachte.

»Und was soll ich tun?«, wisperte Jill.

»Was du tun sollst? Weißt du doch selbst.« Ron tätschelte ihre Hand. »Den Anfang haste doch gemacht, oder? Hast dir dein Pferd gekrallt. Also, pack deine Sachen. Was hält dich hier? Kapier ich nicht.«

Es ist meine Familie, wollte sich Jill verteidigen, es ist alles, was ich kenne, alles, was ich habe, doch sie ahnte, dass weder Ron noch sonst jemand ihre widersprüchlichen Gefühle verstehen würde, die wie das Pendel einer Standuhr unablässig hin- und herschwankten. »Ich muss ja gehen«, brachte sie hervor.

»So ist es, altes Mädchen. Also geh schlafen und sieh zu, dass du hier bald die Fliege machst wie ich. Auf Wiedersehen werd ich nicht sagen. Auf ein Wiedersehen kann ich verzichten. Dabei hab ich ’ne Zeitlang … Ach, lassen wir das.« Ron strich Jill über den Kopf und stieg ohne ein weiteres Wort die Leiter hoch. Sie hörte ihn rülpsen, das Licht erlöschte, und sie wankte mit stärker werdender Übelkeit über den Hof in die Küche. Dort trank sie wie eine Verdurstende Wasser, lauschte ins Obergeschoss, wo der Fernseher lautstark lief, und ging ins Zimmer ihres Vaters.

Die Nachttischlampe brannte, und das Radio lief leise. Ein Hörspiel. Was bekam er davon mit?

Jill stellte sich ans Fußende und hielt für einen Moment dem Blick ihres Vaters stand, der sie zu durchbohren schien wie ein Dolch. »Claire wird dich Mittwoch nach Southampton in ein Heim bringen. Sie hat den Vertrag einfach mit meinem Namen unterschrieben und meine Unterschrift gefälscht, aber ich kann es nicht zahlen. Ich weiß keinen Ausweg. Claire und Max wollen weggehen. Wahrscheinlich nach Kalifornien. Sie waren Freitag im Reisebüro und verkaufen alles. Sie ...«

Ihr Vater schloss die Lider. Hatte er sie nicht gehört? Hatte sie überhaupt etwas gesagt? Oder die Worte nur gedacht? Sie konnte sich nicht erinnern, ihre Stimme vernommen zu haben. Werde ich verrückt, oder ist das der Alkohol? Jill umklammerte die Gitterstange des Pflegebettes, begann daran zu rütteln und spürte ein Würgen im Hals, das herauskam als ein einziges gewispertes Wort, ein Nachhall wie von einem Schrei. »Vater!«

* * *

In der Nacht fand sie keinen Schlaf. Der Wind war stärker geworden, und die Äste der Buche schlugen Morsezeichen an ihr Fenster. Sie hatte sich zwei Mal übergeben müssen, und danach war es, als laufe sie immer in der Runde, ihr Kopf in der Schlinge der Longe, Claire mit der Peitsche in der Hand, ihr Esellachen lachend, ihr Vater, der den Stock schlug, »Stopp« brüllte, »Stopp, Stopp, Stopp«.

Schweißgebadet wälzte sich Jill auf dem feuchten Laken und warf einen Blick auf den Wecker. Ein Uhr. Sie zog den Bademantel an und ging mit der Taschenlampe durch die Küchentür in den Hof, horchte an Dylans Tür, dann an Todds. Alles war still.

Die Nacht war klar, und die schmale Mondsichel war gerade über das Dach des Hauses gekrochen. Sie blickte zur Dachluke des Stalls, fragte sich, ob Ron noch da war und wie er es anstellen würde, das Geld zu stehlen und zu verschwinden. Sollte sie Claire warnen? Nein, entschied sie. Claire würde nur glauben, dass sie gemeinsame Sache mit Ron machte. Sich still verhalten. Zumindest bis sie wusste, wo Diamond war. Das würde sie, das konnte sie am besten. Ein Lichtschein fiel aus dem Schlafzimmer ihres Vaters. Warum war er um diese Zeit noch wach? Sie hatte doch das Licht gelöscht, oder bildete sie sich das ein? Beunruhigt, zugleich von einer Ahnung ergriffen und plötzlich stocknüchtern schlich sie sich über den Hof unter das gekippte Fenster. Die Vorhänge waren bis auf einen Spalt zugezogen, aber sie sah deutlich die Schatten der beiden Personen und noch deutlicher hörte sie die Worte. Sie hielt den Atem an. Nein, es war keine Einbildung. Nein, nein, nein, schrie es stumm in ihr. Das kann, das darf nicht wahr sein. Sie musste sich gegen die Hausmauer lehnen und biss sich in die Faust, um nicht laut loszuschreien.

31

»Nein, das werde ich nicht tun.« Evelyn blickte auf die blauschwarze Wassermasse des Ärmelkanals, der sie von der Welt trennte, in die sie schon gestern zurückkehren wollte. Doch Vincent hatte sie aus dem Hinterhalt angegriffen, und nun saß sie mit ihm in einem schäbigen Hotelzimmer, wo sie die Nacht nebeneinander in einem schmalen Doppelbett verbracht hatten. Sie fühlte sich so elend wie seit Jahren nicht mehr, hatte kein Auge zugetan, trotz der Hitze ihre Kleidung nicht ausgezogen, und bei jeder kleinsten ihrer Bewegungen war Vincent gleich wach gewesen und hatte mit einer Taschenlampe in ihr Gesicht geleuchtet. Jetzt ärgerte sie sich maßlos darüber, am gestrigen Sonntagabend nicht einfach das Weite gesucht zu haben, als er kurz vor Mitternacht von der M 20 abgebogen war, einen Vorort von Folkestone ansteuerte, vor dem Hotel hielt und ihr sagte, dass er frühestens an diesem Montagvormittag vorhabe, die Grenze nach Frankreich zu überqueren. Er hatte ein Doppelzimmer im vierten Stock gewählt, wohin sie ihm angesichts der späten Stunde erschöpft und überrumpelt gefolgt war. Die Tür hatte er von innen abgeschlossen und den Schlüssel an sich genommen, dann den Fernseher eingeschaltet, die Minibar geplündert, ihr in einem Moment der Unaufmerksamkeit das Smartphone weggenommen und es sich unters Kopfkissen gelegt. Jetzt war es fünf Uhr morgens, ihr Magen knurrte, sie fühlte sich verschwitzt und überlegte fieberhaft, wie sie wieder die Oberhand gewinnen konnte. »Gib mir mein Handy zurück. Mein Mann wird Himmel und Hölle in Bewegung setzen, wenn er heute nichts von mir hört«, sagte sie und drehte sich um.

»Oh, dein Ritter mit dem großen Herzen.« Vincent lachte hässlich. Er stand vor dem Wandspiegel und schnitt an dem falschen Bart herum, der ihn zusammen mit der blonden Perücke und der Brille in den Mann verwandeln sollte, den das Foto auf dem gefälschten oder auch gestohlenen Pass zeigte. Evelyn kam sich vor wie die Darstellerin in einem billigen Sonntagskrimi. »Mit schwarzem Haar wird er dich auch abgöttisch lieben, nicht wahr? Also, mach schon. In einer Stunde fahren wir los.« Vincent warf ihr die Tüte mit der Haartönung und einen Fön aufs Bett.

Den Teufel werde ich tun, dachte sie und schloss sich mit den Sachen im Badezimmer ein. Sie hoffte, ihr Plan würde aufgehen und die Polizei würde am Bahnhof vor dem Eurotunnel bereits auf sie warten und Taylor festnehmen. Kurz bevor er ihr das Handy weggenommen hatte, war es ihr gelungen, heimlich ein Foto vom Kennzeichen des Fluchtfahrzeugs zu machen und mit einer knappen Erklärung an die Mail-Adresse der beiden Zeitungen zu schicken. Sie hoffte, dass die Polizei bereits Maßnahmen ergriffen hatte. Bis dahin wollte sie Vincent nicht aus den Augen lassen und ihm vorgaukeln, ihm zur Flucht zu verhelfen. Doch das Haar würde sie sich nicht färben. Sie ließ die Wanne mit der verkratzten Emaille vollaufen und legte sich in das dampfende Wasser, ihren Blick auf die Zehnägel gerichtet, die ihre Hamburger Pediküre zweifarbig gestaltet hatte, in Purpur und Silber. In England hatte sie sich zum ersten Mal in ihrem Leben die Fußnägel lackieren lassen. Von einem Mann, den sie »Teddy« nennen sollte. Lächerlich, ekelhaft und unverständlich, wenn sie jetzt darüber nachdachte. Jeden einzelnen Zeh hatte er hingebungsvoll geküsst und dann rosa lackiert. Inzwischen hasste sie diese Farbe, aber damals … War nicht alles ein Spiel gewesen, zumindest am Anfang, etwas wie ein Theaterstück, in dem sie unbedarft, ja begeistert mitgewirkt hatte? Ja, musste sie in der Rückschau zugeben, sie hatte alles in vollen Zügen genossen, sich wie eine Prinzessin im Sonnenlicht gefühlt, sich umschmeicheln lassen von den weichen Stoffen, in die er sie hüllte, von dem Magnolienöl, mit dem er ihre Haut einrieb, von den langen Brokatvorhängen und flauschigen Teppichen, der Kulisse, in der sie vor ihm posierte, während er im Ledersessel saß und mit dem Zeigefinger bedeutete, wie sie sich drehen und ihren jungen Körper biegen und strecken sollte. Mit ihrem Haar spielte er, war ganz verrückt danach, knotete Schleifen hinein, wollte es jeden Tag waschen und bat sie eines Tages, es in Locken zu drehen. Auch das hatte sie für ihn getan. Nein, erkannte sie jetzt, als sie begann, sich einzuseifen, nicht für ihn, für mich habe ich alles getan, was er verlangte. Einen Hunderter draufgelegt hatte er für die ganze Show, und als er schließlich noch mehr wollte, als es dann um Sex ging, war sie es gewesen, die den Preis bestimmt hatte. Am Ende war sie dort angekommen, wo ihre Mutter gewesen war. Als naives Au-Pair war sie in England angekommen und schließlich eine Prostituierte geworden. In das Spiegelbild ihrer Mutter hatte sie sich damals verwandelt, ihren Körper an einen zwanzig Jahre älteren Mann verkauft, dem sie, wie sie später erkannt hatte, in gewisser Weise hörig gewesen war. Vertrau mir, ich passe auf, hatte er ihr weisgemacht. Warum hatte sie ihm nicht glauben sollen? Er war wie der Vater, den sie nie gehabt hatte. Und was war das Ende des Liedes gewesen? Mit so viel Geld war sie zurückgekehrt, dass sie in den ersten Jahren danach immer wieder in Versuchung geraten war, sich für Sex bezahlen zu lassen, eine Leichtigkeit in einer Stadt wie Hamburg. Doch das war lange her. Sie war jetzt Detlefs Frau, die Gleise ihres Lebens verliefen inzwischen weit entfernt von der Reeperbahn, und nicht ausgerechnet Vincent sollte derjenige sein, der den Zug zum Entgleisen brachte, in dem sie satt und zufrieden saß. Es hatte ihr schon gereicht, als er gestern die weißt-du-noch-Geschichten auftischte. Sie wollte nichts mehr wissen von jener Zeit, hatte alles in unterste Schubladen und hinterste Winkel verbannt. Warum sollte sie versuchen zu begreifen, was geschehen war, wenn sie damals schon nichts durchschaut hatte? Was halfen ihr seine fadenscheinig klingenden Erklärungen? Sie war doch in jener Vollmondnacht an seiner Seite gewesen, hatte wie er eine Schaufel in der Hand gehabt, beim Ruf einer Eule gekichert, noch einen Schluck aus der Whiskeyflasche genommen, beschwipst und benebelt gegraben, als wäre es darum gegangen, einen alten Goldschatz zu bergen. Und nicht anders hatte Vincent ihr die gruselige Angelegenheit verkauft. Wie ungeheuerlich dumm sie gewesen war.

Und ihre Dummheit hatte nun, Jahre später, einen Preis, den sie nicht einschätzen konnte.

Evelyn legte die Hand auf den Unterleib, spürte nach Jahren wieder jenes klaffende Loch, das sich durch nichts füllen ließ, auch wenn sie es zu stopfen und zuzukleistern versuchte, wie in brüchigem Beton kamen immer wieder Risse zutage. Sie hörte Vincent nach ihr rufen, sah Wasserdampf die altmodischen Fliesen benetzen und traf eine Entscheidung. Ich muss zur Polizei, beschloss Evelyn und trocknete sich ab. Sie werden feststellen, dass ich es nicht war, die Hand angelegt hat an diese Kinder. Sie suchen den Mörder und nicht mich. Und mein Kind liegt nicht in einem der Gräber.

32

Collin verzichtete auf das Frühstück und trank den Morgenkaffee in der Werkstatt. Es war erst fünf Uhr, und er spürte die lange Sonntagnacht in den Gliedern, die er mit Unterlagen und Grübeleien zu den Mordfällen hier auf dem Lesesessel verbracht hatte. Die bevorstehende Ausstellung hatte er vollends aus dem Blick verloren, und betrachtete seine Lieblingsfigur, »Die gefangene Tänzerin«, deren kleiner Körper pockennarbig wirkte, die Gliedmaßen wie knorrige Äste eines alten Baumes. Die Skulptur hatte nichts von der abstrakten Eleganz, den glatten, weichen, weiblichen Formen in den Werken der Barbara Hepworth, für die er eine tiefe Bewunderung hegte. Seine Arbeiten wirkten unfertig, ja dilettantisch, ließen den rohen Stein sichtbar und hatten unter seinem selbstkritischen Blick nichts Typisches, Unverkennbares wie etwa das Loch in der Bildhauerei der berühmten Künstlerin. Sie war auf tragische Weise bei einem Feuer im Trewyn Studio von

St Ives ums Leben gekommen, wo sie seit Ende der 40er-Jahre gelebt hatte. Eine wunderbare Symbolik für die Nachwelt, fand Collin in seinem geheimen Hang zur Überhöhung dramatischer Lebenswege. Er schloss die Tür mit der Gewissheit, nicht einmal im letzten Schattenstreifen von Barbara Hepworth zu stehen, nahm sich vor, seine Teilnahme an der Ausstellung nochmals gründlich zu überdenken, lief seine Morgenrunde mit Wolfie und saß eineinhalb Stunden später vor seinem Computer. Er las die E-Mails der Kollegen, die offenbar auch das Wochenende durchgearbeitet hatten. Die erste Nachricht kam aus Bradford, die Protokolle der Verhöre mit Zaman Jatoi. Eins bezog sich auf den Hergang des Unfalls und ließ Collin aufhorchen. Ich habe ein Kind auf der Straße gesehen, mit einem Ball. Habe gebremst und bin ausgeschert, damit ich's nicht überfahre. Jatois Aussage deckte sich mit der These, die sie über den Unfallhergang hatten. Der rote Ball, den sie am Zaun des Woodland-Anwesens gefunden hatten, war eindeutig mit einem Draht an der Puppe aus Taylors Scheune befestigt gewesen, wie Untersuchungen ergeben hatten, und die Puppe selbst wies Spuren auf, die mit dem Belag der Landstraße übereinstimmten. Der Lastwagen hatte sie möglicherweise gestreift, sodass der Ball abgefallen war. Nach dem Unfall musste Taylor die Puppe schnell wieder in seinem Häuschen versteckt haben, hatte aber den roten Ball vergessen oder nicht wiedergefunden. Collin fragte sich, warum Taylor so viel Aufwand für einen vorsätzlich herbeigeführten Unfall betrieben hatte. Warum hatte er diese Puppe gekauft und den Ball an ihr befestigt? Die Frage kann nur durch Taylor selbst beantwortet werden, wusste er, und hoffte, dass der Flüchtige an diesem Morgen in Folkestone von den Kollegen aufgegriffen werden würde.

Eine weitere Mail stammte von Hampton und enthielt erste Resultate von DNA-Abgleichen. Sie wussten nun mit Gewissheit, dass Alice O'Neill, William Hattonfields Exfrau, nicht die Mutter der ermordeten Kinder war, eine Angabe, die Collin erleichterte. Auch die Speichelprobe von Vincent Taylors Schwester Denise zeigte ein negatives Ergebnis. Sie wäre aus meiner Sicht auch als Mutter der Kinder nicht in Frage gekommen, weil sie in den vermuteten Zeiträumen der Geburten zu jung gewesen ist, hatte Hampton dazu angemerkt. Hampton hatte den Abrieb von Zigarettenstummeln untersucht, die Taylor in seinem Cottage hinterlassen hatte, und dadurch hundertprozentig ausschließen können, dass dieser als Vater der toten Kinder in Betracht kam. Er war ohnehin viel zu jung gewesen. Hampton hatte für den morgigen Dienstag seinen Besuch zusammen mit zwei Teamkollegen angekündigt. Er wollte vor Ort ein mobiles Labor einrichten. Bill hatte eine erste Liste von Personen zusammengestellt, die sie zur Abgabe ihrer Speichelprobe im Zusammenhang mit Woodland aufgefordert hatten. Darunter ein pensionierter Dachdecker, der zu Protokoll gegeben hatte, undichte Schindeln des Pförtnerhauses ausgebessert zu haben. Das zu einem Zeitpunkt, als Alice O'Neill noch auf Woodland gelebt hatte. Die Liste war enttäuschend kurz, und Collin zweifelte, ob sie durch DNA-Abgleiche dieses Personenkreises zu einem Durchbruch gelangen würden.

Nun stand aus dem Familienkreis der Hattonfields nur noch das Ergebnis von Rosemarys Speichelprobe aus, dachte Collin, und wählte die Nummer ihres Hausarztes, die ihm die Leiterin vom Restgarden House vor zwei Tagen gegeben hatte.

»Entschuldigen Sie die frühe Stunde Dr Ellington«, begann er und erklärte kurz den Hintergrund seines Anrufs.

»Unsere Vogelfrau?«, fragte Dr Ellington und lachte. »Sie erfreut sich bester Gesundheit. Entsprechend statte ich ihr nur einmal im Jahr einen Besuch ab. Ärzte mag sie nicht besonders.«

Ich auch nicht, dachte Collin und wechselte den Hörer ans andere Ohr, weg von dem schmerzenden Backenzahn.

»Können Sie mir denn die Frage beantworten, ob Rosemary schwanger gewesen ist?«, fragte Collin und klärte Dr Ellington über dessen Entbindung der Schweigepflicht auf.

»Dazu müsste ich die Krankenakte anschauen«, sagte Ellington. »Ich betreue das Restgarden House erst seit vier Jahren und habe nicht alle Details der Patienten im Kopf. Ich rufe Sie zurück.«

Nach dem Gespräch blätterte Collin erneut in Rosemarys Akte und begann danach mit der morgendlichen Besprechung.

»Wie weit bist du mit Hattonfields Bankkonto?«, fragte Collin Bill.

»Der Bericht ist fertig.« Bill hielt einen Schnellhefter hoch. »Das Konto bei Barclays in Truro wurde ja aufgelöst, mit Unterschrift von William Hattonfield. Er hat dann ein neues Konto bei der Metro Bank in Croydon, Greater London, eröffnet, allerdings nur ein Viertel der Gesamtsumme, die sich bei Kontoschließung auf 50.000 Pfund belief, dahin überwiesen. Wir sind somit womöglich einen Schritt weiter.« Bill machte eine Kunstpause und sah sie einen nach dem anderen mit gewichtiger Miene an.

»Du meinst, Hattonfield ist in Croydon, oder was willst du uns Bedeutungsvolles mitteilen?«, fragte Johnny mit scharfer Stimme.

»Exakt.« Bill blitzte Johnny an und schob die Brille hoch.

»Also hast du die Adresse?«

Alle blickten Bill erwartungsvoll an, doch dann schüttelte dieser den Kopf.

»Zur Kontoeröffnung hat er die alte Adresse, also Woodland angegeben«, erklärte Bill. »Dennoch denke ich, dass er sich in der Gegend aufhält.«

»Bravo!«, rief Johnny. »Also auf nach Croydon. Hat ja nur ungefähr zweihunderttausend Einwohner.« Er lachte.

Vielleicht war es am Ende nur Neid, dachte Collin, was Johnny gegenüber Bill empfand. Bei Bill schien alles wie am Schnürchen zu laufen. Mit Anfang dreißig führte er ein Bilderbuchleben, plante die Hochzeit mit seiner Verlobten Hadley, einer pummeligen, immer lächelnden Verwaltungsangestellten, für das kommende Jahr, hatte ein Grundstück in der Nähe einer Schule erworben und beschäftigte einen Architekten mit immer neuen akribisch ausgeführten Ideen für ein Eigenheim mit zwei Kinderzimmern. Abends paukte er für sein Jurastudium an einer Fernuniversität. Sein Ziel war es, zumindest Staatsanwalt zu werden. Alles in seinem Leben war ein großer Plan, den er bis ins Detail zielstrebig in die Tat umzusetzen verstand. Und Johnny? Single, kein vorzeigbares Haus geschweige denn Finanzen und ohne Ehrgeiz. Dennoch konnte ihm ein Bill nicht das Wasser reichen. Weder in Punkto Lebenserfahrung oder Persönlichkeit noch im Job, fand Collin und merkte wie ihm das Herz für seinen Freund aufging.

»Und wie sehen Hattonfields Kontobewegungen in der Metro Bank aus?«, fragte er.

»Kurioserweise sind keinerlei Einzahlungen zu verzeichnen, dafür regelmäßige Abbuchungen, und zwar von Geldautomaten in einem erstaunlich großen Einzugsgebiet.« Bill reichte Collin eine Liste. Einzelne Orte waren mit gelbem Textmarker hervorgehoben und mit Rufzeichen versehen.

»Portsmouth, Southampton, Bournemouth, New Milton, Exeter«, las Collin die markierten Ortsnamen vor. »Und Bodmin?«, hakte er stirnrunzelnd nach. Dort lebte Vincent Taylors Schwester Denise.

»Das hat mich auch stutzig gemacht.«

Hatte Denise Taylor doch engen Kontakt zu den Hattonfields gehabt wie ja offenbar auch ihr Bruder Vincent, und besuchte William Hattonfield sie öfter in Bodmin? Oder war es dem Zufall zuzuschreiben, dass er an einem dortigen Geldautomaten regelmäßig höhere Beträge abgehoben hatte? Stirnrunzelnd überflog Collin Bills Bericht.

»Dann hat sie gelogen«, sagte er.

»Wie gedruckt«, ergänzte Johnny und ließ seinen Flummi hüpfen. »Ihr neuer Lover heißt Montague Green, altenglischer Vorname, schlechter Ruf.«

»Also warst du gestern doch noch mal in Bodmin?«, fragte Collin, löste die Krawatte und legte sie auf den Tisch. Die Luft war zum Schneiden wie auch die Spannung im Raum.

»Abends sind die Zungen gelöster.« Johnny grinste. »Und solche Typen wie Mr Montague sind zu faul, um sich eine Stammkneipe mehr als eine Meile entfernt von dem Loch zu suchen, in dem sie hausen. Der Mann mit adeligem Namen ist, so seine Saufkumpanen, die meiste Zeit unterwegs und kommt alle paar Wochenenden mal zu seinem Betthasen. Sorry, nicht mein Begriff. Stammt von der Nachbarin, die über Denise Taylor wohnt. Die hört es dann gehörig quietschen und weiß, dass der Herr der Kellerwohnung wieder mal da ist. Hab den Knaben überprüft. War schon mit fünfzehn erstmals straffällig. Seine Fäuste sitzen locker, und er fliegt aus jedem Job.« Johnny tippte auf seinem Laptopkeyboard herum und drehte ihnen den Bildschirm zu. »Hier ist das vergrößerte Foto, was ich auf Denise Taylors Wohnzimmerkommode gesehen habe. Neben ihr grinst Mr Montague in die Kamera. Ein bisschen Brad Pitt mit Schnäuzer, oder? Ist jedenfalls ein Großmaul, der jedem erzählt, dass er gerade einen dicken Fisch am Haken hat.

Die Nachbarin hat mir auch von den beiden Halbstarken erzählt.« Johnny zeigte auf die beiden Jugendlichen auf dem Foto. »Sind inzwischen ein paar Jahre älter. Der eine ist der gemeinsame Sohn von Denise und Pasco, aus ihrer ersten Ehe, also. Der andere vermutlich unehelich. Meint die Nachbarin. Sie hat ihn aber schon länger nicht gesehen. Ich bin gespannt, was uns die Kollegen zum Gesichtsabgleich sagen.«

»Glaubst du immer noch, dass der eine von Denise' Söhnen identisch ist mit dem Jungen neben Taylor auf dem Strandfoto?«, fragte Collin.

»Darauf wette ich meinen Bart«, sagte Johnny.

Collin holte sich eine Flasche Wasser aus dem Kühlschrank. Johnny hatte sich den Sonntagabend in Bodmin um die Ohren geschlagen, aber was half ihnen das wirklich weiter? Auf der Suche nach dem Mörder der Kinder sammelten sie Treibgut auf, das von anderen Schiffen stammte, aber nicht von jenem, das sie im Meer der Möglichkeiten suchten.

»Denise Taylor persönlich hast du nicht noch mal auf den Zahn gefühlt?«, fragte er Johnny dann.

»War nicht da. Kümmer ich mich heute drum.«

»Irgendwelche neuen Erkenntnisse aus den eingegangenen Anrufen?«, wandte sich Collin an Anne.

»Ein Anrufer, der anonym bleiben wollte, hat mir den Namen Jim Freeland gegeben. Er war Juliene Hattonfields letzter Trainer, bevor sie den Reitunfall hatte.« Sie setzte sich aufrecht hin. »Ich habe mit ihm Kontakt aufgenommen. Er hat von ihrem Pferd geschwärmt, ein Ausnahmepferd, sagt er. Und dass sie ihre Erfolge diesem Pferd zu verdanken hat. Er würde es gern kaufen, weiß aber nicht, wo sich Juliene oder ihre Familie aufhalten. Er hat mir weitere Namen genannt, Militaryreiter, die sie kennen. Ich versuche sie nachher zu erreichen.« Sie schob ihm ihren Bericht zu.

»Danke, Anne. Vielleicht haben wir ja Glück und ein ehemaliger Kollege weiß, wo die Hattonfields hingezogen sind.« Es war wie verhext, dachte Collin, dass sie nach einer Woche noch immer nicht Hattonfields Aufenthaltsort wussten.

Collin informierte sie über Hamptons DNA-Abgleiche und die bisherigen Ergebnisse der Spurensicherung. Im Haus hatten sie keine auffälligen Hinweise gefunden und die zahlreichen Spuren wie Fingerabdrücke, Fasern und Haare noch nicht alle auswerten können. Collin musste die Entscheidung treffen, ob weitere Teile des großen Grundstücks von Woodland akribisch untersucht werden sollten, eine zeitaufwändige und auch teure Angelegenheit. Immerhin gab es eine weitere gute Nachricht, dachte er und sagte: »Brian Hattonfield ist am gestrigen Sonntagabend in Florida festgenommen worden. Ich habe Toldon informiert, der sich um dessen Auslieferung kümmert.«

Collin hoffte auf die baldigen Daten des Gentests, den die amerikanischen Kollegen an sie übermitteln wollten. Konnte Brian Hattonfield der Vater der getöteten Säuglinge sein? Er nahm das Modellsegelschiff aus Sperrholz in die Hand, das auf einem Regal im Besprechungsraum stand. Simon hatte es mit acht Jahren in tagelanger Arbeit zusammengebaut, eine dreimastige Kogge, wie sie im 13. Jahrhundert auf den Meeren unterwegs gewesen war. Den vorgezeichneten Totenkopf auf einem Tonpapiersegel hatte er mit Wachsmalstiften knallorange ausgemalt. Der Fall war wie dieses Piratenschiff, dachte er. Bohren, Sägen, Feilen, Leisten und Holzscheiben verleimen, und erst wenn alles Teil für Teil zusammengesetzt ist, ergibt sich das fertige Abbild eines Schiffes. Noch war das Bild von William Hattonfield verschwommen, doch einzelne Teile waren bereits sichtbar, die er zum Abschluss der Besprechung präsentierte. Das Profil eines herrschsüchtigen, eigensinnigen, zurückgezogen lebenden Mannes, der als Pferdezüchter geschätzt wurde, aber als Mensch keine Freunde zu haben schien. Sein Gebaren war das eines Landadeligen, ohne einer zu sein. Als hochnäsig wurde er beschrieben, besserwisserisch, humorlos, schweigsam. Er hatte lange beim

Militär gedient, sich freiwillig zu Auslandseinsätzen gemeldet, ein Fußsoldat, der alle Befehle tadellos ausführte, wie ein früherer Kamerad ausgesagt hatte. Ehemalige Schulkameraden hatten ihn als schlechten, unscheinbaren Schüler in Erinnerung, der mit zerrissenen Hosen und Striemen auf der Haut zur Schule kam und eine Heulsuse war. Einen prügelnden Vater, nun gut, dachte Collin, das hatten und haben viele. Im Fall der Hattonfields war der jüngere Sohn Brian, der beliebtere, einer mit sonnigem Gemüt, ein Drogenbaron geworden, William, der ältere ein Pferdekönig. War dieser auch der Mörder zweier Kinder?

Nach der Besprechung versuchte Collin erfolglos die Kriminalpsychologin zu erreichen, der er Rosemarys Akte in Kopie gegeben hatte.

»Ist auf einer Fortbildung«, sagte er ärgerlich zu Johnny und wollte gerade die Nummer des Seminarortes wählen, wo sich die Psychologin aufhielt, als eine weitergeleitete Nachricht in seinem E-Mail-Posteingang auftauchte. »Die Person, die die anonyme Nachricht über Taylors Fluchtpläne geschickt hat …«, sagte er zu Johnny, »… hat sich noch mal beim Coastal Observer gemeldet.«

»Und?«

»Hier ist das Kennzeichen des Fluchtfahrzeugs. Gib es sofort an die Kollegen in Folkestone durch.«

»Wird gemacht, Boss. Echt ein stressiger Montag. Aber besser als gestohlene Pferde suchen.« Johnny griff zum Telefon.

»Wie kommst du jetzt auf den Quatsch?«

»Mit so was schlägt sich Sandra in ihrem Kuhkaff rum.«

Collin dachte an seine Familie, die ganz in Sandras Nähe umgeben von Pferden ohne ihn ihren Urlaub verbrachte, und nahm sich vor, Kathryn kurz anzurufen. Doch kaum war er mit dem Handy in der Hand vor die Tür getreten, um in Ruhe ihrer Stimme zu lauschen, rief ihn Johnny zurück.

»Taylor ist ins Netz gegangen! Die Kollegen in Folkestone wollen wissen, wie es jetzt weitergeht.«

»Organisier uns einen Polizeihubschrauber. Wir fliegen sofort hin«, sagte Collin und beschloss, Kathryn zu einem späteren Zeitpunkt anzurufen, wenn er mehr Ruhe haben würde, sich auf nichts als ihre schöne Stimme zu konzentrieren.

33

Die ersten Wolken seit Wochen standen einer Armee von Büffeln gleich am Morgenhimmel. Wolken von der Sorte, die bleiben, statt sich in ein blaues Nichts aufzulösen. Feuchtigkeit und ein Hauch Herbst lagen in der Luft. Etwas wie ein Knistern, als beschwere sich das sonnenmüde Gras der Weiden und riefe den Regen herbei. Sie hatte den Mond über der leeren Koppel aufgehen und wandern, den letzten Stern in der fahlen Dämmerung schwinden gesehen, beobachtet, wie vereinzelte Sonnenstrahlen gegen das Dunkle kämpften, aufgeben mussten. Ihre Stimme war brüchig vom Rufen. Der Geschmack von Erde auf der Zunge, die lange Nacht ein Knochen quer im Hals. In ihren Ohren ein Pfeifen, als führe ein Zug über rostige Gleise. Die Hände schmerzten. Alles schmerzte.

Sie lag vor der Tränke, dort, wo die Weide aufgestampft war, dort, wo Diamond immer auf sie gewartet hatte. Zertrampelte Hufspuren, nichts sonst war ihr von ihm geblieben. Sie wollte nicht mehr erwachen. Nur liegen wollte sie. Hier, wo es nach Dung roch, nach Fell, und vereinzelte Haare aus Diamonds Mähne zwischen Erdkrumen lagen.

Sie sah ihn nicht kommen. Seine Stimme erst weit entfernt, dann als Brüllen am Ohr. »Was zum Teufel liegst du hier rum?«

Eine Stiefelspitze stieß in ihren Rücken. »Steh auf, verdammt!« Max zog sie hoch, schüttelte sie. »Wo ist Claire?«, schrie er. »Wo ist sie?« Sein Gesicht verzerrt und zu nah. »Du warst das, stimmt's? Du Drecksau! Du hinterhältige Fotze! Wo ist das Geld? Spuck's aus oder soll ich's aus dir rausprügeln?« Er schlug ihr ins Gesicht. Sie hörte sich stöhnen als wäre sie jemand anderes, konnte seinem Knie nicht ausweichen, das er in ihren Unterleib rammte. »Hast mir irgendeine Pille verpasst, stimmt's? Und mir fast den Schädel eingeschlagen.« Max fasste sich an die Platzwunde am Kopf. Getrocknetes Blut klebte in seinem Haar. »Hast gedacht, du kommst davon. Stimmt's? Wolltest mit der Kohle türmen. Also, wo hast du sie versteckt?«

»Hab' sie nicht«, jammerte Jill unter seinen Schlägen, spürte einen Zahn locker werden, Blut im Mund und wie etwas kalt aus dem Himmel fiel. Regen, dachte sie. Das ist Regen auf meinen Händen. Regen in meinem Gesicht.

»Wo ist deine fette Schwester? Habt gemeinsame Sache gemacht, stimmt's? Und dann hat sie dich verarscht und ist abgehauen.«

Jill schüttelte den Kopf.

»Oder war es Ron, dieser Dreckskerl? Hast ihn angestiftet, deinen stinkigen Komplizen. Sag schon!« Max stieß sie auf die Erde und lief nach Ron brüllend in Richtung Stall. Augenblicke später war er wieder da. »Getürmt ist der Dreckskerl. Jetzt ist mir alles klar. Und dein Rasta, dieser Scheiß Straßenköter, der hängt da auch mit drin. Das wirst du mir büßen.«

Seine Stiefel waren überall. Der Schmerz ein Feuer, das in den Eingeweiden loderte und Funken vor ihren Augen zündete. Das Pfeifen überlaut in ihren Ohren und zerrissene Bilder der Nacht: Schatten wie Scherenschnitte hinter Vorhängen. Etwas wie ein Tanz. Arme, die sich öffneten, umeinander schlangen, Lippen,

Gesichter, nah beieinander, wie sich jäh ein dritter Schatten aus dem Dunkel löste, Worte an Mauern abprallten, ungeheuerliche Worte, eine Lawine von Worten, bis daraus Schreie wurden, Türen schlugen, ein Motor aufheulte, knirschende Reifen auf Kies, Scheinwerfer, die die Dunkelheit zerschnitten. Unsichtbare Hände, die festhielten, wegstießen, Baumstämme, die eine Festung bildeten, sie einschlossen und alles verschwimmen ließen zu einem Traumgespenst, zu etwas, das in ihr saß, ein Same, der schon immer da war, ihr in den Hals wuchs, aus den Augen, aus den Nasenlöchern und das Trommelfell zu durchbrechen drohte. Was sie gehört und gesehen hatte, gab allem einen Sinn und war so schauderhaft, dass sie glaubte, ihren Verstand zu verlieren.

Jill nahm ein Bellen wahr, erst leise, dann lauter. Colt, dachte sie. Colt ist im Zimmer und wartet auf sein Futter. Sie wollte ihn rufen. Komm, wollte sie rufen. Sein Bellen näher und näher. Und dann etwas anderes. Was war es? Ein Schuss? War das ein Schuss? Jemand lachte. Ein hässliches Lachen. Max' Stimme, die andere Stimme, die sie kannte, aber nicht zuordnen konnte, und über allem ein Jaulen, das plötzlich erstarb, ein startender Motor und der Regen wurde schwarz vor ihren Augen.

War es derselbe Tag oder ein anderer, war es noch Morgen oder schon am Nachmittag? Sie kroch auf allen Vieren, zog sich am Gatter hoch, schleppte sich zum Haus. Ihr einziger Gedanke galt Colt. Er lag auf den Steinplatten ein paar Meter vor der Küchentür in einer Blutlache. Mit blanken Augen und einer Wunde im Hals. Sie brach über ihm zusammen.

Das Erste, was sie wieder spürte, war Wasser, dann Hände, die ihr an die Wangen klatschten. Sie zwang sich, die geschwollenen Lider zu öffnen, sah Max mit einem Gartenschlauch über sich stehen. »Steh auf und kümmer dich um deinen Alten.«

Er packte sie an den Schultern und schubste sie ins Haus. Sie hörte die Tür hinter sich zuschlagen, den Schlüssel im Schloss drehen, das Ticken der Küchenuhr. Der Ofen war kalt. Nichts deutete darauf hin, dass Todd das Frühstück vorbereitet hatte. Nichts war wie sonst. Warum auch?

Jill hielt sich am Spülschrank fest, bis das Schwindelgefühl nachließ, und mied den Blick aus dem Fenster. Eine Schubkarre schepperte, Max fluchte, etwas fiel auf Blech, das Spritzen von Wasser auf die Steinplatten.

Sie zog den lockeren Zahn raus, stöhnte unter dem Schmerz auf, wusch sich die verschrammten Hände und trocknete sich mit einem fleckigen Geschirrhandtuch das Haar, die Jacke und das verschmutzte Nachthemd darunter. In ihrem Kopf klaffte ein großes Loch, eine Leere, die nur durch das Pfeifen im Innenohr gefüllt wurde. Sie hatte immer gehorcht. Und die Ohren verschlossen. Schon damals. Ihr Leben lang, wurde ihr klar. »Du bist wie diese drei Affen«, hatte Ron ihr gestern noch vorgeworfen. »Nichts sehen, nichts hören, nichts sagen wollen, was du weißt.«

An der Wand entlang tastend humpelte sie zum Zimmer ihres Vaters. Er lag bäuchlings auf dem Teppich, der Schlafanzug in Streifen aufgeplatzt und blutig, Erbrochenes vor seinem Gesicht. Sie nahm alles wahr, als betrachtete sie ein Stillleben. Die kurze Peitsche aus dem Glasschrank auf dem Boden, die aufgeschlitzten Kissen, die zersprungene Nachttischlampe, der verstreute Inhalt des Kleiderschranks. Hosen, Hemden, Schuhe, Zeitschriften, Reithelme, die Sammlung von Zinnbechern, das zertrümmerte Radio. »Bring das in Ordnung«, hörte sie Max hinter sich sagen. »Kann sein, dass die Bullen hier aufkreuzen.«

Jill blickte ihn an. Begriff nicht, was er ihr sagen wollte. Was sollte sie in Ordnung bringen? Und wie?

»Na los, beweg deinen Pferdearsch!« Max versetzte ihr eine

Ohrfeige, lief schimpfend raus und kam mit Eimer, Besen, Lappen und Putzzeug wieder, schmiss alles vor ihre Füße und stieß sie zu ihrem Vater. »Pack mit an.«

Jill umfasste die Knöchel ihres Vaters. Wie weiß sie waren, dachte sie. Dünn wie Bleistifte. Und kalt.

Sie hoben ihn ins Bett.

»Ich geb dir 'ne halbe Stunde. Dann ist hier alles wie geleckt. Verstanden?«

Jill nickte, ohne etwas zu verstehen. Sah, wie sich die Brust ihres Vaters schwach hob und senkte, vernahm sein Wimmern. Sie drehte ihn auf die Seite, zog ihm die Decke bis zum Kinn. Dann begann sie mechanisch und unter Schmerzen, alle Spuren der Zerstörung zu verwischen, packte den Schrank mit den verstreuten Sachen voll, schrubbte den Teppich, öffnete die Fenster. Sie wollte nicht daran denken, wer in dem Zimmer gewütet, wer ihren Vater mit der Peitsche geschlagen hatte. Noch weniger wollte sie sich fragen oder zu verstehen versuchen, warum. In ihr war alles stumm und leer. Sie wäre zu allem bereit gewesen. Würde, wenn Max oder ein anderer es von ihr verlangt hätte, das Haus in Brand stecken oder sich vom Dach stürzen. Alles war ihr entglitten. Es war, als hätte man ihr das Herz herausgerissen.

»Glaub ja nicht, dass ich das war«, sagte Max, als er sich in dem aufgeräumten Zimmer umsah. »Ich will nur meine Kohle, kapiert? Wisch ihm die Visage ab.«

Sie tat, was er sagte, erkannte Angst im Gesicht ihres Vaters, verband notdürftig die blutigen Striemen auf seinem Rücken und zog ihm einen frischen Schlafanzug an. Etwas fiel ihrem Vater aus der Hand, die er zur Faust geballt hatte. Sie bückte sich, klaubte eine Perle vom Teppich, ließ sie schnell in der Jackentasche verschwinden.

Max schubste sie den Flur hinunter zu ihrem Zimmer, befahl

ihr, sich unter die Dusche zu stellen und sich umzuziehen. Es fehlte ihr die Kraft, sich allein gegen ihn zu wehren. Und sie hatte Angst. Er war zu allem fähig, wusste sie nun. Er steckte ihr Nachthemd, den Bademantel und die getragene Wäsche ihres Vaters in einen Sack und schob sie vor sich her zu seinem Jeep. Nach einer halben Stunde Fahrt fand sie sich am Außenposten an der oberen Weide wieder, dort, wohin Ron die Handvoll Milchkühe jeden Morgen zum Melken abgetrieben hatte, wo die Ziegen und Schweine ihren Verschlag gehabt hatten und eine Scheune stand. Jetzt lag alles verlassen da.

Max warf die verschmutzte Kleidung in eine rostige Tonne und steckte sie an. Flammen loderten auf. Dann stieß er sie in die Scheune und schubste sie ins Heu. »Du bleibst hier und rührst dich nicht von der Stelle.« Er unterstrich seine Worte mit Tritten und Fausthieben, sie hörte ihn das Scheunentor zuschieben und spürte, wie sie in Ohnmacht fiel. Jetzt vermochte sie keinen Schritt mehr wegzulaufen. Sie war wie die Fliege, die im Netz zappelte, das in der Ecke der Holzwand hing, und auf die gefräßige Spinne wartete. Zum ersten Mal in ihrem Leben wünschte sie sich, tot zu sein.

34

»Organisierten Pferdehandel hat es im gesamten County in den letzten zehn Jahren in zwei Fällen gegeben«, schloss Sandra ihren Bericht.

»Was Sie zu dem Fazit kommen lässt, dass es sich in diesem Fall somit keinesfalls um organisierten Pferdediebstahl handeln kann.«

»War das eine Frage?« Sandra lehnte sich zurück und erwiderte Belmores Pokerface mit einem Lächeln.

Er war an diesem Montagmorgen ohne Halskrause erschienen und hatte auch die Krücken zu Hause gelassen. Seine Augen schimmerten, als hätte er Fieber oder eine starke Dosis Schmerzmittel genommen. Zwei Jahre Fremdenlegion. Diesen Teil seines Lebenslaufs hatte Collin auch mit Textmarker hervorgehoben und mit Rotstift kommentiert: »Ehemalige Fremdenlegionäre sind wie Wölfe ohne Rudel. Am besten meidet man sie.« Und wenn ausgerechnet so ein einsamer Wolf mein Chef ist?, hatte Sandra gefragt. Dann kann ich ihm schlecht aus dem Weg gehen. »Halte ihm nicht den bloßen Nacken hin«, hatte Collin geraten.

»Meine Frage ist, was Sie in diesem Fall konkret unternommen haben außer einen Schulaufsatz über die Historie des organisierten Pferdediebstahls in der Grafschaft Hampshire zu verfassen. Also, ich höre.«

Sandra zählte ihre Atemzüge, von eins bis drei, bevor sie antwortete. »Keiner der eingetragenen Züchter und der größeren Reitställe haben das Pferd angeboten bekommen. Christopher Ellison, der nach Max Shells Aussage Vorkaufsrecht hatte, ist überprüft. Sämtliche Tierärzte in der Region sind informiert. Vermutlich steht das Pferd in irgendeinem Privatstall, und davon gibt es Tausende. Oder wird gerade illegal gen Festland verschifft.«

»Vermutlich und vielleicht.« Belmore sprang auf und durchschritt mit den Händen in den Hosentaschen den Raum. Man sah förmlich, wie er mit aller Macht versuchte, das Hinken zu kaschieren und auch die Schmerzen, die ihm das Gehen verursachten. Er blieb hinter Sandras Stuhl stehen, und sie hörte ihn in den Schuhen wippen. »Vermutlich und vielleicht. So, so. Ist das hier ein Ratespiel?«

Sandra sah, wie Molly, die ihr gegenüber saß, die Mundwinkel zu einem Grinsen verzog. Sie hatte sich die hellen Wimpern getuscht und die Brauen mit einem rötlich-braunen Stift nachgezogen. Durch eine dicke Schicht dunklen Puders auf den Wangen wirkte ihr Hals noch weißer als sonst. Die anderen am Tisch schienen den Atem anzuhalten.

»Bleib immer höflich. Verlier nicht die Kontrolle«, rief sich Sandra Collins Worte ins Gedächtnis. Bewusst langsam stand sie auf, drehte sich um und setzte sich auf den Tisch, stellte die Füße lässig auf den Stuhl und schaute Belmore an. »Womit beginnen *Sie* denn Ihre Ermittlungen?«, fragte sie. »Mit Antworten oder Fragen? Mit Mutmaßungen oder Erklärungen? Was wollen Sie hier eigentlich demonstrieren mit Ihrem Gockelgehabe?«

Belmore hörte auf zu wippen und war mit jedem ihrer Worte blasser geworden. Seine Lippen aufeinandergepresst, starrte er sie feindselig an und blies durch die Nase. »Raus!«, sagte er mit kaum hörbarer Stimme. »Alle. Außer Sie, Constable Beck.«

Ach, du Scheiße, dachte Sandra. Das war's dann wohl. Karriere ade. Sie setzte sich wieder auf den Stuhl, während Belmore schweigend in ihrem Bericht blätterte.

»Respekt«, sagte er mit dieser gefährlich leisen Stimme, »... und Manieren scheinen Fremdwörter für Sie zu sein.«

»Im Benehmen hatte ich schon in der Schule meine schlechteste Note.«

»So, so.« War es der Anflug eines Lächelns, das Belmores Mundwinkel umspielte?

Sandra faltete die Hände und drehte die Daumen umeinander. Das hatte sie in unangenehmen Situationen immer beruhigt. Dies erinnerte sie an unzählige Gespräche mit Lehrern und Direktoren über angebliches Fehlverhalten, an Standpauken ihres Vaters und Moralpredigten von Ausbildern. Alle waren immer zu dem gleichen Schluss gelangt: Sie sei frech, vorlaut, würde sich nicht anpassen wollen, sich nicht an Regeln halten und die Hierarchie missachten.

»Hören Sie, Constable Beck«, sagte Belmore und lehnte sich zu ihr hinunter. Er war so nah, dass sie sein Aftershave riechen konnte. Ein verführerischer Duft, fand sie. »Ihr Bericht ist einwandfrei. Offen gesagt der ausführlichste, den ich in den letzten Jahren gelesen habe. Ich teile Ihre Schlussfolgerungen. Das Pferd dürfte durch private Hände gegangen sein und ist entweder noch irgendwo in einem kleinen Stall in Großbritannien oder in Richtung Festland unterwegs. Es hat keinen Chip, kann also nicht geortet werden.«

»Was der Pferdedieb womöglich wusste«, unterbrach ihn Sandra.

»Exakt«, sagte Belmore. »Sie arbeiten schnell und mit Köpfchen. In meinem Team keine Selbstverständlichkeit. Und genau darum geht es.«

»Was wollen Sie mir sagen?« Sandra schaute in seine harten Augen. Er konnte ihr nichts vormachen. Sie sah, dass er litt.

»Hier passiert nicht viel. Aber auch bei dem wenigen, was passiert, ob es nun ein Fahrradunfall ist oder eine Katze auf dem Dach – ich verlange Effizienz. Und noch etwas: Respekt. Den lasse ich mir nicht durch eine Mutterschaftsvertretung untergraben. Ob ich anwesend bin oder nicht, es gibt nur einen Boss. Verstanden?«

»Verstanden.« Daher wehte also der Wind, dachte Sandra. Der einsame Wolf hatte Angst, die Lämmer rissen ihm aus und machten, was sie wollten, wenn er nicht da war. Er hatte sein Team erfolgreich so unter Druck gesetzt, dass sie seine Fangzähne spürten, auch wenn er gerade im Krankenhaus lag.

Belmore setzte sich rittlings auf den Stuhl neben sie und legte die Arme über die Lehne. Irritiert rückte Sandra ein Stück zurück. Wollte Belmore plötzlich den Kumpel spielen?

»Was ist mit dieser Schwägerin von Max Shell?«, fragte er.

»Haben Sie seine Aussage überprüft?«

»Sie wurde am Sonntag befragt wie alle anderen auf der Farm. Steht im Bericht.«

»Haben Sie persönlich sie befragt?«

Sandra schüttelte den Kopf. »Woolridge und Saslan. Ich habe Zeugen gefunden, die die Aussage bestätigen. Das Pferd ist zusammen mit den anderen Tieren gegen acht Uhr abends vom Festgelände abtransportiert worden. Die beiden Farmhelfer Ron Fledger und Dylan Heat haben das erledigt und sind danach wieder zurückgekehrt. Man kann keinem etwas nachweisen, deshalb habe ich mich auf die Suche nach dem Pferd konzentriert. Ich habe eine Datenabfrage fürs Internet programmiert. Sobald irgendwo ein Hengst, auf den die Beschreibung passt, in einem Inserat auftaucht, erhalte ich eine Liste. Mühsam, aber …«

»Pfiffig.«

Sandra lachte auf. »Pfiffig? Es gibt interessantere Tätigkeiten, als Listen mit Gäulen abzugleichen.«

Belmore schmunzelte und wurde sofort wieder ernst, als sein Telefon klingelte. Sandra betrachtete seinen geraden Rücken und sein Gesicht im Profil mit der leicht schiefen Nase. Sie konnte sich gut vorstellen, dass sie bei einem Faustkampf gebrochen wurde.

»Constable Beck kümmert sich sofort darum«, sagte Belmore, legte auf und wandte sich zu ihr um.

»Ich gebe Ihnen eine letzte Chance«, sagte er knapp. »Max Shell steht draußen. Ihr Fall.« Damit öffnete er die Tür, nickte ihr noch einmal zu, und Sandra lief mit erhobenem Kopf an den Schreibtischen von Saslan und Woolridge vorbei, die ihr Tuscheln unterbrachen und sie neugierig musterten, zu ihrem Büro. Davor stand Max Shell. Er hatte ein Pflaster auf der Stirn und schien gerade frisch geduscht.

»Meine Frau«, brach es aus ihm raus, »Claire. Sie ist …«

»Guten Tag, Mr Shell. Wenn ich Sie in mein Büro bitten darf?« Sandra schloss die Tür hinter ihm und setzte sich mit dem Gefühl an ihren Platz, dass Belmore überall Abhörgeräte und Kameras installiert hatte, um sein Team zu beobachten. Oder ihre Kollegin Molly, die nichts lieber mochte als Klatsch und Tratsch, trug ihm eilfertig alles zu, was in ihren gehässigen Augen als Fehlverhalten ausgelegt werden konnte. Mit einem Seitenblick sah Sandra, wie Molly schnell ein Browserfenster schloss und so tat, als konzentriere sie sich auf einen Bericht, während sich ihre zu lang geratenen, fleischigen Ohren auf Lauschposition begaben.

Shell ignorierte den Stuhl, auf den Sandra wies, und blieb stehen. »Meine Frau ist verschwunden«, sagte er. »Ich will eine Vermisstenanzeige aufgeben.«

»Erst Ihr Pferd und jetzt …«

»… jetzt meine Frau. Genau.«

Kurios, dachte Sandra und griff nach einem Formular. Und spannend. Ja, fand sie, kaum war Belmore zu seinen Lämmern zurückgekehrt, kamen Herausforderungen. »Seit wann ist sie weg?«

»Seit heute morgen.« Shell setzte sich endlich auf den Stuhl, auf dem er nervös hin- und herrutschte.

»Uhrzeit?«

»Wann ich es gemerkt habe? So um acht Uhr. Als ich aufgewacht bin. Ihr Auto ist auch weg.«

»Vielleicht ist sie einkaufen. Hat einen Termin. Besucht Freundinnen oder Verwandte.«

»Hören Sie, ich kenne Claire«, begann Shell mit wachsender Aggression in der Stimme. »Sie kommt nie vor acht aus der Koje. Da ist sie noch im Tiefschlaf, verstehen Sie? Geht auch nicht an ihr verdammtes Handy. Ich weiß nichts von einem Termin, und den Einkauf macht sie freitags. Da ist was gehörig faul.«

»Hatten Sie Streit?«

»Was soll die Frage?«

»Was haben Sie da am Kopf?«

»Ach, Sie meinen Claire hat mir einen mit der Bratpfanne verpasst, oder wie?« Shell lachte kurz auf und kniff die Augen zusammen. »Da hat mir wer auf die Rübe gedonnert. Ja, vielleicht sogar meine Alte. Keine Ahnung. Ich hatte 'nen Batzen Bares im Schlafzimmer. Alles weg!« Max Shell hieb die Faust auf den Tisch. »Und noch was: Meine Angestellten, diese hinterfotzigen Dreckskerle, alle verduftet. Auch meine Schwägerin …«

»Die Sie neulich als Kuh bezeichnet haben?«

»Ja, die blöde Kuh ist auch weg. Nur der Alte ist noch da. Mein Herr Schwiegervater. Aber der ist stumm wie ein Fisch.«

»Taubstumm, oder was meinen Sie?«

»Gaga.« Shell tippte sich an die Stirn. »Hören Sie: Ich will meine Kohle zurück. Kapiert?«

»Also wollen Sie einen weiteren Diebstahl melden? Keine Vermisstenanzeige wegen Ihrer Frau?«

»Ja, ich meine, nein. Mann, was haben Sie für 'ne lange Leitung. Vielleicht ist meine Alte ja mit der Kohle über alle Berge.«

»Wie hoch ist denn der Betrag, den Sie vermissen?«

»400.000 Pfund um den Dreh.«

Sandra pfiff leise durch die Zähne. Warum hatte Max Shell 400.000 Pfund unter dem Kopfkissen liegen? Gehörte eine solch hohe Summe nicht auf die Bank? »Haben Sie den Diebstahl auch schon heute Morgen bemerkt?«

»Klar. Wenn man mit 'ner dicken Beule aufwacht, ist es doch das Erste, wonach man guckt, oder?«

»Und Sie haben so fest geschlafen, dass Sie nichts gehört oder gesehen haben?«

»Mann, hatte einen Brummschädel. Irgendwas war im Glas,

'ne Pille oder so, so ein Knock-out-Zeug und dann noch der Schlag auf die Rübe. Hab rein gar nichts mitgekriegt.«

»Aber Sie kommen erst ...«, Sandra blickte auf die Uhr. »... vier Stunden später hierher, um den Diebstahl zu melden? Was haben Sie in der Zeit gemacht?»

»Mann, bin ich jetzt im Kreuzverhör? Was wohl? Die Kohle gesucht natürlich.«

»Im Haus oder wo?«

»Mann, stellen Sie bescheuerte Fragen. Klar, im Haus. Auf dem ganzen Hof«, sagte Shell und unterstrich seine Worte, indem er die Hand auf den Tisch schlug.

»Und Ihre Frau haben Sie auch gesucht?«

»Wo sollte ich Sie denn suchen?«

»Im Dorf, bei Freundinnen ...«

»Freundinnen? Pfff. Hat keine. Was weiß ich, wo die hin ist. Haben sich bestimmt alle zusammengetan und sind mit der Kohle verduftet. Ihr Kennzeichen ist HB57 FGK. Ist so 'ne bonbonfarbene Weiberkarre. Orange. Ein BMW Cabrio.«

»Schick«, sagte Sandra und machte sich Notizen. »Fehlt sonst etwas von Ihrer Frau? Kleidung, Schmuck, Kosmetika?«

»Keine Ahnung.«

»Deutet irgendetwas darauf hin, dass sie ihre Koffer gepackt hat?«

»Warum sollte sie? Mann, wir sind frisch verheiratet. Samstag war die Trauung. Welche Braut haut nach drei Tagen Ehe ab?«

»Wäre nicht das erste Mal. Das Leben spielt manchmal verrückt«, sagte Sandra und machte sich Notizen.

»Hören Sie mir auf mit Ihren dummen Sprüchen und kommen Sie endlich in die Puschen.«

»Anzeige gegen unbekannt wegen Diebstahl und Körperverletzung also?«

»Gegen unbekannt? Ich sag doch, das waren diese Hurensöhne, dieser Ron und sein bekiffter Kumpel Dylan. Beide verduftet. Meine Schwägerin hat auch ihre Finger drin. Hab ich Ihnen ja neulich schon gesagt. Die hat auch mein Pferd gestohlen. Aber die Herren Polizei drehen ja Däumchen, statt ihren Arsch zu bewegen.«

»Welche Herren meinen Sie denn?«

»Verdammt! Spielen Sie Richterin oder was? Wo ist denn hier der Chef?«

»Hier«, sagte Sandra und deutete auf sich. »Wenn Sie bitte jetzt Ihre Angaben machen würden. Sie haben ja schon Übung.« Sie schob ihm das Formular hin, das Shell mit verbissenem Gesichtsausdruck ausfüllte. »Zufrieden?«, fragte er dann. »Können Sie dann jetzt endlich anfangen, Ihren Job zu machen?«

»Halten Sie sich zu unserer Verfügung«, sagte Sandra. »Und wenn Ihre Frau wieder auftauchen sollte, sagen Sie bitte Bescheid. Wenn Sie nach drei Tagen nicht wieder da ist ...«

»Erst nach drei Tagen bewegen Sie Ihren Arsch? Und was dann?«

»Dann setzen wir uns mit dem nationalen Dienst für vermisste Personen in Verbindung.«

»Popelt ihr Bullen drei Tage in der Nase oder wie?«

»Ich warne Sie, Mr Shell. Ihr Konto ist schon überzogen. Noch eine Bemerkung, die unter Beamtenbeleidigung fällt, und ich ziehe Ihnen persönlich das Fell über die Ohren. Verstanden? Und jetzt verlassen Sie augenblicklich das Büro.« Sandra hielt die Tür auf und blitzte ihn an. Erst als er fluchend hinausgerannt war, atmete sie wieder aus.

»Den hätte ich nicht geheiratet«, sagte Molly und begann eine Apfelsine zu schälen.

Ich auch nicht, entschied Sandra, schob die Gardine zurück

und sah Shell über den Parkplatz zu seinem Wagen eilen. Kurz gingen ihr Adams Worte durch den Kopf: Ultimatum. Entscheidung. Priorität. Verantwortung. Gemeinsame Zukunft. An diese fünf Begriffe konnte sie sich erinnern. Adam hatte sie in dem Wortschwall, mit dem er sich am gestrigen Abend am Telefon bei ihr beschwert hatte, wie die zehn Gebote wiederholt. Wenn er sich schon vernachlässigt fühlt, sobald ich mit einer Freundin einen schönen Abend verbringe, was soll erst werden, wenn ich seine Frau bin?, dachte Sandra. Von Liebe, fiel ihr ein, hatte er nicht gesprochen. So wenig wie ein Max Shell bei seiner verschwundene Frau Claire. Erst dann rückte ein Bild in ihr Bewusstsein: Shell war in einen Jeep gestiegen. In einen dunkelgrünen. Das kann kein Zufall sein, dachte sie, warf nochmals einen Blick auf die Angaben seiner Vermisstenanzeige, bevor sie mit fahrigen Fingern Collins Nummer wählte.

35

Collin stieg mit weichen Knien aus dem Polizeihubschrauber und versuchte mit Johnny Schritt zu halten, dem Fliegen durch Luftlöcher und bei starken Böen offenbar nichts auszumachen schien. Immerhin trafen sie auf diese Weise innerhalb kürzester Zeit bei den Kollegen der Grenzpolizei in Folkestone ein, denen Vincent Taylor frühmorgens bei dem Versuch ins Netz gegangen war, mit einem gestohlenen Fahrzeug und falschem Pass auf den Eurotunnel-Zug zu gelangen. Die Frau, in deren Begleitung er aufgegriffen wurde, hatte den entscheidenden Hinweis gegeben. Wenig später saßen sie einem eilig herbeizitierten Anwalt aus Folkestone und einem äußerlich veränderten Taylor gegenüber. Er hatte sich das Haar igelkurz geschnitten und trug einen Anzug. Die Beweisstücke seines Tarnungsversuchs – eine blonde Perücke und ein falscher Bart – lagen neben anderen sichergestellten Dingen aus Taylors Besitz auf dem Tisch. Inzwischen hielt sich Collins Mitgefühl mit Taylor in Grenzen und mit seiner Geduld war es auch vorbei, merkte er, als er dessen kaltes Grinsen registrierte. »So sieht man sich wieder«, begann er. »Sie haben in wenigen Tagen eine beachtliche kriminelle Karriere hingelegt. Vermutlich organisierter Drogenhandel, der Diebstahl zweier Fahrzeuge, Fluchtversuch, Erpressung, Dokumentenfälschung. Vermutlich auch illegaler Waffenbesitz. Doch zunächst geht es uns um Woodland. Wir haben im Nebengebäude ihres Häuschens einen Schießstand gefunden. Ein Hobby?«

»Ja, na und?« Taylors Augen schimmerten, als habe er irgendetwas genommen.

»Unter den Fundstücken ist eine lebensgroße Puppe. Ist das auch ein Hobby?«

»Haben viele.«

»Aus welchem Grund haben Sie diese Puppe am Sonntag gegen Mittag auf die Landstraße, die am Anwesen entlang verläuft, aufgestellt?«

»Wer sagt, dass ich das getan habe?«

»Uns liegt inzwischen die Aussage von Zaman Jatoi vor, der Sie schwer belastet. Sie wussten, dass Jatoi zu der Zeit mit der Ladung Kokain kommen würde«, fuhr Collin fort. »Wir haben sein Handy überprüft. Er hat Sie um 12:05 Uhr angerufen. Nach seiner Aussage, um Ihnen Bescheid zu geben, dass er in zehn Minuten da ist. Sie haben mit Ihrer Aktion den Unfall provoziert.«

»Kleiner Streich.«

»Warum haben Sie für Ihren kleinen Streich eine lebensgroße, nicht gerade preiswerte Puppe von einem Spezialanbieter aus Japan gekauft?«

»Hat mir gefallen.«

»Dass sie lebensecht aussieht? Mit biegsamen Gelenken und einer Einstellung für Körpertemperatur? Das hat Ihnen gefallen?«

»Genau.«

Collin erschauerte bei dem Gedanken an die Beschreibung und Bilder, die Bill auf der Internetseite des Herstellers gefunden hatte. Um Kinderspielzeug handelte es sich nicht. Wer solche Puppen kauft, hatte Bill erklärt, war in seinen Augen ein Pädophiler. Traf das auch auf Taylor zu? Er wollte sich zunächst auf die Fakten konzentrieren und sich nicht der Spekulation hingeben.

»Warum ein solcher Aufwand? Und aus welchem Grund wollten Sie Jatoi einen kleinen Streich spielen?«

»Aus Spaß.«

»Nein, es ging hier nicht um Spaß«, sagte Collin. »Brian Hattonfield und Kevin Horn haben Sie ausgebootet. Man wollte Sie nicht mehr am großen Geschäft beteiligen. Der Geldhahn wurde Ihnen schon Monate zuvor abgedreht, richtig? Darüber haben Sie sich bei Jatoi, Ihrem Kumpel beschwert, beim Dartspielen im Cornish Inn. Sie waren blank wie eine Kirchenmaus und wütend. Und weil Sie Brian Hattonfield keinen auswischen konnten, haben Sie sich für Ihren bösen Streich Zaman Jatoi ausgesucht. Er ist Ihnen erstaunlicherweise auch gelungen. Ein irrer Plan, der geklappt hat.« Collin spürte, wie er sich in Rage redete und den Mann, der ihm mit stoischem Gesichtsausdruck gegenübersaß, am liebsten dafür verantwortlich machen wollte, dass er nun hier in Folkestone herumhockte, statt weiter nach Hattonfield zu suchen. Er wollte jetzt gleich ein volles Geständnis und Taylor dem Staatsanwalt übergeben. Sie hatten einigen Kleindealern im Einzugsgebiet von St Magor auf den Zahn gefühlt und alle kannten und belasteten Vincent Taylor als Dealer. Kevin Horn, der Logistikleiter des Futtermittelherstellers FF-LTD, ahnte noch nicht, dass er bei seiner Rückkehr aus dem Hawaii-Urlaub am Londoner Flughafen Heathrow mit Handschellen begrüßt werden würde. Mit der Aussicht auf mildernde Umstände hatte Zaman Jatoi, der Lastwagenfahrer, ein umfangreiches Geständnis abgelegt und neben Brian Hattonfield auch Kevin Horn belastet. »Ihr Plan ist aufgegangen, aber Sie haben nicht damit gerechnet, dass Jatoi die Kontrolle über den Laster verliert und mitten ins Pförtnerhaus kracht. Sie haben nicht damit gerechnet, dass aus dem Unfallspaß die Aufdeckung eines Mordfalls wird, stimmt's? Also, ich höre?«

»Brian, der ist das Schwein. Immer schon gewesen«, sagte Taylor.

»Worauf wollen Sie hinaus?«, hakte Collin nach.

»Er ist der große Fisch. Und ich …«

»Der kleine? Und damit unschuldig, oder was wollen Sie uns weismachen?«, mischte sich Johnny ein.

»Sie kennen Brian seit Ihrer frühesten Kindheit, richtig?«, machte Collin weiter. »Wie auch seinen älteren Bruder William. Vermutlich auch Rosemary, die jüngere Schwester. Ich frage Sie nun noch einmal: Kennen Sie den Aufenthaltsort William Hattonfields?«

Taylor rieb Daumen und Zeigefinger aneinander und starrte lange auf die Tischplatte, bevor er antwortete. »Hat 'ne kleine Farm gepachtet. Irgendwo in Hampshire. Mehr weiß ich nicht.«

Collin spürte eine Gänsehaut im Nacken und lehnte sich zurück. Die Grafschaft Hampshire war nicht gerade klein und durch ihre Nähe zu Southampton, Portsmouth und Greater London sowie dank der vielen Küstenbäder ein beliebtes Urlaubziel. Von Hattonfields Konto bei der Metro Bank waren in mehreren Orten der Grafschaft und ihrer Umgebung Abbuchungen erfolgt. Bill hatte die Aufgabe, den Polizeidistriktchef von

Hampshire zu kontaktieren und um Unterstützung zu bitten. Juliene Hattonfield hat ein Ausnahmepferd besessen, hörte Collin Annes Worte und dachte an die Prospekte, die Johnny ihm gegeben hatte. Das Pferdeparadies im New Forest. Und der New Forest lag mitten in der Grafschaft von Hampshire. Es musste nichts zu bedeuten haben, versuchte er sich und mit einem Blick auf Johnny zu sagen, dass seine Familie ausgerechnet dort ihren Urlaub verbrachte. Und dennoch war er alarmiert. Er erinnerte sich an Kathryns Worte: Die Reitlehrerin war Olympiasiegerin.

»Dann übernehme ich mal.« Johnny nickte ihm mit ernstem Gesichtsausdruck zu, und Collin ging beunruhigt in den Nebenraum und wählte Kathryns Nummer. »Bitte geh dran«, dachte er, lauschte dem Freizeichen und malte sich die schrecklichsten Szenarien aus, die seiner Familie widerfahren waren. Als er endlich Kathryns Stimme hörte, sank er erleichtert auf einen Stuhl, ließ sich den Namen von Ayeshas Reitlehrerin geben und war froh, dass diese Kay hieß. »Eine Juliene wurde uns nicht vorgestellt«, sagte Kathryn. Ich sehe schon Gespenster, dachte Collin, nachdem er sich von ihr verabschiedet hatte, und setzte sich im zweiten Verhörzimmer der blonden Frau gegenüber, die man in Taylors Begleitung aufgegriffen hatte. Sie sah übernächtigt und verunsichert aus, was sie mit einer kerzengeraden Haltung und einer arrogant wirkenden Miene zu kaschieren suchte, fand Collin. »Mrs Evelyn Wering. Sie sind Deutsche?«

»Wie man meinem Pass entnehmen kann.«

»Sie sind am Freitag von Hamburg aus über Rotterdam nach Großbritannien eingereist. Zu welchem Zweck wollten Sie Taylor, der sich in dem Zeitraum auf der Flucht befand, treffen?«

»Wir kennen uns von früher, von unserer, nun … gemeinsamen Zeit auf Woodland.«

Collin horchte auf und merkte ein Kribbeln in den Händen.

Sie waren nicht umsonst nach Folkestone gekommen, wusste er plötzlich. »Um ein Wiedersehen zweier alter Bekannter konnte es sich ja nicht gehandelt haben, oder täusche ich mich?«

»Sie täuschen sich ganz und gar nicht. Vincent … Mr Taylor hat mich unter Druck gesetzt, und ich glaubte, wie soll ich sagen …«

»Womit hat er Sie unter Druck gesetzt?«

»Er hat mir Fotos von Woodland geschickt, von den vielen Polizeiwagen, die letzten Sonntag dort waren und …«

»… vom Pförtnerhaus? Wussten Sie, warum die Polizei dort war, die Kriminalpolizei, um genauer zu sein?«

»Vincent hat mich informiert, ich habe danach die Presse verfolgt. Sie haben die Leichen zweier Kinder gefunden.«

»Die Skelette zweier Säuglinge«, verbesserte sie Collin. »Das ist richtig. Und diese Nachricht hat Sie veranlasst, Taylor in England zu treffen und ihm behilflich zu sein, nach Frankreich zu fliehen?«

»Ja.« Evelyn Wering faltete die Hände auf den Tisch, an denen sie einen Ehering, ein Solitär in Form eines Sterns, und zwei weitere Schmuckstücke trug, die ebenfalls sehr teuer aussahen. Welche Verbindung gab es zwischen dieser offenbar gut situierten Frau und einem Dealer und Kriminellen wie Vincent Taylor?

»Haben Sie die anonymen Nachrichten an die Devon Post und den Coastal Observer geschickt?«

Sie nickte.

»Womit also hat Taylor Sie so unter Druck gesetzt, dass Sie erst zu seiner Fluchthelferin wurden, sich dann aber entschlossen haben, ihn zu verraten?«

»Ich habe nichts mit der Ermordung der Kinder zu tun.« Evelyn Wering sah ihn fest aus ihren blauen Augen an. Dann begann sie mit einer Stimme zu erzählen, die mit jedem Wort, das sie in der ihr fremden Sprache suchte, brüchiger wurde. Collin lauschte mit einer Mischung aus Horror und Erleichterung. Nun wusste er, wer das Kinderskelett vom Familienfriedhof der Tallands in das Pförtnerhaus umgebettet hatte. Taylor und Evelyn Wering waren die Grabräuber gewesen, ein Begriff, den Evelyn verwendete. »Vincent hatte einen Hang zur Düsternis. Er mochte damals Gothic, und wir waren oft auf der Lichtung bei den drei Gräbern. Eines Abends erzählte er, dass er von einer Kiste gehört hatte, die unter dem einen Grab versteckt wurde.«

»Von wem hatte er diese Information?«

»Von William Hattonfield«, sagte sie mit abgewandtem Blick. »Er glaubte, es sei Geld darin oder Schmuck, irgendetwas Wertvolles. Ich habe alles als Spaß gesehen, sicherlich normal, wir waren schließlich jung«, schloss sie ihre Erzählung.

»Dann haben Sie also gegraben, stießen aber nicht auf eine Kiste?«

Sie schüttelte den Kopf. »Nein. Wir fanden ein Skelett. Es war sehr klein. Neben dem Schädel lag eine Ente aus Holz …« Sie drückte eine Faust auf den Mund. »Ich hasse mich dafür …«

Collin stand auf und lief in dem kleinen Vernehmungsraum auf und ab. Die Szenerie, die ihm Evelyn Wering erzählte, glich einem Horrorfilm, fand er angewidert.

»Hat Sie der Fund nicht schockiert?«

»Aber ja! Ich fand es abstoßend, habe mich geekelt und Vincent gebeten, dass wir sofort zurückgehen«, erzählte Evelyn langsam und nach Worten in der fremden Sprache suchend. »Dann hat er mit mir über den Tod geredet, das alles natürlich sei, wir nur heutzutage nicht mehr den Anblick von Toten gewohnt sind. Er wollte, dass ich mir das Skelett genau ansehe, um die Angst vor dem Tod zu verlieren.«

Vincent Taylor hatte mit Evelyn Wering dort am offenen Grab

über den Tod philosophiert? Das ist doch krank, dachte Collin. »Unvorstellbar«, sagte er laut.

»Ein dummer Jugendstreich, wenn Sie so wollen«, erklärte sie jetzt wieder mit undurchdringlicher Miene. »Wer war als Jugendlicher nicht vom Tod fasziniert?«

Ich war es nicht, dachte Collin angekelt. Gibt es solche makabren Jugendstreiche?

»Warum beschlossen Sie, das Skelett ins Pförtnerhaus zu bringen?«

»Es war Vincents Idee. Er hat das Skelett und die Holzente in eine große Schüssel gelegt und dorthin getragen. Wir haben Kerzen im Pförtnerhaus angezündet. Es war wie ...« Sie suchte nach Worten. »Wie eine schwarze Messe. Ja, so in der Art.«

»Haben Sie sich nie gefragt, warum zwei Skelette in dem Grab lagen, das sie geöffnet haben?«

»Wir haben nur eins gesehen. Der Name stand auf dem Grabstein. Es war eine Vollmondnacht. Wir waren beide betrunken. Und ...« Evelyn Wering reckte das Kinn und sah ihn an.

»Das Skelett wurde dann eingemauert. War das auch Teil Ihres damaligen Jugendstreichs?«, fragte Collin.

»Davon weiß ich nichts. Heute verstehe ich das Ganze auch nicht mehr«, fügte sie hinzu.

»Schämen Sie sich?«

»Natürlich. Ich habe später niemandem davon erzählen können. Und die Sache soll bitte auch hier unter uns bleiben. Mein Mann, nun, er ahnt nicht einmal, dass ich hier bin.«

»Sie wissen, dass ich Ihnen das nicht versprechen kann. War das Pförtnerhaus zu der Zeit bewohnt?«

»Es war möbliert, aber nicht bewohnt.«

»Hier sind Fotos von innen, allerdings in beschädigtem Zustand. Sah es damals auch so aus?«

Evelyn Wering musterte die Fotos. An ihrer Schläfe pochte eine Ader. Ihr Gesicht hatte etwas Durchscheinendes. Mit ihren großen Augen, den zarten Gliedern, den sinnlichen Lippen und dem üppigen Haar musste sie als junge Frau aufgefallen sein.

»Da war ein Fenster in der Wand zum Garten und auch eine Tür. Und das da …« Sie deutete auf die Theke. »… war auch nicht da.« Sie drehte die Fotos um, schob sie von sich weg und lehnte sich mit verschränkten Armen zurück.

»Zu viele Erinnerungen?«, fragte Collin, bekam aber keine Antwort. »Wozu diente das Pförtnerhaus? War es eine Gästeunterkunft?«

»Gäste kamen nicht, nein.« Sie betrachtete nun ihre Hände und bat um ein Glas Wasser.

Da ist doch mehr dahinter, glaubte Collin aus ihrem Verhalten zu lesen. »Wie sind Sie nach Woodland gekommen?«

»Als Au-Pair. Ich habe mich über eine Agentur beworben.«

»Und haben für William Hattonfield gearbeitet?«

»Ja, er war Witwer. Ich habe seine Tochter Claire betreut. Ein Jahr lang.«

Claire. Nicht Juliene. Collin versuchte sich seine Aufregung nicht anmerken zu lassen. Hattonfield hatte ihr also weisgemacht, Witwer zu sein. »Wie alt war das Mädchen zu dem Zeitpunkt?«

»Um die zehn oder elf.«

»War es Hattonfields einziges Kind?«

»Ja. Ich hab ihr Unterricht gegeben. Sie war nicht auf einer Schule. *Homeschooling* nennt sich das.«

Collin nickte. Tausende Eltern in Großbritannien bevorzugten zumindest in der Grundschulzeit, ihren Nachwuchs im eigenen Heim zu unterrichten. Auch Kathryn und er hatten anfangs darüber nachgedacht. »Haben Sie die Verwandtschaft kennengelernt? Hattonfields Geschwister Brian und Rosemary?«

»Nein.«

»Welches Zimmer haben Sie im Gutshaus bewohnt?«

Sie atmete tief ein und wieder aus. »Alle Schlafzimmer waren im ersten Stock.«

Collin legte ihr einen Grundriss des Hauses vor, und sie zeigte auf ihr damaliges Zimmer. »Und wo hat das Mädchen geschlafen?«

»Direkt neben ihrem Vater.«

Das kleine Zimmer mit der rosa Tapete und den Strichmännchen, erkannte Collin voller Unruhe.

»Das letzte Zimmer war immer verschlossen«, ergänzte Evelyn Wering.

»Wer bewohnte das Haus sonst noch?«

»Niemand. Die Angestellten waren woanders untergebracht.«

»Können Sie sich an Namen erinnern?«

»Eine Putzhilfe hieß Mrs August. Ich erinnere mich deshalb so genau, weil ich im August angefangen habe und ihren Namen lustig fand. Die der anderen weiß ich nicht mehr.«

Collin machte sich eine Notiz. »Und dann sind Sie Taylor begegnet.«

»Er wohnte in einem kleinen Haus gegenüber und arbeitete für William. Entschuldigung, ich meine«, sie reckte das Kinn, »... für Mr Hattonfield.«

Warum entschuldigte sie sich, und weshalb war es ihr wichtig, sich zu verbessern?, dachte Collin.

»Taylor war nur zwei Jahre älter als Sie. Es musste für Sie einsam gewesen sein auf Woodland, fern von Ihrer Familie und Ihren Freunden.«

»Ich weiß, worauf Sie hinauswollen.« Evelyn Wering warf einen Blick zum Protokollführer und senkte die Stimme.

»Vincent war in mich verliebt. Ich auch ein wenig in ihn. Wir haben viel Zeit miteinander verbracht, aber er hat mich am Ende nicht interessiert.«

»Hat Sie womöglich jemand anderes interessiert?«, hakte Collin nach.

»Ja«, sagte sie nach einer Weile kaum hörbar. »Ich habe damals meine Unschuld verloren. Und mein Baby.«

Dann erzählte sie in knappen, unmissverständlichen Worten ihre unerhörte Geschichte, während Collin gleichzeitig die SMS-Nachricht von Sandra zu begreifen versuchte, die wie ein Granatsplitter in sein Herz eingeschlagen war.

36

Wie lange hatte sie schon in der Scheune gelegen? Waren es Stunden oder nur Minuten? Sie hatte einen unglaublichen Durst, und jede Stelle ihres Körpers tat weh. Sie tastete in die Innentasche ihrer Jacke. Das Handy war da, aber kein Empfangssignal. Man hatte auf dem Außenposten noch nie Empfang gehabt. Sie betrachtete das Foto von Diamond auf dem Display, und es war, als würde neue Kraft in sie strömen. Nein, ich gebe nicht auf, dachte sie. Ich muss hier raus. Ich werde zur Polizei gehen und Max anzeigen. Sie spürte auf einmal, wie sich alles in ihr dagegen wehrte, sich ihrem Schicksal zu ergeben, zog sich hoch, schleppte sich hinter die Scheune, wo ein Wasserhahn war, trank und hielt den fiebrigen Kopf unter das Wasser. Sie hörte Tauben gurren, weiter entfernt das Muhen einer Kuh, das Surren von Fliegen und etwas anderes. Ein bekanntes Geräusch, schwach, noch weit entfernt. Ein Motor, wurde ihr mit einem Schlag klar. Viele Stunden hatte sie all die Jahre auf dem Außenposten verbracht und auf das Geräusch eines Wagens gewartet, darauf, abgeholt zu werden, wenn der Kleinlaster, mit dem sie sonst fuhr, kaputt oder anderswo im Einsatz gewesen war. Jetzt versetzte sie das näher kommende Fahrzeug in Panik. Es war unverkennbar ein Vierzylinder. Max in seinem Jeep. Den hatte er sich zuallererst angeschafft, nachdem es ihm gelungen war, Claires Herz und damit den Zugang zu ihrem Geld zu bekommen.

Jill überlegte angsterfüllt, wohin sie sich flüchten konnte. Die Wiese grenzte an den Wald, doch um die schützenden Bäume zu erreichen, müsste sie eine Viertelmeile rennen. Dort war der Hochsitz, auf dem Ron im Umkreis von zwei Meilen den einzigen Handyempfang gefunden hatte. Auf der anderen Seite der Scheune war ein Feld mit verkrüppeltem, vertrocknetem Mais. Sie könnte quer hindurch laufen und so die Landstraße nach Sway erreichen. Doch auch das traute sie sich nicht zu. Ihre Beine waren wie Gummi, und sie spürte die Blutergüsse von Max' Schlägen. Der Melkstall bot keine Verstecke, die offenen Ställe auch nicht. Blieb nur die Scheune. Sie war bis oben hin gefüllt mit Heuballen. Ron hatte dort oft ein Nickerchen gemacht. Mein Camp, hatte er eine Stelle hoch unter dem Dach genannt, wohin er sich manchmal in der Mittagszeit zu einem Schläfchen zurückgezogen hatte. War es noch da? Würde sie dort sicher sein?

Sie hörte den Wagen in den Schotterweg einbiegen, der zu dem Außenposten der Farm führte, griff nach einem abgebrochenen Zaunpfahl, humpelte damit in die Scheune, schob unter Aufbietung letzter Kräfte das Tor zu und stieg über zwei Leitern bis unter das Dach. Dämmrig und stickig war es dort. Sie hielt inne und lauschte. Der Wagen schien auszurollen. Sie hörte eine Tür schlagen und kauerte sich hinter die Heuballen, tastete sich voran, näher zur Dachschräge. Dicht an dicht waren die Heuballen aufgetürmt. Hochhäuser bauen hatte Ron die beschwerliche Arbeit genannt, die er zusammen mit Dylan ohne technische Hilfsmittel hatte machen müssen. Sie hörte Schritte auf dem Hof, etwas wie Peitschenknallen und wie das Tor aufgeschoben wurde, kroch weiter und dann sah sie es: eine Lücke zwischen Ballen, wie eine Treppenstufe aus Heu davor. Sie stieg hoch und blickte durch die Öffnung. Ja, das musste Rons Camp sein. Ein kleines Dachfenster spendete etwas Licht, sie sah eine Decke, ein Kissen, eine Holzkiste, biss die Zähne zusammen, stemmte sich hoch, ließ sich fallen und stopfte die Öffnung zu. Jetzt war sie zwischen einer Wand aus Heu, der niedrigen Decke und einem Teil der Außenwand gefangen. Erschöpft sah sie sich um. Man merkte, dass Ron eine Zeitlang auf der Straße gelebt hatte. Zwei gefüllte Wasserkanister, Konservenbüchsen, eine Taschenlampe, Streichhölzer, eine halbe Flasche Schnaps, ein kleiner Feuerlöscher, Handschuhe und eine Mütze in der Kiste. Vermutlich hatte Ron hier manche Nacht verbracht. Jetzt war er auf und davon. Mit dem ganzen Geld, wie Max behauptet hatte. Sie setzte sich schwer atmend hin, die Augen auf die Wand aus Heu gerichtet, den Zaunpfahl in der Hand. Ihr Herz trommelte in den Ohren. Das Knarren von Schritten auf Holzbohlen, das Rascheln von Stroh, ein lauter Knall und wenig später ein zweiter. Die Leitern, fuhr es ihr durch den Kopf. Er hat sie nach unten geschmissen, hatte ihr den Fluchtweg abgeschnitten.

Sie tastete nach der kleinen weißen Perle in ihrer Jackentasche, die ihrem Vater aus der Hand gefallen war. Einer von Claires Perlenohrringen, da war sie sich sicher. Schon als junges Mädchen hatte ihre Schwester echte Perlenohrringe besessen. Eines der unzähligen Geschenke ihres Vaters. Und was war Claires Dank gewesen?

Jill dagegen hatte nie Schmuck getragen. Keine Ketten, keine Ohrringe, keine Ringe. Die Schleife mit der Medaille auf Siegertreppchen, ja. Eine Zeit lang drei dünne, geflochtene Lederbänder um das Handgelenk, damals, als sie aus Texas zurückgekehrt war. Ein Abschiedsgeschenk von Cayman. Blau für den Glauben, Grün für die Hoffnung, Rot für die Liebe, hatte Cayman gesagt, ihr das Armband um das Handgelenk geknüpft und weder gelächelt noch gewunken, als sie sich am Flughafengate ein letztes Mal nach ihm umgeschaut hatte. Monatelang hatte sie es getragen und den Eindruck gehabt, etwas von Cayman auf ihrer Haut zu spüren, wenn sie seine kurzen Briefe las, die alle paar Wochen eintrafen, manche kaum fünf Zeilen lang, mit ungespitztem Bleistift auf Linienpapier geschrieben, von ungeübter Hand geführte Buchstaben, die ineinander verflossen und übereinander stolperten. Die Blätter der Bäume hatten sich zwei Mal kupferrot und limonengelb gefärbt, wie im indianischen Sommer, von dem ihr Cayman erzählt hatte. Dann war der zweite Sommer angebrochen, hatte kurz ein beschwingtes Gewand getragen und sich dann mit grauem Himmelsschleier abgewandt. Es hatte nicht mehr aufgehört zu regnen in jenem letzten Sommer, als sie sich an den Farben der drei Lederbänder nicht mehr festhalten konnte, und Glauben, Hoffnung und Liebe für immer zusammen mit dem Lederband unter einem Baum im Garten vergraben hatte. »Ich habe eine Frau gefunden, die bei mir bleibt«, hatte Cayman in seinem letzten Brief geschrieben. »Ich schließe dich in mein Gebet ein. Lebe wohl und lebe ohne Angst. C.«

Jetzt hatte sie Angst. Eine Angst, erkannte sie, die mit keiner vergleichbar war, die sie jemals auf einem Turnier gehabt hatte, an den fremden Orten, wohin sie geschickt worden war, vor ihrem Vater, vor irgendetwas oder irgendjemandem. Sie konnte die Angst riechen.

Feuer.

Er hatte oben unter dem Dach der Scheune Feuer gelegt. Sie hörte das Knistern der Flammen, die Autotür zuschlagen, den startenden Motor und wie die Reifen kurz durchdrehten, bevor sich der Wagen schnell entfernte. Jill schaufelte die Lücke frei, die sie mit Heu gefüllt hatte, und sah es in der Mitte des Dachbodens bereits lichterloh brennen. Das Feuer breitete sich in Sekundenschnelle aus. Es roch nach Benzin. Glasklar sah sie für einen Sekundenbruchteil die Zusammenhänge, bevor wieder alles vor ihren Augen verschwamm. Nicht Max war es, der keine Ruhe geben würde, bevor er sie zum Schweigen gebracht hatte. Sie konnte nur nicht begreifen, warum. Die Antwort entglitt ihr. So wie ihr der Rauch die Sicht zu nehmen begann, in ihren Augen brannte, ihr den Hals zuschnürte. Sie hustete, rang nach Luft, presste eine Hand vor Mund und Nase und spürte die Panik kommen.

»Du musst lernen, dich zur Wehr zu setzen«, hatte Cayman ihr ans Herz gelegt, als sie es gewagt hatte, ihm von jener Lähmung zu erzählen, die sie immer in sich trug, die sie manchmal so sehr bedrängte, dass ihre Hände und ihre Zunge taub wurden und sich der Kopf wie erstarrt anfühlte. »Lerne zu leben,« hatte Cayman gesagt, sie in den Arm genommen und festgehalten, bis das ungewohnte Schluchzen versiegte, und war danach nicht weiter in sie gedrungen.

Ich will leben, erkannte sie und zerschlug mit dem abgebrochenen Zaunpfahl das Glas des Dachfensters. Doch es war zu klein, um sich hindurchzuzwängen. Sie hielt ihr Gesicht an die Dachluke, schöpfte nach Atem, schrie um Hilfe, ihre Stimme nicht lauter als ein Krächzen, der Rauch biss schon in ihrer Kehle. Die Wasserkanister. Sie zog ihr Hemd aus, machte es nass, band es sich um den Kopf, befeuchtete ihre Jacke und schüttete das restliche Wasser auf dem Boden aus. Es tröpfelte wie zum Hohn durch die Ritzen der Holzbohlen. Sie zog den kleinen Feuerlöscher aus Rons Kiste, richtete ihn auf die Heuballen neben sich, an denen das Feuer schon züngelte, erkannte fassungslos, dass der wenige Schaum sie nicht retten würde, wie ihr schwindelig wurde, sich der Rauch in sie hineinfraß, ihr Atem nur noch ein Röcheln, und sie sank zu Boden.

Diamond, dachte sie. Ich werde sterben, ohne ihn wiedergefunden zu haben, ohne die Gewissheit, dass es ihm gut geht. Da spürte sie etwas unter ihren Händen, wischte Heu beiseite, tastete, griff danach wie nach dem einzigen vom Feuer verschont gebliebenen Strohhalm.

In ihren wunden Händen fühlte sie den rostigen Griff einer Falltür.

* * *

Es war die Stimme ihres Vaters, die sie wie das Knallen der Peitsche hörte, mit der er das Pferd, auf dem sie sich festklammerte, im Kreis herum trieb. »Hör auf zu heulen«, rief er. »Sitz gerade. Kopf hoch. Hacken runter.« Seine Gerte zischte, und sie spürte sie auf ihrem Mädchenrücken, auf ihren Kinderhänden, wenn er sie auf dem Stuhl festband, um ihr die richtige Haltung beizubringen, wenn sie mit einem seiner schweren, in Leder gebundenen Bücher auf dem Kopf vor ihm auf und ab schreiten musste. »Du bereitest mir keine Schande mit deiner Anstellerei«, sagte er, stand neben den Hindernissen und ließ sie immer und immer wieder springen. Schürfwunden, blaue Flecken, gar die beiden Brüche waren für ihn weder Anlass gewesen, Jill zu trösten noch sie zu schonen, sondern lediglich ein Beweis ihrer Schwäche. Aufgeben kam für ihren Vater nicht in Frage. Es gab immer eine allerletzte Chance, betete er ihr vor. Nur ein Feigling und Weichling gibt auf. Kämpfen bis zum Letzten. Das war seine Devise. So sah er jedes Training, jedes Turnier und womöglich das Leben selbst. Zumindest bevor sie in diese Misere gekommen waren.

Jill blickte in die Tiefe hinab. Wie groß war die Chance, dass sie den Sprung überlebte? Größer als sich lebend aus dem Feuer zu retten zu können. »Spring«, hörte sie ihren Vater in seiner schneidenden Befehlsstimme, die niemals einen Widerspruch duldete. In der Wand aus Heuballen, die sie einschloss, züngelten die ersten Flammen. Sie konnte kaum noch atmen, setzte sich an den Rand der Falltür, ließ die Beine hängen, schloss die Augen und sprang.

Sie landete unsanft auf einem Haufen Streu, der den Boden der Scheune an dieser Stelle kaum knöchelhoch bedeckte, und blieb einen Moment wie betäubt, mit einem stechenden Schmerz im rechten Knie und in der Schulter liegen. Über ihr knackte und knarzte das Gebälk, Rauch begann sich in der ganzen Scheune auszubreiten und durch die offene Luke waren die Flammen zu sehen. Sie musste hier raus. So schnell wie möglich. Sie war am hinteren Kopfende, wo das Kraftfutter für den Winter und die Streu für die Ställe gelagert wurde. Es gab nur eine Möglichkeit, ins Freie zu gelangen: durch das Tor. »Zähne zusammen beißen«, hörte sie ihren Vater sagen und Kriegserlebnisse zitieren, in denen er von Granatsplittern verwundet, von Schusswunden übersät, in feindlichen Gebieten, ohne Proviant, über sich die Bomber, in stockdunkler Nacht durch Sümpfe, Urwald, kochend heiße Wüsten oder morastige Flüsse voller Krokodile und Giftnattern geflüchtet war und nicht ums Verrecken aufgegeben hatte. Niemals.

Jill versuchte aufzustehen und knickte sofort wieder ein. Der Schmerz schoss ihr bis in die Haarspitzen. Sie kroch vorwärts, erreichte nach Stunden, wie es ihr erschien, das Tor, zog sich daran hoch, wollte es aufschieben, konnte es keinen Inch bewegen. Verriegelt. Ja, daran hatte er auch noch gedacht, der Bastard! Sie trommelte mit den Fäusten gegen das Tor. Eine Dachlatte krachte nach unten. Das Feuer hatte das Dach bereits an einigen Stellen zerstört. Sehr bald würde der untere Teil der Scheune brennen.

Jill konnte durch einen schmalen Spalt zwischen dem Torblatt und dem Rahmen ein Streifen Sonnenlicht sehen. »Es gibt keine Wunder«, hatte ihr Vater einmal gesagt. »Nur der eiserne Wille und harte Arbeit zählen. Sonst nichts.«

Bis hierher hat er mich wie mit Spornen und Peitsche aus dem Feuer gebracht, dachte sie, und jetzt soll ich sterben?

Sie spürte ihre Beine nachgeben, die Kraft in ihr zu einem klitzekleinen, federleichten Etwas schrumpfen und hatte kein klares Gefühl mehr für das, was dann geschah, was sie tat oder nicht tat, ob sie noch bei Bewusstsein war oder nicht mehr, sah die Sonne größer werden, wurde von ihrem Strahlenkranz verschlungen, und alles vor ihren Augen färbte sich weiß, ein Weiß, in dem rote Punkte tanzten. Sie hörte Vorhänge im Wind flattern, erkannte die Schatten dahinter, sich umfangende Arme, aneinander gelehnte Köpfe und Claires Stimme, einer Katze gleich, ein Maunzen und Schnurren, und dann die beiden anderen Stimmen, die lauter wurden und Ungeheuerliches sagten, die geheimsten Geheimnisse offenbarten, bis Claires Schrei alles ausfüllte. Und etwas anderes.

Sirenen, dachte Jill, wollte den Kopf heben, wollte rufen, doch die Sonne lag auf ihr und drückte sie zu Boden mit ihrer weißen flammenden Leuchtkraft. Dann war es still. So still. So still.

37

Der Geruch war das Erste, was ihr seltsam erschien. Es war nicht der modrige Geruch, der alten Häusern anhaftete, auch nicht die für eine Farm typischen Gerüche nach Tieren, Jauche und Futtermitteln. Seltsam war das künstliche Aroma eines Raumsprays im dunklen Hauseingang, wo Jagdtrophäen die Wände zierten. Das Duftspray roch sie auch im Schlafzimmer im ersten Stock, wohin sie Max Shell eilfertig geführt hatte. Sandra kam es vor, als sollte dieser Lavendelduft etwas anderes übertünchen, sie nicht nur ablenken von zertretenen Teppichen, blinden Fensterscheiben, rissigen Tapeten und zerschrammten Holzbohlen. Kleinlaut hatte Shell sie begrüßt, was Sandra ärgerte. Kaum in Begleitung von männlichen Kollegen, und sie wurde ignoriert, und ein Haudegen wie er verwandelte sich in ein zahmes Lämmchen.

»Das Geld war da in der oberen Schublade«, sagte Shell zu DI Belmore und wies auf eine antike Frisierkommode. Englischer Jugendstil mit einer Marmorplatte. Ganz Adams Geschmack, dachte Sandra und überlegte kurz, wie sie mit einem Mann eine gemeinsame Wohnung einrichten sollte, der im Gegensatz zu ihr ein leidenschaftlicher Sammler von Antiquitäten war. Noch ein Minuspunkt, fand sie und blickte sich im Schlafzimmer um. Es war fast ganz von einem Bett in Übergröße ausgefüllt. Ein Wasserbett, wie sie feststellte, mit einem Baldachin, von dem transparente, rosafarbene Tücher hingen. Auch die Tagesdecke aus dickem, glänzendem Polyester war rosa. Kitschig, fand Sandra. Und dann die vielen Plüschtiere, wie man sie auf der Kirmes am Schießstand gewinnt. Warum schlief ein Ehepaar in Gesellschaft von Stofftieren? Sie öffnete Schränke und Schubladen, während zwei Kollegen der Spurensicherung alles Mögliche einpinselten und nach Fingerabdrücken suchten.

»Ist das hier eine Hausdurchsuchung?«, fragte Max Shell mit hörbar unterdrücktem Ärger in der Stimme. Er hatte eine Fahne und rieb sich immer wieder nervös die Nase.

»Lesen Sie sich das Formular gern noch einmal gründlich durch, das Sie gerade unterschrieben haben«, sagte Belmore. »Ein Foto Ihrer Frau können Sie uns bitte auch zur Verfügung stellen.«

»Hab ich nicht.«

»Nicht mal von Ihrer Hochzeit?«

»Muss man das haben?« Shell zündete sich eine Zigarette an und aschte in eine Kaffeetasse.

»Würde die Suche nach Ihrer Frau erleichtern. Oder wollen Sie davon Abstand nehmen?« Belmore bedachte ihn mit einem scharfen Blick.

»Vielleicht ist Claire ja wirklich irgendwo zu Besuch.«

Shell, so war deutlich, wollte sie so rasch wie möglich wieder loswerden. Er blickte immer wieder auf die Uhr und lief zwischendurch zum Treppenabsatz, als horchte er nach etwas.

»Gut«, sagte Belmore. »Dann reden wir erst einmal über das Geld. Haben Sie Quittungen, Kontoauszüge, irgendeinen Nachweis über die Summe, die Ihnen angeblich gestohlen wurde?«

»Einen Nachweis? Mann, die Kohle lag da drin. Hab sie ja erst letzte Woche eingenommen. Und was heißt hier angeblich gestohlen?«

»Eingenommen?« Belmore trat einen weiteren Schritt auf Shell zu und musterte ihn mit kalten Augen, die Sandra an eine Schlange erinnerten.

»Ich habe, ich meine, wir, Claire und ich, haben jede Menge verkauft. Versteigerung der Farm. Tiere, Fahrzeuge. Haben die Nase voll vom Landleben, verstehn Sie? Ich kann Ihnen die Namen der Käufer geben.«

»Gute Idee. Kann ja jeder kommen und behaupten, 400.000 Pfund hätten in der Schublade einer Frisierkommode gelegen. Und wenn sie dort waren, wäre die Steuerbehörde auch sehr an Ihrer Mitarbeit interessiert.«

Shell starrte Belmore sprachlos an.

»Wenn ich Sie um Ihre Fingerabdrücke bitten darf«, mischte sich Woolridge ein.

»Meine Fingerabdrücke? Was soll denn der Scheiß?«

Sandra ging ins angrenzende Badezimmer und schaute sich dann in dem Wohnzimmer um, das hinter einem offenen Rundbogen neben dem Schlafzimmer lag.

»Vermutlich finden wir auch Fingerabdrücke Ihrer Frau«, hörte sie Woolridge erklären. »Und dann hoffentlich auch die des Diebes.«

»Verstehe«, murrte Shell und streckte seine Hand aus.

»Ist das Ihr Handy?«, fragte Sandra ihn.

»Claires. Schleppt sie sonst überall mit hin.«

Sandra steckte das Handy in eine Plastiktüte und versuchte Belmore mit hochgezogenen Brauen anzudeuten, was ihr durch den Kopf ging: Hier stank etwas gewaltig, und das lag nicht nur an dem Raumspray. Hatte Shell nicht behauptet, er habe versucht, seine Frau auf ihrem Handy zu erreichen? Und dann lag es aufgeladen und rufbereit in ihrer Handtasche im Wohnzimmer. »Sie haben erwähnt, dass Ihre Angestellten verschwunden sind«, sagte sie zu Shell.

»Ja, allerdings. Aber statt die zu suchen, stecken Sie Ihre Nase in meine Schubladen.«

»Wenn Sie so freundlich wären, uns die Zimmer der beiden zu zeigen.«

Shell wusch sich leise fluchend die Hände, und Augenblicke später standen sie in dem ungepflegten Hof vor Pferdeboxen.

Ehemalige, wie Shell erklärte. Er öffnete die rechte Boxentür und hörte nicht auf zu betonen, wie sinnlos er die Zimmerdurchsuchung fand. Recht hat er, dachte Sandra. Der schmale Raum war bis auf die Möbel leer.

»Dylan Heat hat also seine gesamten Habseligkeiten mitgenommen?«, fragte Belmore.

»Sieht ja ein Blinder, oder? Nacht- und Nebelaktion.« Shell hob die Schultern und zog die Nase hoch. Schnupfen oder Koks, fuhr es Sandra durch den Kopf. Oder eine Allergie gegen Reinigungsmittel. Danach roch es in diesem dunklen Zimmer penetrant.

»Hat er einen Wagen?«, fragte Belmore.

»Nein, ich meine, kann sein. Wurde vielleicht abgeholt oder ist getrampt.«

»Als wir am gestrigen Sonntag hier waren, war Dylan Heat bei seiner Freundin«, mischte sich Woolridge ein. »Ist er danach zurück auf die Farm gekommen?«

Shell schüttelte den Kopf. »Hat sich reingeschlichen oder was weiß ich.«

»Gut«, sagte Belmore. »Wenn Sie uns dann bitte die Unterkunft von Ron Fledger zeigen würden.« Sie folgten Shell zu einem Stallgebäude, in dem er mit Woolridge und Saslan eine Leiter zum Dachboden hochstieg. Belmore schritt die Boxen ab, blieb vor einer stehen und wies auf das Namensschild. »Hier war dieses gestohlene Pferd untergebracht«, sagte er.

»Diamond. Hatte es ja nett hier.« Sandra betrachtete die Box, die geräumiger war als die anderen. »Hat jede Menge Turniere gewonnen«, erzählte sie. »Ein Star sozusagen.«

»Und nur zu gebrauchen, wenn man ihn auch auf Turnieren einsetzen kann. Die Preisgelder sind ja beachtlich. Warum sollte man also ein hochdotiertes Turnierpferd stehlen, fast eine halbe

Million wert, wenn man es nicht einsetzen kann? Eine Erklärung?«

»Weltberühmte Gemälde werden gestohlen und in einen Safe geschlossen, statt sie in ein Privatmuseum zu hängen. Es geht um das Gefühl, etwas Wertvolles zu besitzen.«

»Bei einem echten Picasso verständlich. Aber ein Pferd?«

»Die Leidenschaft hat viele Gesichter«, erklärte Sandra. »Der eine sammelt berühmte Kunst, der andere seltene Schmetterlinge und ein dritter dann eben außergewöhnliche Pferde.«

»Die man unschwer in einem Safe verstecken kann«, fügte Belmore hinzu. »Wenn Sie sich bitte auch mal oben umsehen.« Er wies auf die Leiter.

Er will nur nicht zugeben, dass er gehandicapt ist und da nicht hoch kann, dachte Sandra mit einem Anflug von Mitgefühl, als sie die wackelige Leiter hoch zum Dachboden stieg. »Hier hat Ron Fledger geschlafen?«, fragte sie Max Shell und wies auf das Matratzenlager.

»Hat ihm gefallen«, sagte Shell, der mit grimmigem Gesichtsausdruck auf einem Strohhalm kaute. Schweißflecken zeichneten sich auf seinem Hemd ab. Nach einem kräftigen Regenguss war es an diesem Montagnachmittag fast tropisch schwül, und die Luft unter dem Dach war zum Schneiden. Es gab nur ein Fenster, vor dem Strohballen zu einer Art Bank aufgestapelt lagen. Sandra öffnete es und blickte hinaus. Sie hatte das Gefühl, in den Kulissen einer Farm zu sein. Das Wesentliche fehlte: die Tiere. Kein Huhn gackerte, kein Kalb blökte, nicht mal ein Hofhund hatte bei ihrer Ankunft gekläfft.

»Warum waren die Angestellten nicht im Haus untergebracht?«, fragte Sandra, streifte sich Handschuhe über und zupfte eine Feder aus dem Stroh. Blut klebte daran. Sie reichte sie Woolridge.

»Will man Angestellte im Haus haben? Ich nicht«, entgegnete Max Shell.

»Wer wohnt denn in dem Zimmer neben Dylan Thomas? Oder ist das ein Stall?«

»Da?« Shell hob die Schultern. »Ach so, hab ich Ihrem Chef schon gesagt. Unser Koch. Hat gerade Urlaub.«

»Seit wann?«

»Ne Woche oder so. Wollte nach Schottland. Wandern, Monroes hochklettern. Was weiß ich.«

Sandra notierte den Namen des Kochs und fragte: »Hatte Ron Fledger einen Wagen?«

»Der? Nein. Nicht mal ’nen Lappen.«

Sie stiegen wieder die Leiter runter. Belmore schlenderte mit den Händen in den Hosentaschen im Hof umher. »Fehlt nur noch das Zimmer Ihrer Schwägerin«, sagte er zu Shell.

»Das wollen Sie auch sehen?«

»Hatten Sie nicht zu Protokoll gegeben, dass Sie sie genauso im Verdacht haben?«

»Schon, aber …« Shell stockte und deutete aufs Haus. Sie gingen wieder hinein und folgten diesmal dem langen Flur im Erdgeschoss hinunter bis zu einem Anbau. Das kleine Zimmer machte nicht den Eindruck, als wäre hier jemand komplett ausgezogen. Kartons stapelten sich in einer Ecke, in einer anderen stand ein gefüllter Wischeimer, ein Besen und ein Schrubber, das Bett war zerwühlt, Jacken und Hüte hingen an einem Garderobenständer, und der Kleiderschrank war gut gefüllt.

»Hat Ihre Schwägerin einen Hund?«, fragte Sandra und wies auf den Korb.

»Hatte. Ist gestorben«, antwortete Shell knapp.

»Hat sie einen Wagen?«

»Keinen eigenen.«

»Und ist auch seit heute verschwunden?«, fragte Belmore.

»Mann, sag ich doch. Alle verduftet.«

»Könnte sich Ihre Frau nicht den anderen Dreien angeschlossen haben, zumal ihre Schwester mit von der Partie ist?«

»Kann sein. Ich will jedenfalls die Kohle zurück.«

Bevor du irgendetwas bekommst, werde ich dir erst einmal gehörig auf den Zahn fühlen, dachte Sandra ärgerlich, lief aus dem Zimmer und den Flur zurück, um herauszufinden, was sich hinter den anderen vier Türen verbarg, an denen Shell sie kommentarlos vorbeigeführt hatte. Eine Abstellkammer, in der sich alles Mögliche bis fast unter die Decke stapelte. Ein Zimmer mit drei Betten, was vielleicht für Gäste gedacht war. Eine Behindertentoilette. Als sie die Tür daneben öffnete, schlug ihr wieder das Raumspray entgegen. Dazu ein Geruch nach Reinigungsmitteln, die den Gestank nach Urin und Erbrochenem kaum übertünchten. In einem Gitterbett lag ein alter Mann. Sandra ging um das Bett herum, bis sie sein Gesicht sah. Sie erschauderte. Es geht hier nicht um ein gestohlenes Pferd oder um gestohlenes Geld, dachte sie, es geht um noch etwas ganz anderes. Dann wählte sie den Notruf, riss dem alten Mann den Schlafanzug über der Brust auf und begann ihn zu reanimieren.

***

Belmores demonstrativer Blick auf die Uhr störte Sandra nicht, als sie verspätet im Besprechungsraum eintraf. Der Notarzt war gerade noch rechtzeitig gekommen, um Shells Schwiegervater zu retten. Jetzt lag er mit ausgepumptem Magen auf der Intensivstation. Die Ärzte vermuteten eine schwere Lebensmittelvergiftung. »Meine Schwägerin ist schuld. Hat sich nie um ihn gekümmert«, hatte Shell ungerührt gesagt, als der Krankenwagen mit Blaulicht losgefahren war. Wäre sie hier zu spät gekommen, hätte sie es sich nicht verziehen.

»Hören Sie, DI Belmore«, platzte Sandra heraus, kaum hatte sie sich gesetzt, »irgendetwas stinkt gewaltig auf dieser Farm. Ich habe meinen ehemaligen Chef, DI Collin Brown informiert. Er ist gerade auf dem Weg zu uns.«

»Sie haben was?« Belmore fixierte sie wie ein Nahkämpfer, der seinem feindlichen Gegenüber ein Messer an die Kehle legt.

»Lesen Sie Ihre Dossiers nicht?«, fragte Sandra. »Shells Schwiegervater wird unter dringendem Mordverdacht gesucht. Die Nachricht kam gerade, und DI Brown bearbeitet den Fall.«

»Über meinen Kopf hinweg haben Sie …?«

» … ihn informiert, dass der Gesuchte hier bei uns im Krankenhaus liegt. Ja, das habe ich.« Sandra hielt den Kopf hoch und lächelte ihn an.

»Gut. Darüber sprechen wir später. Kommen wir zur Faktenlage. Bitte!«, forderte Belmore sie auf.

»Haben Sie den Blumenstrauß auf dem Nachtisch in Shells Schlafzimmer gesehen?«, fragte Sandra.

»Ja, was ist damit?« Belmore wischte ungeduldig unsichtbaren Staub von der Schreibtischplatte.

»Ein Brautstrauß war das nicht. Frisch geschnitten, das Wasser noch nicht trübe. Stockrosen, die stehen in einem Beet neben der Haustür. Halten sich ein paar Tage in der Vase.«

»Wollen Sie mir einen botanischen Vortrag halten?«

»Im Badezimmer lagen die gekappten Stengel im Mülleimer«, sprach sie ungerührt weiter. »Und die Schere auf der Ablage über dem Waschbecken. Alles war für unseren Besuch arrangiert. Das Bett gemacht, kein Kleidungsstück lag herum, die Küche aufgeräumt und im Wohnzimmer standen die Fenster zum Lüften sperrangelweit auf. Die Kaffeetasse war der einzige Hinweis darauf, dass in den Zimmern gelebt wurde. Shell hat die Blumen kurz vorher aus dem Beet geholt. Er wollte uns was vorspielen.«

Belmore presste die gestreckten Finger beider Hände aneinander und nickte zu ihren Ausführungen.

»Warum sind die Zimmer von Heat und Fledger komplett leer geräumt? Wer hat das Bettzeug abgezogen? Bei einer Nacht-und-Nebelaktion nimmt man die persönlichen Sachen mit, aber irgendetwas hinterlässt man immer, und sei es Müll. Nur das Zimmer seiner Schwägerin hat er nicht mehr geschafft. Das Putzzeug stand schon bereit.«

»Aber wir haben ihm mit unserem Besuch dazwischengefunkt«, ergänzte Belmore.

»Genau. Dann hat er überall dieses Spray versprüht.« Sandra zog die Tüte mit der Flasche aus ihrer Umhängetasche, die sie auf der Farm sichergestellt hatte.

Belmore hatte nun einen Zauberwürfel in der Hand und drehte an ihm herum. »Ich denke, bei der Aufräumaktion hatte Max Shell Hilfe«, sagte er.

»Denke ich auch. Er wirkt auf mich nicht wie ein Mann, der im Hauruckverfahren mehrere Zimmer auf Hochglanz bringen kann. Hat wahrscheinlich das erste Mal in seinem Leben geputzt und so viel Bodenreiniger in den Eimer gekippt wie er an Sprit in den Tank füllt.«

»Und in seine Kehle«, ergänzte Belmore.

»Wenn seine Frau freiwillig verschwindet, warum nimmt sie ihr Handy nicht mit?«, fuhr Sandra fort. »Ihre Handtasche stand übrigens im Barschrank im Wohnzimmer. Welche Frau vergisst ihre Handtasche, wenn sie verduftet, und welche stellt sie neben Brandyflaschen?«

»Wenn sie betrunken war?«, fragte Molly.

»Quatsch!« Sandra tippte sich an die Stirn. »Drei Lippenstifte sind drin, Taschenspiegel, vier Pillendosen, ein Schnapsfläschchen, Geldbörse mit sämtlichen Papieren inklusive Führerschein und eben das Handy.«

»Eine Frau vergisst niemals ihre Handtasche, wollen Sie sagen?«, fragte Belmore.

Sandra nickte. »Niemals. Nicht eine Frau, die regelmäßig die Lippen nachzieht und ihre Pillen braucht. Was zum Aufputschen und was zum Beruhigen. Dann das Zimmer der Schwägerin. Die Wasserschüssel des Hundes war bis an den Rand gefüllt, die offene Futtertüte stand daneben. Aber wo war der Hund?«

»Auf den Steinplatten vor der Küche war ein frischer Blutfleck«, sagte Belmore. »Eine Probe ist im Labor. Der Motor von Shells Wagen war noch warm, als wir gekommen sind.«

Sandra beugte sich vor. »Und es ist ein dunkelgrüner Jeep.«

»Ja, und?«

»Mit Lackschaden. Ein Scheinwerfer kaputt. Ein Jeep mit dunkler Farbe hat höchstwahrscheinlich den alten Mann, den Radfahrer, angefahren.«

»Gut. Das sollten wir auch prüfen. Woolridge, können Sie uns schon etwas zu den Fingerabdrücken sagen?«, fragte Belmore.

»Tja.« Woolridge kratzte sich am Hinterkopf. Sein Haar war für sein Alter, Sandra schätzte ihn auf höchstens neunundzwanzig, schon ziemlich ausgedünnt. Er trug Koteletten im Stil der frühen 70er-Jahre und ein Ziegenbärtchen klebte unter der Unterlippe. Darauf legte er beim Sprechen den Zeigefinger. »Die von Shell waren faktisch überall. Ein anderer Abdruck war fast genauso häufig da. Dann noch vier andere oder so ...«

»Oder so führt uns nicht weiter«, sagte Belmore. Er hatte alle sechs Farbflächen des Zauberwürfels mit wenigen Drehungen komplettiert und verstellte ihn jetzt wieder.

»Würde ich wohl auch sagen.« Woolridge lehnte sich zurück

wie ein Schüler, der erleichtert war, dass der Lehrer ihn nur kurz drangenommen und er ihm die richtige Antwort gegeben hatte.

»Saslan. Was hat die Datenbank für uns?«

Saslan legte die kräftigen Unterarme auf den Tisch und die runde Stirn in Falten, einem Dackel nicht unähnlich, wie Sandra fand, und begann mit seiner Lispelstimme zu berichten. »Einen Max Shell habe ich bislang nicht gefunden. Wonach soll ich sonst suchen?«

Belmore knallte den Würfel auf den Tisch, stand auf und stellte sich, die Hände aufgestützt, vorgebeugt hin. Sandra sah, wie eine Ader an seiner Schläfe pochte. »Glauben Sie, das ist hier eine Juxveranstaltung?«, fragte er mit seiner drohend leisen Stimme. »Ein Mann ist heute beinahe gestorben, weil es einem Farmer wichtiger war, einen angeblichen Diebstahl zu melden, statt sich um seinen schwerkranken Schwiegervater zu kümmern. Und ich werde gefragt, wonach wir suchen? Tun Sie verdammt noch mal Ihre Arbeit. Verstanden?«

Saslan war knallrot angelaufen und Molly ganz in sich zusammengesunken, Sandra erwartete jeden Moment Tränen über ihr Gesicht laufen zu sehen, das unter der Puderschicht ganz bleich geworden war.

Belmores Diensttelefon klingelte in die betretene Stille hinein, und er drehte sich mit dem Hörer am Ohr zum Fenster um, sein Rücken gespannt wie eine Sprungfeder, während Sandra verstohlen die Textnachricht von Adam las, die sich mit einer Vibration angekündigt hatte: *Was hältst du von einem Picknick am Meer bei Sonnenuntergang? Hole dich um halb fünf ab.* Seit dem Streitgespräch am Sonntag hatten sie kein Wort mehr miteinander gewechselt geschweige denn sich gesehen. Ja, dachte sie, ein Sonnenuntergang am Meer ist genau das Richtige, was ich heute brauche, und freudige Erregung stieg wie Sekt in ihren Kopf.

»Saslan, Sie kümmern sich um Claire Shells Handy«, sagte Belmore, als er aufgelegt hatte. »Ich will alle Daten. Verstanden? Molly, Sie liefern mir einen lückenlosen Bericht über Ron Fledger und Dylan Heat. Woolridge, ich will alles über Max Shell, seinen Schwiegervater und seine Schwägerin wissen und über diesen Todd Spexter, den Koch.« Belmore legte auf dem Weg zur Tür Sandra die Hand kurz auf die Schulter. »Beeilen Sie sich. Das waren die Kollegen von der Streife, Miller und Fentow. Sie melden den Brand in einer Scheune.« Er machte eine Pause. »Die Scheune gehört zu unserer Farm.«

Sandra sprang auf und folgte Belmore zu seinem Dienstwagen. Sie hatte ein Kribbeln im Nacken. Das Wiedersehen mit Adam und eine romantische Versöhnung mit ihm mussten warten. Und das Meer.

***

»Sie glauben also nicht an Brandstiftung?« Belmore klopfte ihr den Rücken. »Hier, trinken Sie.«

Sandra spürte Belmores Berührung und trank, bis der Hustenreiz nachließ. Sie war immer schon allem Gefährlichen zu nahe gekommen. Im Moment wusste sie nicht, welche Gefahr größer war: das Feuer, an das sie zu dicht gegangen war, oder ihr neuer Chef, der ihr unnahbar und zugleich auf verstörende Weise anziehend erschien. »Die Ereignisse überschlagen sich. Finden Sie nicht auch? Ein gestohlenes Pferd, eine nicht unerheblich hohe, angeblich gestohlene Geldsumme, ein halb toter Schwiegervater, der wegen Mordverdachts gesucht wird, eine verschwundene Ehefrau, und jetzt brennt eine Scheune, die zu der Farm gehört. Vielleicht geht es um Versicherungsbetrug.«

»Da zündet man das Haus an«, sagte Belmore. »Aber warten

wir ab, ob es so etwas wie Selbstzündung war. Ist in der Gegend in diesem Sommer schon zig Mal passiert.«

»Nach dem Motto: Ein Unglück kommt für einen Farmer selten allein?«

Belmore schälte einen Kaugummi aus der Packung und nickte. Ein schiefes Lächeln umspielte seine Mundwinkel.

»Ich schau mich um«, sagte Sandra, ließ ihn stehen und lief um die fast ausgebrannte Scheune herum. Die Feuerwehrleute hatten den Hauptbrandherd auf dem Dachstuhl bereits von außen eingedämmt und waren nun im Inneren beschäftigt. Es roch nach verkohltem Holz und chemischem Schaum. Wenn es um Versicherungsbetrug ging, überlegte sie, so ergab es keinen Sinn, die Scheune anzustecken. Da musste sie Belmore Recht geben. Dieser Außenposten der Farm war in einem verwahrlosten Zustand. Ein paar Pferche, ein dreckiger Melkstall und die Scheune, das war alles. Hatte der mögliche Brandstifter ein Ablenkungsmanöver im Sinn gehabt? Wollte er die Polizei in die Irre führen, oder war alles dem Zufall zuzuschreiben, eine Reihe von Ereignissen, die nicht miteinander im Zusammenhang standen? Nein, das glaubte sie nicht. Für das Feuer gab es eine vorsätzliche Ursache. Sie hörte Belmore nach ihr rufen und eilte zum Scheunentor, das sie unversehrt und verschlossen vorgefunden hatten und das die Feuerwehr mit Gewalt hatte öffnen müssen. Belmore wies auf eine kleine Tür unweit vom Tor und einen Spaten. »Da wollte sich jemand auf brachiale Weise Eintritt verschaffen.«

»Nein.« Sandra betrachtete die Splitter in der Holztür. »Da hat sich jemand aus dem Feuer gerettet. Die Tür ist doch auf der Innenseite beschädigt.«

»Dann hatte der Brandstifter den Schlüssel zum Tor«, überlegte Belmore laut. »Das Feuer hat im Dachstuhl seinen Anfang genommen.«

Sandra ging die Wand rechts neben der beschädigten Tür entlang. »Hier sind zwei Bretter herausgeschlagen«, rief sie. »Wenn hier jemand drin war, wenn die Person flüchten konnte, dann …« Sie rannte ohne ein weiteres Wort nach draußen, informierte vom Dienstwagen aus einen Kollegen der Hundestaffel, und suchte dann jeden Winkel in den offenen Ställen und dem Melkstall ab. Nein, entschied sie, in ein Gebäude würde man sich nicht flüchten, wenn man sich gerade aus einer brennenden Scheune gerettet hatte. Man würde sich draußen verstecken. Sandra lief zur Wiese hinter der Scheune, die von einer ungeschnittenen Hecke gesäumt war. Das Gras war nicht abgemäht und stand kniehoch. Man sah die breite Spur sofort. Niedergedrückte Halme, als wäre hier einer entlanggerobbt. »Ist da jemand?«, rief sie und folgte der Spur. Dann blieb sie abrupt stehen. Keine fünfhundert Meter weit hatte es die verletzte Person geschafft. Sandra rannte zu ihr hin. Eine Frau, stellte sie erst auf den zweiten Blick fest. Sie lag bewusstlos auf dem Rücken. Ihr Gesicht war mit Platzwunden übersät und voll Russflecken, ihre Hand umklammerte ein Handy. Ihr Puls war schwach, aber sie lebte. Noch. »Du bist in Sicherheit«, flüsterte Sandra, brachte die Frau vorsichtig in die Seitenlage, bedeckte ihr den Kopf mit ihrer Jacke, um wenigstens etwas Schatten zu spenden, und lief um Hilfe schreiend zurück zur Scheune. Wer immer diese Frau war, sie hatte sterben sollen. Warum? Vor allem aber: Wer wollte ihren Tod?

38

Die Fliege kam immer wieder zurück, so oft Collin sie auch verscheuchte. Vielleicht war es jedes Mal eine andere. Es wimmelte an diesem Ort vor den lästigen Genossen, und die Holzbank auf der kleinen Tribüne war auch zu hart, wo er umringt von Eltern saß, die ihre Kinder knipsten und filmten und sie anfeuerten. Wenn er nur selbst so wäre wie sie: ein Familienvater, der gerade entspannt seinen Urlaub genoss.

»Daddy! Daddy!«

Er sah auf und erwiderte Ayeshas Winken. Sie saß auf einem apathisch dahintrottenden Pony namens Milky und wurde am Zügel an ihm vorbeigeführt, ihr Gesicht ein einziges Strahlen. Sie soll es nie verlieren, dachte Collin, doch wie konnte er seine eigenen Kinder in einer Welt, in der der nächste Nachbar ein Dieb, Vergewaltiger oder gar Mörder sein konnte, beschützen? Evelyn Wering hatte offenbar niemanden in ihrer Kindheit gehabt, der ihr den nötigen Schutz geboten hatte. Als dumme Gans hatte sie sich bezeichnet. Ihre Naivität hatte sie in die Arme eines älteren Mannes getrieben, der sie mit Geld und Geschenken verführt hatte, sie schwängerte, und die Abtreibung war nach ihren Worten der Preis für ihre Dummheit gewesen. Sie hatte William Hattonfield nicht einmal angeklagt. Nein, in seinem Verhalten sah sie nichts als das natürliche Begehren eines Mannes, der Sex mit blutjungen Frauen bevorzugte. »Sie waren minderjährig«, hatte Collin argumentiert. Die eineinhalb Jahre vor der Volljährigkeit, war ihre Antwort gewesen. Welche Verführungskünste und Maschen hatte William Hattonfield damals beherrscht, die junge Frauen dazu brachten, ihn zu schützen wie seine geschiedene Frau Alice O'Neill, die ihn nicht anders als Evelyn Wering verteidigt hatte. Womöglich hatte er sich junge

Opfer gesucht, weil er bei Gleichaltrigen nicht landen konnte. Das war Johnnys Erklärung. Dann sah Collin das Gesicht Hattonfields vor sich. Das Gesicht eines alten, kranken Mannes auf der Intensivstation. Zurzeit nicht vernehmungsfähig, hatte der Arzt gesagt, so wenig wie seine Tochter Juliene, und Collin und Johnny hatten das Krankenhaus frustriert verlassen. Immerhin hatte Sandras überraschende Nachricht, die sie während der Vernehmung von Vincent Taylor und Evelyn Wering in Folkestone erreichte, zu einem unvorhergesehenen Ende der Suche nach den Hattonfields geführt. Sie hatten auch umstandslos die Erlaubnis erhalten, ohne vorherige Zustimmung durch William und Juliane Hattonfield, deren DNA-Proben zu nehmen, die gerade per Express an Hampton unterwegs waren. Vielleicht würden sie den Fall nun im Handumdrehen aufklären. Nein, wusste Collin. Zunächst hieß es, sich mit DI Belmore zu einigen, den er in zwei Stunden treffen würde. Er hatte weder Geduld noch Verständnis für unnötige Diskussionen über Zuständigkeiten, im Gegenteil. Ging es nicht um die gemeinsame Aufklärung zweier Fälle, die letztlich zusammenzuhängen schienen? Collin prüfte erneut die Uhrzeit. Noch fünfzehn Minuten in der stickigen Reithalle, dann war der Unterricht zu Ende und die Kinder mussten die Ponys striegeln. Ohne Aufsicht viel zu gefährlich, hatte Kathryn gemeint, die mit den Zwillingen am Strand war. Seither schickte er ihr eine SMS nach der anderen, doch eine Antwort war bislang ausgeblieben. Sie schmollte. Nein, es war schlimmer als das. Möglicherweise eine ernste Ehekrise. Aber dafür, so wusste Collin, hatte er gerade den Kopf nicht frei.

»Hier steckst du also.«

Collin drehte sich um und sah Sandra hinter sich stehen. Sie umarmten sich.

»Ich dachte, du wolltest mich zu einem kühlen Drink einladen?«

»Sorry, minderjährige Pferde.« Collin wies auf das Schild an der Wand. Rauchverbot, kein Alkohol, kein Handy erlaubt.

»Aber du bist hier. Riechst nach dem Meer. Wie ich das vermisse.«

»Ist doch hier auch um die Ecke. Ist dein Adam wasserscheu?«

»Kann man so sagen. Waren jedenfalls noch nicht da. Wo ist Kathryn?«

»Schwimmen.« Collin strich sich verlegen durchs Haar und ließ den Kopf hängen. Sandra legte ihr hübsches Gesicht in den Nacken und lachte. Johnny fand, ihr Lachen klinge wie Glockenläuten.

»Habt ihr Stress? Geschieht dir Recht, du Sturkopf.« Sandra wuschelte in seinem Haar.

»Noch schlimmer.«

Collin zeigte ihr Kathryns Nachricht. Sie hatte sie geschickt, kurz nachdem sie ans Meer gefahren war: *Habe im nächsten Oktober einen zweiwöchigen Yoga-Kurs in Thailand fest gebucht.*

»Na, wunderbar für sie. Endlich setzt sie mal in die Tat um, was sie schon so lange vorhat.«

»Hat sie etwa mit dir darüber gesprochen?« Und ich Esel weiß von nichts, dachte Collin. Yogakurs in Thailand, mitten in der Schulzeit, allein, was soll der Blödsinn?, hatte er Kathryn vorgeworfen.

»Sie träumt doch seit Jahren davon, sich als Yogalehrerin selbstständig zu machen. Irgendwann muss man anfangen, seine Träume in die Tat umzusetzen.«

»Ist wohl so«, murmelte Collin. Er war enttäuscht, verletzt, fühlte sich hintergangen. Oder hatte er nicht richtig zugehört? Er dachte, Kathryn sei in ihrem Beruf als Apothekenhelferin glücklich. Andererseits interessierten Kathryn Yoga, Qi Gong, Akkupressurmassage, Meditation, all diese alternativen asiatischen Heilmethoden, seit er sie als junge Studentin kennengelernt hatte. War es eine Suche nach den eigenen Wurzeln, was sie an der asiatischen Welt so anzog? Ja, gestand er sich ein, Sandra hatte recht. Kathryn hatte sich all die Jahre eine solche Reise gewünscht, immer mal wieder davon gesprochen, wie er sich nun erinnerte, hatte womöglich bislang nicht den Mut aufgebracht und die verkorksten Ferien als willkommenen Anlass gesehen, Nägel mit Köpfen zu machen. »Sie wusste, wen sie heiratet«, sagte Collin.

»Weißt du was? Lass uns für die nächste Stunde den Job und alles andere vergessen. Ayesha freut sich, dass du hier bist.«

Collin nickte und folgte Sandra in die Halle, wo die Reitlehrerin den Kindern beim Absteigen half.

»Daddy, Milky ist ein echtes New Forest Pony«, erzählte Ayesha. »Aber weil er ein Schecke ist, wurde er aus dem Wald geholt. Schecken will man nicht haben.« Sie streichelte ohne Angst die weiche Stelle zwischen den Nüstern, die Collin zu dicht am Maul waren. Er hoffte, dass der dicke Schecke ein zu lethargisches Schulpony war, um Kinder zu beißen, und überließ es Sandra, es zusammen mit Ayesha zum Stall zu führen, wo es nach Auffassung seiner Tochter kein gutes Leben führte. »Daddy, Milky ist doch im Wald aufgewachsen und jetzt muss er in einer engen Box stehen. Am liebsten …« Sie sah ihn mit schief gelegtem Kopf aus funkelnden Augen an. Diesen Blick kannte er. Ayesha plante. Nein, versuchte er ihr ohne Worte zu antworten, wir können Milky nicht mit nach Hause nehmen. »Er hat aber einen Haufen Freunde«, entgegnete er schwach und tätschelte den staubigen Hals des Ponys. »Und nun zeig Sandra mal, wie man ein Pony striegelt.«

Collin blickte Sandra an und hob den Daumen, dann ging er nach draußen. Die Hitze hatte dank des Windes, der direkt vom Meer kam, etwas nachgelassen. Einige langgezogene Wolken lagen unbeweglich am Himmel. Er lief über den Hof zum Haupthaus. Offenbar war so ein Reiterhof ein lohnendes Geschäft, schon weil der Eigentümer es nicht nötig hatte, sich bei den Gästen blicken zu lassen. Das überließ er den Angestellten. Collin zählte die Autos unter dem Carport, ausnahmslos schicke Modelle, stellte er nicht ohne Neid fest, und blieb einen Moment vor der massiven Eingangstür stehen, die angelehnt war. Ein Schild mit roter Schrift war darauf angebracht. »Privat« las Collin. Sandra wollte den Eigentümer, einen gewissen Lester Goldsmith, später befragen. Collin fuhr bei dem Gedanken ein Schauer über den Rücken, dass seine Familie am Ende doch in unmittelbarer Nähe der Hattonfields ihre Urlaubsunterkunft hatte. Lester Goldsmith war der Nachbarfarmer. Ein Anruf von Bill lenkte ihn von seinen Gedanken ab. »Ist der Zeuge ganz sicher, Bill?«

»Hundertprozentig. Hat ja die Steine persönlich zum Pförtnerhaus gebracht und sollte sie drinnen stapeln. Das ist ungewöhnlich bei Baumaßnahmen. Sie werden normalerweise draußen gelagert.«

»Hat er denn gesehen, wer der Maurer war?«

»Hat er auch, weil er noch mal eine Fuhre nachliefern musste.«

Collin hörte Bill ohne Verwunderung den Namen des Mannes nennen, der die Theke im Pförtnerhaus errichtet und damit höchstwahrscheinlich eines der toten Kinder eingemauert hatte, und legte mit dem Gefühl auf, in diesem Fall jedes Mal am falschen Ort zu sein, ging aufgebracht zum Stall zurück und sah Johnny mit seiner Tochter flaxen.

»Hinterm Ohr kraulen, Ayesha. Das mögen die. Siehst du, der

Knabe wird schon ganz schläfrig. Ponys, Hunde, Menschen. Alle mögen das. Zeig deine Öhrchen, Sandra.«

»He, da bin ich kitzelig«, kreischte Sandra.

Johnny hatte sich umgezogen, trug ein kurzärmeliges Hemd und lange Jeans. Beides schien nagelneu. Außerdem roch er nach einem unbekannten Aftershave. »Hab uns frischen Fisch für heute Abend besorgt. Du kommst doch auch, Sandra, oder?« Eine leichte Unsicherheit schwang in seiner Stimme mit, dann erstrahlte sein Gesicht kurz, nachdem sie zugestimmt hatte, verfinsterte sich aber sofort wieder, als Sandra mit Adam telefonierte.

Collin nahm ihn beiseite. »Eigentlich müssten wir nach Folkestone zurück. Es geht um die Theke im Pförtnerhaus …«

Johnny schaute ihn fragend an. »Taylor?«

Collin nickte.

»Heiliger Strohsack! Und der Fisch?«

Der Fisch, Sandra, Kathryn, die Kinder, alles musste warten, weil Vincent Taylor auch beim Verhör in Folkestone um keinen Preis hatte zugeben wollen, irgendetwas mit den toten Kindern zu tun zu haben. Und nun das.

»Er hat vielleicht nur eine Biertheke gemauert und hatte sonst nichts damit zu tun«, sagte Johnny.

»Kann sein.« Collin blickte zu seiner Tochter, die unter Anleitung der Reitlehrerin Milkys Hufe hob und auskratzte. Sie sollte nicht erfahren, dass ihr Vater nicht ihretwegen, sondern wegen seines Falls im New Forest war. »Wir bleiben«, raunte er Johnny zu. »Diese Nacht und wenn es sein muss, noch länger. Bis William Hattonfield und seine Tochter vernehmungsfähig sind. Vincent Taylor muss warten.«

»Und Lester Goldsmith«, mischte sich Sandra ein, die mit geröteten Wangen neben ihnen im Stall aufgetaucht war. »Wir haben den Wagen von Claire Hattonfield gefunden.«

»Sandra, unser Glückskind!«, rief Johnny, gab ihr einen Kuss auf die Wange, lief Hand in Hand mit ihr raus zum Parkplatz, während Collin seiner Tochter erst eine fadenscheinige Ausrede präsentierte und sie dann mit schlechtem Gewissen allein ließ.

***

Claire Hattonfields orangefarbenes Cabrio war offenbar in Eile und damit äußerst schlampig versteckt worden. Die Stelle war bequem von einer Landstraße mitten im New Forest aus über einen ausgeschilderten Wanderweg zu erreichen, der geradewegs an einen Waldsee führte und an einer Lichtung am Ufer endete, an der ein überdachter Tisch mit Bänken Spaziergänger zum Picknick einlud. Der Wagen war offenbar vorsätzlich ins Wasser gelenkt worden, aber der kleine See, mehr ein Tümpel, war in Ufernähe zu flach, um ihn ganz verschwinden zu lassen. Die Vorderräder waren allerdings komplett eingesunken, ein Teil der Kühlerhaube und bis zu einem Viertel die Vordertüren. Das Sonnenverdeck stand offen, was es dem Fahrer leicht gemacht haben musste, aus dem Wagen zu steigen. Die großen Flecken auf dem beigen Leder der Rückbank waren untrüglich Blut. Dafür musste kein Laborant Proben nehmen. Ein Frauenhausschuh aus rosa Samt war unter den Beifahrersitz gerutscht. Ein Kollege hatte ihn Max Shell gezeigt, der in U-Haft saß und den Hausschuh als den seiner Frau identifiziert hatte. Noch musste das Cabrio genauer untersucht werden, um ganz sicherzugehen, dass sich die vermutlich verletzte Claire Shell darin befunden hatte.

»Ein untrainierter Läufer mit Turnschuhen«, sagte DI Belmore zu Collin und wies auf die Abdrücke am schlammigen Ufer, die verrieten, in welche Richtung der flüchtige Fahrer gelaufen war.

»Abgelaufene oder welche mit wenig Profil. Keine Markenschuhe,« ergänzte Sandra.

»Er hatte es nicht eilig und kannte sich aus«, ergänzte Collin und fragte sich, woran Belmore einen untrainierten Läufer erkannte. Sein Kollege hatte ihn unterkühlt begrüßt und sich vor den anderen keine Blöße gegeben. Das würde er unter vier Augen tun, davon war Collin überzeugt. Belmore hatte nicht einmal andeutungsweise ein Wiedererkennen gezeigt. Gut, es ist lange her, erklärte sich Collin. Damals war ich blutjung, schlank und ging zur High School. Und spielte es eine Rolle, was Belmore ihm gegenüber dachte oder tat? Kühle Sachlichkeit war gefragt. Emotionen gehörten nicht hierher.

»Er ist schmächtig, mittelgroß und eher ein Leichtgewicht«, fuhr Collin fort. »Die Abdrücke im Schlamm sind nicht sehr tief.«

»Warum ein ›Er‹?«, wollte Johnny wissen.

»Claire Shell ist der Beschreibung nach nicht gerade zierlich«, erklärte Sandra. »Ich würde es mir kaum zutrauen, sie ohne Hilfe im bewusstlosen oder gar leblosen Zustand auf die Rückbank eines Wagens zu hieven.«

»Sie sind etwas voreilig mit Ihren Schlüssen.« Belmore ließ sie ohne ein weiteres Wort stehen, sprach mit dem Fahrer des Bergungstransporters, mit dem Teamleiter der Spurensicherung und setzte sich dann zum Telefonieren in den Dienstwagen.

»Arroganter Pinsel.« Sandra machte eine letzte Nahaufnahme von den Profilen.

»Und bei dem willst du bleiben?«, fragte Johnny.

Collin ließ die beiden allein, als sie zu tuscheln und kichern begannen, und lief ein Stück in den Wald hinein. Die Hunde hatten die Spur des Flüchtigen bis zu einem Parkplatz verfolgt, dann verlor sie sich. Vermutlich hatte ein Fluchtfahrzeug auf dem Parkplatz bereitgestanden. Sehen wir zu schwarz?, dachte Collin und beobachtete, wie zwei Taucher in den See stiegen und an die hundert Fuß wateten, bis ihnen das Wasser bis zur Brust stand. Ein Wildentenpaar, aufgescheucht von dem ungewohnten Trubel, flog schimpfend ans gegenüberliegende Ufer. Vielleicht sind wir tatsächlich zu voreilig und malen uns ein Gewaltverbrechen aus, noch bevor irgendein eindeutiges Indiz dafür spricht, dachte Collin. Wasserleichen schwemmen meistens hoch, wenn auch nicht sofort. Nach etwa einer Woche würden sich Fäulnisgase bilden und den sich zersetzenden Körper an die Wasseroberfläche treiben, so Pflanzenwuchs und anderes sie nicht auf dem Seegrund festhielt. Der Tümpel ist viel zu flach, entschied er. Eine Leiche würde man an der Oberfläche sehen. Der Täter hätte Claire Shell aus dem Wagen zerren und sie bis zu jener weit vom Ufer entfernten Stelle durchs Wasser ziehen müssen, wo die Taucher nun keine Bodenberührung mehr hatten, um sie zu verbergen. Er wandte sich wieder zum Wald um. Mehrere Kollegen der Spurensicherung stöberten unter jedem Busch in der Nähe des Sees. »Raucher«, sagte einer zu Collin und hielt ihm eine Plastiktüte mit einer halb aufgerauchten Zigarette hin. »Hier hat er wohl ein Raucherpäuschen eingelegt.« Er wies auf eine ausladende, verzweigte Eiche mit knorrigen, kräftigen Wurzeln, die wie die Gliedmaßen eines verwachsenen Riesen aus dem Boden ragten. Der New Forest war berühmt für seine Mammutbäume. Collin notierte die Zigarettenmarke – Chesterfield Blue – und stellte sich hinter den mächtigen Stamm. Achtlose Wanderer hatten ihre Namen verewigt, Herzen und Jahreszahlen in die Rinde geschnitzt. Die Sicht auf den kleinen See war von dort aus nahezu perfekt. Die Stelle war ein wenig erhöht, und der Eichenriese bot Sichtschutz. Welche Gedanken mochten dem Täter durch den Kopf gegangen sein? Hatte er das

Cabrio mit einem Gefühl des Triumphes halb einsinken sehen, oder hatte er sich geärgert, weil sein Plan nicht ganz aufgegangen war? Er kennt die Gegend und hat alles genau geplant, dachte Collin, aber es hat nicht geklappt. Wahrscheinlich von einem Film abgeschaut. In Actionfilmen wurden doch grundsätzlich Autos in Gewässern versenkt, Schluchten hinuntergestürzt oder gingen in Flammen auf. Collin ermahnte sich, seiner Fantasie keinen zu freien Lauf zu lassen und sich auf die Fakten zu konzentrieren, setzte sich auf einen Wurzelarm, lauschte einen Moment auf das Gezwitscher der Vögel, die Stimmen der Kollegen und sah DI Belmore am Bergungsfahrzeug stehen, das den Wagen mit einem Kran aus dem See hob.

Auf dem Waldboden war eine emsige Kolonie Ameisen damit beschäftigt, Ästchen in ihren Bau zu schleppen, marschierten einem geheimnisvollen Kommando folgend über die Schuhspuren des Flüchtigen hinweg zu einer Stelle nah am Stamm, wo ein kleiner Erdhügel war. Ihr Bau. Und obendrauf steckte eine Feder. Hatte der Täter sie dort hineingesteckt? Das ist nicht von Relevanz, dachte Collin, deponierte die Feder nichtsdestotrotz in einer Tüte, stopfte sich die Pfeife und lief zu Johnny, der aufgeregt winkte.

»Ich glaub, mich tritt ein Pferd«, sagte er zu Collin. »Rate mal, wer Max Shell ist?«

»Max Shell?« Es klingelte nichts in Collins Kopf.

»Na, Sandra hat doch von ihm erzählt. Der frisch angetraute Gatte von Claire Hattonfield.«

»Und? Was ist mit dem?«

»So sieht er aus.« Johnny zeigte ihm ein Foto.

»Das ist doch …«

»Genau, der Macker von Denise Taylor mit dem adeligen Namen Montague Green. Fragt sich nur, welcher der beiden Namen erfunden ist und wie es ihm gelungen ist, als Max Shell die Hattonfield-Erbin zu ehelichen. Hat sich offenbar an ihr bereichert.«

»Jetzt fügt sich einiges zusammen«, sagte Collin, zog an der Pfeife und überlegte, wie sich der Rest der fehlenden Teile finden und verleimen ließe, um den verzwickten Fall endlich wie ein fertiges Boot auf freie See und damit aus seinem Kopf zu entlassen.

»Hat den Diebstahl eines Pferdes gemeldet«, mischte sich Sandra ein. »Diamond, ein hochdotiertes Militarypferd.«

»Geritten von Juliene alias Jill Hattonfield, bevor sie einen schweren Reitunfall hatte«, fügte Collin hinzu.

Sie wurden von DI Belmore unterbrochen, der sie um eine gemeinsame Besprechung in sein Büro bat.

»Claire Hattonfields Handyanrufe sind ausgewertet«, eröffnete Belmore ohne Umschweife die Besprechung. »Ihr letzter Anruf galt Lester Goldsmith. Wir statten ihm später einen Besuch ab und nehmen eine Hundestaffel mit. Ich habe Verstärkung angefordert. Weitere Kollegen werden sich auf Hattonfields Farm umsehen. Der Farmhelfer Ron Fledger ist inzwischen aufgegriffen. Ist nur bis zu einem Pub in Ferndown gekommen. Woolridge und Saslan nehmen ihn gerade in die Mangel. Hat aber schon zugegeben, dass sie zu dritt den Hengst gestohlen haben. Dylan Heat und Jill Hattonfield waren mit von der Partie.«

»Hat er das gestohlene Geld?«, fragte Sandra.

»Ja, und er hat zugegeben, dass er sich gegen drei Uhr morgens in das Schlafzimmer von Claire und Max Shell geschlichen, den Ehemann mit einem Hammerstiel bewusstlos geschlagen hat und mit dem Geld geflohen ist.«

»Lag Claire nicht neben ihrem Göttergatten im Bett?«, fragte Johnny.

Belmore bedachte ihn mit einem kritischen Blick. »Nein. Fledger glaubt, weit nach Mitternacht Motorengeräusche gehört zu haben und ist überzeugt, dass es Claires Cabrio war.«

»Hat sich das Labor gemeldet?«, fragte Sandra.

»Das Blut, das wir vor der Küchentür der Farm gefunden haben, stammt eindeutig von einem Tier, zu 90 Prozent von einem älteren Hund. In der abgebrannten Scheune hat die Feuerwehr zwei Benzinkanister sichergestellt.«

»Also hatte ich recht«, sagte Sandra. »Brandstiftung.« Belmore nickte, ohne von dem Geschicklichkeitsspiel aufzublicken, das er in die Hand genommen hatte, sobald er an der Kopfseite des breiten Besprechungstisches saß. Ein Holzrahmen mit Plastikscheibe und drei runden Ausbuchtungen, in die kleine Metallkugeln geführt werden mussten. Er hatte damals schon seine Hände nicht still halten können, erinnerte sich Collin, lauschte der militärisch zackigen Stimme Belmores und machte sich weiter Notizen. »Jill Hattonfields letzte Handykontakte galten immer der gleichen Nummer. Wir haben sie identifiziert und geortet. Dylan Heat. Es ist eine Frage der Zeit, bis wir ihn kriegen.«

Belmore hatte die drei Kugeln eingelocht, legte das Spielzeug beiseite und blickte Collin an. »DI Brown, wenn ich Sie auf ein Wort in mein Büro bitten darf?«

Collin folgte ihm, blieb vor dem kahlen Schreibtisch stehen und nahm überrascht den Whiskey auf Eis entgegen, den Belmore wortlos eingeschenkt hatte.

»Du hast eine fähige Mitarbeiterin verloren«, sagte Belmore und hob das Glas.

Was soll das werden, fragte sich Collin. Sandras interessierte Seitenblicke auf seinen Kollegen waren ihm nicht entgangen.

Belmore entsprach in gewisser Weise ihrem Typ. Ich sollte ein ernstes Wörtchen mit ihr reden, nahm er sich vor. »Aber wegen meiner hervorragenden ehemaligen Kollegin wolltest du mich vermutlich nicht unter vier Augen sprechen«, sagte er mit dem Wissen, dass es Belmore wichtig war, die förmliche Distanz zueinander zu bewahren, sobald sie nicht mehr allein waren.

»Nein.« Belmore stellte sein Glas ab und bat Collin, sich zu setzen. »Ich glaube nicht an Zufälle. Was hier in meinem Revier geschehen ist, ist nur Nebenschauplatz eines größeren Ganzen.«

»Worauf willst du hinaus?«

»Du bearbeitest ein jahrzehntealtes Kapitalverbrechen. Ich habe es mit den gegenwärtigen Auswirkungen dieses Verbrechens zu tun. Stimmst du mir zu?«

Das war keine Frage, sondern ein Befehl, dachte Collin, nickte und umspülte den entzündeten Zahn, der sich wieder gemeldet hatte, vorsichtig mit Whiskey. »Das wird sich am Ende zeigen.«

»Die Vergangenheit kann niemals begraben werden. Niemals. Sie ist immer Gegenwart.« Belmore nahm ein Streichholz und entzündete das Totenlicht neben dem Foto auf seinem Schreibtisch.

Frieden hatte er auch hier in diesem kleinen Ort nicht gefunden, verstand Collin.

»Über dreißig Jahre ist es her, heute auf den Tag genau.« Belmore nahm das Foto in die Hand. »Auch das ist kein Zufall. Dass du ausgerechnet heute hier bist.«

Collin rutschte auf dem Stuhl herum und räusperte sich. »Sie hatte diese Lücke zwischen den Schneidezähnen.«

»Ihr habt sie deshalb gehänselt.«

»Haben wir.«

»Und spielt das heute eine Rolle?« Belmore stellte das Foto

zurück. »Ja, es spielt eine Rolle,« beantwortete er sich selbst die Frage. »Das Militär hat mir diese Bürde nicht genommen, die Karriere in London nicht und auch nicht diese Provinz.« Das Bild des sommersprossigen Mädchens tauchte vor Collins Augen auf, Belmores jüngere Schwester, eine Zwölfjährige, die alle Zahnfee nannten, so auffällig war die Zahnlücke und die Spange, die sie trug. Belmore und Collin hatten an jenem Tag mit ihr im Schulbus gesessen, aber Collin war eine Haltestelle vorher ausgestiegen.

»Mit fünfzehn will man im Bus nicht neben seiner kleinen Schwester sitzen«, hörte er Belmores Stimme, sein Gesicht eine undurchdringliche Maske. »Sie lebte noch, als ich zu ihr durchdrang. Aber der Krankenwagen war zu spät. Sie starb in meinen Armen.«

»Wir haben alle unsere Gründe, warum wir zur Kriminalpolizei gegangen sind«, sagte Collin und nahm Belmores unmerkliches Nicken wahr.

»Diese Geschichte hier solltest du zu Ende führen.« Belmore erhob sich. »Hoffen wir, dass Claire noch lebt. Max Shell wird übrigens wegen Urkundenfälschung, Unterschlagung und Heiratsschwindel in Guernsey gesucht. Dort hat er sich Andrew Carlton genannt. Unter seinem richtigen Namen Montague Green ist er auf Bewährung frei.«

»Eine schillernde Karriere«, murmelte Collin, trank den Rest seines Whiskeys aus und setzte sich wenig später mit leichtem Schwips erleichtert auf den Beifahrersitz des Mietwagens. Er sehnte sich nach Johnnys Ascona, der ihm ein Gefühl von Heimat gegeben hätte und mit dem er am liebsten zum Meer gefahren wäre, zu Kathryn und seinen Kindern statt zu Lester Goldsmiths Farm, wo Zeugen weit nach Mitternacht einen orangefarbenen Cabrio auf dem Parkplatz gesehen hatten. Wenn die Vergangenheit laut Belmore niemals begraben werden konnte, so hatte sie für die Familie Hattonfield womöglich in diesem dunklen Wald begonnen, dachte er auf der Fahrt durch den New Forest, am Ort der frühen Kindheit William Hattonfields. Auf der Farm, auf der sie ihn in einem lebensbedrohlichen Zustand gefunden hatten, war er zur Welt gekommen, hierher war er zurückgekehrt und hier würde Collin ihn die Gräber zweier Kinder ausschaufeln lassen, solange, bis er die Wahrheit wusste.

39

Es war, als wäre sie in eine Zeitmaschine gefallen und wieder dort, wo sie schon einmal vor Jahren nach dem Reitunfall verwirrt, beinahe bewegungslos und in einem seltsam schwebenden Zustand zwischen Wachsein und Schlaf gelegen hatte. Ich bin in einem Krankenhaus, dachte sie, hörte ein leises Fiepen und Ticken, sah in drei scharfen schmalen Kanten die Sonne an die Wand genagelt, und nahm ihren Atem wahr, als etwas, das nicht zu ihr gehörte, wie er sich vor ihren tauben Lippen sammelte, in sie hineingepresst wurde, aus ihr herausfloss und an Ränder aus Plastik stieß. Die Sauerstoffmaske drückte ihr auf die Wangenknochen. Sie wollte die Arme heben, doch sie waren bleischwer, sie schloss wieder die Augen und sah erneut, wie sie durch den Rauch kroch, die Wände entlang, die Flammen über sich, herunterfallende Ziegel, die kleine Tür, gegen die sie sich warf, die sie mit dem Spaten bearbeitete. Ich lebe, wurde ihr bewusst und sie nahm ein Gesicht wahr, erst verschwommen, dann klarer werdend, eine lächelnde Krankenschwester, die ihr die Maske abnahm, sie aufrechter bettete, Wasser trinken ließ und auf sie einredete. Ihr Vater war also ein Stockwerk über ihr, auf der

Intensivstation. Sein Zustand ist stabil, hatte die Krankenschwester gesagt und die Vorhänge straff vor die Sonne gezogen. Jill sah Schattenspiele von Bäumen auf dem weißen Stoff aufscheinen und die Schreckensbilder jener Nacht, als sie unter dem Schlafzimmerfenster ihres Vaters gestanden hatte, kamen zurück, ließen sich durch nichts mehr verdrängen, vor und zurück spulten sie, eine Endlosschleife. Alles brach hier in diesem kahlen Krankenzimmer auf, ein Vulkan in ihrem Inneren, der viele Jahre erloschen war und jetzt wütete und Lava spie. Klar und deutlich hatte sie ihren Vater sprechen hören. Seine Stimme war nicht die von früher gewesen, ungeübt klang sie, eingerostet, flehend und weinerlich. »Du kannst mich nicht verlassen«, hatte er zu Claire gesagt. »Bitte, mein Täubchen, bitte. Du kannst mich nicht verlassen.« Und dann hatte er sie mit all den Kosenamen, mit denen er sie seit ihrer Kindheit lockte, beruhigte, köderte und umwarb, zu umschmeicheln versucht. Meine Prinzessin, mein Engel, meine Fee, mein kleines Mädchen, Liebe meines Lebens, mein Augenstern. Vielleicht sagte er auch das andere, was er früher immer sagte: Verrate nichts, sage nichts, niemals und niemandem. Unser Haus ist eine Festung. Nichts soll es erschüttern. Du hast nur mich. Ihr habt nur mich. Was wärt ihr ohne mich? Wo würdet ihr landen? Im Heim. Und ich im Gefängnis. Doch nichts Unrechtes geschieht, denn ich bin dein Vater, ich bin euer Vater, du bist meine Tochter, ihr seid meine Kinder, und niemand darf euch den Vater wegnehmen, was wärst du ohne mich? Was wäre ich ohne dich? »Nein«, hatte Jill ihre Schwester sagen hören. »Dieses Mal gehe ich wirklich. Du bist alt, und ich bin jung. Ich will raus hier aus diesem Loch. Ich will nach Kalifornien, ohne dich.« Dann hatte Jill ihr Schluchzen gehört und die durch die Nachttischlampe überlang wirkenden Schatten der Arme gesehen, wie ihr Vater sie umfing, in ihr Weinen einfiel, sie küsste, wie er sie damals geküsst hatte, ihr Haar streichelte, wie man nicht das Haar seiner Tochter streichelte, ein Tanz war es gewesen, ein Schattentanz, immer nur nachts hinter fest verschlossenen Türen, immer nur ein Ahnen, eine Heimlichkeit, ein Buch mit eisernem Siegel. Dann hatte Claire ihn von sich gestoßen, ihn angeschrien, sich umgedreht, und da war der dritte Schatten, der näher kam, ihren Schrei mit einer Hand erstickte, Claire auf den Boden warf und sich dann auf ihren Vater stürzte und diese ungeheuerlichen Worte sagte. Habe ich all das womöglich doch geträumt?, dachte Jill, war es einer jener wiederkehrenden schwarzen Träume gewesen, die im Hals stecken blieben wie Hühnerknochen, den ganzen nächsten Tag, ein Leben lang wie Pech kleben blieben, und sie bemerkte, wie sich die Tür öffnete und zwei Polizisten hereinkamen, die nicht aussahen wie Polizisten. Immer hatte sie sich vor Polizisten gefürchtet, sich von ihnen verfolgt gefühlt. Von ihnen, von Lehrern, Beamten, Frauen der Wohlfahrt, Ärzten und allen anderen mit Akten und unangenehmen Fragen. Sprich, Mädchen, welchen Grund gibt es für deine abfallenden Noten, für deinen Appetitverlust, für die Ritzen in deinen Armen, für deine Wut, warum lächelst du nie, warum hast du keine Freundinnen, warum sprichst du so wenig? Öffne dich, sprich, Mädchen. Ich bringe dich um, wenn du mir die Polizei auf den Hals jagst, hatte ihr Vater ihr einmal angedroht, als sie nachts starke Bauchschmerzen hatte und in sein Zimmer kam, damals auf Woodland, und zum ersten Mal sah, was sie nicht sehen sollte. Ich bringe dich um und mich und Claire gleich dazu. Immer wieder hatte er es danach gesagt. Seither hatte Jill kein Mädchen mehr sein wollen. Ich werde jetzt sprechen, dachte Jill, spürte alles von sich abfallen, ihr Körper ohne Gewicht, der Schmerz in ihrem Rücken eine Feder, und sie öffnete die Lippen.

40

»Montague Green alias Max Shell ist flüchtig, vermutlich mit seinem Jeep«, sagte DI Belmore. »Die Fahndung ist raus. Ich bin in fünfzehn Minuten bei Ihnen.«

Das auch noch, dachte Collin und beendete das Handygespräch mit dem Gefühl, schneller handeln zu müssen, als es ihnen möglich war.

»Du machst dich jetzt sofort auf den Weg nach Bodmin, Johnny.«

»Bill ist doch schon unterwegs, und du hast die Kollegen dort gebeten, Denise Taylor in Gewahrsam zu nehmen.«

Seit Johnny Sandra wiedergesehen hatte, wirkte er unkonzentriert und aufgekratzt wie ein Teenager. Selbst jetzt reckte er den Kopf, als sie aus Lester Goldsmiths Haus trat. Der Reiterhof war abgesperrt, alle Gäste waren in Unterkünfte in der Umgebung verteilt worden. Auch Kathryn und die Kinder hatten aus der Ferienhütte ausziehen müssen und warteten ungeduldig und ängstlich in einem Hotel darauf, dass sie mit ihm zurück nach Cornwall fahren konnten, nach Hause, wo es sicher war.

»Ich verspreche dir einen dreiwöchigen Kuraufenthalt im New Forest, wenn das hier vorbei ist, Johnny.«

Johnny zuckte mit den Schultern, verabschiedete sich von Sandra und fuhr, ohne Collin eines Blickes zu würdigen, davon. Lester Goldsmith, Eigentümer des Reiterhofs, hatte beim Verhör erst fadenscheinige Ausflüchte vorgebracht, bis er letztlich zugegeben hatte, mit Claire in heftigen Streit geraten zu sein. »Es ging um das Vorkaufsrecht für ihren Hengst«, hatte er erklärt. »Ich habe einen Vorschuss bezahlt, und dann wollten Claire und Max mich ausbooten, um ein höheres Angebot wahrzunehmen.« Er beteuerte, Claires derzeitigen Aufenthaltsort nicht zu kennen und nicht mitbekommen zu haben, dass ihr Cabrio in der Nacht zuvor auf seinem Hof gestanden hatte. »Um diese Zeit schläft ein Farmer«, war seine Begründung. Zeugen hatte er nicht.

»Collin, ich weiß wirklich nicht, ob ich hierbleibe, wenn der Fall beendet ist«, sagte Sandra, die neben Collin getreten war. Sie strich sich über die müden Augen.

»Stress mit Adam?«

»Ach, Adam … Alles hier.« Sie ließ den Armen über die Landschaft gleiten, die vom Wald begrenzt war und wo Ponys und Kühe auf Koppeln standen.

»Ponys und Kühe gibt es auch in Cornwall, ist mein Motto.« Collin drehte sich zum Hof um, wo Stimmen laut wurden, nach ihnen riefen. Sie sahen sich an und rannten los.

Die Jauchegrube lag im hinteren Teil des Farmgeländes, wo Zaunpfähle, Rollen mit Maschendraht, Misthaufen, verrostete Tränken und ausgeschlachtete Fahrzeuge vor den Blicken der zahlenden Feriengäste verborgen waren. Sie war mit Holzplanken nachlässig abgedeckt und Fliegenschwärme standen in kleinen Wolken darüber. Aus der schwarzen Brühe ragte ein Fuß. Das Rosa der Zehennägel stach in Collins Augen und Herz.

Ich bin zu spät gekommen, dachte er. Claire Hattonfield war tot.

***

Als er die Felsküste von Cornwall durch die kleinen Hubschrauberfenster auftauchen sah, fiel Collin ein Stein vom Herzen und er drückte Kathryns Hand. Nun war seine Familie zumindest wieder zu Hause. Eine Stunde später sah er erleichtert, wie seine Söhne die Badehosen einpackten und zum Meer liefen, während Ayesha mit Wolfie im Garten tobte. Er hoffte, sie würden den Schock, den sie auf dem Reiterhof im New Forest erlebt hatten, so bald wie möglich verarbeiten und vergessen. »In ein paar Tagen ist alles vorbei«, versuchte er Kathryn zu trösten. »Und dann machen wir zusammen einen Ausflug nach Yorkshire.«

»Yorkshire?«, fragte sie und trocknete ihre Tränen, die sie vor den Kindern die ganze Zeit zurückgehalten hatte. »Warum Yorkshire?«

»Wir schauen uns den Monolithen in Rudston an. Einen Hinkelstein, wie ihn Obelix immer herumträgt.«

»Wenn das hilft«, sagte Kathryn und winkte ihm wenig später mit traurigem Gesicht hinterher, als er in den Dienstwagen stieg und nach St Magor raste. Nach einem kurzen Besuch im Büro würde er wieder per Hubschrauber in den New Forest eilen, um William und Juliene Hattonfield zu befragen. Collin sehnte sich danach, den Fall endgültig zu den Akten legen und dann die Tür seines Cottages hinter sich schließen zu können.

Auf der Polizeistation erwarteten ihn Bill, Anne, Caren Pillow, die Kriminalpsychologin, und Hampton mit ernsten Gesichtern.

»Brian Hattonfield ist inzwischen überprüft«, begann Hampton. »Kommt als Vater der toten Kinder nicht in Frage.« Er machte eine Pause und bearbeitete mit dem Zeigefinger erst seine Nase und hob diesen dann hoch. »Aber ein dicker Fisch ist am Haken …«

Er schob den Bericht über den Tisch. Collin überflog die nüchternen Zeilen, die einen Verdacht erhärteten, der sich wie ein bösartiger Tumor seit Tagen in seinem Hinterkopf festgesetzt hatte.

»Die Speichelprobe von Rosemary Hattonfield hat eindeutig ergeben, dass sie Mutter des zuerst ermordeten Kindes ist«, sagte Hampton.

»Rosemary«, wiederholte Collin, sprang auf, stellte sich ans offene Fenster, sah die wippenden Blätter der Cornwall-Palme im gegenüberliegenden Grundstück, das ein Gartenliebhaber in das Kleinod einer subtropischen Pflanzenwelt verwandelt hatte. Gärten wie dieser verliehen der Grafschaft ihren unvergleichlichen Reiz. Er hörte das Bellen eines Hundes, ein quietschendes Fahrrad und die Schreie des Krähenschwarms. Die Krähen flogen von ihren Schlafplätzen in den hohen Ulmen des alten Friedhofs neben der St Peters Kirche fort und würden dorthin zurückkehren, kurz bevor die Sonne ihren letzten Bogen über das Meer einschlug, ein düster-faszinierendes Schauspiel, das jeden Tag die Brüchigkeit in der heilen Welt des Dorfs zu zeigen schien. Collin dachte daran, wie Rosemary aufgelöst vor dem Käfig der Papageien im Restgarden House gestanden und Laute wie ein Vogel von sich gegeben hatte. Was versuchte sie damit ausdrücken, was sie nicht in Worte zu kleiden vermochte? Ihren Schmerz, wusste er.

»Ihr Hausarzt hat bestätigt, dass sie schwanger gewesen ist und ein Kind geboren hat«, hörte er Bill sagen und lauschte dann dem Bericht der Kriminalpsychologin.

»Natürlich beruht meine Analyse nur auf den Berichten des Pflegeheims«, begann Caren Pillow. »Aber wir haben es eindeutig mit einer zutiefst verängstigten Frau zu tun, die möglicherweise ein Trauma erlitten hat und sich als Spätfolge in eine Art Fantasiewelt zurückzieht, sobald dieses aufzubrechen droht. Es wurden nach meiner Einschätzung keinerlei Anstrengungen unternommen, der Ursache von Rosemarys Ängsten und Panikattacken auf den Grund zu gehen. Nach meiner Interpretation zeigt sie alle Anzeichen von Missbrauch. Ich kann mich natürlich täuschen.«

»Die arme Frau«, murmelte Anne.

»Wie bringt uns das weiter?«, fragte Bill. »Haben wir den Nachweis, dass sie ihr eigenes Kind erschlagen hat?«

»Das nicht«, antwortete die Kriminalpsychologin. »Allerdings glaube ich nicht, dass Rosemary eine Kindsmörderin ist. Die Aggressionsausbrüche, die sie im Lauf der Jahre gezeigt hat und die dann schwächer wurden, waren nie mit körperlicher Gewalt verbunden, sie waren eher verbaler Art oder gegen sich selbst gerichtet.«

»Warum sollte sie erst ihr eigenes Kind erschlagen und Jahre später auf die gleiche Weise das einer anderen Mutter?«, sagte Collin. »Zudem lebte sie, soweit wir die Chronologie der Ereignisse rekonstruieren können, bereits nicht mehr auf Woodland, als das jüngere Opfer auf die Welt kam.« Wer also war die Mutter des zweiten toten Kindes?, überlegte er.

»Könnte man Rosemary nicht mit ihrem Trauma konfrontieren, um ganz sicher zu gehen?«, fragte Anne.

Caren Pillow schüttelte den Kopf. »Wir sind nicht wirklich spezialisiert auf Menschen mit geistiger Behinderung und, wie in ihrem Fall, eingeschränktem Sprachvermögen. Wir können ihr nicht zu Aussagen verhelfen, die vor Gericht standhalten. Auch nach Rücksprache mit der Heimleitung habe ich wenig Hoffnung, dass sich Rosemary unter Druck, somit auch Zeitdruck, öffnen würde.«

»So bleibt alles bei einer schwerwiegenden Mutmaßung«, ergänzte Bill.

Sie wurden von Johnny unterbrochen, der aus Bodmin anrief. Collin stellte den Lautsprecher an. »Rate mal, wer neben unserem Heiratsschwindler auf dem Beifahrersitz saß?«, hörten sie

Johnnys Stimme. »Todd Spexter, der Koch, der laut Belmores Bericht angeblich in Schottland Monroes besteigt. Nehme ihn jetzt in die Mangel.«

»Was wir brauchen, ist ein Geständnis«, sagte Collin zu den anderen, nachdem er aufgelegt hatte, und das Gesicht des alten Mannes auf der Intensivstation tauchte vor ihm auf. »Und ich werde dafür sorgen, dass wir es noch heute bekommen. Und Sie …«, sagte er zu Hampton gewandt. »… sorgen dafür, dass die Speichelproben von William, Claire und Juliene Hattonfield umgehend analysiert werden.«

***

Über das Gesicht des alten Mannes liefen Tränen, sein Schmerz war ein Wimmern, das ihm im Hals festsaß und auf den Lippen zitterte. Sandra reichte William Hattonfield ein Taschentuch und wischte ihm, als er es ignorierte, kurz entschlossen über die Wangen.

»Meinen Sie, Sie hätten Ihre Tochter retten können?«, fragte Collin und trat einen Schritt näher an das Bett heran, auf dem Hattonfield, den Oberkörper mit zwei Kissen gestützt, am Tropf lag. »Nein, das wäre Ihnen nicht gelungen. Sie haben ihr ja bereits auf andere Weise das Leben geraubt, das ihr zustand, wie es jedem Kind gebührt. Glauben Sie, besser zu sein als ihr Mörder?«

»Hier trinken Sie, das ölt die Stimme«, sagte Sandra und hielt Hattonfield die Schnabeltasse hin, aus der er in kleinen Schlucken trank, ohne sie aus den Augen zu lassen. »Wir wissen, dass Sie sprechen können«, fuhr sie fort. »Ihre Tochter Juliene hat es uns gestern erzählt. Also spielen Sie kein Theater.«

»Ihre gemeinsame Tochter mit Alice O'Neill, auch eine ihrer

blutjungen Opfer, wenn auch nicht Ihr erstes, richtig?«, ergänzte Collin.

»Jill …«, hörten sie Hattonfield wispern.

»Ja, Jill. Ihre erfolgreiche Reitsportlerin, Kind einer Vergewaltigung. Ihre Exfrau Alice haben Sie nach der Scheidung mit Geld zum Schweigen gebracht und Ihrer gemeinsamen Tochter das Leben zur Hölle gemacht.« Collin erinnerte sich voller Mitleid, wie Juliene Hattonfield ihren knochigen Körper aufbäumte, sie zu schreien und weinen begann, bis eine Schwester gekommen war und ihr eine Beruhigungsspritze gegeben hatte.

»Wo ist sie?«, wisperte Hattonfield.

»Auf Station B, wo sie sich von einem Brandanschlag erholt. Haben Sie eine Ahnung, wer dafür verantwortlich ist?«

Hattonfield schüttelte den Kopf.

»Aber Sie wissen, wer Claire auf dem Gewissen und beinahe auch Sie getötet hat?« Lebensmittelvergiftung, hatte der Arzt erklärt. Hattonfields Magen war ausgepumpt worden. Nach ein paar Tagen würde er entlassen werden, zumindest aus dem Krankenhaus. Der Prozess, der ihm drohte, würde ihn hoffentlich für den Rest seines Lebens hinter Gitter bringen, wünschte sich Collin im Geheimen. Die Befragung hatten sie auf den heutigen Dienstag verschieben müssen, so hatten sich die Ereignisse in den letzten vierundzwanzig Stunden überschlagen.

»Max?«, wisperte Hattonfield.

Collin stellte sich ans Kopfende des Bettes und fixierte Hattonfield. »Max Shell, Ihr Schwiegersohn oder fast Schwiegersohn?« Max Shell alias Montague Green saß in Bodmin in Untersuchungshaft. Die Liste der Vergehen, die ihm vorgeworfen wurden, war länger geworden. »Das wäre eine einfache Lösung, nicht wahr?«, fuhr Collin fort. »Weil Sie nicht wollten, dass Ihre Claire mit ihm weggeht, richtig?« Was Max wohl sowieso nicht vorgehabt hatte. An das Geld der Hattonfields wollte er, sonst nichts. Ein Heiratsschwindler und Betrüger, so einfach und so erschütternd war die Wahrheit. »Sie wollten Ihre Claire für immer an sich binden, sie niemals loslassen, hätten sie am liebsten wie früher im Haus eingesperrt und sie vor allen Augen versteckt.« Collin spürte Sandras Hand im Rücken und hielt inne. Es stand ihm nicht zu, sich derart in Rage zu reden. Er war nicht der Richter. Der saß irgendwo dort oben in Wolkenkuckucksheim und hatte tatenlos zugesehen, wie Hattonfield auf Woodland seine Burg baute, in der er seine Töchter einschloss. Wie nur hatte er all jene blenden können, die womöglich misstrauisch geworden waren? Plötzlich hatte Jill eine Schwester, und niemand war da gewesen, der Fragen gestellt hatte?

»Sie kennen den Grund, warum wir Sie vorläufig festnehmen werden, Mr Hattonfield«, sagte Collin. »Es geht um die zwei getöteten Kinder, die auf Woodland gefunden wurden. Ihre Kinder. Ihre Söhne.«

»Ich habe nicht …« Hattonfield versuchte sich aufzurichten und fiel wieder in die Kissen zurück.

»Nicht nur Indizien belasten Sie. Vincent Taylor hat gegen Sie ausgesagt. Er hat Sie beobachtet und alles fein säuberlich mit Mont Blanc in ein Tagebuch geschrieben. Wir haben Zeugenaussagen, Geständnisse und handfeste Beweise gegen Sie in der Hand.« Collin wedelte mit Hamptons Fax. »DNA. Ist Ihnen ein Begriff, nehme ich an. In beiden Fällen sind Sie eindeutig der Vater der getöteten Kinder. Nur die Mütter sind unterschiedlich.« Collin nahm keine Regung im Gesicht des Alten war, atmete tief durch und sprach weiter. »Rosemary, ihre eigene Schwester, war ihr erstes Missbrauchopfer. Das alte Pförtnerhaus war der ideale Ort für Sie und Ihren Bruder Brian, wenn Sie mal ein wenig Spaß haben wollten. So hat es Brian zu Protokoll gegeben.«

»Genug«, sagte Hattonfield in seiner brüchigen Stimme, die klang, als habe er Husten.

»Nach dem Tod ihrer Eltern war Rosemary in Ihrer Obhut. Sie war minderjährig, geistig behindert, hilflos und somit ein ideales Opfer. Aber ein Kind war nicht einkalkuliert, sehe ich das richtig?«, fragte Collin. »Ein bisschen Spaß und plötzlich war Rosemary schwanger, trug das Kind aus, und nun war es da. Dann noch ein Junge. Er musste aus dem Weg.«

»Ich habe das nicht getan.«

»Ein gezielter Schlag auf den Schädel, und das Baby war tot. Ganz einfach. Gräber gab es auf Woodland ja schon. Sie mussten nur eine der Grabplatten anheben, ein wenig buddeln und das Kind vergraben. Sie haben Rosemarys Holzente mit ins Grab gelegt. Im Jahr darauf wurde Rosemary noch einmal schwanger. Zu Ihrer Freude war es ein Mädchen. Für kleine Mädchen hatten Sie immer schon eine Schwäche, nicht wahr Mr Hattonfield?« Collin rief sich den korrigierten Bericht von Rosemarys Hausarzt in Erinnerung. »Die äußeren Geburtsverletzungen deuten auf mehr als eine Schwangerschaft hin. Zwei Dammrisse«, hatte er Collin telefonisch informiert.

»Sie nannten Sie Claire. Nach Ihrer Großmutter«, ergänzte Sandra.

»Nur wohin mit diesem Baby, das gleichzeitig Ihre eigene Tochter und Ihre Nichte war?« Collin wischte sich den Schweiß von der Stirn. Die Fenster im Krankenzimmer waren fest verschlossen, sein entzündeter Zahn hatte ihm leichtes Fieber beschert und die letzten Tage und Stunden an seinen Nerven gezerrt. »Zu den Taylors haben Sie es gebracht. Dort hat Claire die ersten fünf Jahre ihres Lebens gewohnt, ganz in Ihrer Nähe. Sie haben die Eltern von Vincent und Denise mit Geld oder anderen Mitteln zum Schweigen gebracht und regelmäßig besucht. Und da haben Sie ein Auge auf die hübsche Denise geworfen. Aber erst als deren Eltern plötzlich bei einem Autounfall ums Leben kamen, war die Bahn für sie frei, richtig? Sie haben den beiden Waisenkindern großzügig Ihre Unterstützung zugesichert und dann für Ihre eigenen kranken Zwecke missbraucht.«

»Das Schwein hat mich angegrapscht«, hatte Denise nach stundenlanger Befragung gegenüber Johnny zugegeben, der sie am frühen Montagabend in Bodmin in die Mangel genommen hatte. Sie hatte das Kind, das sie von Hattonfield bekommen hatte, einfach bei ihrem Bruder gelassen und das Weite gesucht. »Nicht mal verhütet hat dieser Dreckskerl«, hatte Sandra erbost und fassungslos geschimpft. »Vergeht sich an zig jungen Frauen, schwängert sie und bringt die Kinder um. Kriegt wahrscheinlich noch mildernde Umstände, weil er irgendeinen Tick hat.«

»Zwei Jahre alt war ihr gemeinsamer Sohn, den Denise Thomas genannt hatte, als Denise mit ihrem Freund Pasco das Weite suchte und nach Bodmin ging. Auf einmal hatte der Kleine keine Mutter mehr, und ihr Bruder Vincent musste sich um ihn kümmern. Ein weiteres ungeheuerliches und wohlgehütetes Geheimnis.«

»Nein, nein«, wisperte Hattonfield.

»Sie streiten es ab?« Collin beugte sich schwer atmend über Hattonfield. »Vincent Taylor hat gegen Sie ausgesagt. Sie haben ihn gezwungen, den kleinen Thomas im ehemaligen Stall zu verstecken, im Schweinekoben. Welch eine Grausamkeit!»

Sie hatten Vincent Taylor mit der Zustimmung DI Belmores vorerst in ein Untersuchungsgefängnis im New Forest verlegen lassen und vor einigen Stunden nochmals befragt, bis er schließlich Schicht für Schicht die schreckliche Wahrheit offenbart hatte. Gerade mal fünfzehnjährig hatte er seine Eltern verloren, wurde von seiner älteren Schwester im Stich gelassen und von William Hattonfield gezwungen, für ein Kleinkind zu sorgen, das sein unehelicher Neffe war, bis Denise den kleinen Thomas endlich zu sich nach Bodmin genommen hatte. Da war dieser bereits fünf Jahre alt. Johnnys ursprüngliche Vermutung hatte sich bestätigt. Der zweite Jugendliche auf dem Foto in Denise Taylors Wohnzimmer war identisch mit dem Jungen auf der Strandaufnahme neben Taylor. »Hab meinen Bart drauf gewettet und der kommt heute Abend ab«, hatte Johnny verkündet.

»Max Shell, unser Heiratsschwindler, hat die ganze Geschichte von Thomas erfahren und einen verhängnisvollen Plan geschmiedet.« Die Rachegelüste hatte Max in dem jungen Mann geweckt, glaubte Johnny, der mit dem verstockten Thomas Taylor in Bodmin eine erste Befragung durchgeführt hatte.

»Thomas«, sagte Hattonfield wie zu sich selbst. »Er ist …«

»Er ist identisch mit Todd Spexter, dem Koch, ja«, sagte Collin. »Er wollte Sie offenbar nach und nach vergiften.« Die Ärzte hatten das anaerobe Bakterium Clostridium Botulinum in Hattonfields Körper festgestellt, ein lebensgefährlicher Erreger. Sie würden prüfen müssen, welche verdorbenen Speisen ihm Thomas Taylor alias Todd Spexter in offenbar kleinen Dosen verabreicht hatte, die zu der schweren Lebensmittelvergiftung geführt hatten.

»Sie haben ihn nicht erkannt, richtig?«, hakte Sandra nach. »Aus dem kleinen Jungen, Ihrem unehelichen Sohn, war ein junger Mann geworden.«

Todd Spexter, wie sie von Jill wussten, war in jener Nacht in das Schlafzimmer ihres Vaters gekommen, als sie draußen unter dem Fenster stand und mit ungläubigem Entsetzen beobachtet hatte, wie ihr Vater Claire erst liebkoste und plötzlich mit ihr sprach. Und dann tauchte Todd auf und gab diese ungeheuerlichen Worte von sich: »Hallo, Daddy«, hatte er gesagt. »Ich bin's, dein Sohn.« Dann hatte Todd erst Claire und anschließend ihren Vater niedergeschlagen, und die Tragödie hatte ihren tödlichen Lauf genommen. Todd hatte Max geholfen, Spuren im Farmhaus zu verwischen, und die Scheune angesteckt, in der Jill fast verbrannt wäre. Und alle Hinweise sprachen dafür, dass er auch Claire getötet, ihren leblosen Körper in die Jauchegrube geworfen und versucht hatte, ihr Cabrio in dem Waldsee zu versenken.

Bislang hatte er zu allen Vorwürfen stoisch geschwiegen. Wer viele Nächte in einem ehemaligen Schweinestall verbringt, dachte Collin, nur Hühner und Tauben um sich herum, lernt womöglich nicht, sich mit Worten auszudrücken. Wer als Geheimnis geboren, wem Verschwiegenheit eingeprügelt wird, der wagt nicht, seinen Gefühlen Glauben zu schenken, seiner Stimme Gehör zu verschaffen, der kriecht ganz tief in sich hinein, so wie es Jill gelernt hatte, auch Rosemary und Alice. Oder er wird hart wie ein Stein, überlaut, Schreie in der Stille, wie Claire, Denise und Evelyn. Er hoffte, dass sich nicht noch mehr Opfer von William Hattonfield melden würden. Sechs waren in seinen Augen schon ungeheuerlich. Die getöteten Jungen gar nicht dazu gerechnet. Bei den vielen Namen wurde ihm schwindelig.

»Wer ist die Mutter des zweiten Kindes, das Sie vermutlich auch auf Woodland getötet haben?«

»Ich war es nicht.«

»Wollen Sie die Frage nicht beantworten?« Collin stellte sich dicht neben Hattonfield. Der Arzt hatte ihm eine Stunde gewährt. Diese war bald abgelaufen. Hattonfields Stunde hat sowieso geschlagen, dachte Collin. »Dann sage ich es Ihnen. Es ist Claires Kind. Ihr Sohn und gleichzeitig Ihr Enkelsohn. Sie haben das Skelett unter einer Falltür im Pförtnerhaus verscharrt.« Abartig, wollte Collin hinzufügen, biss sich aber auf die Zunge.

»Sie bekamen Angst«, fuhr Sandra fort. »Ihr Bruder Brian hatte Woodland geerbt und wollte sie damals schon einmal raushaben. Wollte das gesamte Anwesen für den Bau einer Ferienanlage verkaufen. Daraus ist nichts geworden, aber als die ersten Planierraupen und Bagger kamen, sind Sie in Panik geraten. Sie haben das Pförtnerhaus, wo Sie oft und gern Ihren Spaß hatten, umbauen lassen. Und Vincent Taylor damit betraut.«

Der keine Ahnung gehabt hatte, warum eine Tür und ein Fenster zugemauert, der Eingang umgesetzt und mitten im Raum eine eineinhalb Meter hohe Umfriedung errichtet werden sollte. »Wie ein Kasten aus Steinen«, hatte Taylor es beschrieben. »Sie haben Taylor mit einer hanebüchenen Geschichte damit beauftragt, das Kinderskelett aus dem Grab der Tallands zu holen und ins Pförtnerhaus zu bringen. Auch diesen Teufelspakt ist er mit Ihnen eingegangen. Sie haben nicht geahnt, dass Evelyn Wering bei der Ausgrabung dabei war. Den Fertigbeton haben Sie selbst darüber gegossen, nicht wahr, und Taylor einige Tage später gebeten, eine Theke darüber zu errichten. Sie haben dann gemeinsam dort gestanden und einen Brandy getrunken. Erinnern Sie sich noch, wie er geschmeckt hat?«

Collin hielt inne und wischte sich Schweiß von der Stirn.

»Evelyn«, wisperte Hattonfield.

»Ja, auch sie hat gegen Sie ausgesagt«, erklärte Sandra.

»Sie hatten einen Schlaganfall, Mr Hattonfield, nachdem Sie das Anwesen endgültig verloren haben, nachdem Ihr Bruder Brian Sie gezwungen hat, das Anwesen zu verlassen, weil er es verkaufen wollte. Sie haben noch dafür gesorgt, dass Ihre Familie im New Forest ein neues Zuhause fand, auf der Farm, die einst Ihr Großvater und dann kurze Zeit auch Ihr Vater bewirtschaftet hat.«

»Und dann haben Sie beschlossen, mit dem Sprechen aufzuhören?« Hattonfield hielt Collins Blick stand. Trauer stand in seinen Augen geschrieben, Schmerz, eine tiefe Leere, eine erloschene Flamme Leben. Collin hörte Schritte und Stimmen im Krankenhausflur. Gleich war die Besuchszeit vorbei.

»Ein Geständnis würde Sie erleichtern«, sagte Collin und spürte seine Erschöpfung. Hattonfield öffnete und schloss die Lider. Dann begann er zu sprechen.

Epilog

Dylan hob Ayesha in den Sattel und gab ihr die Zügel in die Hand.

»Keine Angst«, beruhigte Jill sie. »Diamond passt auf dich auf.« Sie schnalzte mit der Zunge, und der Hengst begann an der langen Longe im Kreis zu laufen. Collin legte Kathryn den Arm um die Schultern, sie lehnte sich an ihn und zusammen sahen sie eine Weile ihrer glücklichen Tochter zu.

»Jill will nun doch nicht in der Gegend bleiben«, sagte Kathryn.

»Zu viele Erinnerungen?«

»Ja, Woodland ist überall in Cornwall und die Erinnerungen verfolgen sie. Evelyn Wering hat ihr eine Stelle als Reitlehrerin in Deutschland besorgt. Diamond kann sie mitnehmen.«

Dylan hatte sich freiwillig in der Dienststelle von DI Belmore gestellt. Belmore hatte umstandslos die Anklage wegen Pferdediebstahl gegen ihn, Ron und Jill fallen gelassen. Dann hatte Dylan Jill jeden Tag im Krankenhaus besucht und sie schließlich am Tag ihrer Entlassung zu Diamond gebracht, der in der Obhut eines befreundeten Reiters gewesen war.

»Ein Neuanfang für sie«, sagte Collin.

Kathryn nickte. »Anders kann man sich wohl nicht von alldem befreien.«

Falls es für Jill überhaupt möglich ist, dachte Collin auf dem Nachhauseweg. Würde sie die Bilder ihrer Kindheit nicht überall mit hinnehmen? Ihre Schuldgefühle, Claire nicht vor ihrem Vater beschützt zu haben? Die Scham, von ihm und allen anderen gegängelt worden zu sein und sich nicht gewehrt zu haben? Ein anderer Ort wäre für sie zumindest nicht mit der Erinnerung an den Schmerz verbunden. Morgen würde sie ihre Mutter wiedersehen. Alice O'Neill hatte angesichts ihres schweren Krebsleidens nur diesen einen Wunsch: eine Versöhnung mit Jill.

Collin sah sein Cottage von Weitem, den Lattenzaun um den Vorgarten, den Kathryn türkis gestrichen hatte, die beiden großen Skulpturen an der Einfahrt, wie Wolfie bellend und schwanzwedelnd im Hof wartete, er sah seine Söhne mit nassem Haar und lachenden Gesichtern, Surfbretter unter den Armen, vom Strand kommen, und sein Herz wurde leichter. Er stopfte sich eine Pfeife und schloss sich in der Werkstatt ein. Seine Steinfiguren hatten ihn immer zum Eigentlichen zurückgeführt, zu seinen Händen, mit denen er versuchte, zum Kern vorzudringen.

»Ich habe Claire geliebt«, hatte William Hattonfield gesagt. »Jeden Wunsch habe ich ihr erfüllt. Sie wollte das Kind nicht. Auch diesen Wunsch habe ich ihr erfüllt. Aus Liebe habe ich getötet.«

Rechtfertigt die Liebe alles?, fragte sich Collin. Nein, wusste er, nahm »Die gefangene Tänzerin« vom Regal und begann ihre Beine mit einem Zahneisen freizulegen. Er würde an der Ausstellung teilnehmen, beschloss er, und die Figur umtaufen. Tanzen sollte sie. In die Welt hinausgehen, frei, stark, mit offenen Augen und ohne Schmerz.

Mein Dank

gilt dem gesamten Team des wundervollen DuMont Buchverlags, der mir im hart umkämpften Buchmarkt eine Chance und ein Zuhause gegeben hat. Ein Gracias an meinen Agenten Dr. Uwe Neumahr von der Agence Hoffman, der an mich geglaubt hat und für jede Frage verlässliche Antworten findet. Ein unschätzbares Danke geht an den Swakopmunder Computerspezialisten Werner Lange, der nach einem Laptopdiebstahl das verloren geglaubte Manuskript aus den virtuellen Untiefen eines gelöschten Sticks wieder an die Oberfläche gezaubert und mich vor einem Nervenzusammenbruch bewahrt hat. Für wertvolle Hinweise rund um das Thema Pferdesport bedanke ich mich bei meiner Freundin Bille. Thanks Lucy Bywater, Jane Southern, Janine Binder und anderen für die Beantwortung von Recherchefragen. Merci an die damaligen Autoren der Bielefelder Schreibwerkstatt für konstruktive Rückmeldungen zu einer frühen, hier nicht mehr erkennbaren Erstfassung des Romanstoffes von ›Am Ende des Schmerzes‹. Meiner ehemaligen Schülerin Kai Fraser sei gedankt für ihre magische Fähigkeit, die Träume anderer zu entdecken und – stellvertretend für alle Leser und Leserinnen – für ihre Leseleidenschaft, die Hoffnung macht, dass Bücher die sich wandelnde Zeit überleben werden. Dankbar bin ich meinen Eltern, die mir nicht nur die für das Schreiben unerlässliche Disziplin und die Freude am Handwerk vermittelt haben. Und ein besonderes Dankeschön an meinen Mann Gisi für seine Liebe zur Literatur und seine beständige Bestärkung.